千字文

천자문, 그 뿌리와 동양학적 사유

강상규 지음

어문학사

일러두기

1. 이 책은 『논어』·『회남자』·『서경』·『주역』·『맹자』·『춘추좌씨전』·『장자』 등 각종 동양
   고전의 글을 함축적으로 사언절구로 축약한 내용이 많으며, 글자 풀이를 위하여 중국 고대
   의 자전字典인 『설문해자』·『이아』·『집운』·『광운』·『고금주』 등의 원문을 풀이하여 썼
   다. 또한 중국의 역사서 『사기史記』를 비롯한 곧 25사의 원문을 참고삼아 썼으며 아울러 우
   리의 역사서를 바탕으로 집필을 하였다.
2. 글의 출전을 밝히고 원문은 각주로 표시하였다.
3. 『설문』은 『설문해자』를 말한다.
4. 순 우리말을 조금씩 곁들였으며, 각주로 그 뜻을 밝혔다.
5. 원문과 그에 따른 독음을 병기하였다.
6. 각 구마다 소제목을 달았다.
7. 맞춤법과 띄어쓰기는 한글 맞춤법과 표준어 규정을 따랐다.
8. 이 책에 사용되는 부호는 다음과 같다.
   1) " " : 대화 등의 인용문을 묶는다.
   2) ' ' : 재인용이나 강조 부분을 묶는다.
   3) 『 』 : 책명을 나타낸다.
   4) 「 」 : 시나 부의 제목을 나타낸다. 아울러 책의 하위 단위, 예를 들면 『한서』 「지리지地
      理志」 등에 쓰였다.

머리말

천자문, 그 뿌리와 동양학적 사유

동양학은 무엇인가? 그것은 인간의 가장 본질적인 심성을 바루며[1] 일깨우는 철학적 사유를 제공해 주는 자양분과 같은 것이다. 『천자문』은 흔히들 한 두어 번 보는 것으로, 아니면 단순히 글자만 익히려고 보는 경우가 많다. 사실은 그렇지 않다. 천자문은 천 년 이상을 뿌리내려온 우리네 사상의 근원이 배어 있는 동양학의 보고寶庫이다. 웅숭깊은[2] 동양철학의 핵심이 집적된 사유의 산물로서 쓰인 명문장이다. 그 안에는 문학과 철학 그리고 우리가 자라고 살아온 역사가 반듯이 자리하고 있다. 이는 동양학의 곳간과 같고, 마음의 양식이 쌓인 노적가리와도 같은 것이다. 사서오경은 물론 제자백가의 사상과 문학과 역사를 담아 우리네 삶을 단적으로 보여주는 철학의 도가니인 것이다. 문학과 역사 그리고 철학이라는 재료가 알맞게 섞여 하나의 그릇을 만들어내듯 우리네 삶을 제대로 조명해 낸 하나의 걸작이자 명품과 같다.

천자문은 하늘과 땅이 처음 열리고, 인간이 옷을 만들어 입고, 문자를 발명하는 인류의 탄생 과정과 문명의 발달을 그리고 있다. 또한 도

---

1 비뚤어지거나 구부러지지 않도록 바르게 함
2 생각이나 뜻이 크고 넓음

둑이 없고, 집집마다 울타리가 없으며, 죄짓는 이가 없고, 생산한 것을 서로 고루 나누어 가지는 이른바 대동大同의 누리를 보여주고 있다. 그러나 후대에 오면서 이러한 대동의 누리가 법과 도덕과 윤리를 지닌 소강小康의 누리로 변화하는 과정을 이 글에서는 풀어내고 있다. 인류의 사회는 이와 같이 대동에서 소강의 누리로 변화해온 질곡의 역사이다.

배움은 글깨나 읽은 사람이 하는 것이라고들 한다. 본래 인간이 지녔던 선한 마음을 찾고, 저 멀리 고대사회에 있었던 인간 본연의 모습을 향해 거슬러 올라가는 과정이 바로 배움의 진정한 목적이다. 현재 동양고전을 읽는 우리는 본래 지녔던 선한 마음의 뿌리를 찾아가고 있는지도 모른다. 아니 찾아야 마땅한 것이다. 『맹자孟子』의 「고자 상告子 上」편에는 '배운다는 것은 다른 것이 아니라 바로 그 잃어버린 마음을 되찾는 것일 뿐이다'라고 한다. 배움을 가장 적절히 대변해주는 말이다. 잃어버린 뿌리를 되찾아 함양해야 함을 역설한 대목이라고 할 수 있다. 배움은 곧 수양의 과정이며, 잃어버린 마음을 제자리에 돌려놓는 것이다. 배움은 곧 남에게 보이기 위함보다는 자신의 수양을 위한 것이어야 한다고 공자孔子도 역설하였다.

이 글에서는 인간 본연의 심성과 부모와 자식 간의 관계와 형제간의 우애 및 벗과의 관계 등을 그려 내고 있다. 또한 우리네 민초들이 삶을 어떻게 살아야 하는지, 왕후장상王侯將相의 삶은 어떠한지, 한 나라의 임금은 어떻게 백성을 다스려야 하는지에 관한 대목도 담담히 그려 내고 있다. 역사를 이야기하는 대목에서는 수많은 위인들이 어떻게 옳은 처신을 했는가를 보여주어 지금 우리네 위정자들이 배워야 할 덕목이 무엇인지 가리키고 있다. 이는 현 위정자들의 폐부에 비수처럼 박혀들 것이다.

동양학의 뿌리는 매우 견고하다 못해 숫제 철옹성과도 같다. 그 웅숭깊은 심연의 바다에서 거두어 올릴 사유의 조각은 무궁무진하다. 외국의 석학들이 동양학에 심취하는 것은 어쩌면 당연한 일인지도 모른다. 이는 동도서기東道西器의 뿌리가 있기 때문이리라. 동양학의 뿌리 깊은 나무에 튼실한 과실이 열리기 시작한다. 동양학적 사유가 영글기를 바란다.

단기 4343년 1월 21일
충주에서
不二堂 적다.

차 례

하늘과 땅의 갈피(이치)―대동(大同)의 누리

'天'자는 푸르지 않은데……,	天地玄黃 宇宙洪荒	12
방아 찧던 토끼	日月盈昃 辰宿列張	16
김치냉장고	寒來暑往 秋收冬藏	19
인간의 성정(性情)을 다스림	閏餘成歲 律呂調陽	22
무위(無爲)의 다스림	雲騰致雨 露結爲霜	24
사랑(思郎)이 중(重)타 흔들 님남마다 좃츨야	金生麗水 玉出崑岡	26
아내의 한을 머금은 칼	劍號巨闕 珠稱夜光	29
자두서리	果珍李柰 菜重芥薑	31
곰발바닥을 먹다	海鹹河淡 鱗潛羽翔	33
호리병박의 아이	龍師火帝 鳥官人皇	36
문자의 기원과 옷의 역사	始制文字 乃服衣裳	40
임금은 임금다워야	推位讓國 有虞陶唐	43
동이(東夷)가 중국에서 사라진 까닭	弔民伐罪 周發殷湯	47
입으로 천하를 다스림인가?	坐朝問道 垂拱平章	50
검은 머리의 구실	愛育黎首 臣伏戎羌	52
실살스러운(알찬) 민초의 삶은 어떠해야 하는가?	遐邇壹體 率賓歸王	55
봉황은 사라졌는가?	鳴鳳在樹 白駒食場	58
대도불기(大道不器)	化被草木 賴及萬方	61

몸닦달(수양)과 벗과 학문의 길

내 머리는 자를 수 있을지언정!	蓋此身髮 四大五常	64
귀를 뚫을 것인가?	恭惟鞠養 豈敢毀傷	67
암닭은 새벽을 알려야 한다	女慕貞烈 男效才良	70
서검(書劍)	知過必改 得能莫忘	73
제금당(製錦堂)에 오를 이는?	罔談彼短 靡恃己長	75

그릇은 되지 말라!	信使可覆　器欲難量	78
나라가 물들면	墨悲絲染　詩讚羔羊	80
성인(聖人)과 미치광이의 틈(차이)	景行維賢　剋念作聖	82
바른 임금	德建名立　形端表正	85
임금님 귀는 당나귀 귀	空谷傳聲　虛堂習聽	88
재상의 자리에 오른 손숙오(孫叔敖)	禍因惡積　福緣善慶	92
분음(分陰)을 아껴라	尺璧非寶　寸陰是競	94
화살 맞아 죽은 임금	資父事君　日嚴與敬	97
그대를 우러러봄이여	孝當竭力　忠則盡命	101
항룡유회(亢龍有悔)	臨深履薄　夙興溫凊	104
독야청청(獨也靑靑)하리라	似蘭斯馨　如松之盛	107
조선의 청백리	川流不息　淵澄取映	112
도둑의 샘물은 먹지 않는다	容止若思　言辭安定	115
눈자라기 같은 마음	篤初誠美　愼終宜令	119
의자의 한쪽 다리가 짧구나	榮業所基　籍甚無竟	122
청렴 렴(廉) 자(字) 하나만 지키면 그만	學優登仕　攝職從政	125
내 생일인데……,	存以甘棠　去而益詠	129
삶이 버거운 까닭은?	樂殊貴賤　禮別尊卑	133
소크라테스의 아내 크산티페	上和下睦　夫唱婦隨	137
지어미가 되는 사자어금니(要諦요체)	外受傅訓　入奉母儀	141
집성촌(集姓村)	諸姑伯叔　猶子比兒	146
한 핏줄	孔懷兄弟　同氣連枝	150
문에 참새 그물을 치다	交友投分　切磨箴規	154
황희 정승	仁慈隱惻　造次弗離	158
팔여거사(八餘居士)	節義廉退　顚沛匪虧	162
바탕(本性)을 어떻게 지키나	性靜情逸　心動神疲	165
감바리가 되어서 무엇하나	守眞志滿　逐物意移	169
대장부란	堅持雅操　好爵自縻	173

천하 아우르기와 큰춤(榮華) 볼 때

정도전의 꿈	都邑華夏　東西二京	178
삶과 죽음은 한 조각의 구름	背邙面洛　浮渭據涇	183

우리가 사는 집―궁(宮)　　　　　　　　宮殿盤鬱　樓觀飛驚　186

흐르는 눈물로 새를 그린 아이　　　　　圖寫禽獸　畫綵仙靈　190

조선시대 궁궐과 관청　　　　　　　　　丙舍傍啓　甲帳對楹　194

기로소(耆老所)　　　　　　　　　　　　肆筵設席　鼓瑟吹笙　196

까만 머리(민초)를 건져줄 이　　　　　　陞階納陛　弁轉疑星　199

책이 시뜻함은　　　　　　　　　　　　右通廣內　左達承明　202

30년 만에 아내를 만나다　　　　　　　　旣集墳典　亦聚群英　206

상기도 붓글씨에 개칠을 합니다　　　　　杜稿鍾隸　漆書壁經　209

도린곁을 간 사나이―정여립의 생각　　　府羅將相　路挾槐卿　213

식읍(食邑)　　　　　　　　　　　　　　戶封八縣　家給千兵　218

갓을 씻을 것인가, 발을 씻을 것인가　　　高冠陪輦　驅轂振纓　223

아래 사람들의 구실(세금)을 덜라　　　　世祿侈富　車駕肥輕　225

눈물을 떨구는 비석(墮淚碑디루비)　　　　策功茂實　勒碑刻銘　229

쑥대머리와 칠십 넘은 늙은이의 벼슬살이　磻溪伊尹　佐時阿衡　233

공화정(共和政)　　　　　　　　　　　　奄宅曲阜　微旦孰營　236

3년간 울지도 날지도 않는 새　　　　　　桓公匡合　濟弱扶傾　240

선비 갓에 오줌을 눈 임금　　　　　　　綺回漢惠　說感武丁　244

천리마로 하여금 쥐를 잡으려 하는가?　　俊乂密勿　多士寔寧　248

내 혀가 아직 입 안에 있지 아니하오?　　晋楚更覇　趙魏困橫　251

입술이 없으면　　　　　　　　　　　　假途滅虢　踐土會盟　254

벗을 죽인 이사(李斯)　　　　　　　　　何遵約法　韓弊煩刑　257

사람 목숨을 파리 잡듯 하는 이들　　　　起翦頗牧　用軍最精　261

낚시질하는 두 늙은이를 조롱하다　　　　宣威沙漠　馳譽丹靑　266

드넓은 가람과 뫼에 거닐고파

대동의 세계　　　　　　　　　　　　　九州禹跡　百郡秦幷　270

사대문의 비롯함　　　　　　　　　　　嶽宗恒岱　禪主云亭　273

우리 땅!　　　　　　　　　　　　　　雁門紫塞　鷄田赤城　276

초나라의 미치광이　　　　　　　　　　昆池碣石　鉅野洞庭　279

옹춘마니 당 태종　　　　　　　　　　　曠遠綿邈　巖岫杳冥　282

노가리와 늦사리　　　　　　　　　　　治本於農　務玆稼穡　286

들피 나던 시절　　　　　　　　　　　　俶載南畝　我藝黍稷　288

8

버덩에 누워버린 들풀 　　税熟貢新　勸賞黜陟　291
시체로 간(諫)하다 　　孟軻敦素　史魚秉直　294
시어머니와 며느리 싸움 　　庶幾中庸　勞謙謹勅　296
나이 사십이면 　　聆音察理　鑑貌辨色　299
각다귀판 　　貽厥嘉猷　勉其祗植　302
옷 한 벌에 이불 하나로 산 대사헌 영감 　　省躬譏誡　寵增抗極　305
한 바리때의 밥 　　殆辱近恥　林皐幸卽　308
밥그릇 싸움 　　兩疏見機　解組誰逼　311

누리를 벗어난 삶과 절개

누리를 벗어나서 　　索居閒處　沈黙寂寥　314
막걸리 한잔 　　求古尋論　散慮逍遙　317
글만 읽는 바보 　　欣奏累遣　慼謝歡招　320
겉치레를 벗어던지고 　　渠荷的歷　園莽抽條　322
오동잎 한 잎 두 잎 　　枇杷晩翠　梧桐早凋　325

숨은 이들이여!

떨어지는 이파리 　　陳根委翳　落葉飄颻　330
저잣거리에 숨을 대은(大隱)은 없는지 　　遊鵾獨運　凌摩絳霄　332
조선의 천재 　　耽讀翫市　寓目囊箱　334
말·말·말 　　易輶攸畏　屬耳垣墻　336

쌀겨와 술지게미

이밥이 먹고 싶어 　　具膳飡飯　適口充腸　340
조강지처 　　飽飫烹宰　饑厭糟糠　342
나이 8살이면 　　親戚故舊　老少異糧　345

따뜻한 집

할급휴서(割給休書) 　　妾御績紡　侍巾帷房　350
버림받은 여인 　　紈扇圓潔　銀燭煒煌　354
낮잠도 좀 즐기게나 　　晝眠夕寐　藍筍象牀　357

술과 세상사 그리고 글초 絃歌酒讌　接杯擧觴 359
끄느름한 날은 가라! 矯手頓足　悅豫且康 361

그리운 내 고향!

시향(時享) 지내던 날 嫡後嗣續　祭祀蒸嘗 364
어머니의 노래 稽顙再拜　悚懼恐惶 366
아버님의 일기장 牋牒簡要　顧答審詳 369
씻지 않는 아이 骸垢想浴　執熱願凉 371
인골탑(人骨塔) 驢騾犢特　駭躍超驤 373
도둑들에게! 誅斬賊盜　捕獲叛亡 375

이 누리의 빛

기인열전(奇人列傳) 布射僚丸　嵇琴阮嘯 378
관성자(管城子) 恬筆倫紙　鈞巧任釣 384
남을 위한 베푸는 마음 釋紛利俗　並皆佳妙 388

세월은 도화(桃花)도 버리고

강안여자(强顔女子) 毛施淑姿　工嚬姸笑 392
짧은 시간은 그림자도 남기지 않고 年矢每催　羲暉朗耀 396
퇴계 선생의 하늘 보기 璇璣懸斡　晦魄環照 398

벼슬아치의 몸가짐

신화상전(薪火相傳) 指薪修祐　永綏吉邵 402
촛불을 들라! 矩步引領　俯仰廊廟 404
문지방과 봉당(封堂) 束帶矜莊　徘徊瞻眺 407
알음알이와 몸닦달 孤陋寡聞　愚蒙等誚 410
허튼소리 謂語助者　焉哉乎也 413

하늘과 땅의 갈피(이치)ㅡ

대동大同의 누리

'天'자는 푸르지 않은데……,

天 地 玄 黃　宇 宙 洪 荒
하늘천 따지 검을현 누르황　집우 집주 넓을홍 거칠황

하늘은 갈피(이치)가 깊고 아득하며 땅은 누르며, 우주는 넓고도 거칠다.

한자의 본뜻 풀이

　'天地천지'는 '갈피를 잡을 수 없는 하늘과 넓고 큰 땅 덩어리'
라는 뜻이며, 『설문說文』에 '天천'은 '꼭대기[1]'라고 하며, 아울러
'지극히 높아 위가 없다[2]'라고 합니다. '地지'는 '원래의 기운이
처음으로 나뉘다[3]'라는 뜻입니다. '玄현'은 '검붉은 빛깔[4]'이며
'그윽하고도 멀다[5]'라고 하며, '黃황'은 '흙빛[6]'이라고 합니다. 『회
남자淮南子』의 「제속훈齊俗訓」에는 "하늘은 너무 넓고 둥글어서
컴퍼스로 잴 수 없고 땅은 모가 나서 곧은 자로 잴 수 없다. 예로
부터 지금에 이르기까지가 주宙이고, 동서남북 위아래가 우宇이
며 도道는 그 사이에 있다[7]."라고 합니다. '洪홍'은 '냇물이 크게
넘치다[8]'라는 뜻이며, '荒황'은 '잡풀이 우거져 가려내기 어려운
땅[9]'이라는 뜻이 됩니다.

1 顚也 전야
2 至高無上 지고무상
3 元气初分 원기초분
4 黑而有赤色者爲玄 흑이유적색자위현
5 幽遠也 유원야
6 地之色也 지지색야
7 故天之圓也 不得規 地之方也 不得矩 往古來今 謂之宙 四方上下謂之宇 道在其間 고천지원야
　부득규 지지방야 부득구 왕고래금 위지주 사방상하위지우 도재기간
8 洚水也 홍수야
9 蕪也 艸淹地也 무야 초엄지야

『도덕경道德經』에서 이름이 없는 것은 천지의 처음이라 하여 혼돈混沌의 상태를 말하고, 이름이 있는 것은 만물의 어머니라고 하여, 하늘과 땅의 어머니인 음陰과 양陽으로 몬10을 낳게 하는 태극太極이 고갱이11가 되게 합니다. 그리고 게염(욕심)이 없는 것으로 묘妙를 보고, 욕심이 없음으로써 교噭12의 세계를 본다고 합니다. 묘와 교는 본래 한줄기인데 이름을 달리하여 한마디로 하면 현玄이라 한다고 합니다. 현은 무엇인가요? 현은 어둡고 정함이 없으며 아스라이 멀리 있는 어떤 것이며, 조금 붉으면서 까만색이 되기 이전의 검붉은 색입니다. 아직은 죽지 않은 혼돈의 세계입니다. 희미하고 불그레한 빛을 지닌 생명의 움을 틔우려는 정중동靜中動의 모습을 지닌, 옛적의 우리를 낳은 탯줄이었습니다. 또한, 『주역周易』「건괘乾卦」에 보면 하늘색은 사실은 검다 못해 푸르다고 하였습니다. 그래서 하늘 아래 사는 사람, 즉 백성을 '창생蒼生, 푸른 하늘 아래 큰 덕을 지닌 이'라고 하였던가 봅니다13. 『주역』「계사전하繫辭傳下」에 나오는 말입니다.

그러나 하늘은 밤에 보면 검게 보이나 실제로 낮에 보면 푸르른 빛깔입니다. 하늘은 정말 푸른빛인가요?

"한 마을에 어린아이가 있었는데, 『천자문』을 배우던 중 글 읽기를 싫어하여 웃으며 말하기를 '하늘을 보니 푸르른데 '天'자는 푸르지 않아 읽기 싫습니다'라고 하였다. 이 아이는 슬기롭다 할 만하니 창힐蒼頡을 굶어 죽게 할 만하다." 『연암집燕巖集』에 나오는 『천자문』에 대한

---

10 사물
11 중요한 것
12 물질
13 天地之大德曰生 천지지대덕왈생

농지거리입니다.

　중국 최초의 자전字典인 『석명釋名』 권1에 『이아爾雅』를 빌어 때에 따라 하늘을 달리 부르는 대목이 나옵니다. "봄에는 푸른 하늘이라 하는데 양기가 생겨나 푸른빛을 띠고, 여름에는 호천이라 하는데 하늘의 기운이 널리 퍼져 희기 때문이다. 가을에는 민천이라고 하는데 사물이 점점 마르고 시들어감에, 상할까 애처로이 여기기 때문이며, 겨울에는 상천이라고 하는데 기운이 위로 올라가 땅과는 떨어지기 때문이다[14]"라고 적고 있습니다.

　『주역』「건괘」문언전文言傳 구오효九五爻에는 다음과 같은 대목이 보입니다.
　"'나는 용이 하늘에 있으니 대인大人을 만나봄이 이롭다'라는 말은 무엇을 뜻하는가? 공자가 말하길, '소리가 같아 서로 응하여 주며[15], 기운이 같아 서로 구하며[16], 물은 습한 곳으로 흐르며, 불은 마른 데로 나아가며, 구름은 용을 좇으며, 바람은 범을 좇는다[17]. 성인聖人이 일어나고 만물이 보이나니 하늘에 근본을 둔 것은 위와 친하고, 땅에 근본을 둔 것은 아래와 친하나니 각각 그 유類를 좇는다'라고 적고 있습니다.
　하늘 누리와 땅 누리의 하나 됨을 일러 음과 양이 아직 갈라지지 않

14　春曰蒼天　陽氣始發色蒼蒼也　夏曰昊天　其氣布散皓皓也　秋曰旻天　旻閔也　物就枯落可閔傷也　冬曰上天　其氣上騰與地絶也　춘왈창천　양기시발색창창야　하왈호천　기기포산호호야　추왈민천　민민야　물취고락가민상야　동왈상천　기기상등여지절야
15　同聲相應　동성상응
16　同氣相求　동기상구
17　雲從龍　風從虎　운종룡　풍종호

았을 때를 태극太極이라 합니다. 태극은 하늘과 땅의 어머니이며, 태극이 둘로 나뉘어 지면 비로소 양의兩儀[18]가 되니 곧 음양의 모습이 되는 것입니다. 하늘과 땅은 얼마나 떨어져 있는가?『속박물지續博物志』에는 "천하는 모두 38만 7천 리인데 하늘에는 중앙과 아래, 위가 있어 그 중간 지점이 19만 3천 5백 리이며, 땅은 그 중간에 있는데 이것이 땅과 하늘의 떨어진 거리이다[19]"라고 합니다.

18 하늘과 땅
19 四表之內 總有三十八萬七千里 然則天之中央上下 各半之處 則一十九萬三千五百里 地在于中 是地去天之數也 사표지내 총유삼십팔만칠천리 연즉천지중앙상하 각반지처 즉일십구만삼천오백리 지재우중 시지거천지수야

방아 찧던 토끼

日 月 盈 昃　辰 宿 列 張
날일　달월　찰영　기울측　별신　별자리수　벌릴렬　베풀장

해와 달은 차고 기울며, 별과 별자리는 고르게 펼쳐져 있다.

🐋 한자의 본뜻 풀이

　『설문』에 '日일'은 '가득하다, 해의 본 모습이며 사위어짐이
없으며[1]', '月월'은 '달의 본 모습[2]이며 사위어졌다 찼다' 하는 점
이 있다고 합니다. '盈영'은 본래 '그릇을 채우다[3]'라는 뜻이나,
여기서는 달이 찬 보름을 이야기하며, '昃측'은 '해가 서쪽으로
기울어지는 때[4]'를 뜻합니다. 『설문』에 '辰진'은 '움직이다[5]'라고
하며, '만물이 생기다[6]' 또는 3월을 뜻합니다. '宿숙'은 '멈추다[7]'가
본뜻입니다. 『설문』에 '張장'은 '활과 활시위를 늘이다[8]'라는 뜻
입니다. '辰宿신수'는 '별자리'의 뜻이며, '列張열장'은 '별들이 각
각의 자리를 잡아 넓고 넓은 하늘에 늘어서 있는 모습'을 말합니
다. 『주역周易』의 「뇌화풍괘雷火豊卦」의 단사[9]에 日月盈昃일월영측
에 대한 대목이 있습니다. "해는 중천에 이르면 기울고, 달은 차
면 먹혀 들어간다[10]"라고 적바림[11]되어 있습니다.

---

1 實也, 太陽之精不虧 실야, 태양지정불휴
2 大陰之精 대음지정
3 滿器也 만기야
4 日在西方時, 側也 일재서방시, 측야
5 震也 진야
6 萬物生 만물생
7 止也 지야
8 施弓弦也 시궁현야
9 彖辭 : 주(周)나라 문왕(文王)이 각 괘(卦)의 뜻을 풀어놓은 글
10 日中則昃 月盈則食 일중즉측 월영즉식
11 기록

『서경書經』의 「우하서虞夏書 · 요전堯典」을 보면 1년을 朞기라 하여 고대 중국에서는 1년을 366일로 정하였습니다. 반면 서양에서는 1년을, 즉 태양이 지구의 둘레를 돈다고 여겨 365.2422일이라고 생각하였습니다. 고대 중국의 태음력에 의하면 달이 지구의 둘레를 한 바퀴 도는 데 걸리는 시간은 29.5306이라 여겼습니다. 그래서 고대 중국 사람들은 일 년을 열두 달로 하고, 큰 달은 30일, 작은 달은 29일로 하여 일 년을 354일 또는 355일로 하였는데, 이는 태양력의 일 년에 비하여 10여 일이 적었고, 태양의 운행에 의해 나타나는 봄 · 여름 · 가을 · 겨울의 사계절 시기와 일치하지 않았습니다. 이에 고대 중국인들은 윤달leap month을 둠으로써 태양력의 일 년과 사계절에 일치하도록 조절하는 방법을 취하였습니다. 이를 보여주는 은나라의 갑골문에서는 윤달을 '십삼월+三月'이라 적고 있습니다. 이는 『서경』 「우하서 · 요전」에 나오는 대목입니다.

실학의 우두머리인 이수광李粹光이 지은 『지봉유설芝峯類說』에 보면 다음과 같은 말이 있습니다. "달은 본래 빛이 없는데 햇빛을 받아서 밝아지고, 해가 지면 가깝고 먼 차이가 있다. 햇빛을 받는 정도에 따라 밝고 어두움의 차이가 있다. 햇빛을 제대로 받으면 달빛이 가득하다. 그러므로 초하루부터 그믐에 이르기까지는 가깝고도 멀게 보여 달빛이 점점 밝아져 가득 차게 되며, 그믐에서 초하루 사이에는 멀고도 가깝게 보여 달빛이 점점 어두워져 결국에는 달빛이 없는 칠흑의 누리가 되니, 이것이 바로 천지음양天地陰陽의 나고 사라지고 차고 비는 갈피이다. 달은 원래 검은 것이나 햇빛을 받아서 희게 된다."

우리가 아는 달에는 계수나무와 토끼만 있던 것으로 동요나 옛 이야기를 통해 전해 내려옵니다. 하지만 『지봉유설』에서는 달을 잡아먹는데 달에는 두꺼비가 있고, 해를 잡아먹는데 해에는 두 발 달린 까마귀가 있다고 소동파蘇東坡의 말을 끌어대고 있습니다. 『예문유취藝文類聚』 권1에는 달에는 두꺼비와 흰 토끼가 있는데, 이는 양을 말하며 달을 밝게 하는 것이라고 합니다. 정녕 계수나무와 약을 찧던 토끼는 달에서 사라진 것일까요? 흰 토끼는 사람에게 복을 내려 주는 잇속 있는 짐승입니다. 이제는 달과 해 그리고 지구 및 뭇별들이 기하학적인 3차원을 넘어서 4차원의 갈피를 헤아리는 때입니다. 모든 것이 셈에 의하여 결딴나는 시대입니다. 옛날의 구성진 동요가락이나 타령에 기대던 시절이 아니니 더욱 애잡짤합니다[12].

12 가슴이 미어지게 안타까움

김치냉장고

寒 來 暑 往   秋 收 冬 藏
찰한 올래 더위서 갈왕 가을추 거둘수 겨울동 감출장

추위가 오면 더위는 가니, 가을에는 거두고 겨울에는 갈무리한다.

> 🌀 한자의 본뜻 풀이
>
> 『설문』에 '寒한'은 '얼다[1]'의 뜻이며, '來래'는 본래 '까끄라기를 지닌 밀과 보리[2]'를 뜻하였으나, 여기서는 '오다'로 풀이합니다. '暑서'는 '덥다[3]'라는 뜻을 지녔다고 합니다. 같은 책에 '秋추'는 '곡식이 익는 것[4]'이라 합니다. 『이아爾雅』에는 가을을 다른 말로 '백장'이라 하며, '거두어들이는 때[5]'라고 합니다. 『설문』에 '收수'는 '잡다[6]'라는 뜻이라고 합니다. 『설문』에 '冬동'은 '사철이 끝나는 때[7]'라는 뜻입니다. 『이아爾雅』에는 다른 이름으로 '현영玄英'이라고 하며, 한편으론 '안녕安寧'이라고 합니다. '藏장'은 '감추다[8]'라는 뜻을 지녔다고 합니다.

秋收冬藏추수동장은 『사기史記』의 「태사공자서太史公自敍」에 나오는 말로서, "무릇 봄에는 나고, 여름에는 자라고, 가을에는 거두고, 겨울에는 갈무리하는 것이 천도天道의 큰길이다. 여기에 잘 따르지 않으면

---

1 凍也 동야
2 周所受瑞麥來麰 象芒束之形 주소수서맥래모 상망자지형
3 熱也 열야
4 禾穀孰也 화곡숙야
5 秋爲白藏 一曰收成 추위백장 일왈수성
6 捕也 포야
7 四時盡也 사시진야
8 匿也 닉야

천하의 기강을 올곧이 할 수 없다"[9]라고 합니다. 또『주역』「계사하繫辭下」에 보면 다음과 같은 말이 있습니다. "해가 지면 달이 오고, 달이 지면 해가 오니, 해와 달이 서로 밀어 밝음이 생긴다. 추위가 가면 더위가 오고, 더위가 가면 추위가 오니, 춥고 더운 것이 서로 밀어 한 해를 이룬다. 가는 것은 굽힘이요, 오는 것은 펴지는 것이니, 굽힘과 펴짐이 서로 상응하여 이로움이 생긴다[10]." 곧 추위와 더위를 통하여 세월의 흐름을 말하였습니다. 『태평어람太平御覽』권1에는 "가을은 화난 기운을 띠니 만물을 죽이고 겨울은 만물이 애처로운 기운이 있어 갈무리를 한다[11]"라고 합니다.

땅信신을 바탕으로 봄에는 모든 사물을 나게 하고[12], 여름에는 자라게 하고[13], 가을에는 거두어들인 알곡으로 서로 배불리 먹어[14], 겨울에는 갈무리하여 먹음[15]을 말하고 있습니다. 동양철학의 밑바탕인 오행五行과 인仁・의義・예禮・지智・신信을 두루 이야기하는 것이 되니 참으로 때에 맞는 먹을거리와 밭갈이와 거두기의 얼개[16]를 해놓은 셈입니다.

『서경』의 「우하서・요전」을 보면 요 임금이 희씨羲氏와 화씨和氏에

---

9 夫春生 夏長 秋收 冬藏 此天道之大經也 弗順 則無以爲天下紀綱 부춘생 하장 추수 동장 차천
  도지대경야 불순 즉무이위천하기강
10 日往則月來 月往則日來 日月相推而明生焉 寒往則暑來 暑往則寒來 寒暑相推而歲成焉 往者屈
  也 來者信也 屈信相感而利生焉 일왕즉월래 월왕즉일래 일월상추이명생언 한왕즉서래 서왕즉한
  래 한서상추이세성언 왕자굴야 내자신야 굴신상감이이생언
11 秋怒氣故殺 冬哀氣故藏 추노기고살 동애기고장
12 仁 인
13 禮 예
14 義 의
15 智 지
16 구상

게 명하여 해와 달과 별들의 운행을 자주 관측하게 하여 사람들에게 절기節期를 알리도록 하였다고 합니다. 즉 날씨의 좋고 나쁨은 요즘도 그렇지만 특히 고대 사회에서는 봄이 되면 밭에 곡식을 뿌리고 수확하기에 알맞은 때를 아퀴짓[17]는 일은 항상 대모한[18] 일이었나 봅니다.

그래서 중국 역사상 최고의 성군聖君인 요 임금은 봄철의 일은 희중義仲에게 맡기고, 여름철의 일은 희숙義叔에게 맡겼으며, 가을철의 일은 화중和仲에게 맡기고, 겨울철의 일은 화숙和叔에게 맡겼다고 『서경』에 기록이 보입니다. 고대 중국인들은 '하늘을 경건히 따르라[19]' 하는 전통이 이미 요 임금 시대부터 있어 왔으며, 농본주의를 제일로 삼았음을 엿볼 수 있습니다.

요즘 겨울에 갈무리하기는 애당초 글렀습니다. 어릴 적 뒤란에는 늦가을이면 아버지가 해마다 구덩이를 서너 개 팝니다. 김칫독을 묻거나 배추나 무를 묻기 위한 일이었죠. 그리 굵지 않은 나무를 원추형으로 에둘러 세워 놓고 그 위를 다시 짚으로 용고래를 만들어 고깔을 씌우듯 덮습니다. 안이 따뜻한지 가끔은 참새 몇 마리가 재잘대며 들락날락합니다. 차디찬 겨울 칼바람에 눈이 휘날리는데도 김치와 무를 꺼내려고 집안 뒤꼍으로 가시는 이는 늘 어머님이셨습니다. 어름이 서걱거리는 김치를 맨손으로 꺼내 이내 부엌으로 와 썰어 밥상에 올립니다. 참 맛있습니다. 요즘은 김치냉장고가 나와 예전 겨울의 정취는 사라지고 있습니다. 김장 김치 떨어질라 아껴 먹던 시절이었습니다.

17 결정지음
18 중대한
19 欽若昊天 흠약호천

인간의 성정性情을 다스림

閏 餘 成 歲   律 呂 調 陽
윤달윤 남을여 이룰성 해세   법율 법려 고를조 볕양

윤달로 하여 한 해를 이루고, 육률과 육려로 음양을 어우러지게 한다.

한자의 본뜻 풀이

『설문』에 '閏윤'은 '자투리의 달로 5년마다 돌아온다[1]'라고 하여, 음력으로 보면 1년에 10일이 남아돌아 3년이면 한 달이 남습니다. 이에 요 임금이 윤달을 두어 해를 조절하였다고 합니다. '成성'은 '이루다[2]'의 뜻입니다. 『지봉유설』에 별을 풀이한 구절을 보면 '목성은 한 해, 즉 12개월에 한 차례 움직여 한 해를 이루는 별[3]'이라고 합니다. 『설문』에 '律율'은 '고르게·펴다[4]'라고 합니다. '呂여'는 '등골뼈[5]'인데 『집운集韻』에서는 '가락'으로 뜻이 바뀌었습니다. 『광아廣雅』에서 '調조'는 '서로 어울리다[6]'라고 했으며, 『설문』에 '陽양'은 '높고 밝다[7]'라고 하였습니다.

『서경』의 「우하서·요전」을 보면, 요 임금이 희씨羲氏와 화씨和氏에게 말하기를, "일 년은 삼백 육십 육일이니 윤달로 사철을 정하고 한 해를 이루도록 하라[8]"라고 합니다. 이는 사시사철을 갈래지어 민초들

---

1 閏餘分之月 五歲再閏也 윤여분지월 오세재윤야
2 就也 취야
3 木歲星 목세성
4 均布也 균포야
5 脊骨 척골
6 和也 화야
7 高고, 明也 명야
8 朞 三百有六旬有六日 以閏月 定四時成歲 기 삼백유육순유육일 이윤월 정사시성세

이 그때의 생업인 농사를 잘 지을 수 있게 하고, 아울러 천문을 바로잡고 이를 나라 살림에 이용하고자 함이라 생각합니다.

또한 음악을 관장하고 장려함에 있어서는 『서경』의 「우하서·요전」을 보면, 순 임금이 기夔라는 사람을 악관樂官에 임명하는데, 순 임금이 말하기를, "시詩는 뜻을 말한 것이고, 노래는 말을 길게 늘인 것이다9. 궁宮·상商·각角·치徵·우羽의 다섯 가지 음률은 읊조림에 의한 것이다"라고 하여 12음률을 오음에 맞추고 있습니다. 음악은 고대 중국에서는 인간의 성정性情을 교화시키는 수단일 뿐만 아니라, 여러 가지 국가의식 또는 민간의 의식을 행할 때 중요시 여겼던 것입니다.

12률은 1옥타브의 음역을 12개의 음정으로 나누어 각 음 사이를 반음 정도의 음정 차로 율을 정한 것으로, 중국 주周나라 때부터 사용되었습니다. 이 12률은 저음으로부터 황종黃鐘(C)·태주太簇(D)·고선姑洗(E)·유빈蕤賓(F#)·이칙夷則(G#)·무역無射(A#) 등 홀수의 여섯을 육률六律이라 하고, 이를 양성陽聲·양률陽律·육시六始·육간六間이라고 합니다. 대려大呂(C#)·협종夾鐘(D#)·중려仲呂(F)·임종林鐘(G)·남려南呂(A)·응종應鐘(B) 등 짝수의 여섯을 육려六呂라 하고, 음성陰聲·음려陰呂라고 합니다.

9 詩言志 歌永言 시언지 가영언

무위無爲의 다스림

雲 騰 致 雨　露 結 爲 霜
구름운 오를등 이룰치 비우　이슬로 맺을결 할위 서리상

구름이 올라 비가 되고, 이슬이 맺혀 서리가 된다.

한자의 본뜻 풀이

『설문』에 '雲운'은 '뫼와 가람의 기운[1]'이라고 하며, '騰등'은
『광아』에 '오르다[2]'라고 합니다. 『설문』에 '致치'는 '보내어 이르
게 하다[3]'라고 합니다. 『설문』에 '雨우'는 '수증기가 구름을 따라
내리다[4]'라고 합니다. '露노'는 '푼푼한[5] 이슬[6]'의 뜻이며, '結결'
은 '맺다[7]'라는 뜻입니다. '爲위'는 '이루다[8]'의 뜻이며, '霜상'은
'잃다[9]'의 뜻이 됩니다.

『주역』「건단전建彖傳」에 보면, "구름이 움직여 비가 내려야 세상의
만물이 됨됨이를 이룬다[10]"라고 하였는데, 이는 우리가 흔히 말하는
음陰과 양陽을 말하며, 모든 우주의 질서나 사람들의 움직임 등이 모두
이 두 가지 것에 의하여 움직이고 이루어짐을 말합니다.

---

1 山川气也 산천기야
2 上也 상야
3 送詣也 송예야
4 水從雲下也 수종운하야
5 모자람이 없이 넉넉함
6 潤澤也 윤택야
7 締也 체야
8 成也 성야
9 喪也 상야
10 行雲雨施 品物流形 행운우시 품물유형

구름은 많이 끼었는데 비는 내리지 않고 있습니다. 민초를 위한다고 많은 공약이 나오고 있습니다. 구름이 되기 전 많은 수증기가 만들어져 올라갑니다. 수증기가 올라가 구름을 만들고 비를 내리게 합니다. 요즘은 만물을 촉촉이 적셔 누리의 숨 탄 것을 자라게 하는 구름은 만들어지지만, 비는 제대로 내리지 않고 있습니다. 해마다 장마철이 옵니다. 장마와 같은 비는 아니더라도 알맞게 내리는 비가 너무나도 필요한 때입니다. 구름은 잔뜩 끼었는데 비는 내리지 않는 '공약空約'이 저자에 어지러이 나부끼고 있습니다. '밀운불우密雲不雨'라고 합니다. 『주역』에 나오는 대목입니다. 차라리 말하지나 말 것을……, 말로써 하는 다스림은 이제 가기를 바랍니다. 귀가 간지럽습니다.

『장자莊子』「천운天運」에 보면 다음과 같은 말이 있습니다. "구름이 비가 되는가? 비가 구름이 되는가? 누가 이를 일으키고 내리게 하는가? (중략) 하늘에는 육극[11]이 있어 임금이 이를 따르면 다스려지고 거스르면 흉해진다. 구락九洛의 일[12]로 다스려지고 덕이 갖추어져 아래로 땅을 비추고 천하가 다 받들어 모신다. 이런 이를 일러 상황上皇이라 한다." 아무것도 하지 않아도 잘 다스려지는 누리의 갈피를 이야기하고 있습니다. 말로써 하는 다스림이 아닌 것을 그루박고[13] 있습니다.

11 六極 : 천지사방과 오상 五常 : 五行
12 五行·五事·八政·五紀·皇極·三德·稽疑·庶徵·五福六極
13 강조하다

사랑思郎이 중重타 흔들 님님마다 좃츨야

金 生 麗 水　　玉 出 崑 岡
쇠금　날생　고울려　물수　　구슬옥　날출　뫼곤　뫼강

금은 여수에서 나고, 옥은 곤륜산에서 난다. 여수(麗水)는 사금(沙金)의 고장인 듯하다.

🐚 한자의 본뜻 풀이

　　『설문』에 '金금'은 '다섯 빛깔의 쇠붙이[1]'라고 하며, '生생'은 '풀과 나무가 땅 위로 생기는 모습을 본뜬 모습이며, 나아가다[2]'라고 풀이하고 있습니다. '麗여'는 『광아』에서 '곱다[3]'라고 풀이하고 있으며, '水수'는 『설문』에 '평평히되[4]'라고 풀이를 하나, 여기서는 '물'의 뜻으로 보면 됩니다. 『한비자』 「내저설內儲說」에 "형남의 땅 가운데 여수라는 곳에 금이 나는데 사람들이 몰래 금을 캐어간다[5]"라고 하였으니, 사금이 많이 나는 곳이라고 합니다. 『설문』에 '玉옥'은 '돌 가운데 가장 곱고 아름다운 것[6]'이라는 뜻이며, '出출'은 본래 '나아가다[7]'의 뜻으로, '풀과 나무 등이 무성하게 자라는 것을 본뜬 모습[8]'입니다. '崑곤'은 '崑崙山곤륜산'을 말하며, '岡강'은 '산등성이[9]'라는 뜻입니다. 『박물지』에 보면 '곤륜산은 너비가 1만 1천 리가 되며 신령스러운 것이 생겨나는 곳이며, 성인과 신선이 모이는 곳이다. 다섯 빛깔의 구름 기운이 서려 있는 곳이며 다섯 빛깔의 물이 흐르는 곳이다. 곤륜산에서 나는 샘물은 동녘과 남녘으로 흘러 중국으로 들어오는데 이는 황하가 된다[10]'라고 합니다.

1　五色金也 오색금야
2　象艸木生出土上, 進也 상초목생출토상, 진야
3　好也 호야
4　準也 준야
5　荊南之地 麗水之中 生金 人多竊採金 형남지지 여수지중 생금 인다절채금
6　玉色之美也 옥색지미야
7　進也 진야
8　象艸木益滋 상초목익자
9　山脊也 산척야

『명심보감』「성심省心」에 있는 글귀가 생각납니다. 17년 전에 이 글귀를 붓으로 써서 집안에 걸어 놓았지요. 늘 생각나는 구절이기도 하고 지금도 가끔 속으로 중얼거리며 되새기곤 합니다. "「경행록景行錄」에 이르기를, 대장부는 착함을 보는 데 밝으므로 명분과 절의를 태산보다 더 무겁게 여기고, 마음 씀이 밝고 깨끗하므로 삶과 죽음을 기러기 털보다 더 가볍게 여긴다[11]."

조선시대 가장 부끄러운 집안싸움은 사육신을 죽인 일입니다. 1455년 세조는 조카 단종을 몰아내는 파렴치한 정권 찬탈을 합니다. 이때 특히 성삼문은 시뻘겋게 달군 쇠로 다리를 꿰고 팔을 잘라 내는 잔학한 고문에도 굴하지 않았습니다. 끝내 세조를 '전하'라 하지 않고 '나리'라 불러 임금으로 대하지 않았습니다. 나머지 사람들도 진상을 자백하면 용서한다는 말을 거부하고 형벌을 당했습니다. 성삼문·박팽년·김문기·이개는 작형[12]으로 쓰러지고, 하위지는 참살 당하였으며, 유성원은 잡히기 전에 자기 집에서 아내와 함께 스스로 목숨을 끊습니다.

다음은 박팽년[13]이 지은 「金生麗水금생여수ㅣ라 흔들」이라는 시조입니다. 수양대군首陽大君이 단종端宗을 몰아낸 뒤에 세조의 회유에 대하

---

10 崑崙從廣萬一千里 神物之所生 聖人神仙之所集 五色雲氣 五色之流水 其泉東南流入中國 名為河也 곤륜종광만일천리 신물지소생 성인신선지소집 오색운기 오색지류수 기천동남유입중국 명위하야
11 景行錄 云 大丈夫 見善明故 重名節於泰山 用心精故 輕死生於鴻毛 경행록 운 대장부 견선명고 중명절어태산 용심정고 경사생어홍모
12 灼刑 : 단근질
13 朴彭年 : 1417~1456

여 단심丹心을 지키려는 뜻에서 지은 시조입니다.

> 金生麗水(금생여수) ㅣ라 흔들 물마다 金(금)이 남녀
> 玉出崑崗(옥출곤강)이라 흔들 뫼마다 玉(옥)이 날쏜야
> 암으리 思郎(사랑)이 重(중)타 흔들 님님마다 좃츨야.

「해동가요海東歌謠」

　금과 옥은 사람들이 무척 좋아하는 것이며, 신라시대나 그 밖의 고대 역사 유적에서도 보면 늘 금이나 옥이 함께 출토됩니다. 신라의 천마총에서는 기기묘묘한 금관이 출토되었는가 하면, 백제의 무령왕릉에서도 다수의 옥과 금이 나왔습니다. 예나 지금이나 금은 자신의 치레를 돋보이게 하는 것입니다. 그런데 요즘은 여성의 화장품 또는 마시는 술에도 금가루를 넣어 마시니 고대 사람들보다 더 금에 애착을 갖는 가리사니[14] 없는 짓을 서슴지 않아 딱해 보입니다. 금분을 먹으면 건강에 좋은지 알지 못하나, 그저 유행한다고 나도 따르는 행동은 언걸한[15] 짓거리에 지나지 않습니다.

14 철
15 언짢은

아내의 한을 머금은 칼

劍 號 巨 闕　珠 稱 夜 光
칼검　부를호　클거　대궐궐　구슬주　일컬을칭　밤야　빛광

칼은 거궐(巨闕)이 입에 오르내리고, 구슬은 야광(夜光)이라고 일컫는 것이 있다.

한자의 본뜻 풀이

『설문』에 '號호'는 '숨을 내쉬다呼也호야'라는 뜻입니다. '巨闕거
궐'은 고대의 4대 명검의 하나로『순자荀子』「성악性惡」에 "간장干
將·막야莫耶·거궐巨闕·벽려僻閭는 모두 옛날의 양검이다[1]"라고
합니다. '珠稱夜光주칭야광'의 '珠주'는『설문』에 의하면 '합중정
음蛤中精陰'이라 했는데, 본래의 뜻은 '조개 속에 있는 진주'라는
뜻입니다.『속박물지』에 보면 "구슬은 아홉 가지가 있는데 1치
5푼 이상으로부터 1치 8 내지 9푼의 크기가 제일 크며 광채가 있
다[2]"라고 합니다. '稱칭'은『이아』「석고」에 의하면 '일컫다'라
는 뜻으로, 원래는 "남편의 어머니는 시어머니라 일컫는다[3]"라
는 데서 비롯합니다. 또한『설문』에는 '稱'을 '저울질하다[4]'라는
뜻도 있고, '춘분에 벼가 난다[5]'라고도 합니다. '夜야'는 본래『설
문』에서 '집 또는 머무는 곳[6]'이라고 하였으며, '夜光야광'에 대
하여『술이기述異記』에서는 "남해에 구슬이 있으니 고래의 눈과
같아 밤에도 거울같이 볼 수 있으니 이를 일러 야광이라[7]"고 합
니다.

---

1 干將莫耶巨闕僻閭 此皆古之良劒也 간장막야거궐벽려 차개고지양검야
2 珠有九品 寸五分以上至寸八九分爲尤品有光彩 주유구품 촌오분이상지촌팔구분위우품유광채
3 稱夫之母曰姑 칭부지모왈고
4 銓也 전야
5 春分而禾生 춘분이화생
6 舍也 사야
7 南海有珠 卽鯨目 夜可以鑑 謂之夜光 남해유주 즉경목 야가이감 위지야광

'巨闕거궐'은 춘추시대 월越나라의 구야자歐冶子가 만든 것인데, 오吳나라의 왕 합려闔閭가 자신의 나라에는 명검名劍이 없는 것을 안타까워하여 간장干將과 막야莫耶라는 장인匠人 부부에게 일러 명검을 만들게 하였습니다. 본시 간장은 월나라의 구야자와 함께 같은 스승 밑에서 칼 만드는 공부를 하였습니다. 간장이 칼을 만들기 시작한 지 이미 석 달이 넘어도 쇠는 좀처럼 녹지를 않았습니다.

　그러자 간장의 아내인 막야가 말하기를, "훌륭한 물건은 사람이 만드는 것입니다. 지금 검을 만들지 못하고 있으니 사람을 구하여 용광로에 넣은 뒤에야 검을 만들 수 있을 것입니다."

　이에 간장이 말하기를, "옛날 스승님께서도 쇠를 녹일 때 이 같은 일이 있었소. 남편과 아내가 용광로에 몸을 던져 넣은 뒤에 쇠를 녹인 일이 있었소. 지금 검을 만들고 있는데 쇠가 녹지 않는 것은 이 같은 이유일 것이오."

　막야가 말하기를, "당신의 스승님께서도 스스로 용광로에 몸을 던져 쇠를 녹이는 것을 아셨는데 제가 어찌 이를 어려워하겠습니까?"

　이리하여 막야는 머리와 손톱 그리고 발톱을 깎고 몸을 깨끗이 한 뒤 용광로에 몸을 던졌습니다. 이에 더하여 동남동녀童男童女 300명으로 하여금 용광로를 두드리며 불을 때게 하니, 비로소 쇳물이 녹아 내려 명검을 만들 수 있었다고 합니다. 결국은 아내를 잃고 얻은 두 자루의 검에 하나는 '간장'이라고 이름 짓고, 다른 하나의 검에는 아내를 기리는 뜻에서 '막야'라고 이름 지었으니 오나라와 월나라의 싸움에 이들 부부의 한이 머금어 있다고 봐야 할 것입니다.

　합려는 기원전 496년에 죽고 그의 아들 부차夫差는 기원전 473년에 월나라에게 패하여 스스로 목숨을 끊었으니 아버지와 아들은 모두 월나라 구천勾踐에게 패하여 나라를 잃고 말았던 것입니다.

자두서리

果珍李柰　菜重芥薑
실과과 보배진 오얏리 능금나무내　나물채 무거울중 겨자개 생강강

과실 가운데는 오얏과 능금을 보배처럼 여기고, 나물 가운데는 겨자와 생강을 중히 여긴다.

🕮 한자의 본뜻 풀이

『설문』에 '果과'는 '나무열매[1]'라고 하며, '珍진'은 '보물[2]'이라고 합니다. 『본초강목本草綱目』에는 '李이'에 대해 이렇게 적혀 있습니다. "오얏에는 녹리·황리·자리·우리·수리가 있으며 이들은 모두 맛이 좋아 먹을 만하다[3]." 우리가 어렸을 적에 본 자두를 생각하면 됩니다. '내柰'는 요즘의 '버찌'로 알고 있으나, 실은 능금이 맞습니다. 『서경잡기西京雜記』에 보면 "버찌에는 세 종류가 있는데 백내·자내·녹내가 있다[4]"라고 적혀 있습니다. 『설문』에 의하면 '菜채'는 '먹을 수 있는 푸성귀[5]'이며, '重중'은 '두텁다[6]'라는 뜻입니다. 『설문』에 '芥개'는 '푸성귀[7]'라고 하는데 '겨자'입니다. 『논어論語』 「향당鄕黨」에 보면 "공자께서는 생강 먹는 것을 거두지 않았다[8]"고 합니다. 『논어집주論語集註』에 "생강은 맑은 얼과 통하고 더러움과 나쁜 냄새를 없앤다[9]"고 적바림 되어 있으니, 얼을 맑게 하고 악귀와 더러움을 없애 몸의 나쁜 기운을 몰아내는 것으로 풀이되고 있습니다.

---

1 木實也 목실야
2 寶也 보야
3 李有綠李 黃李 紫李 牛李 水李 並甘美堪食 이유녹리 황리 자리 우리 수리 병감미감식
4 柰三 白柰 紫柰 綠柰 내삼 백내 자내 녹내
5 艸之可食者 초지가식자
6 厚也 후야
7 菜也 채야
8 不撤薑食 불철강식
9 薑通神明 去穢惡 강통신명 거예악

초등학교 다니던 어느 날 학교를 끝내고 늘 다니던 길을 놔두고 고샅길[10]을 휘적휘적 걸어갑니다. 두 녀석이 좁은 길로 들어서는데, 갑자기 덤불에서 장끼와 까투리 내외가 퍼들껑[11] 날아올라 쏜살같이 저쪽 야트막한 숲의 덤불 속으로 숨어들었습니다. 논두렁과 밭두렁을 번갈아 고무신이 벗겨질 양 휘적거리며 길도 아닌 곳을 가로질러 갑니다. 무엇엔가 홀린 듯 재잘거리며 비탈진 밭을 극터듬어[12] 가시넝쿨을 헤집고 들어선 곳! 거기에는 오얏나무들이 다직해야[13] 네댓 그루는 됨직한 자그마한 과수원이 있습니다. 우리들의 먹성을 자극할 머드러기[14] 오얏이 주렁주렁 열려 있었습니다. 초여름이 훨씬 지난 탓에 땀을 훔치며 책 보따리를 던지고 그저 풀썩 주저앉아 아작아작 소리를 내며 목구멍으로 넘어가는 것은 오얏 열매였습니다. 신맛에 토실토실한 살과 과즙이 흘러내리는 것을 손목으로 훔쳐 세우며 먹는 맛이 기막혔습니다. 그렇게 오얏서리를 한 것이 몇 번이었던가요.

요즘에는 갖가지 수입 농산물이 많은 터라 군이 천자문에 이와 같은 내용이 적혀 있다고 하여도, 오얏·능금·겨자·생강 등이 각각 과일 중에 으뜸 또는 나물 중에 으뜸이라 할 수 없는 시대입니다. 유전자 조작을 통한 변종 및 변이가 생기고 씨알도 굵고 맛도 더 좋은 과일이 많이 나오고 있습니다. 옛날에도 여러 가지 과일이나 채소들이 있었으나 오직 위에 보이는 먹을거리만을 으뜸으로 쳤던 것인가 봅니다.

10 좁은 길
11 새나 물고기가 날개나 꼬리를 치는 소리
12 겨우 붙잡고 기어오름
13 기껏해야
14 많이 있는 과일이나 생선 가운데서 크고 굵은 것

곰발바닥을 먹다

海 鹹 河 淡　鱗 潛 羽 翔
바다해 짤함 물하 맑을담　비늘린 잠길잠 깃우 날상

바닷물은 짜고 민물은 담백하며, 비늘 달린 물고기들은 물에 잠기고 깃털 달린 새들은 난다.

🐚 한자의 본뜻 풀이

　　『설문』에 '海해'는 '하늘에 있는 못이며 모든 강물이 흘러드는 곳[1]'이라고 하며, '鹹함'은 본래 '재갈[2]'이라는 뜻이고 '북녘의 맛[3]'이라고 하나, 여기서는 '짠맛'으로 보면 됩니다. 『설문』에 '河하'는 '돈황의 만리장성 밖 곤륜산에서 흘러나와 바다로 흐르는 황하[4]'라는 뜻이며, '淡담'은 '물이 싱거운 것[5]'이라고 합니다. '鱗인'은 '물고기 비늘[6]'이라는 뜻이며, '潛잠'은 '물밑으로 건너다[7]'라는 뜻입니다. '羽우'는 '날짐승의 긴 깃[8]'이라는 뜻이며, '翔상'은 '공중을 돌면서 날다[9]'라는 뜻입니다.

　　동해의 바닷물은 푸르고 푸른데 물맛이 짜지를 않아서 푸른 빛깔을 드리우고 있다고 합니다. 짜지 않은 바다가 어디 있나요. 『지봉유설』 권1에 나오는 얘기입니다. 여기서 동해라 함은 우리의 바다 동해가 아

---

1 天池也 以納百川者 천지야 이납백천자
2 銜也 함야
3 北方味也 북방미야
4 出焞煌塞外昆侖山發原注海 출돈황새외곤륜산발원주해
5 薄味也 박미야
6 魚甲也 어갑야
7 涉水也 섭수야
8 鳥長毛也 조장모야
9 回飛也 회비야

닌 중국 쪽에서 바라본 바다, 즉 우리의 서해 바다를 말합니다. 중화인들은 동쪽을 무척 동경하였나 봅니다. 신선이 사는 봉래산蓬萊山도 동녘에 있고, 푸른 빛깔을 머금은 벽해碧海도 동녘에 있습니다. 요즘은 바닷물도 싱거운 물로 만들어 먹고 있습니다. 하지만 싱거운 물과 짠물 모두 점점 더러워지고 있으며 이제는 물이 모자라는 형편이 되었습니다. 우리도 물이 모자라는 나라에 끼어 있다고 합니다.

물고기와 날짐승이 사는 환경이 점점 자리를 잃고 있습니다. 사람들이 빚어낸 동티[10]입니다. 바다와 냇물에 사는 물고기의 모습이 이상하게 바뀌고 있습니다. 어디 날짐승과 물고기만 그런가요. 길짐승도 이제는 없어져 가는 무리들이 있습니다. 나무를 멋대로 베고 내와 강을 모조리 파헤치고 까닭 없이 강을 시멘트로 덮어 버리니 물고기들이 살 수가 없어 그냥 죽어갑니다. 그대로 놔두면 될 일을 자발없이[11] 뒤집고 파헤치니 이들이 우리 곁을 떠나는 것입니다. 거반 사람의 몸에 좋다고 하면 총질을 해대거나 함정을 파고 덫을 놓는 통에 날짐승과 길짐승은 무던히도 잡혀 죽습니다. 이른바 '보양식의 시대'의 희생물입니다. 사람들의 게염에 그저 말 못하는 짐승은 속절없이 숨을 거두고 있으며 사라지고 있습니다.

춘추시대 초나라 성왕成王은 아들인 상신商臣을 사랑하여 그를 태자로 삼으려고 영윤 자상子上과 의논하였으나, 자상은 상신의 성품이 좋

10 재앙
11 경솔하게

지 않고 잔인하다고 하여 태자로 세우지 말라고 하였습니다. 그러나 성왕은 결국 상신을 태자로 세웠습니다. 하지만 후에 성왕은 어린 아들 직職에게 사랑을 쏟았고 태자를 바꾸려 하자 이를 거니챈 상신은 스승인 반숭潘崇과 모의하여 궁중의 호위병을 자신의 편으로 만들어 성왕에게 자살하라고 합니다. 그는 마지막으로 곰발바닥 요리를 먹고 싶다고 하였으나 상신은 끝내 거절합니다. 이는 성왕이 곰발바닥 요리를 하는 데 시간이 많이 걸리는 점을 이용하여 시간을 벌려고 한 것이었습니다. 결국 성왕은 스스로 목을 매어 죽게 됩니다. 상신은 초목왕이 되어 13년간 나라를 다스렸으며 그 아들이 바로 춘추 5패의 한 사람인 초나라 장왕莊王이 됩니다. 춘추전국시대부터 팔진미八珍味라 하여 용의 간[12]·봉황의 골수[13]·토끼의 자궁[14]·잉어의 꼬리[15]·앵무새 구이[16]·곰발바닥[17]·원숭이 입술[18]·바다표범 발[19] 가운데 곰발바닥을 팔진지수八珍之首라 하여 으뜸으로 쳤나 봅니다.

얼마 전에 곰쓸개 및 그 고기를 요리해 먹고 있다는 보도가 있었습니다. 예나 지금이나 곰발바닥[20] 내지는 곰쓸개 및 그 고기를 좋아했던 모양입니다. 곰발바닥도 모자라 곰의 쓸개 및 고기를 즐겨 드시는 분들이 요즘도 있나 봅니다. 이 나라의 지도자들입니다. 어처구니없는 일입니다.

12 龍肝 용간
13 鳳髓 봉수
14 兎胎 토태
15 鯉尾 리미
16 鸚炙 앵자
17 熊掌 웅장
18 猩脣 성순
19 豹蹄 표제
20 熊掌 웅장

호리병박의 아이

龍 師 火 帝　鳥 官 人 皇
용용　스승사 불화 임금제　새조 벼슬관 사람인 임금황

복희씨는 용으로 벼슬을 얻고 신농씨는 불로 얻었으며, 소호씨는 새 이름으로 얻고 황제는 사람의 문화를 만들었다.

🐟 한자의 본뜻 풀이

　　『설문』에 '龍용'은 "비늘을 지닌 벌레의 우두머리로서 어두움과 밝음을 마음대로 할 수 있고, 작아졌다 커졌다 짧았다 길어짐을 마음대로 하여 춘분에는 하늘에 오르고, 추분에는 못에 잠긴다[1]"라고 합니다. 『설문』에 '師사'는 '2천 5백 명으로 구성된 군대[2]'라는 뜻입니다. '火화'는 '타다[3]'라는 뜻이며, '남쪽으로 가서 보면 불꽃이 타오르는 것을 볼 수 있다[4]'라고 풀이하고 있습니다. '帝제'는 '살피다[5]'라고 하며 '천하의 왕이 된 이를 이르는 것[6]'이라고 합니다. '鳥조'는 '긴 꼬리를 지닌 날짐승을 모두 이르는 것[7]'이라고 합니다. 『설문』에 '官관'은 '문필에 종사하는 사람으로서 임금을 섬기다[8]'라는 뜻입니다. '人인'은 '하늘과 땅을 통틀어 숨 탄 것 가운데 가장 빼어난 것[9]'이라고 합니다. '皇황'은 '크다[10]'라는 뜻입니다. '임금 또는 아름답다[11]'라고 합니다.

---

1 龍鱗蟲之長 能幽能明 能細能巨 能長能短 春分卽登天 秋分卽潛淵 용인충지장 능유능명 능세능거 능장능단 춘분즉등천 추분즉잠연
2 二千五百人爲師 이천오백인위사
3 燬也 훼야
4 南方之行 炎而上 남방지행 염이상
5 諦也 체야
6 王天下之號也 왕천하지호야
7 長尾禽總名也 장미금총명야
8 史사, 事君也 사군야
9 天地之性最貴者也 천지지성최귀자야
10 大也 대야
11 君也, 美也 군야, 미야

'龍師용사'는 복희씨伏羲氏를 말합니다. 까마득히 먼 옛날 중국 서북쪽 수천만 리 되는 곳에 화서씨華胥氏의 나라에 화서씨라 불리는 소녀가 있었습니다. 어느 날 그녀가 동쪽에 있는 뇌택雷澤이라는 호숫가에 가서 놀다가 한 거인의 발자국을 보게 되고, 이상하게 여겨 거인의 발자국을 밟으니 곧 임신을 해서 사내아이를 낳게 되었는데, 그가 복희씨였다고 합니다. 그는 사람의 머리에 뱀의 몸을 한 모습으로 한대漢代의 화상석畵像石에 그려지고 있습니다. 또 다른 화상석에는 복희와 여와女媧가 허리 윗부분은 사람으로 도포를 입고 모자를 쓰고 있으며, 허리 아래는 뱀 혹은 용의 몸으로 두 개의 꼬리가 단단히 얽혀 있기도 합니다. 중국 서남 지방 묘족의 설화에서는 홍수를 만난 복희가 호리병박에 숨어 앙얼12을 피하는 '호리병박의 아이13, 즉 호로葫蘆라고 불리고 있습니다. 이는 성경에 나오는 '노아의 방주'를 떠올리게 합니다. 복희씨가 이 누리에 이바지한 것은 먼저 팔괘八卦를 그렸고, 팔괘의 부호符號들은 온갖 사물의 갖가지 모양새나 짜임새를 널리 아울러 나타내고 있습니다. 이 팔괘로써 인류는 세상살이의 내역을 적바림할 수 있었습니다. 복희씨는 또한 노끈을 짜서 그물을 만들어 고기 잡는 법을 사람들에게 가르쳤고, 불씨를 사람에게 가져다주었답니다.

'火帝화제'는 『사기』 「삼황기三皇紀」에 보면 "염제는 신농씨神農氏로 그는 화덕火德이 있었으므로 염제라고 불렸으며 불을 가지고 관직명을 삼았다14"라는 적바림이 보입니다. 신농씨는 소의 머리에 사람의 몸

---

12 하늘이 내리는 재난
13 包犧 포희 혹은 匏 포
14 炎帝神農氏 火德王 故曰炎帝 以火名官 염제신농씨 화덕왕 고왈염제 이화관명

을 한 모습이었으며 태양의 신이라고 합니다. 사람에게 곡식을 심는 법을 가르쳐주고 똑같이 나누도록 하여 서로가 형제자매처럼 지내게 하였습니다. 또한 태양이 충분한 빛과 열기를 내뿜게 하여 오곡이 잘 자라게 하여 먹고 사는 걱정을 하지 않게 하였다고 합니다. 그는 또한 저자를 만들어 물품을 서로 바꾸게 하였으며 아울러 온갖 약초들의 맛을 보았다고 합니다.

'鳥官조관'은 소호씨小昊氏를 가리키는 말인데, 그는 중국의 서방천 제西方天帝였습니다. 그는 동방에 새들의 왕국을 세웠다고 합니다. 그의 어머니 황아皇娥는 하늘의 선녀로 옷감 짜는 일을 했다고 합니다. 어느 날 은하수에서 놀다가 서쪽 바닷가에 있는 1만 년에 한 번 열매를 맺는 궁상窮桑나무까지 가게 되었습니다. 그녀는 이 뽕나무에서 놀기를 좋아했는데, 거기서 백제白帝의 아들이라 하는 남자를 만나게 됩니다. 둘은 황아가 은하에서부터 타고 온 뗏목을 타고 거문고를 타며 즐겁게 놀았다고 합니다. 그 뒤 황아가 아들을 하나 낳았는데, 그가 바로 소호씨, 즉 궁상씨窮桑氏입니다. 소호씨는 자란 뒤, 동쪽 바다 밖에 나라를 세웠는데, 이때 봉황이 나타났다고 하니 그곳이 바로 소호지국少昊之國입니다. 이 나라에는 벼슬아치들이 모두 새였답니다. 벼슬아치 가운데는 제비, 때까치, 기러기, 금계金鷄 등이 있었는데 그들은 일 년 사시의 때를 관장하고, 봉황이 그들을 거느렸다고 합니다. 소호씨가 새에게 벼슬을 준 것을 보면, 예를 들면 집비둘기는 교육을, 수리는 국방을, 뻐꾸기는 건축을, 매는 법률과 형벌을, 산비둘기는 언론을 맡겼다고 합니다.

위의 모든 제도와 문물이 갖추어진 뒤에야 비로소 중국의 역사시대를 열었다는 황제黃帝를 첫마루始宗[15]로, 중국인들은 그들의 직접 조상을 삼게 되었으며, 지금도 중국인들은 매년 황제의 사당에 제사를 지내고 있습니다. 황제는 동이東夷의 군장君長 치우蚩尤를 탁록涿鹿의 들판에서 싸워 죽인 임금이며, 벼슬 이름을 모두 구름을 빌어 지었다고 합니다. 또한 황제는 "때에 맞춰 온갖 곡식의 씨앗을 뿌리고 풀과 나무를 심었으며, 날짐승과 길짐승과 벌레 및 날벌레를 길들였고, 달과 해, 별자리와 물결, 흙, 돌, 금, 옥 등을 제자리에 있게 하였으며, 몸과 마음을 부지런히 하여 일을 하였으며, 물과 불 그리고 온갖 필요한 재료와 물건을 아껴 썼으며 땅의 덕이 있어 황제라고 불렀다"라고『사기』「오제본기五帝本紀」에서 언급하고 있습니다.

『예기禮記』「예운禮運」에는 대동大同의 누리, 즉 울타리가 없고 형 집행이 없는, 천하가 공평하고 사유의 개념이 없는 모듬살이를 그리고 있는데, 이제는 정자程子가 말하는 "믿음을 몸에 배게 하여 사람들로 하여금 따르게 한다[16]"라고 하여 성스런 임금이 나타나지 않고, 도둑질도 좀 나타나고, 울타리가 있는 마을과 사유의 개념이 나타나는 소강小康의 사회가 되어 인의仁義를 부르짖는 누리가 되었으니 마음 구석이 서글퍼집니다.

15 시종
16 體信以達順 체신이달순

문자의 기원과 옷의 역사

始 制 文 字　乃 服 衣 裳
비로소시 지을제 글월문 글자자　이에내 입을복 옷의 치마상

매듭을 지어 의사를 나타내던 것에서 벗어나 비로소 문자를 만들었고, 이어서 웃옷과 아래옷을 입게 되었다.

🐚 한자의 본뜻 풀이

　『설문』에 '始시'는 '여자의 본 모습[1]'이라고 풀이하고 있으며, '制제'는 '마름질하다[2]'라고 풀이하고 있습니다. '文문'은 '무늬가 서로 섞이다 또는 글자가 서로 얽힌 모습을 본뜬 것[3]'이라고 합니다.『설문』에 '字자'는 본래 '젖을 먹이다[4]'라고 하며, 또한 '아이가 집 아래에 있다[5]'라고 풀이합니다. '乃내'는 '말을 끌어내기 어렵고 숨쉬기 힘든 모습을 본뜬 글자[6]'이며, '服복'은 '쓰다用也용야'가 본래의 뜻입니다. '衣의'는 본래 '기대다[7]'라는 뜻이나, 여기서는 '웃옷[8]'이라고 풀이합니다. '裳상'은 '치마[9]'라고 풀이합니다.

---

1 女之初也 여지초야
2 裁也 재야
3 錯畫也 象交文 착획야 상교문
4 乳也 유야
5 從子在宀下 종자재면하
6 曳詞之難也 象气之出難 예사지난야 상기지출난
7 依也 의야
8 上曰衣 상왈의
9 下曰裳 하왈상

우리보다 약 350년이나 앞선 역사를 지닌 중국의 전설적 왕인 황제 黃帝(기원전 2697~2599) 때, 창힐蒼頡이라는 이가 중국 최초로 문자를 만들었다고『순자』및『한서』,「예문지」등에 적바림되어 있습니다. 그 뒤 기원전 1천 7백~1천 5백 년경에 갑골문자甲骨文字가 만들어졌다고 합니다. 지금도 인류 최초의 문자에 대한 억측과 가설이 여기저기에서 제기되고 있는데, 어떤 이는 역사상 최초로 문자를 사용한 민족이 이집트인이라고도 합니다. 이집트의 수도 카이로 남부 아비도스의 스콜피언 왕의 무덤에서 발굴된 점토판의 그림들이 인류에 의해 쓰인 최초의 문자라고 하는데, 거슬러 올라가면 기원전 3천 3백~3천 2백 년경이라고 합니다. 우리가 알기로는 지금의 이라크 지역에 살던 수메르인들이 기원전 3천 년경에 문자를 썼을 것으로 추정만 할 뿐 연대가 밝혀지지는 않았습니다. 그렇다면 인류의 문자 사용연대는 약 5천 년 전으로 거슬러 올라가는 셈입니다.

그러나 가장 최근에 중국 서북부 닝샤寧夏 회족자치구 중웨이中衛시 다마이디大麥地 절벽 암각화에서 중국 고고학자들이 갑골문자보다 훨씬 앞서는 8천~7천 년 전의 원시 그림문자 2,000여 개를 발견하였다는 사실이 중국 언론에 의해 발표되었습니다. 이는 갑골문자보다 약 4천 3백 년이나 앞서는 것입니다. 이들 암각화에서 발견된 그림문자들에는, 지금까지 중국에서 가장 앞선 문자들이라고 발견된 허난河南성에서 출토된 4500년 전 도자기 상의 명문銘文과 부호와 갑골문자 등에 보이는 형상과 매우 비슷한 형상들이 엿보인다고 합니다. 이 암각화에는 원시 그림문자들 2천여 개를 비롯해 해와 달, 신神, 수렵, 목축,

무도, 제사 등을 나타내는 도형이 8천여 개나 있으며, 15㎢에 걸쳐 새겨져 있다고 합니다. 위의 대목이 맞는다면 창힐이 문자를 만들었다는 것은, 그가 그전부터 쓰이던 여러 그림문자 및 도형 등을 정리하였다는 의미이며, 독창적으로 만들었다는 것은 좀 더 생각해 볼 일입니다.

옷이 없었던 원시시대에는 어떻게 몸을 가렸으며, 추위와 비바람은 어떻게 견뎌 냈을까요? 『주역』 「계사 하」에 보면, "옛날에는 구멍에서 살았으며 들에서 거처하였고, 뒷날 성인이 집을 만듦에 위에는 대들보를 세우고 아래에는 서까래를 놓아 바람과 비를 대비케 하였다"라고 쓰여 있습니다. 누에를 친 역사는 약 4천 7백 년이나 되며, 누에를 치고 실을 잣아 옷을 만든 것이 약 4천 6백 년 전입니다. 황제黃帝의 신하였던 호조胡曹라는 사람이 기원전 2천 6백 년 전에 윗옷과 아래옷을 만들었다고 합니다.

임금은 임금다워야

推 位 讓 國　　有 虞 陶 唐
밀추　자리위　사양양　나라국　　있을유　나라이름우 질그릇도　당나라당

자리를 물려주어 나라를 넘겨준 것은 요 임금과 순 임금이다.

🐦 한자의 본뜻 풀이

『설문』에 '推추'는 '물리치다[1]'라는 뜻이며, '位위'는 '임금의
자리[2]'라는 뜻입니다. '讓양'은 '서로 권하거나 미루다[3]'라는 뜻
이며, '國국'은 '나라邦也방야'라는 뜻입니다. '有유'는 '마땅치 않
다[4]'라는 뜻입니다. '虞우'는 '말 먹이는 사람[5]'이 본뜻이나, 여기
서 '有虞유우'는 순舜 임금이 살던 곳으로, 그는 '虞우'를 성姓으
로 삼았습니다. '陶도'는 요堯 임금이 처음 다스리던 땅 이름이
며, 『설문』에 '唐당'은 본래 '크게 말하다[6]'라는 뜻이나, 여기서
는 뒤에 나라를 세운 땅으로서, 즉 요 임금의 나라를 '陶唐도당'이
라고 합니다.

요 임금은 제곡고신씨[7]의 아들이며, 황제헌원씨[8]의 증손曾孫이라고
합니다. 제곡고신씨의 세 번째 아내인 진봉씨陳丰氏의 딸 경도慶都와의
사이에서 태어났습니다. 그의 이름은 방훈放勳이었습니다. 그러나 요

---

1 排也 배야
2 帝位 제위
3 相責讓 상책양
4 不宜有也 불의유야
5 騶虞也 추우야
6 大言也 대언야
7 帝嚳高辛氏 : 기원전 2436~2367
8 黃帝軒轅氏 : 기원전 2697~2599

임금은 처음부터 임금의 자리에 앉지 못했습니다. 제곡고신씨의 네 번째 아내인 추자씨姤訾氏의 딸 상의常儀에게서 난 아들인 지摯가 제곡 이 죽은 뒤 임금의 자리에 앉았는데, 지는 9년 동안 나라를 다스렸으 나 잘 다스리지 못하여 백성들에 의해 물러나게 되었습니다. 그동안 요9 임금은 도陶 땅의 제후에 머물러 있었으며, 지가 물러난 뒤 임금의 자리에 오르게 됩니다. 요 임금의 인물됨은 어질기가 하늘과 같았고 슬기로움은 신과 같았으며, 가까이서 보면 해와 같고 멀리서 바라보 면 구름과 같은 모습이었으며, 넉넉해도 교만하지 않았으며 귀하게 되어도 이를 밖으로 내보이지 않았다고 합니다. 음식은 거친 밥에 나 물 등을 들었고, 집은 통나무 기둥에 흙벽을 바른 곳이어서 겨우 추위 를 막을 수 있을 뿐이었으며, 옷은 거칠게 짠 베옷과 추위를 이겨낼 가 죽옷이 전부였다고 합니다.

순10 임금은 어려서 어머니를 여의고 장님인 아버지 고수瞽叟와 계 모 슬하에서 자라며, 이복동생인 상象과 여동생인 계繫 그리고 계모의 구박을 견디며 살았다고 합니다. 그러다가 어느 날 그는 가족의 미움 으로 집에서 쫓겨나 역산歷山이라는 들에서 농사를 짓고 도기陶器를 만 들며 홀로 살게 됩니다. 그러던 중 어떤 이의 추천으로 요 임금에게 가게 되었는데, 요 임금은 순을 바로 쓰지 않고 그의 두 딸인 아황娥皇 과 여영女英 둘을 시집보내 순의 됨됨이를 살피게 합니다. 순이 요 임 금의 사위가 되자 계모와 이복동생들의 미움과 질투는 더욱 심해져서

9 堯 : 기원전 2357~2258
10 舜 : 기원전 2257~2208

어떤 때에는 독한 술을 먹여 죽이려고도 하고, 또 어떤 때에는 순을 우물 속으로 내려 보내 돌과 흙을 우물 속으로 던져 넣어 죽이려고 하였습니다. 그때마다 순은 이를 슬기롭게 피하면서 계모와 두 동생을 미워하지 않고 스스로의 덕이 모자람을 부끄러워하였다고 합니다. 또한 『사기』「오제본기」에 의하면, 순 임금은 스무 살에 효행으로 이름이 났으며, 서른 살에 요 임금에게 등용되었으며, 오십에 이르러 섭정을 하였다고 합니다. 쉰여덟 살에 요 임금이 죽자 삼년상을 치르고 나서 예순 한 살에 재위에 올랐다고 하며, 순 임금의 재위 기간은 오십 년이라고 합니다.

『서경』「우하서·요전」을 보면 요 임금에게는 맏아들 단주丹朱가 있었는데, 요 임금은 그의 행실이 바르지 않다고 하여 등용을 하지 않았다고 합니다. 요 임금의 신하인 방제放齊는 요 임금의 맏아들 주朱가 총명하다고 아뢰나[11] 요 임금은 말하기를, "그 애는 말이 허황되어 진실하지 못하고 입씨름하기를 좋아한다[12]"라고 하여 등용치 않습니다. 그리고 난 후에 순을 불러 말하기를, "그대의 말이 공을 이룬 지 삼 년이 되었소. 그대는 임금의 자리에 오르시오"라고 하였습니다. 하지만 순은 덕 있는 이에게 사양하여 계승치 않습니다. 순 임금은 20년간 요 임금을 보좌하였으며, 요 임금이 늙자 그 뒤를 이어 왕위를 물려받게 됩니다. 실제로 요 임금은 28년간 재위하였습니다. 요 임금이 돌아가셨을 때에는 팔음[13], 여덟 가지 재료로 만든 악기의 음악이 그쳐 조용하

11 胤子朱 啓明 윤자주 계명
12 罵訟 은송
13 八音 : 쇠·돌·실·대·박·흙·가죽·나무 등

였다고 합니다.

　위 글의 뜻은 이른바 '선양禪讓'을 말하는 것입니다. 이는 역성혁명
易姓革命과는 사뭇 다릅니다. 조선왕조를 세운 이성계李成季의 역성혁명
과는 다르다고 볼 수 있습니다. 『논어』의 「안연顏淵」을 보면 제齊나라
경공景公이 나라를 다스리는 방법에 관하여 공자에게 묻는 대목이 있
습니다. 이에 공자는 "임금은 임금다워야 하고, 신하는 신하다워야 하
며, 어버이는 어버이다워야 하며, 자식은 자식다워야 한다[14]"라고 경
공에게 말합니다. 이때가 아마 공자 나이 35세쯤인 듯한데[15], 이때 제
나라 경공은 정치를 잘 못하여 정권을 잃었고, 궁 안에 총애하는 여자
가 많아 태자太子 책봉도 못하였던 상황인 듯합니다. 그래서 군신 간
그리고 부자간의 도道가 끊겼다고 하였는데, 제나라 경공은 이러한 답
답한 심정을 공자에게 토로하고 있습니다. 『논어집주』 및 『논어』에
서는 제경공이 군신 간 또는 부자간의 도가 쇠하였는데 곡식이 있은
들 어찌 먹겠느냐고 합니다. 결국 제나라도 공자 서거 약 258년 후인
기원전 221년 진시황에 의해 망하게 됩니다. 임금이 임금답지 못하
면[16] 선양이 아닌 역성혁명에 의하여 망할 수도 있다는 것인지 내심
생각해 봅니다.

14 君君, 臣臣, 父父, 子子 군군, 신신, 부부, 자자
15 노나라 소공 말년
16 君不君 군불군

동이東夷가 중국에서 사라진 까닭

弔民伐罪　周發殷湯
조상할조 백성민 칠벌 허물죄　두루주 필발 성할은 끓을탕

백성을 어여삐 여기고 죄지은 사람을 친 것은 주나라 무왕 발과 은나라 왕 탕 임금이다.

🐚 한자의 본뜻 풀이

　　『설문』에 '弔조'는 '죽은 이의 영혼을 달래다[1]'의 뜻이며, '民
민'은 '많은 수의 싹 또는 움[2]'이라고 합니다. 『설문』에 '伐벌'은
'치다[3]'라는 뜻입니다. '罪죄'는 본래 '물고기를 잡는 대나무 그
물[4]'이라는 뜻입니다. 『설문』에 '周주'는 본시 '빽빽하다[5]'라는
뜻이며, '發발'은 '활을 쏘다[6]'라고 풀이합니다. '周發주발'은 주나
라를 세운 임금의 이름이 발發이라는 말이며, 그의 성은 희姬입니
다. '殷湯은탕'은 은나라를 세운 탕湯 임금을 말합니다. 이름은 이
履이며, 성은 자子입니다. 본래 『설문』에 '殷은'은 '즐거움이 넘치
다[7]'라는 뜻이며, '湯탕'은 본래 '뜨거운 물[8]'이라고 합니다.

　　은殷나라 왕 탕[9]은 하夏나라 걸[10] 임금을 명조鳴條의 들판에서 쳐 하
나라를 멸망시킵니다. 하나라를 친 탕왕의 구실은 다음과 같습니다.

1 問終也 문종야
2 衆萌也 중맹야
3 擊也 격야
4 捕魚竹网 포어죽망
5 密也 밀야
6 躲發也 사발야
7 作樂之盛稱殷 작락지성칭은
8 熱水也 열수야
9 湯 : 기원전 1766~1754
10 桀 : 기원전 1818~1766

하나라[11] 임금은 백성들의 힘을 다 빠지게 하고, 하나라 고을을 어지럽히고 해쳤으며, 백성들을 게으르게 하고 서로 도와 가며 사는 법을 모르게 하였다고 합니다. 또한 하나라 임금은 하늘을 속여 백성들에게 잘못된 명령을 내리고, 이에 천제天帝께서는 이를 옳지 않게 여기시어, 은나라가 하늘의 명을 받게 하여 백성들을 밝혀 주시게 한 것이라고 합니다. 하나라는 어진 이를 업신여기고 권력에 아부하는 무리들이 득실거려서, 애당초 은나라는 하나라 임금에게는 곡식의 싹 가운데 난 가라지[12] 풀과 같았고, 곡식의 낟알에 섞인 쭉정이와 같았다고 합니다. 그리고 못난이나 잘난 이나 모두 죄 없이 두려워하여 떨지 않는 이가 없었다고 『서경』「탕서湯誓」에 보입니다. 이것이 바로 은나라 탕왕이 하나라 걸왕을 치게 된 빌미입니다. 이로써 하나라는 나라를 세운 지 18대 439년 만에 역사의 뒤안길로 스러져갑니다.

주周나라 무왕[13]이 은나라 주왕[14]을 친 빌미는 『서경』「태서泰誓」에 나와 있습니다. 무왕이 말하기를, "상나라[15] 임금 수受는 하늘을 공경하지 아니하여 밑에 있는 백성들에게 재앙을 내리게 하고 있소. 주색에 빠져 포악한 짓을 서슴없이 저질러 사람들을 벌줌에 있어서는 친척들에게까지 미치고, 벼슬을 줌에는 대대로 하게 하며 오직 궁실과 누각과 못을 짓고, 사치스런 옷을 입어 백성들을 해치며, 충직하고 훌륭한 이를 태워 죽이며, 아이 밴 아녀자의 배를 가르며 뼈를 발라 죽이

---

11 기원전 2205~1766
12 밭에 난 강아지풀
13 武王 : 기원전 1134~1123
14 紂王 : 기원전 1154~1122
15 은나라

없소. 이에 하늘이 크게 노하셔서 나의 돌아가신 문왕에게 명하시어 하늘의 위엄을 삼가 행하도록 하였는데 그 공은 이루지는 못하였소” 라고 합니다. 드디어 무왕은 그의 아버지 문왕이 천명天命을 받은 지 11년째 되던 해, 즉 무왕이 즉위한 지 2년째 되던 해인 기원전 1027년 정월 갑자 일에, 친히 병거兵車 삼백 량, 날랜 군사 삼천 명, 갑사甲士 사만 오천 명과 서쪽의 여덟 제후의 군사를 이끌고 목야牧野에서 은나라 군사와 결전을 치렀다고 합니다. 은나라 주왕의 악행을 보면, 미자微子는 주왕이 무도한 것을 보고 떠나서 종사宗祀를 보존하였고, 기자箕子와 비간比干은 모두 주왕에게 간하였으나 주왕은 비간을 죽이면서 말하기를, “옛날부터 성인은 심장에 구멍이 7개나 있다는데 확인해보자16?”며 그의 간을 도려내어 죽였다고 합니다. 『사기』 「송미자세가宋微子世家」에 나오는 대목입니다. 선양이 아닌 역성혁명의 비롯함이 여기에서 나오는 대목입니다. 이로써 은나라17는 나라를 세운 지 29대 644년 만에 역사의 뒤안길로 스러져갑니다.

하나라나 은나라는 모두 동이東夷, 곧 큰 활을 잘 다루는 민족의 나라로서, 이즈음 한족漢族의 손에 중원 땅을 잃게 됩니다. 고대 중국의 역사는 실제로 동이족의 역사였고, 주나라 이후에는 한족漢族의 역사가 시작되는 전환점을 맞게 되는 줄거리이기도 합니다. 실제로 주나라는 중국의 서쪽에 위치한 변방 국가였으나 하나라 걸왕과 은나라 주왕의 거듭되는 실정失政으로 점차 한족 세력에 그 자리를 잃어버렸던 것입니다.

16 吾聞聖人之心有七竅 信有諸乎 오문성인지심유칠규 신유저호
17 기원전 1766~1122

입으로 천하를 다스림인가?

坐 朝 問 道　垂 拱 平 章
앉을좌 아침조 물을문 길도　드리울수 팔짱낄공 평평할평 밝을 장

조정에 앉아 도를 묻고, 옷자락을 늘어뜨리고 팔짱만 끼고 있어도 나라가 밝게 다스려진다.

한자의 본뜻 풀이

『설문』에 '坐좌'는 '멈추다[1]'의 뜻입니다. '朝조'는 원래 '이르다[2]'라는 뜻이나 『예기』「곡례하曲禮下」에 보면 '삼공三公은 동쪽을 보고 서며, 제후諸侯는 서쪽을 보고 서는 것을 일러 천자天子를 뵙는 것을 朝조라고 한다'라고 쓰여 있습니다. 『설문』에 '問문'은 '찾다[3]'라고 했으며, '道도'는 본래 '다니는 길[4]'이 본뜻이나, 여기서는 '지켜야 할 덕[5]'의 뜻을 지닌 것이라고 합니다. 『설문』에 '垂수'는 '끝 또는 가장자리[6]'라는 뜻이며, '拱공'은 '손을 소매 안으로 거두어들이다[7]'라고 합니다.

'垂拱수공'은 원래 『서경』의 「주서周書·무성武成」편에 나오는 말입니다. 주나라 무왕이 "벼슬은 다섯 가지로 하고, 땅은 셋으로 나누고, 관리는 어진 이를 골라 쓰고, 벼슬을 줄 때에는 능력에 따라 주었다. 그리하여 믿음을 두터이 하고 의를 밝히며, 덕을 높이고 공에 보답을

1 止也 지야
2 旦也 조야
3 尋也 심야
4 所行道也 소행도야
5 所行道也 소행도야
6 遠邊也 원변야
7 斂手也 염수야

하니 옷을 늘어뜨리고 팔짱을 끼고 있어도 천하가 다스려지게 되었다[8]"라 말했다고 되어 있습니다. 아울러 『주역』「계사하繫辭下」에도 "옷을 드리우고 천하를 다스린다[9]"라고 쓰여 있습니다. 또한 '平章평장'은 요 임금의 어짊에 대하여 적은 글인 『서경』「요전」에 보면, "진실로 공손하고 사양하시어 빛을 온 누리에 펴시니 하늘과 땅에 이르렀다. 큰 덕을 밝히시어 구족을 화목케 하셨으며 구족을 화목케 하시니 백성이 치우침이 없이 밝게 다스려졌고 백성이 밝게 다스려지니 온 누리가 온화하게 되었다[10]"라 하여, 민초들을 다스림에 노자老子가 말한 무위無爲의 치도治道를 했음을 보여주고 있습니다.

위의 말과는 반대로 "말세에는 입으로 천하를 다스린다[11]"라는 말이 있습니다. 『어우야담於于野譚』에 나오는 말입니다. 이는 곧 어지러운 세상에서는 천하가 자연스럽게 다스려지지 못하고, 금령이니 법망法網에 의한 숱한 말과 민초를 얽어매는 올가미로 다스려지고 말이 서낙한[12] 것을 빗댄 말이니, 참으로 노자가 살아 있다면 기가 막힐 노릇일 것입니다. 바로 유위有爲의 다스림이 있는 누리는 곧 온갖 구실과 빌미로 민초들의 삶을 옹골차게[13] 하지 못하고 삶을 졸들게[14] 할 뿐입니다.

---

8 列爵惟五 分土惟三 建官惟賢 位事惟能 惇信明義 崇德報功 垂拱而天下治 열작유오 분토유삼 건관유현 위사유능 돈신명의 숭덕보공 수공이천하치
9 垂衣裳而天下治 수의상이천하치
10 允恭克讓 光被四表 格于上下 克明俊德 以親九族 九族旣睦 平章百姓 百姓昭明 協和萬邦 黎民於變時雍 윤공극양 광피사표 격우상하 극명준덕 이친구족 구족기목 평장백성 백성소명 협화만방 여민어변시옹
11 末世以口舌治天下 말세이구설치천하
12 무성한
13 실속 있음
14 발육이 잘 되지 않고 주접이 들게 함

검은 머리의 구실

愛 育 黎 首　臣 伏 戎 羌
아낄**애** 기를**육** 검을**려** 머리**수**　신하**신** 엎드릴**복** 오랑캐**융** 오랑캐**강**

백성을 친자식처럼 아껴 기르면, 모든 오랑캐도 신하가 되어 엎드리고,

🌀 한자의 본뜻 풀이

　　『설문』에 '愛애'는 '행동에 공경하는 뜻을 보이다[1]'라고 하며, '育육'은 '자식을 길러 착하게 하다[2]'라는 원래의 뜻이 있으니 '愛育애육'은 '사랑으로 기르다'라는 뜻입니다. '黎여'는 본래 '끈끈하다[3]'을 뜻하나, '여黎나 검黔은 모두 검다[4]'라고 『설문통훈정성說文通訓定聲』에서 밝히고 있습니다. 아울러 채침蔡沈의 『서경집전書經集傳』에도 '黎'는 '검다'라는 뜻이며, 백성들의 머리는 모두 검어서 여민黎民이다'라고 쓰여 있습니다. '首수'는 『설문』에 의하면 '향기 나는 나무[5]'라고 하며, 다른 한편으로는 '머리털 모양을 본뜬 글자로 머리털이 헝클어진 모양[6]'이라고 합니다. '臣신'은 본래 '끌다[7]'가 본뜻이나, '임금을 섬기는 사람인데 臣이라는 글자는 무릎을 굽혀 쭈그리고 있는 모습이다[8]'라고 합니다. 『설문』에 '伏복'은 '맡다[9]'라고 합니다. 『설문』에 '戎융'은 '중국 서쪽의 양을 치는 사람[10]'이라고 하며, 또한 군대[11]'라는 뜻을 지닙니다. 아울러 『예기』 「왕제王制」에는 '서방 오랑캐[12]'라고 하니 요즘 중국 서북쪽에 사는 티베트족, 곧 뫼릭 민족을 말하고 있습니다.

1　行兒 행모
2　養子使作善也 양자사작선야
3　履粘也 이점야
4　黎黔皆黑也 여검개흑야
5　萊同 분동
6　象髪, 謂之髻 상발, 위지순
7　牽也 견야
8　臣事君者 象屈服之形 신사군자 상굴복지형
9　司也 사야
10　西戎牧羊人也 서융목양인야
11　兵也 병야
12　西方曰戎 서방왈융

백성을 기르고 가르치는 일은 위정자들에게 있어 국가의 백년대계를 위해서는 무척 대모한 일입니다. 검은 머리의 백성, 즉 벼슬을 하지 않는 일반 서민들은 예나 지금이나 생업에 종사하며 나름대로의 삶을 일구어 가고 있습니다. 『맹자孟子』의 「양혜왕 상梁惠王 上」을 보면 맹자는 다음과 같이 말하고 있습니다. "부엌에 살진 고기가 있고, 마구간에 살진 말이 있으면서도 백성들의 얼굴에 굶주린 빛이 있고, 들에 굶주려 죽은 송장이 있으면 이것은 짐승을 거느리고 와서 사람을 먹게 함과 같은 것입니다. 짐승끼리 서로 잡아먹는 것조차 사람들은 미워하는데, 백성의 부모가 되어 정사를 행하기를 짐승을 거느리고 와서 사람을 먹이는 것과 같음을 면치 못하면 어찌 그 백성의 부모가 될 수 있겠습니까13." 이는 백성을 배불리 먹이며 부의 분배를 공평히 하자는 의미로서 위정자가 백성의 부모 됨을 역설하고 있습니다.

또한 『대학大學』의 제6장에 『시경』「남산유대南山有臺」의 시를 인용하여, "군자는 백성의 부모이며 백성이 좋아하는 바를 좋아하고, 백성이 싫어하는 바를 싫어하면 이는 백성의 부모라 할 만하다14"라고 하고 있으니, 즉 위정자는 무릇 덕이 있는 군자라야 덕을 펴 백성들을 편안하고 잘 살게 할 수 있다는 말이 됩니다.

---

13 庖有肥肉 廐有肥馬 民有飢色 野有餓莩 此率獸而食人也 獸相食 且人惡之 爲民父母 行政不免於率獸而食人 惡在其爲民父母也 포유비육 구유비마 민유기색 야유아표 차솔수이식인야 수상식 차인오지 위민부모 행정불면어솔수이식인 오재기위민부모야
14 樂只君子 民之父母 民之所好 好之 民之所惡 惡之 此之謂民之父母 낙지군자 민지부모 민지소호 호지 민지소오 오지 차지위민지부모

『예기』의 「예운禮運」을 보면, "임금은 남을 밝히면 과실이 생기고, 남을 기르면 부족한 것이 되며, 남을 섬기면 임금의 자리를 잃게 된다[15]"라고 하니, 임금은 남으로부터 밝혀지고 남을 기르는 게 아니고, 기름을 받으며 남으로부터 섬김을 받아야 한다는 뜻이 됩니다. 임금은 남들의 허물을 밝히거나 남을 기르는 것이 아닌 남에게서 섬겨져 받들어져야 한다는 말입니다.

15 君明人則有過 養人則不足 事人則失位 군명인즉유과 양인즉부족 사인즉실위

실살스러운(알찬) 민초의 삶은 어떠해야 하는가?

遐 邇 壹 體　率 賓 歸 王
멀하　가까울이　하나일　몸체　거느릴솔　손님빈　돌아갈귀　임금왕

멀고 가까운 데가 모두 하나가 되고, 사람을 거느리고 와서 왕에게 귀속한다.

한자의 본뜻 풀이

　　『설문』에 '遐하'는 '멀다[1]'라고 하며, '邇이'는 '가깝다[2]'라고 합니다. '壹일'은 '오로지[3]'라는 뜻이며, '體체'는 '우리 몸을 이루는 12속이다[4]'라고 합니다. 한나라 경제景帝 때 사마상여司馬相如가 지은 『난촉부로문難蜀父老文』에 보면, "멀고 가까운 데가 한 몸이 되어 안팎이 복을 누린다면 또한 편안하지 않겠는가[5]"라고 했으니, 이는 무제의 오랑캐 정복의 뜻을 나타낸 게 아닌가 합니다. 『한서漢書』 권57 「사마상여전司馬相如傳」에 나오는 내용입니다. '率솔'은 『집운』에 의하면 '이끌다[6]'라고 하며, 『설문』에는 '작은 그물로 새를 잡다[7]'라고 풀이합니다. '賓빈'은 『이아』에 따르면 '덕을 그리워하여 복종하다[8]'라고 하며, 『설문』에는 '공경하다[9]'라고 풀이합니다. 『설문』에 '歸귀'는 '시집가다[10]'라고 하며, '王왕'은 '천하가 돌아가는 것[11]'이라 하여, '歸王귀왕'은 '왕에게 귀순하다'라는 뜻입니다.

---

1 遠也 원야
2 近也 근야
3 專壹也 전일야
4 總十二屬也 총십이속야
5 遐邇一體 中外禔福 不亦康乎 하이일체 중외시복 불역강호
6 領也 영야
7 捕鳥畢也 포조필야
8 懷德而服也 회덕이복야
9 所敬也 소경야
10 女嫁也 여가야
11 天下所歸往也 천하소귀왕야

이는 『시경』의 「북산北山」편에 나오는 글인데 이를 알기 쉽게 풀어 쓴 것입니다.

하늘 아래 천지는 모두 임금의 땅이며[12],
모든 땅의 바닷가까지 임금의 신하일세[13].

임금은 백성에게서 기름을 받고 남의 섬김을 받는다고 위에서 『예기』의 말을 인용하여 풀이한 바 있습니다. 어진 임금 또는 성군은 백성에 의하여 그 덕성에 의하여 추대가 되어 한 나라를 이끌게 되는데, 우리가 아는 요 임금, 순 임금, 우 임금 그리고 주나라의 문왕과 무왕은 뛰어난 명군이면서 성군이었다고 여러 적바림들에서 이야기되고 있습니다.

조선시대의 왕 중에서 가장 덕성이 있던 왕은 세종이라고 누구나 이구동성異口同聲으로 입을 모읍니다. 하지만 조선의 13대 왕인 명종[14] 또한 참으로 어진 임금이었다고 합니다. 문정왕후文定王后의 수렴청정垂簾聽政과 윤원형, 임백령 및 정순붕 등의 오간적五姦賊에 의해 성총이 흐려져, 그는 제대로 지도력을 발휘하지 못하고 34세의 나이로 붕어하셨다고 이율곡 선생이 그의 저서 『동호문답東湖問答』에서 적고 있습니다. 나라의 임금은 어디까지나 덕성과 자질을 지녀야 합니다. 그렇지 않을 경우 그 지위를 보전하기 어렵고 불행한 사태를 맞는 경우가

12 薄天之下 莫非王土 보천지하 막비왕토
13 率土之濱 莫非王臣 솔토지빈 막비왕신
14 明宗 : 1545~1567

역사상 비일비재非一非再하였음을 볼 수 있습니다.

　덕성만으로 나라를 다스릴 수는 없습니다. 배가 고픈 백성은 이를
참을 수 없으니 두루 배불리 먹이고 편안하게 해주어야 합니다. 이에
대한 내용이 『서경』「우서虞書·대우모大禹謨」에 보입니다.

　"우가 순 임금에게 말하였다. '임금이시여, 잘 생각하십시오. 덕으
로만 옳은 정치를 할 수 있고, 정치는 백성을 지키고 기르는 데 있으
니, 물·불·쇠·나무·흙 및 곡식들을 잘 다스리시고, 또 덕을 바로 잡
고 쓰임을 이롭게 하며 삶을 두터이 함을 잘 아울러야 합니다15.'"

　또한 『춘추좌씨전春秋左氏傳』 문공文公 7년 조에도 "수水·화火·금金·
목木·토土·곡穀의 여섯 가지가 나오는 것을 육부六府라 하고, 백성의
덕을 오롯이16 하는 정덕正德과, 백성들이 쓰는 데 편리하게 하는 이용
利用과, 백성들의 생활을 풍부하게 하는 후생厚生, 이것을 삼사라 이릅
니다17"라고 한 대목이 보이니, 백성의 먹을거리와 삶의 바탕을 도탑
게 하는 것이 첫 번째 임금이 지켜야 할 마음가짐이었나 봅니다.

---

15 正德利用厚生 惟和 정덕이용후생 유화
16 바르게
17 正德利用厚生 謂之三事 정덕이용후생 위지삼사

봉황은 사라졌는가?

鳴 鳳 在 樹　白 駒 食 場
울명　봉황새봉　있을재 나무수　　흰백　　망아지구 밥식　마당장

우는 봉황새는 나무에 깃들어 있고, 흰 망아지는 마당에서 풀을 뜯는다.

🍃 한자의 본뜻 풀이

　　『설문』에 '鳴명'은 '새가 우짖는 소리¹'라고 하며, '鳳봉'은 '수 컷'이고 '凰황'은 '암컷'이라고 합니다. 또한 '在재'는 '있다²'라고 하며, '樹수'는 '자라고 심어지는 나무의 모든 것³'이라고 합니다. 하지만 '樹'는 후한後漢 때 사람인 정현鄭玄이 지은 『정전鄭箋』에 의하면, '봉황의 바탕은 오동나무가 아니면 깃들지 않고, 대나무 열매가 아니면 먹지 않는다⁴'라고 하여 봉황을 뜻합니다. 『이아 爾雅』 「석조釋鳥」에 보면 '鳳'은 '鶠언'이라고 하며, 봉황의 모습 은 앞은 기린이며, 뒤는 사슴이며, 뱀의 목에, 물고기의 꼬리에, 용의 무늬에, 거북의 등에, 제비의 턱에, 닭의 부리에, 오색이 갖 추어져 모두 동방東方의 군자의 나라에서 나온다고 합니다. '白 백'은 'ㅅ'과 '二'의 결합자인데 '陰'과 '西'의 뜻으로, 해질녘의 선명하지 않은 빛깔을 뜻하며, 『설문』에는 '서쪽 지방의 빛깔⁵' 이라고 합니다. '駒구'는 『설문』에서 '두 살 된 망아지⁶'라고 합 니다. '食식'은 '쌀 한 톨⁷'이라고 하며 '혹은 쌀 세 톨을 일컫는 다⁸'라고도 합니다. '場장'은 '신에게 제사를 드리는 곳이며 한편 으로는 갈지 않은 밭이며, 또 한편으로는 곡식을 기르는 밭을 일 구는 것⁹'이라고 합니다.

1 鳥聲也 조성야
2 存也 존야
3 生植之總名也 생식지총명야
4 鳳凰之性 非梧桐不棲 非竹實不食 봉황지성 비오동불서 비죽실불식
5 西方色也 서방색야
6 馬二歲曰駒 마이세왈구
7 一米也 일미야
8 或說ㅅ皀也 혹설집급야
9 祭神道也. 一曰田不耕, 一曰治穀田也 제신도야. 일왈전불경, 일왈치곡전야

『시경』의 「백구白駒」라는 시로, 현자賢者를 좋아하는 임금이 흰 망아지를 타고 지나가며 세상에 나와 벼슬하지 않는 이를 애석히 여기는 뜻의 시입니다.

새하얀 흰 망아지가[10]
우리 밭의 곡식 싹을 뜯어먹었다 하고[11],
붙잡아 매어놓아[12]
오늘 아침만이라도 잡아두어[13]
저 어진 이가[14]
이곳에서 노닐며 쉬게 하리라[15].

『예기』의 「예운」에 보면 사령四靈에 관한 설명이 나옵니다. 즉 사령이란, 麟인·鳳봉·龜구·龍룡, 즉 기린·봉황·거북·용을 이르는 말인데 태평성세나 명현·성군이 나타날 때에는 늘 이들 네 가지 상서로운 동물이 나타난다는 말입니다. 요 임금, 순 임금, 우임금 그리고 공자가 출생할 적에도 이들 각각의 상서로운 동물이 나타났다고 합니다. 이들 동물들은 각기 다음과 같은 통제력을 지니고 있다고 『예기』에서는 적고 있습니다.

10 皎皎白駒 교교백구
11 食我場苗 식아장묘
12 縶之維之 집지유지
13 以永今朝 이영금조
14 所謂伊人 소위이인
15 於焉逍遙 어언소요

"龍을 기르고 키우는데 큰 상어 같은 고기도 놀라지 않고, 鳳을 기르기에 조류들이 놀라지 않으며, 麟을 기르기에 짐승들도 놀라지 않으며, 龜를 기르기에 人情을 잃지 않는 것이다."

위의 글은 봉황이 나타나 세상이 태평하고 흰 망아지를 타고 지나면서도 세상에는 좀체 나서려는 마음이 없는 어진 이를 그리는 한 나라의 임금의 절절한 치국治國의 심정을 그려 내고 있습니다.

대도불기 大道不器

化 被 草 木 　 賴 及 萬 方
됨화　입을피　풀초　나무목　힘입을뢰(뢰)　미칠급　일만만　모방

임금의 덕은 풀과 나무에까지 미치고, 그로 인해 온 누리의 백성들의 믿음을 얻는다.

> ### 한자의 본뜻 풀이
>
> 『설문』에 '化화'는 '덕으로 사람을 이끌어 실행케 하다[1]'라고 하며, '被피'는 '덮다[2]'라고 합니다. '草초'는 '모든 풀[3]'이라고 하며, '木목'은 '땅 위에서 나는 것[4]'이라고 합니다. '賴뢰'는 '이윤이 나다[5]'라 하며, '及급'은 '뒷사람의 오른손이 앞사람에게 미치는 것[6]'이라고 『설문』에 보입니다. '方방'은 본래 '배가 나란하다[7]'의 뜻이며, '萬方만방'은 '온 누리'라는 뜻입니다.

임금, 즉 나라의 지도자는 어떠한 자세를 지녀야 하는가요? 『논어』「안연顏淵」에 보면, 노나라의 권세자루[8]를 쥐어튼 계강자季康子와 공자가 정치에 관하여 입씨름을 벌이는 대목이 있습니다. 공자는 "정치는 곧아야 한다. (중략) 군자의 덕은 바람과 같고, 소인의 덕은 풀과 같다. 풀 위로 바람이 불면 바람에 쏠리어 휘어지니라[9]"라고 말씀을 끝맺습

---

1 敎行也 교행야
2 覆也 복야
3 百艸也 백초야
4 冒地而生 모지이생
5 贏也 영야
6 逮也, 從又從人 체야, 종우종인
7 倂船也 병선야
8 權柄 권병
9 政者 正也 (중략) 君子之德 風 小人之德 草 草上之風 必偃 정자 정야 (중략) 군자지덕 풍 소인지덕 초 초상지풍 필언

니다. 그리고 신하를 등용하여 백성을 잘 부리려면 어떻게 해야 하는가요? 『논어』의 「위정爲政」에 보면 이에 대해 노나라의 군주인 애공[10]이 공자에게 묻습니다. 이에 공자께서는 말씀하시기를, "곧은 이를 등용하여 굽은 사람 위에 놓으면 백성이 복종을 할 것이고, 굽은 이를 등용하여 곧은 사람 위에 놓으면 백성은 복종치 않을 것입니다[11]"라고 합니다.

위의 두 대화는 임금의 덕은 어떠하고, 임금이 어떻게 어진 신하를 써서 군왕의 덕을 백성에게 미치게 하는가에 대하여 그 명확한 답이 유추됨을 보여주고 있습니다. 『논어』 「요왈堯曰」에 보면 은나라 탕왕이 백성이 잘못 교화되어 죄가 있음을 자신의 탓으로 돌리는 대목이 나오는데, 이 글은 원래 『서경』 「탕고湯誥」의 원문을 그대로 논어에 옮긴 말입니다.

"저에게 죄가 있음은 백성들에게서 비롯된 것이 아니며, 백성에게 죄가 있음은 그 책임이 저에게 있습니다[12]."

결론적으로 한 나라의 지도자는 기름을 받거나 섬김을 받아야 할 덕성과 자질을 지녀야 한다는 말입니다. 나라 경영에 잘못이 있음을 스스로에게서 찾지 않고 다른 이들에게서 찾는 것이야말로 이 나라를 이끌고 있는 이들이 지켜야 할 덕목입니다. 임금의 덕이 모든 민초들에게 골고루 미치어 오늘을 사는 이 누리가 늘 따사로운 봄날과 같았으면 합니다. 커다란 도道는 치우치지 않고 어디에라도 골고루 미쳐 짜인 틀에 얽매이지 않습니다. 대도불기大道不器라고 했던가요?

10 哀公 : 기원전 ?~468
11 擧直錯諸枉 則民服, 擧枉錯諸直 則民不服 거직조저왕 즉민복 거왕조저직 즉민불복
12 朕躬有罪 無以萬方, 萬方有罪 罪在朕躬 짐궁유죄 무이만방 만방유죄 죄재짐궁

몸닦달(수양)과

벗과

학문의 길

내 머리는 자를 수 있을지언정!

蓋 此 身 髮 　 四 大 五 常
덮을개　이차　몸신　터럭발　　넉사　큰대　다섯오　떳떳할 상

무릇 이 몸과 터럭은 네 가지 큰 것과 떳떳함으로 이루어졌다.

🌀 한자의 본뜻 풀이

　'此차'는『설문』에 따르면 '멈추다[1]'가 본뜻이며, '다른 것과 서로 견주다[2]'라는 뜻입니다. '身신'은 '몸[3]'이며 '사람의 몸을 본 뜬 모습[4]'으로 풀이합니다. '髮발'은 '뿌리[5]'라고 풀이합니다.『설 문』에 '四사'는 '음의 수로서 네 등분을 한 모습을 본뜬 것[6]'이란 뜻이며, '大대'는 '사람의 모습을 본뜬 것[7]'이라고 풀이되어 있습 니다. '五오'는『설문』에 '오행, 즉 수·화·목·금·토가 하늘과 땅 사이에서 서로 어울리거나 거스르는 것[8]'이라고 풀이하며, '常상'은 본래『설문』에서 '치마[9]'라고 합니다.

　『효경孝經』에 우리가 귀에 딱지가 앉도록 들어온 말이 있는데, "사 람의 신체와 터럭 그리고 살갗은 부모에게서 물려받은 것이라 이를 감히 훼손치 않는 것이 효의 시작이고, 자신이 몸을 바로 세우고 바른

---

1 止也 지야
2 相比次也 상비차야
3 躬也 궁야
4 象人之身 상인지신
5 根也 근야
6 陰數也. 象四分之形 음수야. 사분지형
7 大象人形 대상인형
8 五行也. 陰陽在天地間交午也 오행야. 음양재천지간교오야
9 下帬也 하군야

도를 행하며 후세에 이름을 남기어 부모를 드러냄은 효의 끝이다[10]"
라는 말입니다.

　　1895년 11월 15일 김홍집金弘集 내각은 고종을 비롯하여 그 당시 정
부 관료에 대하여 단발을 하게 하였고, 이틀 뒤인 11월 17일에는 전국
적으로 단발령을 내리게 됩니다. 하지만 당시 유림의 거두巨頭 최익
현[11]은, "내 머리는 자를 수 있을지언정 머리털은 자를 수 없다"라고
벋대며 단발을 거부해 최익현에 대하여는 단발을 할 수 없었다고 합
니다. 요즘에 와서는『효경』의 이 구절이 어떻게 받아들여질지는 모
르나 조선 말 개화기와 일제의 조선 병탄 시기까지만 해도 이런 윤리
의식이 일반 민중에까지 뿌리깊이 있었습니다.

　　孝는 德의 근본이며 가르침이 비롯된다고 공자께서 말씀하셨습니
다. 사친[12]이야말로 동양철학에서 말하는 仁·義·禮·智·信, 즉 오상
五常의 발로發露라고 할 수 있습니다. 나를 낳아 주신 어버이는 사대[13]
중의 한 분이시니 곧 효는 우리 몸을 이루게 하신 어버이를 섬기는 바
탕이 됩니다. 우리 몸을 이루는 터럭과 뼈와 살의 비롯함이 되는 것은
흙土이니 이는 신토불이身土不二가 됩니다. 우리의 몸에서 나는 피와 눈
물 그리고 몸을 이루는 액체는 곧 물水이 되고, 몸의 따뜻한 열기는 곧
불火이 되며, 성냄과 기쁨, 슬픔 그리고 즐거움과 사랑, 미움과 게염[14]

10　身體髮膚　受之父母　不敢毀傷　孝之始也　立身行道　揚名於後世　以顯父母　孝之終也　신체발부
　　수지부모 불감훼상 효지시야 입신행도 양명어후세 이현부모 효지종야
11　崔益鉉 : 1833~1906
12　事親 : 부모를 섬김
13　四大 : 天·地·君·父

은 모두 바람風이 됩니다. 우리 몸을 이루고 기르게 한 것은 어버이를 비롯하여 하늘과 땅 그리고 임금입니다.

仁인·義의·禮예를 보면 인간에게는 하늘이 부여한 인심仁心이 있고, 여기에서 義理의리가 생겨나고, 의리로써 禮를 행하면 서로 간에 화목함이 생겨난다고 볼 수 있습니다. 나무로 비유하면 仁은 뿌리(roots)이고, 義는 큰 줄기(strands)이며, 禮는 가지(branches)인 것입니다. 곧 仁義는 인간 내면에 내재한 정신적 본체이고, 禮는 밖으로 드러나는 외면적인 인간의 행위인 것입니다. 『한서漢書』권56「동중서전董仲舒傳」에 한나라 무제 때에 유학儒學을 나라 다스리는 틀로 건의한 동중서董仲舒라는 이는 "무릇 仁인·誼의·禮예·知지·信신은 오상의 도이니 임금 된 자는 마땅히 이를 닦아나가 스스로를 잡도리하라[15]"라고 하였습니다.

『예기』의 「악기樂記」에 보면, "봄에 파종하여 여름에 식물과 곡물이 자라남은 仁이고, 가을에 거두어 겨울을 대비하여 갈무리함은 義라. 仁은 樂에 가깝고, 義는 禮에 가까우니라[16]"라고 합니다. 곧 仁은 봄에 파종을 하여 마치 자식 기르듯이 곡물과 식물을 길러냄이 곧 어버이가 자식을 기르듯이 하는 심정과 같은 것이며, 義는 가을걷이를 하여 겨울을 대비하여 갈무리해 갈무리된 음식을 사람들에게 베푸는 것과 같이 음식을 禮로써 서로 권하는 것을 말합니다. 효는 곧 어짊에서 비롯함을 그루박고 있는 것입니다.

14 욕심
15 夫仁誼禮知信五常之道, 王者所當脩飭也 부인의예지신오상지도 왕자소당수칙야
16 春作夏長 仁也 秋斂冬藏 義也 仁近於樂 義近於禮 춘작하장 인야 추렴동장 의야 인근어락 의근어례

귀를 뚫을 것인가?

恭 惟 鞠 養　　豈 敢 毀 傷
공손할공 생각할 유 칠국 기를 양　　어찌기 굳셀감 헐훼 다칠상

길러 주시고 살펴 주신 것에 대하여 부모에게 공손하게 생각할지니, 어찌 감히 헐고 다치게 할
수 있으랴.

🌀 한자의 본뜻 풀이

『설문』에 '恭공'은 '공경하다1'의 뜻이며, '惟유'는 '두루 생각
하다2'라고 합니다. '鞠국'은 본래 '제기를 차다3'라고 하지만 뜻
이 바뀌어 '기르다4'라고 합니다. '養양'은 '이바지하여 기르다5'
라고 풀이합니다. 『설문』에 '豈기'는 '개선의 노래6'라고 하였으
나 뜻이 바뀌어 '어찌'로 되었으며, '敢감'은 '함부로'라고 풀이합
니다. '毀훼'는 '모자라다7'이며, '傷상'은 본래 '데이다8'라는 뜻
이나 여기서는 '다치다'라는 뜻이 있습니다.

『시경』의 「육아蓼莪」라는 시에 보면,

　　　"아버님 날 낳으시고9

　　　어머님 날 기르시니10

---

1 肅也 숙야
2 凡思也 범사야
3 蹋鞠也 답국야
4 養也 양야
5 供養也 공양야
6 還師振旅樂也 환사진려락야
7 缺也 결야
8 創也 창야
9 父兮生我 부혜생아

쓰다듬고 길러주시며11,

키워주시고 감싸주셨네12.

돌보시고 또 돌보시며13

나갔다 들어오셔서는 다시 돌보시니14,

이 은혜 갚고자 하나15

하늘이 무심하시네16."

라고 하여 어버이의 은혜에 보답하지 못함을 절절히 그려 내고 있습니다. 하늘과 같으신 은혜와 땅과 같이 두터운 사랑에 사람으로서 어머이 섬김에 늘 마음의 탕갯줄을 느슨하게 해서는 안 되는 일입니다17. 『사자소학四字小學』에 나오는 말이기도 합니다.

　이 불초不肖한 중생은 어떠했나요? 글초18를 다진다는 빌미로 어머니께 늘 가슴 아프게 하고 눈시울만 붉혀 드렸습니다. 늘 생각하면 뭐 잘난 녀석도 아니고, 남보다 뛰어난 구석도 없는 그저 그런 불초 덩어리 그 자체였습니다. 늘 가슴에 환한 등잔불과도 같이 마음을 밝혀 주시고 이끌어 주는 분이십니다. 밤길을 잃어 헤매는 나그네의 길을 오롯이 밝혀 주는 이가 계십니다. 어린아이를 대하듯 바라다보시는 눈길과 마음 씀에 절로 고개가 숙연해집니다. 고달픈 도회지 생활에서

10 母兮鞠我 모혜국아
11 拊我畜我 부아휵아
12 長我育我 장아육아
13 顧我復我 고아복아
14 出入復我 출입복아
15 欲報之德 욕보지덕
16 昊天罔極 호천망극
17 恩高如天 德厚似地 爲人子者 曷不爲孝 은고여천 덕후사지 위인자자 갈불위효
18 원고

이 중생은 쓰디쓴 소주 몇 잔에 어머니를 그리고 생각하면서 눈물을 삼키며 울었던 것이 무릇 기하幾何이던가? 공자왈 맹자왈 하면서 그 속에 깃든 효의 바탕을 짚어 내는 일은 결코 글귀를 읽어서만 되는 것이 아님을 이 중생은 알고 있으나 이를 옮기지 못함은 마음을 밝히지 못하는 마음의 바탕이 있어서인가 봅니다. 마음속을 밝히지 못하면 결국 배움은 끝이 나고 남에 대한 경건함을 잃게 되는 것인가 봅니다. 어버이에 대한 마음가짐이 오롯하지 못함은 결국 스스로를 잡도리하지 못하여 몸닦달[19]을 하지 못하는 것이 됩니다.

사대[20] 중의 한 분인 "임금을 섬기는 이는 누구든 손톱을 깎지 않으며 귀고리를 달려고 귀를 뚫지 않는다[21]"라는 말이 『장자』의 「덕충부德充符」에 나옵니다. 오직 임금만이 손톱을 깎고 귀를 뚫는 것인가? 임금도 역시 사람의 아들인데 어떻게 그런지 모릅니다. 하지만 『지봉유설』에서는 아마도 귀를 뚫는 것은 예부터 있었던 것으로 비단 조선의 풍습만은 아니라고 말하고 있습니다. 지금 우리가 귀를 뚫고 배꼽을 뚫는 것은 어떻게 생각해야 하는지요? 임금과 어버이는 하나로 생각하기에 이런 말이 나온 듯합니다.

---

19 修行 수행
20 四大 : 天地君父
21 爲天子之諸御 不爪剪 不穿耳 위천자지제어 부조전 불천이

암탉은 새벽을 알려야 한다

女 慕 貞 烈　 男 效 才 良
계집녀 사모할모 곧을정 세찰렬　 사내남 본받을효 재주재 어질량

여자는 정조가 곧고 굳셈을 마음으로 새기며, 남자는 재주 있고 어진 이를 본받아야 한다.

한자의 본뜻 풀이

『설문』에 '女여'는 '부인[1]'이라고 하며, '慕모'는 '마음속으로 그리다'라고 합니다. '貞정'은 본래 '점을 쳐서 묻다[2]'이며, 여기서는 '곧다'의 뜻입니다. 사시四時로 치면 '겨울'이며, 덕德으로 보면 '지혜'를 이르는 말입니다. '烈열'은 『운회韻會』에 따르면 '굳고 바르다[3]'라고 하며, 『설문』에는 '불길이 사납다[4]'라고 합니다. 『설문』에 '男남'은 '장부 또는 남자가 밭에서 힘을 쓰는 것을 이름[5]'이라고 하며, '效효'는 '본받다[6]'라는 뜻입니다. '才재'는 '풀과 나무가 처음으로 움을 튼 것[7]'이며, '才良재량'은 '능력이 있으며 어진 이'를 뜻하는 말입니다.

1 婦人也 부인야
2 卜問也 복문야
3 剛正也 강정야
4 火猛也 화맹야
5 丈夫也. 言男用力於田也장부야. 언남용력어전야
6 象也 상야
7 艸木之初也 초목지초야

예전에 어른들은 "암탉이 울면 집안이 망한다"고 흔히들 말합니다. 그래서 우리네 어머님들은 집 밖으로 목소리가 새어 나가지 못하도록 입단속을 꽤나 하셨나 봅니다. 그저 들어도 못 들은 척, 봐도 못 본 척, 뭐 귀머거리 삼 년, 벙어리 삼 년이라 했던가요. 내가 어릴 적만 해도 이러한 생각이 어른들에게는 자못 있었나 봅니다.

『삼국사기三國史記』「신라본기·선덕왕」에서 김부식金富軾은 선덕여왕善德女王의 등극에 대하여 이렇게 밝히고 있습니다.

"신라는 여자를 추대하여 왕위에 앉게 하였다. 이는 실로 어지러운 세상에나 있을 일이었으니, 나라가 망하지 않은 것이 다행이었다. 『서경』에는 '암탉은 새벽에 운다'라고 하였고, 『주역』에는 암퇘지가 껑충거린다'고 하였으니, 어찌 경계하지 않을 수 있겠는가?"

실제로 『서경』의 「목서牧誓」를 보면 주나라 무왕이 말하기를, "옛 사람이 말하기를 암탉은 새벽을 알리지 않는 것이니 암탉이 새벽을 알리면 집안이 망한다[8]"고 하였습니다. 『사기』의 「은본기殷本紀」에 은나라 주왕은 매우 잔학하고 음란한 인물로 그려지고 있는데, 주나라 무왕은 주왕이 후비인 달기妲己의 말을 너무 믿어 은나라가 결국 망하게 되었음을 일깨우려는 뜻에서 이 말을 하였던 듯합니다.

그러나 지금은 곳곳의 여성들이 지아비에 대한 내조內助를 하는 것 외에도 사회의 여러 갈래의 몫을 맡아 두드러진 역할을 하고 있습니다. 또한 여성들의 능력이 남성보다 뛰어난 점도 많이 보이고 있습니다. 여성을 낮추는 글이 중국 최고最古의 역사서인 『서경』에 적바림되

---

8 王曰 古人有言曰 牝鷄無晨 牝鷄之晨 惟家之索 왕왈 고인유언왈 빈계무신 빈계지신 유가지삭

었다는 것은 오늘을 살아가는 우리들에게는 달리 읽혀지고 걸러 내야 할 앙금입니다. 여성들은 예부터 약 4~50년 전만 해도 늘 배움의 근처에 얼씬도 못하였습니다. 우리네 어머니, 이모, 고모, 더욱이 누님들도 그러했던 모양입니다. 집안의 허드렛일과 밥 짓고 빨래하는 것 등이 모두 우리네 여인들의 삶에 멍에를 지우는 것이었습니다. 초등학교 근방에는 가보지도 못하고 그저 부엌데기 삶을 살아야 했습니다. 지지리도 구차한 살림에 들로 공장으로 쫓겨 가곤 했던 이들이 우리네 어머니들입니다. 남정네들은 그래도 눈은 틔워 준다는 궁색한 핑계로 서당이나 소학교 내지 초등학교는 마쳤나 봅니다.

재주 있는 이를 보는 것은 곧 자신에게 이득이 되는 이를 보는 것이 아닙니다. 상대의 재주를 보고 이를 본받는 것이라 할 수 있습니다. 주나라의 무왕은 강태공[9]의 도움으로 천하를 아우르고, 한나라의 고조[10]는 장량[11]을 만나 또한 천하를 아우르는 데 공을 세웁니다. 그러나 재주 있는 이보다는 어진 이를 보면 그와 같기를 생각하고, 어질지 못한 이를 보면 안으로 스스로를 돌이켜 보는 것이 바람직합니다. 견현사제見賢思齊라고 합니다. 『논어』의 「이인里仁」에 나오는 말입니다.

9 姜太公 : 기원전 ?~?
10 高祖 : 기원전 247?~195
11 張良 : 기원전 ?~168

서검 書劍

知 過 必 改　得 能 莫 忘
알지　허물과　반드시필 고칠개　얻을득 능할능 말막 잊을망

허물을 알면 반드시 고쳐야 하고, 그리할 수 있다면 잊지 않아야 한다.

한자의 본뜻 풀이

『설문』에 '知지'는 '마음속에 깨달아 잘 알면 말로써 입 밖에 나오는 것이 마치 화살과 같이 빠르다[1]'라고 풀이하며, '過과'는 본래 '헤아리다 또는 건너다[2]'라는 뜻이지만, 여기서는 '허물'이란 뜻입니다. '必필'은 '둘로 나눠지는 것[3]'이며, '改개'는 '고치다[4]'라는 뜻입니다. '得득'은 '움직여 얻다[5]'라는 뜻입니다. '能능'은 『설문』에 의하면 '곰의 무리이며 발은 사슴과 닮은 것[6]'이라는 뜻입니다. 곰이란 꾀가 많고 움직임이 빠름을 나타내니 이는 곧 '할 수 있다'라는 가능可能을 뜻합니다. 『설문』에 '莫막'은 '해가 어두운 것[7]'이라는 뜻이며, '忘망'은 '알지 못하다[8]'라는 뜻이 됩니다.

허물이 있으면서도 스스로 고치지 않는다면 이것이 잘못임[9]을 말씀하신 이가 계십니다. 잘못이나 거짓이 있음에도 이를 가리려고 발뺌하

1 詞也, 從口從矢 사야, 종구종시
2 度也 탁야
3 分極也 분극야
4 更也 경야
5 行有所得也 행유소득야
6 熊屬 足似鹿 웅속 족사록
7 日且冥也 일차명야
8 不識也 부지야
9 過而不改 是謂過矣 과이불개 시위과의

는 것은 곧 손바닥으로 하늘을 가리는 것이 됩니다. 금방 드러날 것을 가지고 거짓말을 하는 것은 왜 그런가요? 사람들의 마음속에 늘 변하지 않는 마음恒心항심이 없어서인가 봅니다. 자신에게 이로운 것을 보면 이를 자신의 잣대로 풀이하고 받아들이는 것에서 비롯됩니다. 곧 끌끌한[10] 마음을 가지면 결코 스스로를 속이거나 남에게 거짓을 하지 않는 바탕이 됩니다. 방 가운데 벽에 덩그러니 붓으로 쓰인 글귀가 저의 끌끌치 못한 마음을 서릇고[11] 있습니다. 약 12년 전에 흘림체[12]로 쓴 '必愼其獨필신기독'이라는 글귀입니다. 『대학大學』「성의誠意」의 글입니다. 이 글의 알짬은 바로 '스스로를 속이지 않는 것[13]'입니다. 혼자 있을 때 삼가는 것은 매우 힘들고 어려운 일입니다. 요즘 저는 위의 글을 '서검書劍' 삼아 글 읽기와 글쓰기를 하고 있습니다. 옛날의 학자나 문인들이 글 읽기를 할 때 늘 곁에 칼을 두고 마음을 잡도리하였다고 합니다.

성리학性理學에서 도道는 바로 성性이라고 합니다. 흔히 이를 본시 하늘로부터 받은 사람의 기질이라고 합니다. 사람 본연의 착한 마음을 말하는 것이니 맹자께서 말한 성선설性善說의 알짬이 되는 것입니다. 배움을 좋아한다는 것은 바로 날마다 알지 못하는 것을 공부하여 알게 되고, 달마다 자신이 잘하는 일을 잊지 않도록 한다면 배움을 좋아한다고 할 만하다[14]고 자하子夏가 말했습니다. 『논어』「자장子張」에 나오는 말입니다. 허물이 있으면 이를 바로잡고 한 번 깨달은 도를 잊지 말고 이를 기틀로 몸닦달을 해야 합니다.

---

10 마음이 맑고 바르며 깨끗함
11 좋지 못한 것을 쓸어 치움
12 草書 초서
13 毋自欺也 무자기야
14 日知其所亡 月無忘所能 可謂好學也已矣 일지기소망 월무망소능 가위호학야이의

제금당製錦堂에 오를 이는?

罔 談 彼 短　靡 恃 己 長
말망　말씀담　저피　짧을단　없을미　믿을시　몸기　긴장

남의 단점을 말하지 말며, 나의 좋은 점을 믿지 말라.

🐚 한자의 본뜻 풀이

    '罔망'은 본래 날짐승과 길짐승 또는 어류를 사냥하는 그물이나, 여기에서는 '없다[1]'라는 뜻입니다. '談담'은 '말하다[2]'라는 뜻입니다.『집운』에서 '彼피'는 '이것[3]의 맷구(저것)[4]'라고 하며, 『설문』에 '短단'은 '길고 짧은 것이 있어 화살로써 바로 잡는다[5]'라고 하지만, 여기서는 '단점'으로 풀이하면 됩니다.『집운』에서 '靡미'는 '말다[6]'로 풀이하며, '恃시'는『설문』에 '믿다[7]'로 풀이합니다. '己기'는 '만물이 허물을 감추어 자신을 굽힌 모습[8]'이 본뜻이나, 여기서는 '자신'을 말합니다. '長장'은 '오래되고 먼 것[9]'이라는 뜻이나 여기서는 '장점'으로 풀이합니다.

1 無也 무야
2 語也 어야
3 此 차
4 對此之稱 대차지칭
5 有所長短 以矢爲正 유소장단 이시위정
6 無也 무야 또는 勿也 물야
7 賴也 뢰야
8 象萬物辟藏詘形也 상만물벽장굴형야
9 久遠也 구원야

저자에 떠도는 노랫말에 '잘난 사람 잘난 대로 살고, 못난 사람 못
난 대로 산다'라는 말이 있습니다. 이 나라에 많은 어진 이가 있고 배
움이 많은 이가 도처에 널려 있습니다. 하지만 겉에 드러난 배움과 인
물이 잘생긴 이들이 독판을 치는 것인지 모릅니다. 요즘 배운 이들은
한낱 겉치레를 한 배움과 남에게 보이려는 마음으로 얼룩져 이 누리
에 청태靑苔 낀 조그만 연못의 밑바닥을 볼 수 없는 듯 치레를 드리우
고 있습니다. 남에게 보이려는 배움10은 곧 민초를 가까이 하여 업신
여기지 않는다11는 마음이 없는 것입니다. 『논어』「이인里仁」에 공자
가 말씀하시기를, "잘난 체하여 스스로 방자하지 않으면 잃는 것이 적
다12"라고 합니다.

부열傳說은 은나라 고종13 때의 명재상입니다. 그는 토목공사의 일
꾼이었는데 재상으로 등용되어 은나라 중흥의 대업을 이룬 사람입니
다. 고종은 어느 날 하늘이 그에게 어진 자를 보내는 꿈을 꾸어 그 어
진 이를 구했는데, 그 어진 이가 바로 길을 닦는 일꾼인 부열입니다.
그가 고종에게 말한 것이 『서경』의 「열명說命」에 나오는데, "스스로
그가 착하다고 말을 하는 것은 그의 착함을 잃고, 스스로 그가 능력을
자랑하면 그의 공을 잃게 된다. 매사에 준비가 있어야 하는 것이니,
준비가 있으면 걱정이 없을 것이다14"라고 고종에게 진언을 합니다.

---

10 今之學者 爲人 금지학자 위인 『논어』「헌문憲問」
11 民可近 不可下 민가근 불가하 『서경』「감서甘誓」
12 以約失之者鮮矣 이약실지자선의
13 高宗 : 기원전 1324~1266
14 有其善 喪厥善 矜其能 喪厥功. 惟事事乃其有備 有備無患 유기선 상궐선 긍기능 상궐공 유사
　사내기유비 유비무환

요즘의 선량善良들은 남을 헐뜯고 욕하는 이른바 진흙밭에서 개싸움하는 것을 일삼고 있으며, 뚜렷한 소신과 정책 없이 대선이나 총선에 나서고 있습니다. 이러한 이들을 제금당製錦堂에 오르게 하는 것은 나라를 위해서 잇속이 되지 못합니다. 남의 단점을 말하지도 말고 자신의 장점을 말하지 말라[15]는 말이 있습니다. 제금製錦은 곧 어진 이가 현령縣令의 자리에 앉는다는 말이 됩니다.

15 無道人之短 無說己之長 무도인지단 무설기지장

그릇은 되지 말라!

信 使 可 覆　器 欲 難 量
믿을신 부릴사 옳을가 덮을복　그릇기 하고자할욕 어려울난 헤아릴량

말은 지킬 수 있게 하여야 하며, 그릇은 헤아리기 어렵게 하라.

🐦 한자의 본뜻 풀이

　『설문』에 '信신'은 '진실한 뜻[1]'이라고 하며, '使사'는 '하게 한
다면[2]'이라고 풀이하고 있습니다. '可가'는 '마땅하다[3]'라고 합니
다. '覆복'은 원래는 '덮다[4]'이지만, 여기서는 '되풀이하다'라고
합니다. '器기'는 본래 '그릇[5]'의 뜻을 지니지만, 여기서는 '재능'
으로 풀이합니다. '欲욕'은 '탐욕[6]'이라고 풀이합니다. '難난'은
'어렵다'라고 하며, '量량'은 '가볍고 무거움을 재다[7]'를 뜻합니
다.

---

1 誠意也 성의야
2 伶也 영야
3 宜也 의야
4 𧚛也 봉야
5 皿也 명야
6 貪欲也 탐욕야
7 稱輕重也 칭경중야

『논어』「학이學而」에 보면 "믿음을 의義에 가깝게 하면 약속한 말을 실천할 수 있다[8]"라고 유자有子가 말합니다.

한 번 뱉은 말에는 그 책임이 따르며 그 말에 뭇사람이 움직이고 영향을 받습니다. 선거에서의 공약에는 실천하지 못할 말도 남발되곤 합니다. 실천하지 못할 말을 그저 뱉어낸다면 이는 '말의 쓰레기'에 지나지 않습니다. 쓰레기통은 모든 것을 받아들입니다. 하지만 공약에서의 헛말은 그 수용의 한계를 넘어 주워 담을 수가 없습니다. 말에는 행동이 따라야만 합니다. 『논어』의 「위정爲政」에서 자공子貢은 공자에게 군자란 어떤 사람인가 하고 묻는데, 공자께서 말씀하시기를, "먼저 말한 바를 실행하고 실행한 뒤에 말을 쫓는다[9]"라고 합니다.

'器기'란 무엇인가?『논어』의 「위정」에서 공자께서는 "군자는 무엇을 담는 어떤 특정의 그릇과 같은 존재가 아니다[10]"라고 하여 덕을 갖춘 군자는 한 가지 일에만 쓰이지 않고 두루 쓰이는 사람이라고 합니다. 헤아리기 어렵게 하라는 말은 재능이 남보다 뛰어나도 남의 눈에 띄지 않게 하라는 뜻입니다.

8 信近於義 言可復也 신근어의 언가복야
9 先行其言 而後從之 선행기언 이후종지
10 君子不器 군자불기

나라가 물들면

墨 悲 絲 染　詩 讚 羔 羊
먹묵　슬플비　실사　물들일염　글시　기릴찬　염소고　양양

묵자는 흰 실이 물들여진 것을 슬퍼하였고, 시(詩)에서는 「고양(羔羊)」편을 기렸다.

🐚 **한자의 본뜻 풀이**

　　『설문』에 '墨묵'은 '글을 쓰는 먹[1]'이라고 하나, 여기서는 묵적 墨翟의 성씨이고, '悲비'는 '마음 아파하다[2]'라고 합니다. 『설문』 에 '絲사'는 '누에가 뱉어낸 것, 곧 누에의 실[3]'이라는 뜻이며, '染 염'은 '명주실을 물들이다[4]'라는 뜻이 됩니다. '詩시'는 '뜻을 말 로 나타내다[5]'라는 뜻이며, '讚찬'은 '기리다'라는 뜻입니다. 『설 문』에 '羔고'는 '새끼 양[6]'이고, '羊양'은 본래 '상서롭다[7]'라는 뜻 이며, '머리의 뿔과 다리 및 꼬리의 모습을 본뜬 것[8]'이라 하였으 나, 여기서 '羔羊고양'은 '새끼 양'을 뜻하며 『시경』「고양羔羊」편 의 시를 말합니다.

1 書墨也 서묵야
2 痛也 통야
3 蠶所吐也 잠소토야
4 以繒染爲色 이증염위색
5 志也 지야
6 羊子也 양자야
7 祥也 상야
8 象頭角足尾之形 상두각족미지형

묵비사염墨悲絲染이란『묵자墨子』「소염所染」에 나오는 말입니다. 묵자9는 일생 동안 검은 옷을 입고 반전反戰·평화平和·평등平等사상을 부르짖고 실천한 기층민중 출신의 혁신주의자로 여겨지고 있습니다.

"묵자가 실이 물드는 것을 보고 탄식하여 말하였다. 파란 물감에 물들이면 파랗게 되고, 노란 물감에 물들이면 노랗게 된다. 넣는 물감이 변하면 그 색도 변한다. 다섯 가지 물감을 넣으면 다섯 가지 색깔이 된다. 그러므로 물드는 것은 주의하지 않으면 안 된다. 비단 실만 물드는 것이 아니라 나라도 물드는 것이다10."

『시경』「고양羔羊」의 시편에는 "염소의 털가죽을 다섯 타의 흰 실로 꾸몄네11"라고 읊고 있는데, 이는 주나라 문왕文王의 덕을 기리는 시입니다. 곧 어진 이가 나라를 다스려 민초들이 누리는 즐거운 삶을 노래한 것입니다. 이 나라의 민초들은 어떤가요? 온갖 걸태질12에 이골이 난 사람들이 섞여 살고 있으며, 돈에 대한 게염에 사람들 눈에는 보이는 것이 모두 돈이요, 재물입니다. 이런 생각에 사로잡혀 얼을 놓고 있습니다. 돈에 물들어 사람 목숨을 파리 목숨보다 더 가벼이 여기는 세태를 보여주니 마음이 언짢습니다.

---

9 墨子 : 기원전 479~381
10 子墨子言 染絲者 而歎曰 染于蒼則蒼 染于黃則黃 所入者變 其色亦變 五入必而已則 其五色矣 故染不可不愼也 非獨染絲然也 國亦有染 자묵자언 염사자 이탄왈 염우창즉창 염우황즉황 소입자변 기색역변 오입필이이즉 기오색의 고염불가불신야 비독염사연야 국역유염
11 羔羊之皮 素絲五紽 고양지피 소사오타
12 苛斂誅求 가렴주구

성인聖人과 미치광이의 텀(차이)

景 行 維 賢　剋 念 作 聖
볕경　다닐행　벼리유　어질현　　이길극　생각할념　지을작　성인성

큰길을 가는 사람은 어진 이가 되고, 작은 생각을 떨쳐 버리면 성인이 될 수 있다.

🐚 한자의 본뜻 풀이

　　『설문』에 '景경'은 '빛나다[1]'라고 하고, '行행'은 '사람이 걷고 달리는 것[2]'이라고 풀이하고 있습니다. '維유'는 '이것[3]'이라고 풀이하며, '賢현'은 '재주가 많은 것[4]'이라고 하고 있으나 『집운』에는 '선한 것[5]'이라고 풀이합니다. '剋극'은 '이기다[6]'라는 뜻을 지니며, '念염'은 '늘 생각하다[7]'라고 합니다. '作작'은 『설문』에 의하면 '일어나다[8]'라는 뜻이지만, 『이아석고』에는 '되다[9]'라고 풀이하고 있으며, '聖성'은 '지혜가 두루 통하다[10]'라는 뜻을 지니고 있습니다.

1 光也 광야
2 人之步趨也 인지보추야
3 此也 차야
4 多才也 다재야
5 善也 선야
6 克也 극야
7 常思也 상사야
8 起也 기야
9 作爲也 작위야
10 通也 통야

사람들이 늘 하는 말에 "군자는 대로행"이라는 말이 있습니다. 모든 사람이 다 올바른 길을 가려고 하는 마음에서 이러한 얘기를 하나 봅니다.

『시경』의 「거할車轄」 시에 보면 "높은 산 우러르며, 큰길 끝없이 가야 하고[11]"라는 구절이 있습니다. 사마천의 『사기』 권47 「공자세가孔子世家」의 끝에서 사마천은 위 『시경』의 문장을 그대로 인용하여 "비록 이에 이르지는 못하나 마음에 새겨 그에 이르려고 하여야 한다. 내가 공자의 서적을 읽어보니 그의 인물됨을 생각하고 볼 수 있다"라고 하며 공자를 평하고 있습니다.

『서경』 「다방多方」에 보면 주공周公이 말하기를, "성인이라도 잘못된 생각을 품으면 미치광이가 되고, 미치광이도 잘못된 생각을 품지 않으면 성인이 된다[12]"라고 하여 하나라의 걸 임금과 은나라의 주 임금의 폭정을 빗대어 말한 내용이 있습니다. 이는 주나라 2대 왕인 성왕成王이 13세의 어린 나이로 왕위에 등극하였기에 주공이 7년간의 섭정을 끝낸 후 8년째인 이듬해 성왕이 친정親政을 하게 되면서 여러 제후에게 말한 것이라고 합니다. 이때 동쪽의 회이淮夷와 엄奄이 반란을 일으켰기에 성왕이 친히 이들을 토벌하고 돌아온 후 제후들이 이를 기리기 위하여 모인 자리에서, 주공이 이와 같은 말을 성왕을 대신해 한 것입니다. "생각하는 것이 깊고 밝으면 곧 모든 것에 통하게 된

11 高山仰之 景行行止 고산앙지 경행행지
12 惟聖 罔念作狂 惟狂 克念作聖 유성 망념작광 유광 극념작성

다13"라고 합니다. 『서경』「홍범洪範」에 나오는 말입니다.

　『공자가어孔子家語』「육본六本」편에서 공자는 이렇게 말씀하셨습니다. "좋은 약은 입에 쓰지만 병에는 좋으며, 충언은 귀에 거슬리지만 행실에는 이롭다14. 상나라 탕왕이나 주나라 무왕은 사람들의 직언直을 듣는 것을 좋아하였기 때문에 번창하였으며, 하나라 걸왕과 은나라의 주왕은 아부하는 사람만 좋아하여 멸망하였다. 그러므로 군주에게 잘못이 있으면 신하가 바로 잡아주고, 어버이에게 잘못이 있으면 자식이 바로 잡아주고, 형에게 잘못이 있으면 아우가 바로 잡아주며, 사신에게 잘못이 있으면 친구들이 바로 잡아 주어야 한다. 이렇게 함으로써 나라에는 위급한 조짐이 없게 되고, 가정에는 패륜의 조짐이 없게 되며, 부자형제들은 그 정情을 잃지 않으며, 벗 사이에는 우정의 단절斷絶이 없게 되는 것이다."

13 思曰睿 睿作聖 사왈예 예작성
14 良藥苦于口而利于病, 忠言逆于耳而利于行 양약고우구이이우병 충언역우이이이우행

바른 임금

德 建 名 立　形 端 表 正
덕덕　세울건 이름명 설립　모양형 바를단 겉표　바를정

덕이 세워지면 이름이 서고, 모습이 바르면 그림자 또한 바르게 된다.

한자의 본뜻 풀이

『설문』에 '德덕'은 본래 '오르다[1]'라고 하지만, 여기서는 '바른 마음'이며, '建건'은 '나라의 법률을 세우다[2]'라는 뜻입니다. '名 명'은 '타고난 성정[3]'이라는 뜻이고, '立입'은 본래 '살다[4]'이지만 여기서는 '서다'라는 뜻입니다. '形형'은 '사물의 모양을 본뜬 모습[5]'을 뜻하지만, 여기서는 '몸가짐'으로 풀이하고, '端단'은 '곧다[6]'로 풀이 합니다. '表표'는 원래 '웃옷[7]'이라는 뜻이지만, 여기서는 '겉모습'으로 보면 됩니다. '正정'은 '옳다[8]'로 풀이합니다.

주나라 무왕武王은 기원전 약 1,100여 년경에 목야牧野에서 은나라 주왕紂王의 대군을 격파하여 은나라를 괴멸壞滅시킵니다. 지금의 섬서성陝西省 서안西安 부근인 당시의 호경鎬京에 서울을 정하여 주나라를 세우고, 아우인 주공周公 단旦과 공신 여상[9] 및 소공召公 석奭 등의 보필을

---

1 升也 승야
2 立朝律也 입조율야
3 自命也 자명야
4 住也 주야
5 象形也 상형야
6 直也 직야
7 上衣也 상의야
8 是也 시야
9 呂尙 : 강태공

받아 나라의 기틀을 다집니다. 그러나 『맹자』「진심 하盡心 下」를 보면, 맹자는 유가儒家에서 성군이라 부르는 주나라 문왕과 무왕의 업적에 대하여 『서경』의 「무성」편에 나오는 혈류표저血流漂杵로 묘사된 전투 상황을 미루어 주나라 무왕이 어진 임금이 아니라고 꼬집고 있습니다. 맹자가 말하길 "나는 「무성」편의 글 가운데 두서너 쪽만을 취할 따름이다. 인자하다는 주나라의 무왕이 천하에 인자하지 않다는 은나라의 주왕을 정벌하였는데, 어떻게 그처럼 방패를 띄울 정도의 피가 흘렀는가[10]?"라고 일갈을 합니다.

주나라 무왕이 은나라의 주왕을 토멸하여 주 왕조를 세우자, 청절지사淸節之士로 이름난 백이伯夷·숙제叔齊가 무왕의 행위는 인의仁義에 거스르는 것이라 하여 주나라의 곡식 먹기를 거부하고, 수양산首陽山에 몸을 숨기고 고사리를 캐어 먹고 지내다가 굶어 죽었다는 말은 널리 알려져 있는 일입니다. 무왕이 은나라를 정벌하는 데 덕德이 그에게 쌓인 것은 은나라를 정벌하는 명분이 되었고, 백이·숙제는 명분을 따르다 청절지사로서 죽음을 맞아 유가에서 추앙받고 있으니 어느 것이 옳은 것인지는 생각해 보아야 할 것입니다. 하지만 『논어』「이인里仁」에 보면 공자께서 말씀하시기를 "사람의 허물은 각기 그 유형이 있으니, 그 사람의 허물을 보면 인仁을 알 수 있다[11]"라고 하며 맹자와는 다르게 풀이를 하고 있습니다. 이를 보고 주나라를 이상형理想型의 국가로 여기는 유가의 해석은 좀 생각해 볼 일입니다.

10 何其血之流杵也 하기혈지유저야
11 人之過也 各於其黨 觀過 斯知仁矣 인지과야 각기어당 관과 사지인의

『예기』「잡기雜記」에 보면 "태도가 바르면 그 그림자 또한 바르다12"라 합니다. 『열자列子』「설부說符」에도 "몸이 바르면 그림자 또한 바르다13"라고 합니다. 『순자荀子』「군도君道」에도 "몸가짐이 바르면 그림자 또한 바르다14"라고 하였습니다. 임금의 올바름을 그려낸 것입니다. 『국조보감國朝寶鑑』 태조조太祖朝 4년에 보면 이성계가 조선을 건국한 뒤에 정도전에게 신궁의 이름을 짓게 하는 대목이 보입니다. 여기서 '단端'을 설명합니다. "오문午門의 이름을 '정문正門'으로 하소서. 천자와 제후가 그 위치는 비록 다르나 남면南面을 하고서 정치를 하는 것은 모두 바름正에 근본을 두고 있는 것이니 대체로 그 이치는 하나인 것입니다. 고전古典을 상고해 보면 천자의 문을 '단문端門'이라고 했는데, 단端이란 정正을 말하니, 지금 오문午門을 '정문正門'이라 칭하소서. 명령命令과 정교政敎가 필시 이 문을 통해 나갈 것인데 이때 살펴보고서 윤허한 후에 내보낸다면 참설이 행해지지 않고 교만과 거짓이 발붙일 곳이 없게 될 것입니다"라고 하여 임금이 바르게 될 것을 그루박고 있습니다.

---

12 形正則 影必端 형정즉 영필단
13 形直則影正 형직즉영정
14 儀正而景正 의정이영정

임금님 귀는 당나귀 귀

空 谷 傳 聲　虛 堂 習 聽
빌공 골곡 전할전 소리성　빌허 집당 익힐습 들을청

아무도 없는 골짜기에도 소리가 전해지듯 사람의 말은 빈집에서도 거듭 들리게 된다.

🌀 한자의 본뜻 풀이

『설문』에 '空공'은 원래 '엿보다 또는 구멍[1]'이라는 뜻이나 여기서는 '허공'의 뜻이며, '谷곡'은 '샘물이 솟아나 산골짜기 사이를 지나 시내로 흘러드는 것[2]'이라는 뜻입니다. '傳전'은 『설문』에 의하면 '갑자기 또는 재빠르다[3]'라는 본뜻 외에 '퍼지다[4]'라는 뜻이며, '聲성'은 '소리[5]'라고 풀이합니다. '虛허'는 본래 '큰 언덕[6]'이라는 뜻이지만, 『광아석고』에서는 '비다[7]'라는 뜻으로 바뀌었습니다. '堂당'은 『설문』에서 '큰 집[8]'이라고 합니다. '習습'은 본래 『설문』에서 '자주 날다[9]'라는 뜻이나, 여기서는 '익히다'라는 뜻이며, '聽청'은 '증거[10]'의 뜻을 지닙니다.

1 竅也 규야
2 泉出通川爲谷也 천출통천위곡야
3 遽也 거야
4 布也 포야
5 音也 음야
6 大丘也 대구야
7 空也 공야
8 殿也 전야
9 數飛也 삭비야
10 驗也 험야 또는 證左 증좌

궁예, 견훤 그리고 왕건이 태어날 무렵인 신라 제48대 경문왕[11] 때는 신라 말의 어지러운 혼란상을 그대로 보여주고 있습니다. 왕은 희강왕[12]의 손자입니다. 그런데 희강왕은 사촌간인 민애왕[13]에게 죽임을 당했고, 민애왕은 또 다른 사촌 신무왕[14]신에게 죽임을 당하게 됩니다. 물고 물리는 형제간의 살육 끝에 왕들은 1년 남짓 자리에 있다가, 권력은 고사하고 목숨마저 빼앗기고 맙니다. 왕손 시절의 경문왕은 무엇보다 덕치德治와 의리를 무겁게 여기고자 했던 듯합니다. 그러기에 혼란을 끝낼 적임자로서 드디어 왕의 자리에 오를 수 있었다고 『삼국유사三國遺事』에서 일연一然은 말합니다.

　　시대와 함께 밀려오는 혼란의 파고波高는 어느 뛰어난 한 사람의 힘으로 제어하기 어려운 것인가 봅니다. 그것은 경문왕에게도 벗어날 수 없는 무서운 소용돌이로 다가왔던 것입니다. 그의 치세治世가 시원치 않았음을 『삼국사기三國史記』는 곳곳에서 증언하지만, 이는 경문왕의 개인적인 능력이나 덕성 때문이 아닌 시대의 한 흐름이라고 생각합니다. 이때 이미 어쩔 수 없는 침몰의 그림자가 신라 하늘에 드리우고 있었고, 바로 이 왕에게 '임금님 귀는 당나귀 귀'라는 딱지가 붙게 되었던 것이죠. 절규와 탄압 그리고 민초들의 애환哀歡이 엇갈리는 비극의 숲 이야기가 여기서 비롯되고 있으니 말입니다. 일연[15]의 이야기 솜씨에 새삼 탄복하는 『삼국유사』 권2 기이제2紀異第2 「48경문대왕四十

11　景文王 : 861~875
12　僖康王 : 836~838
13　閔哀王 : 838~838
14　神武王 : 838~839
15　一然 : 1206~1289

八景文大王」에 나오는 내용입니다.

　왕위에 오른 다음 경문왕의 귀가 당나귀 귀처럼 커집니다. 귀가 커졌다는 것을 사실로 아니면 어떤 상징으로 받아들여야 할지는 뒤로 미룹니다. 이 일을 오직 왕의 두건을 만드는 기술자만 알았습니다. 그러나 입 밖에 낼 수 없는 법, 그는 죽을 무렵에야 도림사의 대나무 숲 깊숙한 곳에 들어가, "우리 임금님 귀는 당나귀 귀 같다"고 외쳤습니다. 그 뒤 바람이 불면 대나무 숲에서 이런 소리가 났습니다. "우리 임금님 귀는 당나귀 귀다." 왕은 이를 싫어하여 대나무를 모두 베어 버리고 산수유나무를 심었는데, 바람 부는 날이면 이런 소리가 났다고 합니다. "우리 임금님 귀는 길다." 그 말을 뱉지 않고는 쉽게 눈도 감을 수 없었나 봅니다. 임금의 나라 다스림에 백성들의 이야기를 잘 들어줬다는 이야기인지 판단이 서지를 않습니다. 그래도 약 15년간 나라를 다스렸으니 고작 1년 남짓 임금의 자리에 있었던 다른 임금들보다는 나라를 다스림에 조금은 나았다는 반증反證으로 풀이를 해야 할 듯합니다.

　퇴계 선생은 조선의 제14대 군주인 선조[16]가 17세의 어린 나이로 왕위에 오르자 「성학10도聖學10圖」를 지어 선조에게 바칩니다. 10도 중 제9도는 행동거지에 관한 규범으로 주자[17]의 「경재잠敬齋箴」을 빌어 "말 삼가기를 병마개 막듯 하고[18], 한 번 뜻을 세우면 성 지키기 하

16　宣祖 : 1567~1608
17　朱子 : 1130~1200
18　守口如瓶 수구여병

듯 흔들림 없이 하라[19]"라고 하여 특히 혼자 있을 때 조심하는 신독愼
獨을 게을리 하지 말 것을 당부합니다.

신독愼獨이란 『대학』 「성의誠意」편에 나오는 말로 "이른바 그 뜻을
성실하게 한다 함은 스스로를 속이지 않는 것이니, 나쁜 냄새를 싫어
하듯 하며 좋은 빛깔을 좋아하듯이 하는 것, 이것을 일러 스스로 만족
함이라 한다. 그러므로 군자는 반드시 그 홀로 삼가는 것이다"라는 말
이 됩니다.

『주역』의 「계사상繫辭上」에 보면 공자께서 말씀하시기를 "군자가
집안에 있으면서 그 하는 말이 선하면 천 리 밖에서도 이에 응하니, 하
물며 그 가까운 곳이야 말할 필요조차 없다[20]"라고 하였습니다.

---

19 防意如城 방의여성
20 君子居其室 出其言善 則千里之外應之 況其邇者乎 군자거기실 출기언선 즉천리지외응지 황기
　　이자호

재상의 자리에 오른 손숙오孫叔敖

禍 因 惡 積　福 緣 善 慶
재앙화 말미암을인 모질악 쌓을적　복복　인연연 착할선 경사경

언걸(재앙)은 나쁜 짓을 쌓음으로써 생기고, 복은 착한 일을 쌓는 경사에서 비롯한다.

🌀 한자의 본뜻 풀이

『설문』에 '禍화'는 '신이 복을 내리지 않다[1]'라고 하며, '因인'은 본래 '나아가다[2]'의 뜻이나, 여기서는 '말미암다'라는 뜻입니다. '惡악'은 '허물[3]'이라고 하였으나 『설문』의 주注에는 '바르지 않은 것[4]'이라고 하며, '積적'은 '모으다[5]'라는 뜻을 지녔습니다. '福복'은 '천지신명이 돕다[6]'라는 뜻이며, '緣연'은 본래 '생사로 옷을 만들다[7]'라는 뜻이나, 여기서는 '인연'의 뜻이 됩니다. '善선'은 '좋은 일[8]'이라는 뜻이고, '慶경'은 본래 '다른 사람을 위로하다[9]'라는 뜻을 지니고 있으며, '좋은 일에는 사슴 가죽으로 예물을 지닌다[10]'라고 하고 있습니다.

『주역』의 중지重地 곤괘坤卦 「문언전文言傳」에는 우리들이 잘 알고 있으며, 관공서 등 사무실 벽에 걸려 있는 붓글씨 액자에서도 자주 볼 수 있는 다음과 같은 글이 실려 있습니다.

1 神不福也 신불복야
2 就也 취야
3 過也 과야
4 不正 부정
5 聚也 취야
6 祐也 우야
7 衣純也 의순야
8 吉也 길야
9 行賀人也 행하인야
10 吉禮以鹿皮爲贄 길례이녹피위지

"선을 쌓은 집에는 반드시 경사慶事가 있고, 선善을 쌓지 않은 집에는 반드시 재앙이 있다11."

춘추시대 초楚나라의 재상이던 손숙오孫叔敖에 관한 고사故事가 있습니다. 『신서新序』 권1 「잡사雜事」에는 다음과 같이 전하고 있습니다. 초나라 장왕12 때의 일입니다. 손숙오가 어렸을 때 어느 날 밖에서 놀다가 머리가 둘 달린 뱀을 보고 죽여서 묻어 버렸습니다. 그런 다음 집으로 돌아와 끼니를 거르면서 고민하였습니다. 이를 이상히 여긴 어머니가 그 까닭을 묻자 손숙오가 울면서, "머리 둘 달린 뱀을 본 사람은 죽는다고 들었습니다. 아까 그걸 보았습니다. 머지않아 나는 죽어 어머니 곁을 떠날 것입니다. 그것이 걱정됩니다"라고 하였습니다. 어머니는 "그 뱀은 어디 있느냐?" 하고 물었습니다. 손숙오가 "다른 사람이 볼까 봐 죽여서 묻어 버렸습니다"라고 말하였습니다. 말을 다 들은 어머니는 "남모르게 덕행을 쌓은 사람은 그 보답을 받는다13고 들었다. 네가 그런 마음으로 뱀을 죽인 것은 음덕이니, 그 보답으로 너는 죽지 않을 것이다"라고 하였습니다. 곧 다른 이들이 당할 화를 미리 없애 주었던 셈이지요.

어머니의 말대로 장성한 손숙오는 재상의 자리에까지 올랐습니다.

손숙오의 고사는 개인주의가 만연한 오늘날에는 그 시사하는 바가 큽니다. 뒤에 발생할 희생을 자신으로 마감하겠다는, 나를 버리고 타인을 위하는14 정신이 두드러지는 대목이라 하겠습니다.

---

11 積善之家必有餘慶 積不善之家必有餘殃 적선지가필유여경 적불선지가필유여앙
12 莊王 : 기원전 613~590
13 陰德陽報 음덕양보
14 滅私奉公 멸사봉공

분음分陰을 아껴라

尺 璧 非 寶　寸 陰 是 競
자척　구슬벽　아닐비　보배보　　마디촌　그늘음　이시　다툴경

한 자되는 구슬이라고 해도 보배는 아니니, 짧은 시간이라도 아껴 써야 한다.

> 🐚 한자의 본뜻 풀이
>
> 『설문』에 '尺척'은 '열 치[1]'라고 하며, '璧벽'은 '상서롭고 둥근
> 구슬[2]'이라고 합니다. '非비'는 '어기다[3]'이며, '寶보'는 '진기하
> 다[4]'라고 풀이하고 있습니다. '寸촌'은 '10분十分也십분야'을 가리
> 키며, '陰음'은 '어둡다[5]'이지만, 여기서는 '때'를 말한 것입니다.
> '是시'는 본래 '곧다[6]'라는 뜻이나, 여기서는 도치된 어구語句입니
> 다. '競경'은 본래 '억지를 써서 말하다[7]'라는 뜻이나, 여기서는
> '두 사람이 겨루다'라는 뜻입니다.

1 十寸也 십촌야
2 瑞玉 서옥 또는 圜也 환야
3 違也 위야
4 珍也 진야
5 闇也 암야
6 直也 직야
7 彊語也 강어야

『회남자』「원도훈原道訓」에는 성인인 순 임금이 아끼던 구슬을 버린 일과 우 임금이 홍수를 다스리기 위하여 촌음을 아끼며 일을 하던 것과 학문을 연마하는 일을 그리고 있습니다.

"날이 가고 달이 가는데, 시간은 사람과 같이 있지 않으려 한다. 이 때문에 성인은 한 자나 되는 큰 보배는 귀하게 여기지 않아도 한 치의 시간은 소중히 여긴다. 때는 얻기는 어려워도 잃기는 쉽기 때문이다. 우禹 임금이 때를 쫓는 모습은 신발이 벗겨져도 줍지 아니하고 관冠이 벗겨져도 뒤돌아보지 않았다. 이는 앞을 다투려고 했던 것이 아니라 때를 얻기를 다투었던 것 때문이다8."

「권학문勸學文」이라고 널리 알려진 「우성偶成」이라는 시를 지은 주희9는 배움을 통하여 덕을 쌓는 마음을 이렇게 읊고 있습니다.

소년은 늙기 쉽고 학문은 이루기 어려우니10,
아주 짧은 시간도 가볍게 여기지 말라11.
못가의 봄풀은 꿈에서 채 깨어나지도 않았는데12,
섬 뜰 앞 오동나무 잎은 벌써 가을 소리를 내네13.

---

8 夫日回而月周 時不與人游 故聖人不貴尺之璧而重寸之陰 時難得而易失也 禹之趨時也 履遺而 弗取 冠挂而不顧 非爭其先也 而爭其得時也 부일회이월주 시불여인유 고성인불귀척지벽이중촌 지음 시난득이이실야 우지추시야 이유이불취 관괘이불고 비쟁기선야 이쟁기득시야
9 朱熹 : 1130∼1200
10 少年易老學難成 소년이로학난성
11 一寸光陰不可輕 일촌광음불가경
12 未覺池塘春草夢 미각지당춘초몽
13 階前梧葉已秋聲 계전오엽이추성

『진서晉書』권66 「도간전陶侃傳」에 보면, 도간이 늘 사람들에게 타이르기를 "우 임금은 성인인데도 촌음을 아꼈으니 너희들은 마땅히 분음分陰을 아껴야 한다. 어찌 술에 취하여 일을 하지 않고 빈둥거리느냐? 살아서는 때를 잃고 죽어서는 후세 사람에게 이름을 남기지 못하니 이는 자신을 버리는 것이다[14]"라고 하며 시간을 아낄 것을 명토 박고[15] 있습니다.

14　大禹聖者 乃惜寸陰 至於眾人 當惜分陰 豈可逸遊荒醉 生無益於時 死無聞於後 是自棄也　대우성자 내석촌음 지어중인 당석분음 기가일유황취 생무익어시 사무문어후 시자기야
15　지적하고

화살 맞아 죽은 임금

資 父 事 君　　曰 嚴 與 敬
바탕자 아비부 섬길사 임금군　가로왈 엄할엄 더불여 공경경

어버이 섬기는 것을 바탕으로 임금을 섬겨야 하며, 섬김에는 엄숙함과 공경심을 지녀야 한다.

> 한자의 본뜻 풀이
>
> 『설문』에 '資자'는 '재물 또는 물품[1]'이라고 하며, '父부'는 본래 '네모를 그리는 기구[2]'라는 뜻으로, '집안의 어른이면서 식구를 거느리고 가르치는 사람[3]', 곧 '아버지'라고 합니다. '事사'는 '받들다[4]'라는 뜻이며, '君군'은 '높다[5]'라는 뜻이 됩니다. '曰왈'은 '고하다[6]'라는 뜻입니다. '嚴엄'은 본시 '왕비·왕세자·왕세자빈·왕세손 등을 책봉할 때 내리는 훈유하는 글을 급히 명령하는 것[7]'이라는 뜻입니다. '與여'는 본래 『설문』에서 '무리[8]'라고 하며, '敬경'은 '공경하다[9]'라는 뜻입니다.

1 貨也 화야
2 矩也 구야
3 家長率敎者 가장솔교자
4 奉也 봉야
5 尊也 존야
6 告也 고야
7 敎命急也 교명급야
8 黨與也 당여야
9 肅也 숙야

화랑도에서도 중히 여겼던 효에 관한 얘기는 『삼국사기』 권4 「진흥왕 37년 조」에 있는 최치원[10]의 난랑비서鸞郞碑序에도 보입니다. 600년[11]에 원광법사[12]에게 귀산貴山·추항箒項 두 사람이 평생의 경구警句로 삼을 가르침을 청하였는데, 이에 원광은 사군이충事君以忠·사친이효事親以孝·교우이신交友以信·임전무퇴臨戰無退·살생유택殺生有擇의 5가지 계율을 가르쳐 줍니다. 효가 밑바탕이 되어야 나라님도 섬긴다고 하는데 그만큼 효가 가정은 물론 사회 일반에 커다란 영향을 준다고 할 수 있습니다.

『효경』에서는 공자께서 『서경』의 「여형呂刑」편을 들어 이르시기를, "임금에게 경사가 있음은 곧 뭇 백성에게도 그 힘을 실어준다[13]"라고 하였습니다. 민초들이 효를 행하는 것도 중요하지만 임금이 된 사람의 효는 그 영향이 뭇 백성들에게 감화를 준다는 대목입니다. 다시 말하기를, "부모를 섬기는 것을 바탕으로 임금을 섬기는 것은 곧 공경함과 같다[14]"라고 이르고 있습니다. 같은 책에서 "친히 낳아서 길러 주셨으니 어버이 봉양하기를 날마다 엄숙히 하여야 한다. 성인은 이 엄숙함으로 공경하도록 가르쳤으며, 친히 낳았다는 것으로 사랑하도록 가르쳤다[15]"라고 이르고 있습니다.

---

10 崔致遠 : 857~?
11 진평왕 22년
12 圓光法師 : 555?~638?
13 一人有慶 兆民賴之 일인유경 조민뢰지
14 資於事父以事君而敬同 자어사부이사군이경동
15 親生育之 以養父母日嚴 聖人因嚴 以教敬 因親生以教愛 친생육지 이양부모일엄 성인인엄 이교경 인친생이교애

자신이 해야 할 일을 잊고 일탈된 행동을 함은 부모에게 욕을 안겨 주는 것이니, 『시경』의 「민珉」에는 이를 경계하여, "일찍 일어나고 일찍 자서 부모에게 욕됨이 없게 하라[16]"라고 이르고 있습니다.

　『사기』에 보면 주나라 여왕厲王이 폭정을 하다 왕위에서 쫓겨나게 되는데, 여왕의 뒤를 이어 선왕[17]이 등극을 하고 선왕은 주공과 소공의 보필을 받아 정치를 잘합니다. 하지만 말년에 이르러 정사가 제대로 이루어지지 않으면서 기원전 825년 두백杜伯이라는 신하를 죽이는데 두백은 곧은 말을 하는 신하였습니다. 여하튼 선왕은 전쟁광이었는지 잦은 전쟁을 일으켰었나 봅니다. 두백의 벗인 좌유左儒도 두백을 따라 죽으면서 말하기를, "군주의 허물을 밝히고 두백의 무고함을 밝힌다"라고 하였습니다. 결국 선왕은 사냥을 갔다가 대낮에 두백의 혼령이 나타나 그가 쏜 새빨간 화살에 맞아 죽었다고 『묵자』에서 말하고 있습니다. 선왕이 죽자 그의 아들 생涅이 기원전 782년에 왕위에 오르게 됩니다. 그가 바로 유왕[18]입니다. 이 유왕은 그 유명한 중국의 4대 미인 중 한 사람인 포사褒姒를 총애합니다. 주색을 좋아하여 정사를 멀리하고, 멋대로 봉화를 올려 각 제후들을 불러들여 포사를 웃기려 하였습니다. 유왕은 포사를 사랑하여 왕비 신후와 태자 의구를 폐하고 포사가 낳은 아들 백복을 세자로 삼습니다. 그 결과 신후가 태자를 데리고 친정 신국으로 돌아간 뒤 신후의 친정아버지가 반기를 들고 일어납니다. 기원전 771년 신후는 서북의 견융족과 여나라의 연합

16 夙興夜寐 無忝爾所生 숙흥야매 무첨이소생
17 宣王 : 기원전 828~782
18 幽王 : 기원전 781~771

군을 이끌고 호경에 진입합니다. 유왕은 제후들에게 봉화를 올려 군사를 소집하려 했으나 여러 번 거짓 봉화에 속은 제후들은 군대를 보내지 않아 마침내 호경은 함락되고 맙니다. 유왕은 여산에서 견융족에게 피살되었고 이로써 서주는 몰락합니다.

여하튼 당시 백성들의 고통은 컸던 것 같습니다. 『시경』 「육아」에 보면 백성들이 가혹한 유왕을 꾸짖으며 지은 시가 있는데, 시의 일부를 보면 "선민이 일찍 죽는 것보다 못하다. 집집마다 술항아리는 비어 있고 더부룩한 다북쑥이 자란다"라 하고 있습니다. 들과 밭을 일구지 못하여 끼니소차 이을 수 없던 민생고를 읊은 노래입니다. 『모전毛箋』의 이 시에 대한 풀이를 보니, "유왕을 나무라며, 백성이 괴롭고 힘들어서 효성스런 아들도 끝까지 부모를 봉양하지 못한다[19]"라고 합니다. 이러한 폭정으로 민생은 도탄에 빠지고 이에 자신을 낳아준 부모를 제대로 봉양할 수 없음을 애절하게 그리고 있습니다. 임금이 잘못 다스려 나라가 어려워지면 민초는 어버이를 모시지 못하는 것이 되니 임금은 스스로를 오롯이 해야 합니다.

---

19 刺幽王也 民人勞苦 孝子不得終養爾 자유왕야 민인노고 효자부득종양이

그대를 우러러봄이여

孝 當 竭 力　忠 則 盡 命
효도효 마땅할당 다할갈 힘력　충성충 곧즉 다할진 목숨명

어버이에 대한 효는 마땅히 힘을 다해야 할 것이고, 나라에 충성하는 데 있어서는 그 목숨을 다해야 한다.

🐟 한자의 본뜻 풀이

기원 후 약 100년경 후한後漢 때 허신許愼이 지은 『설문해자說文解字』에 의하면 '孝'자는 老자의 줄임 글자인 '耂'와 '子'자가 결합되어 자식이 노인을 도와서 떠받든다는 뜻입니다. 효의 개념은 은殷나라 때 복사卜辭나 금문金文 등에서 효라는 글자가 지명이나 인명으로 쓰인 것으로 보아 그 무렵에 만들어졌을 것으로 추정됩니다. 주周나라 때 금문이나 『시경』 또는 『서경』의 「주서周書」 등에 효에 관한 글이 많이 있는 것으로 보아 서주西周 시대에 효의 개념이 널리 퍼졌음을 알 수 있습니다. 또한 『설문』에 '孝효'는 '어버이를 잘 섬기는 사람[1]'이라는 뜻이며, '當당'은 '밭의 값이 서로 맞아떨어지다[2]'라고 합니다. 『집운』에 '竭갈'은 '다하다[3]'라고 하며, 『설문』에 '力력'은 '힘[4]'이라고 합니다. 『설문』에 '忠충'은 '공경하는 마음을 다하는 것[5]'이라고 하고, '則즉'은 『경전석사經傳釋詞』에 의하면 '곧[6]'이라고 풀이하지만, 『설문』에는 '사물을 가지런히 그리다[7]'라고 풀이하고 있습니다. '盡진'은 『설문』에는 '그릇이 비다[8]'라고 하지만, 『광운廣韻』에는 '다하다'라고 풀이합니다. '命명'은 『백호통의白虎通義』에서 '사람의 목숨[9]'이라고 하며, 『설문』에서는 '부리다[10]'라고 합니다.

1 善事父母者 선사부모자
2 田相値也 전상치야
3 一曰盡也 일왈진야
4 筋也 근야
5 忠敬也 盡心曰忠 충경야 진심왈충
6 卽也 즉야
7 等畵物也 등화물야
8 器中空也 기중공야

공자孔子는 효의 개념을 계승·발전시켜 유교 덕목의 하나로 삼았습니다. 그는 『논어』 「학이」편에서 "젊은이는 집에 들어서는 효도하고 나가서는 남을 공경해야 한다[11]"라고 하여, 어버이에게 효도하고 따라야 하며 공경하는 것을 배움의 알짬으로 보았습니다. 이에 대하여 공자의 제자인 자하子夏는 「학이」에서 말하기를, "어버이를 섬기되 능히 그 힘을 다하며, 임금을 섬기되 능히 그 목숨을 다해야 한다[12]"라고 힘주어 말하고 있습니다.

『논어』 「위정」편에서 누군가 공자에게 왜 정치에 발을 들여놓지 않느냐고 묻자 공자께서는 『서경』의 「군진君陳」 첫 구절을 인용하면서 "효성이 있어야만 형제간에 우애를 다하여, 그것을 나라 다스리는 일에까지 베풀 수 있는 것이다[13]"라고 말합니다. 가정의 근본인 동시에 인륜의 근본인 효가 없이는 나랏일을 제대로 하지 못한다는 뜻이됩니다.

효도를 한다 함은 임금에서부터 뭇 백성에 이르기까지 그 모두가 해야 할 인륜이니, 중국의 가장 오래된 시집인 『시경』에서 많이 다루고 있습니다. 이 책의 「절남산지습節南山之什」에 보니, "높이 솟은 저 남산에는 바위가 켜켜이 쌓여 있네. 세도가 윤씨여! 백성들은 그대를 우러러보네[14]"라고 하며 주나라 유왕 때의 사람인 가보家父가 국정을

---

9 人之壽也 인지수야
10 使也 사야
11 弟子入則孝 出則弟 제자입즉효 출즉제
12 事父母 能竭其力 事君 能致其身 사부모 능갈기력 사군 능치기신
13 孝恭 惟孝 友于兄弟 克施有政 효공 유효 우우형제 극시유정
14 節彼南山 維石巖巖 赫赫師尹 民具爾瞻 절피남산 유석암암 혁혁사윤 민구이첨

어지럽히고 방탕한 생활을 일삼는 유왕과 이에 기생하여 세도를 부리는 태사太師 윤씨에 대하여 이 시를 지어 힐난하고 있습니다.

이이첨15, 그는 조선조 선조 때 대북大北의 우두머리로서 광해군16이 세자에 어울린다는 주장을 펼치다가 선조17의 노여움을 사서 원배령遠配令이 내려졌으나 선조가 갑자기 죽고 광해군이 즉위하자 예조판서에 올랐던 사람입니다. 그는 많은 인사들을 모함하여 죽이고 동문수학을 한 벗인 허균許均을 죽입니다. 이이첨은 어머니에 대한 효성이 지극하여 과거급제 전에 고향에 정문旌門이 세워질 정도였다고 합니다. 효성이 지극했는지는 모르지만, 이이첨은 사실 주나라 유왕에 빌붙었던 태사 윤씨와 같은 그악스러움18으로 뭇 백성의 조롱을 받아 역사의 뒤안길에 남는 모리배에 불과했습니다. 이이첨이 정말 효를 지극히 하였다면 그는 『서경』의 말대로 어버이에 대한 효를 바탕으로 정사政事에까지 베풀어야 하지 않았을까요? 그는 진정한 효자가 아님이 분명합니다. 이이첨이 '그대를 우러러본다19'는 이 『시경』의 시구대로 큰 춤볼 때20 이드거니21 틀거지22를 갖추었다면 모리배는 면했을 겁니다.

고대 그리스의 시인 소포클레스는 『안티고네』에서 "자기 가정을 훌륭하게 다스리는 자는 나라의 일에 대해서도 가치 있는 인물이다"라고 했습니다.

15 李爾瞻 : 1560~1623
16 光海君 : 1608~1623
17 宣祖 : 1567~1608
18 사납고 모질음
19 爾瞻 이첨
20 영화로울 때
21 제대로
22 위엄

항룡유회 亢龍有悔

臨 深 履 薄　夙 興 溫 淸
다다를임 깊을심 밟을리 엷을박　이를숙 일어날흥 따뜻할온 서늘할청

깊은 물가에 다다른 듯 엷은 얼음을 밟는 듯하며, 일찍 자고 일어나 따뜻한지 서늘한지를 살핀다.

> ### 한자의 본뜻 풀이
>
> 『설문』에 '臨임'은 '높은 곳에서 밑을 내려다 보다[1]'라는 뜻이며, '履리'는 '밟다[2]'라는 뜻입니다. '夙숙'은 '동이 트기 전에 인사드리는 것[3]'이며, '興흥'은 '깨어 일어나다'라는 뜻입니다. '溫온'은 '더운 물[4]'이며, '淸청'은 '서늘하다[5]'라는 뜻이 됩니다.

　윗자리에 있어도 교만하지 아니하고, 높은 관직에 있어도 거드름을 피우지 아니하며, 절제를 하여 삼가 정도를 지키면 부귀가 자신에게서 떠나지 아니합니다. 사람은 날개가 없습니다. 높은 곳에 머물러 있으면 아래가 잘 보이지 않습니다. 나는 용[6]의 텀[7]을 지나 "너무 높이 오른 미르[8]는 더 오를 곳이 없어 언걸이 몸에 이른다[9]"라고 하니 위에 말한 것을 되짚는 말이기도 합니다. 이는 『주역』의 「중천건重天乾」에

---

1 監臨也 감림야
2 足所依也 족소의야
3 早敬也 조경야
4 溫水也 온수야
5 寒也 한야
6 飛龍
7 정도
8 龍
9 亢龍有悔 窮之災也 항룡유회 궁지재야

나오는 말입니다. 또한 『시경』의 「소민小旻」 시는 서주西周 시대 말엽, 시대적 상황 변화에 적응하지 못하고 나라를 혼란에 빠뜨린 유왕의 잘못된 정치를 풍자한 노래입니다. 너무 높이 오른 미르인가 봅니다.

맨손으로 범을 잡지 못하고 배 없이 큰 강을 건너지 못함을[10], 사람들은 그것 하나는 잘 알면서도, 다른 것은 알지 못한다[11]. 두려워 벌벌 떨면서 몸을 움츠리며, 깊은 못에 다다른 듯하고[12], 엷은 얼음을 밟는 듯한다[13].

효를 행함에 늘 살얼음을 밟듯 하며 아침, 저녁으로 부모님의 이부자리가 따뜻한가 서늘한가를[14] 살피라는 말입니다. 『예기』 「곡례 상曲禮 上」에 나오는 말입니다. 특히 임금이 된 자나 나라의 큰일을 다루는 이들은 더욱더 말할 나위가 없습니다. 제후나 임금의 효가 나라를 다스리는 데 있어 얼마나 중요한지 효孝와 충忠에 관해 공자께서 『장자 莊子』 「인간세人間世」에서 다음과 같이 얘기합니다.

"세상에는 두 가지 큰 법칙이 있습니다. 그 하나는 운명이며, 다른 하나는 의로움입니다. 자식이 어버이를 사랑하는 것은 운명입니다. 그것은 마음으로부터 벗어 놓을 수 없는 것입니다. 신하가 임금을 섬기는 것은 의로움입니다. 어디를 가나 임금이 없는 곳은 없으며, 하늘

10 不敢暴虎 不敢馮河 불감포호 불감빙하
11 人知其一 莫知其他 인지기일 막지기타
12 戰戰兢兢 如臨深淵 전전긍긍 여림심연
13 如履薄氷 여리박빙
14 冬溫而夏淸 동온이하청

과 땅 사이에서는 그 관계로부터 벗어날 길이 없습니다. 이것을 큰 법칙이라 부르는 것입니다. 그래서 어버이를 섬기는 사람들은 지위가 높고 낮고 간에 어버이를 편안히 모시는 법인데, 이것이 효도의 으뜸입니다. 임금을 섬기는 사람들은 일의 여하를 가리지 않고 임금을 평안히 모시는 법인데, 이것이 충성의 위대함입니다. 그들의 마음을 섬기는 사람들은 슬픔과 즐거움이 눈앞에 엇바뀌어 드러나지 않고, 그들과의 관계란 어쩔 수 없는 것임을 알고 운명을 따라 그들을 평안히 모시는데, 이것이 덕의 으뜸입니다."

살얼음을 밟고 물가에 다다른 듯이 하라는 말은 구실아치[15]들에 대한 일갈이며, 아침저녁으로 부모님의 이부자리가 따뜻한지 서늘한지를 살피라는 말은 효를 그루박는 말이 됩니다.

15 공무원

독야청청獨也靑靑하리라

似 蘭 斯 馨　　如 松 之 盛
같을사 난초란 이사 향기형　　같을여 소나무송 어조사지 성할성

난초 향기와 비슷하고, 소나무가 무성함과 같다.

🐚 한자의 본뜻 풀이

『설문』에 '似사'는 '서로 닮다[1]'라는 뜻이며, '蘭란'은 '향기 나
는 풀[2]'이라고 합니다. '斯사'는 본래 '쪼개다[3]'라는 뜻이나 여기
서는 어조사입니다. '馨형'은 '향기가 멀리 풍기다[4]'라는 뜻을 지
니고 있습니다. 『설문』에 '如여'는 '좇아 따르다[5]'라는 뜻이며,
'松송'은 '나무[6]'라고만 되어 있는데 '소나무'입니다. '之지'는 '이
것[7]'입니다. '盛성'은 '차기장과 메기장을 그릇에 담아 제사를 지내
는 것[8]'이라는 뜻이나, 여기서는 '무성하다'라는 뜻으로 봅니다.

『공자가어』권4 「제15본第十五本」에 보면, 공자께서 말씀하시기를,
"착한 사람과 함께 있으면 마치 향기로운 지초芝草와 난초蘭草가 있는
방에 들어간 것과 같아서, 오래 되면 그 향기의 냄새를 맡을 수 없을
만큼 동화될 것이다[9]"라고 하였습니다. 또 난초는 그 향기가 멀리 가

1 相似 상사
2 香艸也 향초야
3 析也 석야
4 香之遠聞也 향지원문야
5 從隨也 종수야
6 木也 목야
7 此也 차야
8 黍稷在器中以祀者也 서직재기중이사자야
9 與善人居 如入芝蘭之室 久而不聞其香 卽與之化矣 여선인거 여입지란지실 구이불문기향 즉여지

는 것이 곧 "그 아들을 모르면 그 아버지를 보면 된다[10]"고 덧붙여 그 부모의 행동에 따라 그 아들의 곧고 그름이 판가름 난다는 대목이 보입니다. 어버이와 자식의 관계가 어떠한가에 따라 남들에게 보이는 면이 다르다는 것을 꼬집고 있다고 볼 수 있습니다.

잠시 여기에 가람嘉藍 이병기[11] 선생의 「난초蘭草」라는 현대시조를 보고자 합니다.

1
한 손에 책冊을 들고 조오다 선뜻 깨니
드는 볕 비껴 가고 서늘바람 일어 오고
난초는 두어 봉오리 바야흐로 벌어라.

2
새로 난 난초잎을 바람이 휘젓는다.
깊이 잠이나 들어 모르면 모르려니와
눈뜨고 꺾이는 양을 차마 어찌 보리아.

산듯한 아침볕이 발 틈에 비쳐들고
난초 향기는 물밀 듯 밀어오다.
잠신들 이 곁에 두고 차마 어찌 뜨리아.

화의
10 不知其子視其父 부지기자시기부
11 李秉岐 : 1891~1968

3

오늘은 온종일 두고 비는 줄줄 나린다.
꽃이 지던 난초 다시 한 대 피어나며
고적孤寂한 나의 마음을 적이 위로하여라.

나도 저를 못 잊거니 저도 나를 따르는지
외로 돌아 앉아 책을 앞에 놓아두고
장장張張이 넘길 때마다 향을 또한 일어라.

4

빼어난 가는 잎새 굳은 듯 보드랍고
자줏빛 굵은 대공 하얀한 꽃이 벌고
이슬은 구슬이 되어 마디마디 달렸다.

본디 그 마음은 깨끗함을 즐겨 하여
정淨한 모래 틈에 뿌리를 서려 두고
미진微塵도 가까이 않고 우로雨露 받아 사느니라.

　소나무 하면 생각나는 게 있습니다. 어릴 적에 우리 집은 소나무로
기둥과 서까래를 만들어 흙벽으로 지은 집이었지요. 봄날에는 가끔
산에 올라 소나무 새순을 꺾어서 속껍질을 빨아먹곤 하였습니다. 솔
잎은 나서 2년이 지나면 진다고 합니다. 겨울에는 솔잎이랑 솔방울 그
리고 썩은 소나무 고지박을 지게에 지고 산에서 내려오던 기억이 가

물거립니다. 또 따스한 봄날에는 송홧가루가 흩날리는 산에 올라 송홧가루를 담아 오기도 하였습니다. 소나무는 늘 꿋꿋함으로 우리들 눈에 비치는데, 교과서에 있는 충신들의 시조를 보면 소나무가 등장하기도 합니다. 대표적인 것이 바로 단종에 대한 충절을 다짐한 성삼문[12]의 시조입니다.

> 이 몸이 죽어가서 무엇이 될고 하니
> 봉래산 제일봉에 낙락장송 되어 있어
> 백설이 만건곤 할 때 독야청청하리라.

그래서 소나무를 가리켜 『추구推拘』에서, "푸른 소나무는 장부의 마음이로다[13]"라 했던가요? 그리고 『장자』 「덕충부」에서는 "오직 소나무와 잣나무 홀로 올바르니 겨울이나 여름이나 늘 푸르다[14]"라고 했으니, 옛날부터 꿋꿋함의 으뜸이었나 봅니다.

정몽주[15]는 기울어가는 국운을 끌어안고자 이성계와 알력을 빚다가 결국은 이방원李芳遠의 심복인 조영규에게 격살擊殺을 당합니다. 포은을 끌어들이기 위한 이방원의 노력은 그악하게[16] 이어집니다. 드디어 1392년 이성계의 역성혁명 전야에 고려의 중추적인 충신 정몽주를 회유하기 위해 「하여가何如歌」라는 시를 짓습니다. 포은 선생의 속내

---

12 成三問 : 1418~1456
13 靑松丈夫心 청송장부심
14 唯松柏獨也正 冬夏靑靑 유송백독야정 동하청청
15 鄭夢周 : 1337~1392
16 몹시 부지런함

를 헤아리기 위하여 운을 띄웠지요.

「하여가何如歌」

"이런들 엇더며 져런들 엇더료[17],

만수산萬壽山 드렁이 얼거진들 엇더리[18],

우리도 이치 얼거져 백년百年지 누리리라[19]."

『청구영언靑丘永言』 한글본, 한역시 : 『해동소악부海東小樂府』

이에 포은 선생은 「단심가丹心歌」를 지어 고려 왕조에 대한 자신의 굳은 절개가 변함없다는 것을 드러냅니다. 이 노래는 정치적 복선을 깔고 있으면서도 아주 부드러운 정서를 바탕으로 하여 정치가다운 기질을 느끼게 하지요.

「단심가丹心歌」

이 몸이 주거주거 일백 번 고쳐 주거[20],

백골이 진토되여 넉시라도 잇고 없고[21],

님 향한 일편단심이야 가 줄이 이시랴[22].

『청구영언』 한글본, 한역본 : 『해동악부海東樂府』와 『포은집圃隱集』

17 如此亦何如 如彼亦何如 여차역하여 여피역하여
18 城隍堂後壇 頹落亦何如 성황당후단 퇴락역하여
19 我輩若此爲 不死亦何如 아배약차위 불사역하여
20 此身死了死了 一百番更死了 차신사료사료 일백번갱사료
21 白骨爲塵土 魂魄有也無 백골위진토 혼백유야무
22 向主一片丹心 寧有改理也歟 향주일편단심 영유개리야여

조선의 청백리

川 流 不 息 　 淵 澄 取 映
내천　흐를류　아니불　쉴식　　　못연　맑을징　취할취　비칠영

냇물은 흘러 쉬지 않고, 못물이 맑아 비추어 볼 수 있다.

한자의 본뜻 풀이

『설문』에 '川천'은 '꿰뚫어 널리 흐르는 물의 갈래[1]'을 나타내고, '流류'는 '물이 흐르다[2]'라는 뜻입니다. '不불'은 본래 『설문』에서 '새가 위로 날아올라 빙빙 돌며 아래로 내려오지 않는 것[3]'이라는 뜻이지만 여기서는 '부정사不定詞'이며, '息식'은 '숨을 헐떡거리다[4]'라는 뜻입니다. '淵연'은 '물이 괴어 도는 곳[5]'이며, '澄징'은 '맑다'라는 뜻입니다. 『설문』에 '取취'는 '사로잡다[6]'라고 하며, '映영'은 '밝다[7]'라는 뜻이나 '해에 의하여 생기는 그늘[8]'의 뜻으로 거반 쓰입니다.

무엇을 배우건 또는 어떠한 것에 목표를 두어 이를 이루기 위해서는 끊임없이 노력을 게을리 하지 말 것이며, 맑은 마음을 지니라는 뜻입니다. 자신의 마음을 닦는 것은 곧 자신을 위하고, 가정을 위하고, 나아가서는 나라를 위한 매우 대모한 일입니다. 한 사람의 성정性情이 바

1　貫穿通流水也　관천통류수야
2　水行也　수행야
3　鳥飛上翔不下來也　조비상상불하래야
4　喘也　천야
5　回水也　회수야
6　捕取也　포취야
7　明也　명야
8　日陰曰映　일음왈여

르지 못하면 그가 만일 위정자나 통치자가 되었을 경우에 곧 다른 뭇 사람들에게 피해를 안겨 주게 됩니다. 자신을 갈고 닦아 부끄러움이 없도록 해야 할 것입니다. 즉 배우되 자신을 닦는 데 게을리 하지 말라는 뜻이 숨어 있습니다. 입신을 한 사람들이 나랏일을 보면서 온갖 걸태질9하는 것을 보면 이 말이 새삼 가슴에 와 닿습니다.

『회남자』 「설림훈說林訓」에 "물은 고요하면 평평하고 평평하면 맑다. 맑으면 물체의 모습을 비추되 감추는 일이 없다. 그러기에 물은 바르다고 할 수 있다10"라 이릅니다.

『논어』 「자한子罕」에 공자께서 냇가에 앉아 말씀하시기를 "가는 것이 이러할진대! 밤낮 없이 쉬지 않고 흘러가는구나11!"라고 하였습니다. 이는 배움만 도타이 해서는 안 되고, 몸닦달을 하라는 의미가 있다고 『논어집주』에서 다시 풀이하고 있습니다.

또한 맹자12께서는 『맹자』 「진심 상盡心 上」에서 이렇게 말씀하십니다. 흔히 얘기하는 '군자삼락君子三樂' 중의 2락에 드는 대목입니다.

"우러러 하늘에 부끄러움이 없고 구부려 사람에게 부끄럽지 않은 것이오13."

조선왕조의 역사는 알다시피 5백 년이나 되며 고려 왕조의 역사 또한 이에 버금갑니다. 중국은 물론 서양의 왕조 역사는 길어봤자 고작

---

9 苛斂誅求 가렴주구
10 水靜則平 平則淸 淸則見物之形 弗能匿也 故可以爲正 수정즉평 평즉청 청즉현물지형 불능익야 고가이위정
11 逝者如斯夫 不舍晝夜 서자여사부 불사주야
12 孟子 : 기원전 372?∼289?
13 仰不愧於天 俯不怍於人 앙불괴어천 부부작어인

200년 정도입니다. 이렇게 오래 한 왕조의 역사가 길게 이어진 원인은 어디에 있을까요? 이는 탐관오리가 중국과 서양에 비해 적고, 통치자가 정치를 잘하고, 백성들이 임금을 믿고 따랐기 때문이라 할 수 있습니다. 그러나 역사 교과서를 보면 그렇게 조선왕조의 정치가 잘 됐다고 기록되어 있지 않습니다. 영국의 유명한 역사가 아놀드 토인비는 한 왕조가 5백 년이나 가는 나라의 역사는 역사가 아니라고까지 혹평하면서, 1923년경 그가 중국을 거쳐 일본으로 가는 도중 서울역에 내려서 조선을 구경하기를 거부했다는 일화가 있습니다. 물론 그것은 토인비의 큰 잘못이었습니다. 조선을 삐뚤게 보는 눈을 지녔기 때문이겠지요.

청백리를 고려시대에는 양리良吏라 하였습니다. 청백리의 개념이 단지 청렴결백할 뿐 아니라 능력과 노력까지 겸비하여야 한다는 것이므로 차라리 양리라 하는 것이 맞는지 모릅니다.

주나라의 주공이 지었다는 『주례周禮』에 보면 "재상은 염선廉善·염능廉能하여야 한다"고 합니다. 청렴결백할 뿐 아니라 재능이 있어야 한다는 것인데, 이 기준에 맞아야 청백리로 추대되었던 것입니다. 이에 비하여 더럽고 무능한 관리, 즉 오리汚吏와 장리贓吏라고도 불린 탐관오리는 악리惡吏요, 동시에 무능리無能吏였던 것입니다.

조선의 500년 역사에서 청백리는 1백 57명이라고 합니다. 요즘 보면 선량善良 또는 공직자들이 청렴·재간·노력·지조 등의 덕목을 갖추었는지 자못 의심이 갑니다. 그저 오리汚吏나 장리贓吏들이 아니기를 바랄 뿐입니다.

도둑의 샘물은 먹지 않는다

容 止 若 思　言 辭 安 定
얼굴용 그칠지 같을약 생각사　말씀언 말사 편안할안 정할정

매무새와 몸가짐은 의젓함을 생각하고, 말은 부드럽고 뚜렷이 하라.

🐦 한자의 본뜻 풀이

『설문』에 '容용'은 '무성하다[1]'라고 하며, '止지'는 '풀과 나무
가 땅 위에 나와 있는 곳[2]'이라고 풀이합니다. '若약'은 '먹을 수
있는 푸성귀를 고르다[3]' 또는 '두약杜若 또는 향내 나는 풀'로 풀
이합니다. '思사'는 '모습[4]'이라고 합니다. '言언'은 '곧은 말[5]'이
나 여기서는 그냥 '말'이라고 풀이합니다. '辭사'는 '글로 하소연
하다[6]'로 풀이합니다. '安안'은 '고요하다[7]'라고 하며, '定정'은
'편안하다[8]'라는 뜻으로 풀이합니다.

1 盛也 성야
2 象艸木出有址 상초목출유지
3 擇菜也 택채야
4 容也 용야
5 直言曰言 직언왈언
6 訟也 송야
7 靜也 정야
8 安也 안야

『예기』「곡례 상」에 "사람이 몸닦달을 하는 데는 늘 오롯하지 않음이 없어야 한다. 몸가짐은 늘 도의를 생각하는 듯 의젓해야 하고, 말은 부드럽고 뚜렷해야 한다. 이리하면 몸에 덕이 저절로 쌓여 백성을 다스려서 편안하게 할 수 있다[9]"라고 합니다. 사람이 옷매무새를 단정히 하고, 몸가짐을 바르게 함은 자신의 속을 드러내는 것인가 봅니다. 그저 꾸밈이 없고 거드름을 피우지 않고 아랫사람에게나 윗사람에게 틀거지를 보이며 꾸며낸 듯한 몸가짐을 가지지 않으면 곧 이는 속내를 그윽이 드러내는 방법이라 할 수 있습니다.

옛날 중국 후한 때의 일입니다. 굳은 절개와 높은 학식으로 유명했던 양진楊震이 동래군 태수로 부임하게 되어 임지로 가는 도중에 창읍昌邑이란 현縣에서 하룻밤을 머무르게 되었습니다. 밤이 되자 그곳 현령인 왕밀王密이 찾아와 양진에게 금덩이를 뇌물로 바쳤습니다. 양진이 한사코 거절하자 왕밀은 "한밤중이라 아는 자가 없소"라며 물러서지 않았습니다. 그러자 양진은 이렇게 대답합니다. "하늘이 알고 귀신이 알고 내가 알고 자네가 아는데[10], 어찌 아는 자가 없다고 말하는가?" 이에 왕밀은 무척 부끄러워 물러갔다고 합니다.

공자에 관한 하나의 고사가 있는데, "목이 말라도 도둑의 샘물은 먹지 않는다[11]"라는 말입니다. 공자가 어느 날 승모勝母라는 마을에 가게 되었는데, 마을 이름을 듣고는 날이 저물었는데도 서둘러 그곳을 떠

9 毋不敬 儼若思 安定辭 安民哉 무불경 엄약사 안정사 안민재
10 天知 神知 我知 子知 천지 신지 아지 자지
11 渴不飮盜泉水 갈불음도천수

났다고 합니다. 또 도천盜泉이라는 샘 옆을 지나게 되었을 때에도 목이 말랐지만 그 샘물을 떠먹지 않았다고 합니다. 승모는 어머니를 이긴다는 뜻이므로 자식의 도리가 아니며, 도천은 도둑의 샘이므로 떠먹을 수 없다는 것이 공자의 생각이었습니다. 옛사람의 고절한 품행을 그대로 따르지는 못할지언정 이런 마음가짐만은 본받을 수 있지 않을까요?

『예기』의 「표기表記」에는 『시경』의 「하인사何人斯」를 인용하여 이렇게 말하고 있습니다. "소아小雅에 말하기를, 사람에게 부끄럽지 않고 하늘에 두렵지 않다. 그러므로 군자는 그 옷을 입으면 군자의 매무새가 나오고, 그 매무새가 바르면 군자의 말이 빛난다. 그 말이 바르면(빛나면) 군자의 덕이 채워진다.12"

소년들을 가르치기 위해 율곡栗谷 이이13가 엮은 『격몽요결擊蒙要訣』 「지신장 제3持身章 第三」에는 자신의 몸을 단속하는 아홉 가지 생각九思이 들어 있습니다.
① 항상 눈에 가림이 없이 밝게 볼 것14.
② 항상 소리를 똑똑하게 들을 것15.
③ 항상 온화하여 성낸 빛이 없도록 할 것16.

---

12 小雅曰 不愧于人 不畏于天 是故君子服其服 則文以君子之容 有其容 則文以君子之辭 遂其辭 則實以君子之德 소아왈 불괴우인 불외우천 시고군자복기복 즉문이군자지용 유기용 즉문이군자지사 수기사 즉실이군자지덕
13 李珥 : 1536~1584
14 視思明 시사명
15 聽思聰 청사총
16 色思溫 색사온

④ 항상 외모를 단정히 할 것[17].

⑤ 항상 믿음이 있는 말만 할 것[18].

⑥ 항상 일을 공경하고 삼갈 것[19].

⑦ 항상 의심쩍은 일은 선각先覺에게 물어 알 것[20].

⑧ 항상 분한 일이 있을 때에는 사리事理를 따져서 참을 것[21].

⑨ 항상 재물財物을 얻게 될 때 의義와 이利를 구분하여 취사取捨를 가릴 것[22].

17 貌思恭 모사공
18 言思忠 언사충
19 事思敬 사사경
20 疑思問 의사문
21 忿思難 분사난
22 見得思義 견득사의

눈자라기 같은 마음

篤 初 誠 美　愼 終 宜 令
돈독할독 처음초 정성성 아름다울미　삼갈신 마칠종 마땅할의 하여금령

부모를 섬김에 있어 처음부터 미쁘게 하는 것이 참으로 아름다운 것이니, 끝까지 삼가면 좋을
것이다.

한자의 본뜻 풀이

　‘篤독’은 본래 『설문』에서 ‘말이 고개를 숙이고 천천히 가는
모양[1]’이라고 풀이하였으나 여기서는 ‘돈독하다’라는 뜻이며,
‘初초’는 ‘처음[2]’이라는 뜻입니다. ‘誠성’은 ‘믿다[3]’라는 뜻이지만
여기서는 ‘참으로’로 풀이합니다. ‘美미’는 『설문』에서 본래 ‘달
다[4]’라는 뜻이지만, 여기서는 ‘좋다[5]’, ‘아름답다[6]’라는 의미로
풀이합니다. ‘愼신’은 ‘삼가다[7]’라고 합니다. ‘終종’은 『이아』「석
고」에 의하면 ‘마침내[8]’라는 뜻을 지니며, 『설문』에는 ‘작은 명주
실[9]’이라고 합니다. ‘宜의’는 ‘마땅히’라고 합니다. ‘令령’은 『설문』
에서 ‘부르짖다[10]’라는 뜻이지만, 여기서는 ‘좋다’라고 풀이합니
다.

---

1 馬行頓遲 마행돈지
2 始也 시야
3 信也 신야
4 甘也 감야
5 善也 선야
6 美也 미야
7 謹也 근야
8 竟也 경야
9 絿絲也 구사야
10 發號也 발호야

다음은 『명심보감明心寶鑑』의 「속효행續孝行」에 나오는 손순孫順이라는 사람에 관한 내용으로 『삼국유사』에도 나옵니다. 손순은 신라 42대 임금인 흥덕왕[11] 때의 사람으로 효성이 매우 지극하였습니다.

손순이 집이 가난하여 그 아내와 더불어 남의 집 머슴살이를 하며 어머니를 봉양했다. 그들에겐 아이가 하나 있었는데 언제나 어머니가 잡수시는 것을 뺏어 먹었다. 이에 손순이 아내에게, "아이가 어머니 잡수시는 것을 빼앗는구려. 아이는 또 얻을 수 있지만 어머니는 다시 구할 수가 없소"라고 말했다. 그래서 아이를 업고 취산 북쪽 교외로 가서 묻으려고 땅을 팠더니 홀연히 매우 기이한 석종石鍾이 나왔다. 놀랍고 이상해서 시험 삼아 그 종을 쳐 보니 그 소리가 아름답고 사랑스러웠다. 아내가 말했다. "이렇게 신기한 물건을 얻는 것은 아이의 복이니 아이를 묻어서는 안 됩니다." 순이 그렇다고 생각하고 아이와 돌종을 집으로 가져와 돌 종을 대들보에 달고 울려 보았다. 임금이 멀리서 맑고 신기한 종소리를 들으시고 그 사실을 조사해 아시고는 이렇게 말하였다. "옛날에 곽거郭巨가 아들을 땅에 묻자 하늘이 금으로 만든 솥을 내리셨는데 이제 손순이 아들을 묻으려 할 때엔 땅에서 석종이 나왔으니 앞뒤가 서로 꼭 맞는구나" 하며, 그들에게 집 한 채와 해마다 쌀 오십 석石을 주었다.

포대기에 싸여 있던 아이는 어느새 자라고 자라 어른이 됩니다. 어

11 興德王 : 826~836

릴 때에는 부모님 속도 많이 썩혀 드립니다. 늘 밥상에는 보리곱살미12 아니면 가끔은 보리반지기13가 올라옵니다. 구메농사14로 어렵사리 얻은 알곡으로 밥을 지어주니 구뿝니다15. 늘 먹는 보리곱살미에 방귀가 나오면 그저 방구들에 엉덩이를 바짝 붙여 보지만, 이내 새어 나오는 장탄식은 아이의 얼굴을 붉은 홍시로 만듭니다. 보리밥은 왠지 금방 배가 고파 옵니다. 늘 감자에 밀가루를 개어 반죽한 감자떡을 해주시는 이가 계십니다. 바로 어머님이셨습니다. 주전부리할 것이 장16 없었던 시절이니 늘 고구마나 감자가 입맛을 구쁘게 했습니다. 그때의 그 맛을 잊지 못합니다. 시방 눈자라기17들은 먹을거리가 넘쳐 납니다. 그래서 버리는 것이 거반이고 보니 우리네 시절과는 많은 것이 달라 보입니다. 어린아이가 크면 낳아 주신 어버이를 잘 모르는지 애당초 어릴 적에 보였던 어버이에 대한 사랑은 식고 맙니다. 한결같은 정성으로 모셔야 할 분들에게 너무나 큰 죄를 짓지 않나 생각해 봅니다. 어버이에 대하여 늘 눈자라기 때의 때 묻지 않은 사랑을 지녀야 하고 받들어야 합니다. '자식이 어리면 잠을 잘 수가 없고, 자식이 다 크면 사는 게 힘들어진다'라는 말이 있습니다. 처음은 있으나 그 끝맺음은 드문 일18이라고 『시경』「탕蕩」에서 읊고 있습니다.

12 꽁보리밥
13 보리가 반 넘어 섞인 밥
14 규모가 작은 농사
15 먹고 싶어 입맛이 당김
16 매우
17 어린아이
18 靡不有初 鮮克有終 미불유초 선극유종

의자의 한쪽 다리가 짧구나

榮業所基 籍甚無竟
영화영 일업 바소 터기 떠들썩할적 심할심 없을무 다할경

공을 쌓는 일을 꽃피워 이를 바탕으로 하면, 자신의 명예로운 이름이 영원히 전해질 것이다.

한자의 본뜻 풀이

『이아』「석초」에서 '榮영'은 '풀에서 피는 꽃[1]'이라는 뜻입니다. '業업'은 『설문』에서 '큰 널빤지[2]'라고 하고, '종이나 북을 치레하여 걸어놓는 것[3]'라고도 하며, 『이아석고』에서는 '배우는 사람이 일이 있는 것[4]'이라고 풀이합니다. '所소'는 본래 『설문』에서 '나무를 벌목할 때 나는 소리[5]'의 뜻이며, '基기'는 원래 『설문』에서 '담장의 터[6]'라고 하지만, 여기서는 '바탕' 또는 '터'라고 풀이합니다. 『설문』에서 '籍적'은 '회계장부와 문서[7]'라고 하나, 여기서는 '명성이 자자하다'라고 풀이하며, '甚심'은 '매우 편하고 즐겁다[8]'라는 뜻입니다. '無무'는 '없다[9]'라고 하며, '竟경'은 '다하다[10]'라는 뜻입니다.

1 草謂之榮 초위지영
2 大版也 대판야
3 所以飾縣鍾鼓 소이식현종고
4 學人所有事 학인소유사
5 伐木聲也 벌목성야
6 牆始也 장시야
7 簿書也 부서야
8 尤安樂也 우안락야
9 亡也 망야
10 窮盡也 궁진야

업業이라 함은 효도, 인격 수양, 학문, 입신양명 등 여러 가지를 들 수 있지요. 요즘과 같이 여러 어엿의 직업과 좇는 바가 각기 다른 것은 그 유래를 찾아보기 어려울 정도입니다. 하지만 끝내는 모두가 성공이라는 열매를 맺으려고 몸부림치고 아우성치고 있습니다. 그 가는 길은 달라도 자신의 업을 바로 세우려면 몸닦달이 바로 되어야 그 영화로움이 자신에게 미치고 또한 자손만대에도 미치겠지요?

세종대왕 때 북방 6진을 개척한 김종서[11]는 호조판서가 되자 콧대가 높아지기 시작했죠. 어느 날 황희 정승을 찾은 김종서는 그 앞에 비뚜름히 기대어 앉아 이야기를 하는 것이었습니다. 그 모습을 보고 크게 노한 황희 정승이 갑자기 하인을 불렀습니다. 하인이 들어오자 황희 정승은, "지금 김 판서가 앉아 계신 저 의자의 한쪽 다리가 짧은 듯하니 어서 나무토막을 가져다 받쳐 드리도록 해라!"라고 호령했습니다. 그제야 잘못을 깨달은 김종서는 땅바닥에 엎드려 사죄했습니다. 황희 정승은 용서를 구하는 김종서를 일으키며 말하기를, "그게 무슨 큰 죄가 되겠소. 장차 나라의 중임을 맡을 사람일수록 사소한 일 거일동이라도 조심해야 하는 것이오"라고 하였습니다.

사람은 어떤 일을 하건 간에 꼭 갖추어야 할 근본이 있다는 얘기이죠. 그것은 때와 대상에 따라 효, 용기, 노력 등으로 달라지지만 근본에 충실해야 한다는 것입니다.

11 金宗瑞 : 1383~1453

『명심보감』의 「입교立敎」에는 집안을 일으키는 근본을 다음과 같이 적고 있습니다. 아울러 『대학』에도 수신제가修身齊家를 첫 번째 덕목으로 들고 있습니다. 그만큼 집안에서 모든 것이 길러지고 심성이 개발된다는 의미이며, 업業을 쌓는 기본 장소인 셈이죠.

"책 읽는 것은 집을 일으키는 근본이요, 이치를 따르는 것은 집을 보전하는 근본이고, 부지런하고 검소한 것은 집을 다스리는 근본이며, 화목하고 유순한 것은 집을 가지런히 하는 근본이다[12]."

조만식 선생은 믿기 어려울 정도로 검소한 생활을 했다고 전합니다. 그 예로 그는 무명 두루마기의 고름을 절약하느라 단추를 달았고, 모자도 대물림할 수 있도록 말총으로 튼튼히 만들어 썼다고 합니다. 한번은 중학교를 막 졸업한 아들이 구두 한 켤레를 사 가지고 왔습니다. 아들이 늘 신고 싶어 하던 구두였지만 그는 구두를 가위로 싹둑싹둑 잘라 버리며 아들을 꾸짖었다고 합니다.

"공부하기 위해서라면 아까울 것이 없다. 그러나 우리 처지에 맞지 않는 사치는 절대 용서할 수 없다."

사람은 작은 것을 소중히 여기고 아낄 줄 알아야 큰일을 할 수 있다고 합니다. 그렇지 못한 사람이 공정하고 청렴할 리가 있겠는지요?

---

12 讀書 起家之本 循理 保家之本 勤儉 治家之本 和順 齊家之本 독서 기가지본 순리 보가지본 근검 치가지본 화순 제가지본

청렴 렴廉 자字 하나만 지키면 그만

學 優 登 仕　　**攝 職 從 政**
배울학 넉넉할우 오를등 벼슬사　　질섭 벼슬직 따를종 정사정

배우고 덕이 도타워지면 벼슬을 하고, 자리에 오르면 정사에 힘을 쏟는다.

한자의 본뜻 풀이

　　'學학'은 '모르는 바를 깨우치는 것[1]'입니다. '優우'는 『설문』에 의하면 '넉넉하다[2]'라는 뜻입니다. '登등'은 본래 '수레에 오르다[3]'이지만 여기서는 '벼슬에 오르다'라고 풀이합니다. '仕사'는 『설문』에서 '배우다[4]'라고 하나 '벼슬을 하다[5]'라고 합니다. '攝섭'은 『설문』에 의하면 '끌어당겨 갖다[6]'라고 합니다. '職직'은 『이아』에서 '일하다[7]'라고 풀이하고 있습니다. '從종'은 '따르다[8]'라는 뜻이며, '政정'은 본래 '바르다[9]'입니다.

1 覺悟也 각오야
2 饒也 요야
3 上車也 상거야
4 學也 학야
5 宦也 환야
6 引持也 인지야
7 事也 사야
8 隨行也 수행야
9 正也 정야

『논어』「자장子張」에 보면 자하가 다음과 같이 말하는 대목이 있습니다. "벼슬을 하면서 짬이 있으면 배우고, 배우면서 덕이 도타워지면 벼슬을 한다[10]."

『논어』의 「옹야雍也」에는 공자께서 노나라를 쥐락펴락한 계강자季康子와 대화를 나누며 말씀하시는 대목이 보입니다.

"계강자가 묻기를, '중유는 정사에 종사하게 할 만합니까?' 공자께서 말씀하시기를, '유[11]는 결단력이 있으니 정사에 종사하는 데 무슨 어려움이 있겠는가!' '사[12]는 정사에 종사하게 할 만합니까?' 하고 물으니, '사賜는 사리에 통달하였으니 정사에 종사하는 데 무슨 어려움이 있겠는가!' 하셨다. '염구冉求는 정사에 종사하게 할 만합니까?' 하고 물으니, '구求는 다재다능하니 정사에 종사하는 데 무슨 어려움이 있겠는가[13].'"

조선시대 한 정승은 성 밖 후미진 곳에 대문은커녕 나무 울타리도 없는 서너 칸 오두막집에 살았습니다. 입궐할 때에는 짚신에 지팡이만 짚고 나갔으며, 퇴궐하여 집에 오면 맨발에 베옷을 걸치고 채마밭을 가꿨다고 합니다. 성격이 얼마나 소탈하던지 지나던 길손이 찾아들면 신분이나 이름도 묻지 않고 탁주 한 바가지를 내오게 해서 돌려

---

10 仕而優則學 學而優則仕 사이우즉학 학이우즉사
11 由 : 子路
12 賜 : 子貢
13 子曰 由也果 於從政乎 何有 曰 賜也可使從政也與 曰 賜也達 於從政乎 何有 曰 求也可使從政也與 曰 求也藝 於從政乎 何有 자왈 유야과 어종정호 하유 왈 사야가사종정야여 왈 사야달 어종정호 하유 왈 구야가사종정야여 왈 구야예 어종정호 하유

마시기도 하였답니다. 장마철에 비가 새면 과거 급제 때 하사 받은 일산日傘을 펴 들고는 "일산이 없는 집에서는 장마철을 어떻게 견디나"라며 걱정했답니다. 나라에서 받은 녹은 집안과 인근 아이들의 필묵값으로 쓰거나 다리 놓고 길 넓히는 데 써버렸답니다. 그는 다름 아닌 바로 태조 이성계에서 세종까지 4대에 걸쳐 정승을 지낸 하정夏亭 유관柳寬(1346~1433)이라는 분이십니다. 그가 여든 여덟 살로 죽자 세종은 사흘 동안 조정의 공사를 폐하고 철시령을 내려 애도를 표했습니다. 그가 살던 집은 일산으로 비를 가린 데서 우산각雨傘閣이라 불렸으며, 황희[14]·허조[15] 등과 함께 조선 초기의 대표적인 청백리로 꼽히고 있습니다. 황희 정승의 시가 생각납니다. 그의 청렴한 마음을 나타낸 시입니다.

"우리들 몸이 없어진 뒤의 일은[16] 단지 청렴 렴廉 자字 하나를 지키는 것이다[17]."

정사에 힘을 쏟는 경우에는 군주의 카리스마 내지는 지도력이 절대적으로 필요합니다. 중구난방식의 통치 또는 말을 번복하는 행위는 반드시 없어져야 합니다. 지도자로서의 자질이 필요하며, 조직을 관리하고 이끄는 리더십이 있어야 하고, 존경심을 일으킬 만한 카리스마도 요구됩니다. 그러나 가장 중요한 것은 인재들이 마음껏 제 능력

14 黃喜 : 1363~1452
15 許稠 : 1369~1439
16 吾儕身後事 오제신후사
17 只守一廉字 지수일렴자

을 펴도록 바탕을 마련하는 능력과 항상 솔선수범을 보이는 자세입니다. 그 예로서 유방을 들 수 있습니다. 초나라 항우[18]를 무찌르고 천하를 얻게 된 유방[19]은 어느 날 잔치를 베풀며, 신하들에게 자신이 천하를 얻게 된 이유를 얘기합니다.

"본래 진영 내에서 계략을 짜 천 리 밖의 승리를 결정하는 데는 장량[20]이 나보다 뛰어나오. 내정의 충실이나 민생의 안정 등에서는 소하[21]의 상대가 되지 못하오. 백만 대군을 움직여 이긴다는 점에서는 한신[22]을 따를 수 없소. 이 세 사람은 모두 뛰어난 인물이오. 그러나 나는 그 인재들을 잘 다룰 수 있었소. 이것이야말로 내가 천하를 갖게 된 이유요. 항우는 범증[23]이라는 한 사람의 인재조차 이용하지 못했소. 그래서 내 제물이 된 것이오."

18 項羽 : 기원전 232~202
19 劉邦 : 기원전 202~195
20 張良 : 기원전 ?~168
21 蕭何 : 기원전 ?~193
22 韓信 : 기원전 ?~196
23 范增 : 기원전 ?~204

내 생일인데……,

存 以 甘 棠　去 而 益 詠
있을존 써이 달감 아가위당　갈거 말이을이 더할익 읊을영

소공 석이 살아서 소(召)땅을 다스릴 때에는 팥배나무 아래서 하였기에 죽어서는 그의 덕을
더욱 기려 노래를 읊었다.

> ### ✿ 한자의 본뜻 풀이
>
> 『설문』에 '存존'은 '있다[1]'라는 뜻이며, '甘감'은 '맛있다[2]'로
> 풀이합니다. '棠당'은 '산 앵두나무로서 수컷[3]'입니다. '去거'는
> 『광아석고』에 따르면 '가다[4]'라는 뜻이며, '而이'는 본래 '뺨에
> 난 터럭[5]'이라는 뜻이나 여기서는 접속사로서 '그러므로'의 뜻입
> 니다. '益익'은 '더하다[6]'라는 뜻으로, 『설문』에는 '넉넉하다[7]'라
> 고 하며, '詠영'은 '읊다[8]'라고 풀이합니다.

　옛날 어느 고을에 새 수령이 부임해 왔는데, 어느 날 수령은 아전들
을 모두 불러 며칠 후면 내 생일이나 뇌물 따위는 가져오지 말라고 했
습니다. 아전들은 묻지도 않은 생일을 먼저 밝힌 속셈을 비웃으면서
도 생일날이 되자 제각기 값진 뇌물을 마련해 바쳤습니다. 수령은 역
정을 내는 체하면서 할 수 없다는 시늉을 하며 뇌물을 챙겼습니다. 얼

---

1 在也 재야
2 美也 미야
3 牡曰棠 모왈당
4 行也 행야
5 頰毛也 협모야
6 增也 증야
7 饒也 요야
8 歌也 가야

마 지나지 않아 수령은 또 아전들을 불러 부인의 생일이 아무 날임을 밝혔습니다. 아전들은 울며 겨자 먹기로 다시 뇌물을 바쳤습니다. 그로부터 몇 달이 지나자 이번에는 손자 놈 첫돌이 다가왔습니다. 그러자 아전들도 백성들을 쥐어짜기 시작했습니다. 그러자 참다못한 백성들이 마침내 동헌을 부수고 수령을 잡아 죽였습니다.

　『시경』의 「감당甘棠」에 보면 기원전 11세기경의 사람인 주나라 소공召公 석奭 또는 소백召伯이라는 사람을 기리는 구절이 있습니다. 소공은 주나라 무왕이 은나라를 멸하는 데 공을 세워 지금의 협서지역에 있는 소 지방을 분봉 받고 연燕나라에 봉해져 연나라의 시조가 되었습니다. 주周나라 성왕9 때 소공은 성왕의 작은아버지였습니다. 그들은 주나라가 직접 다스렸던 지역을 동서로 나누어 주공周公은 낙읍10에 머물면서 동쪽 지역과 제후들을 관장하였고, 소공은 호경11에서 서쪽 지역과 제후들을 관리하였습니다. 어느 날 소공은 남쪽을 순시하다가 한수漢水 상류의 한 마을을 방문하고, 백성들의 어려움을 해결하여 주었습니다. 그곳의 백성들은 매우 감동하여 자자손손 소공의 공을 잊지 못하였다고 합니다. 그러나 주나라 역대 왕들의 정치력이 점차 엉망이 되어 갔는데, 특히 마지막 유왕幽王은 상나라의 주왕처럼 방탕과 폭정을 일삼는 사람으로, 백성들의 삶에는 전혀 관심이 없었다고 합니다. 이 때문에 백성들은 조상 대대로 전해 내려오는 소공이라는 사람을 더욱 그리워하였던 것이죠. 소공은 남쪽 지방을 순시하면서 팥

9 成王 : 기원전 1115~1079
10 洛邑 : 지금의 하남성 양시
11 鎬京 : 지금의 서안 장안현

배나무 아래에서 일을 처리하며, 쉬기를 좋아하였답니다. 그가 죽자 그 팥배나무는 소공수召公樹라 불리게 되었으며, 많은 사람들이 그 나무 아래에 모여 소공의 어진 다스림을 기렸다고 합니다.

무성한 팥배나무
자르고 베지 말라.
소백님 멈추던 곳이라.

무성한 팥배나무
자르고 꺾지 말라.
소백님이 쉬시던 곳이라.

무성한 팥배나무
자르고 휘지 말라.
소백님이 머무신 곳이니.

이와 반대로 우리의 『춘향전春香傳』에서는 백성의 피고름을 빨아먹는 탐관오리를 주인공인 이몽룡이 다음과 같이 읊고 있습니다.

금동이의 좋은 술은 천인의 피요[12],
옥반 위의 맛있는 안주는 만백성의 기름이라[13].

12 金樽美酒千人血 금준미주천인혈
13 玉盤佳肴萬姓膏 옥반가효만성고

촛농 떨어질 때 백성 눈물 떨어지며[14],

노랫소리 높은 곳에 원망소리 또한 높도다[15].

1894년 동학농민전쟁의 도화선이 된 조병갑은 1892년 고부 군수로 부임한 이래 농민들로부터 여러 가지 명목으로 과중한 세금을 물리고 재물을 빼앗는 등 탐학과 비행을 자행하였습니다. 가뭄이 들어도 면세해주지 않고 도리어 국세의 3배나 징수하였고, 부농을 잡아다가 불효·음행·잡기·가족 간에 화목치 못하였다고 하는 등의 죄명을 씌워 재물을 약탈하였습니다. 그중에서도 특히 만석보萬石洑의 개수漑水에 따른 물세 징수는 어이가 없는 일이었습니다. "물이 흐리면 물고기가 숨이 차서 입을 벌름거리며, 구실이 무거우면 민초는 난을 일으킨다[16]"라고 합니다. 『한시외전』 권1에 나오는 대목입니다.

지금의 상황은 어떤가요? 예나 지금이나 비슷합니다. 치솟는 물가, 민생고, 극빈 가정과 부유 가정과의 빈부격차로 인한 괴리 등은 이 나라에 지금도 존재합니다. 이른바 양극화 현상이라는 것입니다. 우리나라에도 좋은 위정자들이 많이 있었습니다. 지금은 조선의 세종과 같은 명군名君과 어진 재상 그리고 청백리가 너무도 절실합니다.

14 燭淚落時民淚落 촉루낙시민루락
15 歌聲高處怨聲高 가성고처원성고
16 水濁則魚喁 令苛則民亂 수탁즉어우 영가즉민란

삶이 버거운 까닭은?

樂 殊 貴 賤　禮 別 尊 卑

즐거울락 다를수 귀할귀 천할천　예도례 다를별 높을존 낮을비

음악은 귀하고 낮은 사람에 따라 달리하고, 예는 윗사람과 아랫사람을 가려서 한다.

🐦 한자의 본뜻 풀이

　　『설문』에 '樂락'은 '오성五聲과 팔음八音을 모두 일컫는 것이다[1]'라고 하며, '殊수'는 원래 '죽다[2]'라고 하지만 '다르다[3]'라고 합니다. '貴귀'는 '귀하다'라고 하지만 '비싸다[4]'라고도 풀이합니다. '賤천'은 '값싸다[5]'라는 뜻이지만 『광아』에서는 '낮다[6]'라고 풀이하고 있습니다. '禮예'는 『설문』에서 '밟다[7]'라고 하나 '신을 섬기어 복을 이르게 하다[8]'라는 뜻을 지녔으며, '別별'은 '나누다[9]'라는 뜻입니다. '尊존'은 '높다'라는 뜻이며, '卑비'는 '낮다[10]'라는 뜻이 됩니다.

---

1 五聲八音總名 오성팔음총명
2 死也 사야
3 異也 이야
4 物不賤也 물불천야
5 價少也 가소야
6 卑也 비야
7 履也 리야
8 所以事神致福也 소이사신치복야
9 分也 분야
10 賤也 천야

『논어』의 「태백泰伯」에 보면 공자께서 음악과 예에 관하여 말씀하시기를, "시에서 착한 것을 좋아하고 나쁜 것을 싫어하는 마음이 생기며, 배우는 중간에 능히 스스로 서서 사물에 흔들리거나 주위 상황에 흔들리지 않고 바로 서며, 음악으로써 학문을 이룬다[11]"라고 하여 음악을 대모하게 보고 있습니다.

바른 마음과 사악함이 있는 인간은 배움에 있어 선과 악을 구별하지 못함이 생겨날 수 있는데 시詩는 이를 걸러 주는 일을 하며, 예禮는 공경하고 사양하는 것을 근본으로 삼고 사람이 절도 있는 몸가짐을 지닐 수 있도록 해줍니다. 음악은 학문의 마지막 단계입니다. 음악을 통하여 사람의 성정性情을 기르며, 간사하고 더러운 것을 깨끗이 씻어 내고, 찌꺼기를 말끔히 걸러 준다고 합니다. 그러므로 배움을 마칠 때에 의義가 바로 서고, 인仁이 무르익는 즈음에 이르러 스스로 도덕에 따르는 것은 음악에서 얻게 되는 것이니, 이는 곧 배움을 마무리하는 것이라고 『논어집주』에서 덧붙여 얘기하고 있습니다.

『열자列子』에 양주[12]는 사람이 편히 쉴 수 없는 것과 편안히 쉴 수 있는 것을 나누어 말하고 있습니다. 사람이 나서 귀하게 됨을 바라는 마음은 같습니다. 그러나 그 귀하게 된다는 말은 곧 자신의 욕망을 키워 남을 희생시키는 결과로 얻어지는 것입니다. 양주는 전국시대의 사상가로 그악하리만치 개인주의를 주장했던 양자楊子입니다.

11 興於詩 立於禮 成於樂 흥어시 입어례 성어락
12 楊朱 : 기원전 395?~335?

양주가 말했다.

"삶을 편안히 쉴 수 없는 까닭은 네 가지 일 때문이다. 첫째는 오래 살려고 하기 때문이다. 둘째는 명예를 위하기 때문이다. 셋째는 벼슬을 구하기 때문이다. 넷째는 재화를 탐하기 때문이다. 이 네 가지 게염이 있는 사람은 신을 두려워하고, 사람을 두려워하고, 위압을 두려워하고, 형벌을 무서워한다. 이런 사람을 자연의 질서에서도 피하는 사람이라 한다. 이런 사람에게는 그를 죽일 수도 있고, 살릴 수도 있고, 또 그의 생명을 제한할 수도 있는 권한이 자기에게 전혀 없고, 다 외부에 있는 어떤 존재의 손에 달려 있다. 이와 반대로 내가 자연의 명에 거스르지 않으면 어찌 남이 오래 사는 것을 부러워하겠는가? 내가 남이 벼슬을 하여 귀하게 되는 것을 자랑스럽게 여기지 않으면 어찌 명예를 부러워하겠는가? 내가 권세를 요구하지 않으면 어찌 벼슬을 부러워하겠는가? 내가 부자가 되기를 탐내지 않으면 어찌 재화를 부러워하겠는가? 이런 사람을 자연의 질서에 따르는 백성이라 한다. 이런 사람은 이 세상에서 맞설 사람이 없고, 또 그의 생명은 외부에 있는 존재에 의해 제한되지 않고 자기 내적인 것에 의해 제한된다."

예禮는 무엇인가요? 순자荀子는 한마디로 요약하여 아래와 같이 간동그립니다13.

"사람은 나면서 우는 데 절제와 한계가 없으니 이로 인해 다툼이 생긴다. 다투면 어지러워지고 어지러워지면 궁해진다. 성인들이 그 어

---

13 잘 정돈되어 단출하게 함

지러움을 싫어하여 예의를 제정하여 분별력을 가지게 하고 욕망을 길
들이게 하였으며, 구하는 바를 고르게 공급되게 하여 욕심을 내되 재
물이 궁하지 않게 하고, 재물이 욕망 때문에 바닥나지 않게 하여 조화
를 도모한 것이다."

예란 통제 불능의 인간 욕망과 그로 인한 다툼을 추스르기 위하여
인간이 만들어낸 수단입니다. 그러므로 임금과 신하, 아들과 부모, 벗
과 벗 간, 어른과 연소자 간 또는 부부간의 예가 있습니다.

소크라테스의 아내 크산티페

上 和 下 睦　夫 唱 婦 隨
위상　화할화　아래하　화목할목　지아비부　부를창　지어미부　따를수

위가 화목해야 아래가 의롭게 지내고, 지아비가 이끌면 지어미가 따른다.

🐚 한자의 본뜻 풀이

　　'上상'은 『설문』에서 '높다[1]'라는 뜻이며, '和화'는 '서로 응하다[2]'라는 뜻을 지닙니다. '下하'는 '낮다[3]'라고 하며, '睦목'은 '눈매가 고운 것[4]'이라는 뜻이 됩니다. '夫부'는 『설문』에서 '지아비[5]'라는 뜻이며, '唱창'은 '이끌다[6]'라는 뜻입니다. '婦부'는 '여자가 비를 들고 물 뿌리며 쓸다[7]'라는 뜻이나, 여기서는 '지어미'를 일컫습니다. '隨수'는 '좇다[8]'라는 뜻입니다.

　　『명심보감』「부행婦行」에, "화목하고 유순한 것은 집을 가지런히 하는 근본이다[9]"라고 말하고 있습니다.

　　화목하지 못하고 싸우기만 하는 형제가 있었습니다. 하루는 아버지가 두 아들을 불러 앉혀 놓고 나뭇단을 하나씩 그들에게 나누어 주었

---

1 高也 고야
2 相應也 상응야
3 底也 저야
4 目順也 목순야
5 丈夫也 장부야
6 導也 도야
7 女持帚灑掃也 여지추쇄소야
8 從也 종야
9 和順 齊家之本 화순 제가지본

습니다.

"너희들 중 누구든 이 나뭇단을 묶은 그대로 꺾어 보아라."

아들들은 서로 나뭇단을 꺾어 보려고 했지만 꺾지 못했습니다. 다음에 아버지는 그것을 풀어 나뭇가지 하나씩을 나누어 주었습니다.

"자, 이번에는 나뭇가지를 하나씩 꺾어 보아라."

아들들은 쉽게 나뭇가지를 꺾었습니다.

"서로 화목하면 나뭇단처럼 힘이 있게 되고 싸우면 둘 다 망한다."

『명심보감』「부행」에, "어진 아내는 친척을 화목하게 하고, 간교한 아내는 친척의 화목을 깨뜨린다[10]"라고 합니다.

거안제미擧案齊眉라는 고사가 생각납니다. 『후한서後漢書』 권83 「일민전逸民傳」에 보면, 다음과 같은 이야기가 있습니다.

집은 가난하지만 절개가 곧은 양홍梁鴻이란 학자가 있었습니다. 뜻이 있어 장가들기를 늦추고 있는데, 같은 현縣에 몸이 뚱뚱하고 얼굴은 못생기고 살갗도 검었으며 힘은 돌절구를 들 정도로 센 맹광孟光이라는 처녀가 서른이 넘은 처지에서 "양홍 같은 훌륭한 분이 아니면 시집을 가지 않겠다"라고 한다는 소문이 돌았습니다. 소문을 들은 양홍은 이 처녀에게 청혼을 하여 결혼을 했습니다. 그러나 결혼 후 며칠이 지나도 양홍이 색시와 잠자리를 같이 아니하자 색시가 궁금하여 자기와 잠자리를 같이 아니하는 이유를 물었습니다. 그러자 양홍이 대답

---

10 賢婦 和六親 佞婦 破六親 현부 화육친 영부 파육친

하기를, "내가 원했던 부인은 비단옷 입고 진한 화장을 한 여자가 아니라 누더기 옷을 입고 깊은 산 속에 들어가서라도 살 수 있는 그런 여자였소"라 하자, 색시는 "이제 당신의 마음을 알았으니 당신의 뜻에 따르겠습니다"라고 대답했습니다. 그 후로 화장도 하지 않고 산골 농부의 차림으로 생활을 하자 양홍도 그녀와 둘이 산속으로 들어가 농사를 짓고 베를 짜면서 생활을 꾸려갑니다. 양홍은 농사짓는 틈틈이 시를 지어 친구들에게 보냈는데, 그 시 속에 왕실을 비방하는 내용이 발각되어 나라에서 잡으려 하자 오吳나라로 건너가 고백통皐白通이라는 명문가의 방앗간지기가 되어 지내게 됩니다. 양홍이 일을 마치고 돌아오면 아내는 밥상을 차리고 기다렸다가 눈을 아래로 깔고 밥상을 눈썹 위까지 들어올려 남편에게 반듯이 바쳤다고 합니다. 고백통은 양홍 내외를 보통으로 보지 않고 도와서 양홍은 그 후 수십 편의 책을 쓸 수 있었다고 합니다.

이와 반대로 악처를 데리고 산 소크라테스가 있습니다. 소크라테스의 아내 크산티페는 악처로 이름난 여자로, 남편에게 욕설을 하는 것은 다반사요, 심지어 두들겨 패는 일까지 있었다고 합니다. 어떤 사람이 소크라테스에게 왜 그런 악처와 사느냐고 물었답니다. 이에 소크라테스는 말하기를, "훌륭한 기수일수록 성질이 사나운 말을 고르는 법이오. 왜냐하면 그런 말을 잘 달래서 탈 수 있는 사람이면 어떤 말이든지 다 탈 수 있기 때문이오. 내가 지금 크산티페를 잘 달랠 수만 있다면 어떤 성질을 가진 사람이라도 잘 달랠 수가 있을 것이오."

어느 날 그녀는 남편에게 심한 욕과 분노에 찬 말을 마구 뱉어내면서도 분을 삭이지 못하여 옆에 있던 구정물을 담은 양동이를 소크라테스에게 던졌습니다. 이에 소크라테스는 태연히 웃으면서 말하기를, "천둥이 친 뒤에는 비가 오는 법이지"라고 하였답니다. 그리고 제자 중의 한 사람이 소크라테스에 묻기를, "왜 하필이면 악처와 같이 사십니까?"라고 하자 소크라테스가 말하기를, "훌륭한 부인과 사는 것은 행복하나, 악처와 사는 것은 철학가가 되게 하지"라고 응수했습니다.

소크라테스는 결코 아내의 못된 성미를 탓하지 않았으며, 굳이 떠받쳐 주는 것도 바라지 않았다고 합니다.

『장자』「천도天道」에 "지아비가 앞서고 지어미가 뒤따른다[11]"는 비슷한 말이 있습니다. '삼종지도三從之道'라는 말이 고등학교 때 윤리책에 나온 걸로 기억합니다. 그 케케묵은 이야기가 귓전을 울립니다. 『공자가어』「본명해本命解」에 보면, "어려서는 아버지와 형을 따르고, 시집가서는 지아비를 따르며, 지아비가 죽으면 아들을 따르는 것이니, 이는 지어미가 다시는 결혼하지 못하는 것을 말함이다[12]"라고 합니다. 요즘에는 이런 말이 어떻게 들릴까요? 지금은 통하지 않는 말입니다. 얼토당토않은 잠꼬대 같은 소리겠지요. 우리 어머니들께서도 이 말은 지켜 왔습니다.

---

11 夫先而婦從 부선이부종
12 幼從父兄 旣嫁從夫 夫死從子 言無再醮之端 유종부형 기가종부 부사종자 언무재초지단

지어미가 되는 사자어금니(要諦요체)

外 受 傅 訓　　入 奉 母 儀
바깥외 받을수 스승부 가르칠훈　들입 받들봉 어미모 거동의

밖에 나가서는 스승의 가르침을 받고, 들어와서는 어머니의 몸가짐을 받든다.

🐦 한자의 본뜻 풀이

　　'外외'는 '멀다[1]'가 본뜻이나 여기서는 '집 밖'으로 풀이합니다. '外'는 본디『설문』에 의하면 '점을 치는 때는 이른 아침이 알맞은데 지금은 저녁에 점을 치니 점치는 일에 있어서는 예외이다[2]'라는 뜻입니다. '受수'는 '서로 주다[3]'라고 풀이합니다. '傅부'는 본래『설문』에서 '가르쳐 이끌다[4]'라는 뜻이지만, 여기서는 '스승'으로 풀이하며, '訓훈'은 '타일러 가르치다[5]'로 풀이합니다. '入입'은 '들다[6]'이며, '奉봉'은 원래 '신을 맞아 두 손으로 받들다[7]'라는 뜻입니다. '儀의'는『설문』에 의하면 '법도[8]'라는 뜻입니다. '母모'는『설문』에 의하면 본래 '기르다 또는 아이를 안고 있는 모습을 본뜬 것[9]'입니다. '母儀모의'는 '어머니의 몸가짐'을 뜻합니다.

1 遠也 원야
2 卜尙平旦 今夕卜 於事外矣 복상평단 금석복 어사외의
3 相付也 상부야
4 相也 상야
5 說敎也 설교야
6 內也 내야
7 승야 承也
8 度也 도야
9 牧也, 象裏子形 목야, 상회자형

"임금님과 스승님과 아버지는 한 몸과 같다[10]"라는 말이 있습니다. 이는『추구推句』에 나오는 말입니다. 지금 일부 학생들은 이러한 개념이 없나 봅니다. 요즘 신문이나 TV에 나오는 보도를 보면 심지어 스승을 위협하는 지경에까지 이르렀음을 알 수 있습니다. 스승을 부모와 같이 생각한다면 과연 이러한 행동을 할 수 있는지요. 개탄을 금할 길 없습니다. 스승의 가르침을 받기 전에 가정에서 제대로 된 교육이 있어야 할 것입니다.

『예기』「내칙內則」에 보면, "나이 10세가 되면 집을 나가 교사校舍에 머물러 육서六書와 셈을 배운다[11]"라고 합니다.

반면 스승도 후학에게 따뜻함과 어진 마음을 보이고 스승으로서 모범과 바른 자세를 보여야만 할 것입니다. 그리하여 진정한 스승으로서 떳떳함을 보여야 할 것입니다. 지식을 전해 주는 것이 스승의 맡은 바 소임이지만 인성도 바르게 하여야 합니다.

『한서漢書』권48「가의전賈誼傳」에는 스승의 역할을 다음과 같이 전합니다.

서한西漢시대, 한나라의 5대 황제인 문제[12]가 왕의 자리에 있을 때, 낙양洛陽에 가의라는 유명한 문인이 있었다. 가의[13]는 매우 어렸을 때

10 君師父一體 군사부일체
11 十年出就外傳 居宿於外 學書計 십년출취외부 거숙어외 학서계
12 文帝 : 기원전 180〜157

부터 재능이 있었으나, 33세라는 젊은 나이로 세상을 떠났으며, 사람들은 그를 가생賈生이라 칭송하였다. 문제는 그를 박사博士로 초빙하고 태중대부太中大夫라는 관직을 내렸다. 또한 가의는 다른 사람들의 시샘을 받아 남쪽의 장사長沙로 전보되었을 때 장사왕의 태부太傅, 즉 왕의 스승이 되었다. 이 때문에 사람들은 그를 가장사賈長沙 또는 가태부賈太傅라고 불렀다.

훗날, 문제는 자신의 아들인 양회왕梁懷王 유읍劉揖을 특별히 좋아하였기 때문에, 그로 하여금 더 많은 공부를 하여 장차 제위를 물려받을 수 있도록 하고 싶었다. 그리하여 문제는 재능이 많은 가의를 낙양으로 다시 불러와 양회왕의 스승으로 임명하였다.

문제가 왕자의 교육이라는 중임을 가의에게 맡기자, 가의는 곧 자신의 관점을 말했다.

"왕자를 가르침에 있어 그로 하여금 많은 책을 읽게 하는 것 외에도 더욱 중요한 것이 있는데, 그것은 그가 사람이 되도록 가르치는 것입니다. 진秦나라의 조고趙高가 진시황의 아들인 호해胡亥에게 엄격한 형벌과 잔인한 감옥에 대해서만 가르쳤는데, 그가 배운 것은 머리를 자르고 코를 베는 것이 아니라 삼족三族을 멸하는 것이었습니다. 호해는 황제의 자리에 오르자 사람을 죽였는데, 마치 풀을 베듯이 하면서도[14] 아무 일도 아닌 것으로 생각하였습니다. 이것은 호해가 천성이 악해서라기보다는 주로 그를 가르친 사람이 그를 바른 길로 이끌지 못했기 때문입니다."

---

13 賈誼 : 기원전 201~168
14 其視殺人 若刈草菅然 기시살인 약예초관연

옛날에 어느 선비가 재혼을 했습니다. 그런데 첫날밤 신랑이 신부의 못난 얼굴을 보고는 신방에 발길을 뚝 끊었답니다. 집안사람들의 걱정에도 신부는 별일 없는 듯 지내고 있었습니다. 그렇게 몇 달이 지난 뒤 부부가 얼굴을 마주쳤습니다. 남편은 기다렸다는 듯이, "여자의 용모도 덕의 하나인데 도대체 당신은 무슨 장점이 있소?"라고 말했습니다. 이 말을 듣자 부인은 차분히 되묻기를, "무릇 선비라 함은 백행을 구비한 사람인데 당신은 다 구비했습니까?"라고 하였습니다.

이에 남편이 "다 갖추었소"라며 당당히 말하자 부인은 이렇게 질책했습니다.

"그렇다면 남자는 백행百行 중에 덕이 첫째인데, 왜 여자는 좋아하면서[15] 덕을 좋아하지[16] 못하시는지요?"

이에 잘못을 깨달은 선비는 다음부터 부인을 정중히 대했다고 합니다.

『명심보감』「부행」에는 지어미가 되는 사자어금니[17]를 적고 있는데 다음과 같습니다. 아래와 같이 한다면 아들과 딸들이 본받겠지요.

"부덕婦德이라는 것은 마음이 맑고 곧으며 염치가 있고 절도가 있어 몸가짐을 정돈하고 가지런히 하며 행동거지에 수줍음이 있고 동정動靜에 법도가 있으니 이것이 곧 부덕이다[18]."

15 好色 호색
16 好德 호덕
17 要諦 요체
18 其婦德者 清貞廉節 守分整齊 行止有恥 動靜有法 此爲婦德也 기부덕자 청정염절 수분정제 행지유치 동정유법 차위부덕야

"부용婦容이라는 것은 옷을 세탁하여 먼지나 때를 깨끗이 씻어내고 옷차림은 깨끗하고 정결하게 하며 목욕을 제때에 하여 한 몸에 더러움이 없게 하면 이것이 곧 부용이다[19]."

"부언婦言이라는 것은 남이 본받을 만한 말을 가려서 하고 예의에 어긋나는 말은 하지 말며 말할 수 있는 적당한 때가 무르익은 후에 말을 하여 사람들이 그 말을 싫어하지 않게 되니 이것이 곧 부언이다[20]."

"부공婦工이라는 것은 오로지 길쌈을 부지런히 하고 술 빚기를 좋아하지 않고 맛있는 음식을 갖추어서 손님을 대접하는 것이니 이것이 곧 부공이다[21]."

---

19 婦容者 洗浣塵垢 衣服鮮潔 沐浴及時 一身無穢 此爲婦容也 부용자 세완진구 의복선결 목욕급시 일신무예 차위부용야

20 婦言者 擇師而說 不談非禮 時然後言 人不厭其言 此爲婦言也 부언자 택사이설 부담비례 시연후언 인불염기언 차위부언야

21 婦工者 專勤紡積 勿好暈酒 供具甘旨 以奉賓客 此爲婦工也 부공자 전근방적 물호운주 공구감지 이봉빈객 차위부공야

집성촌集姓村

諸 姑 伯 叔　猶 子 比 兒
모두제 시어미고 맏백　아재비숙　같을유 아들자 견줄비 아이아

모든 고모와 큰아버지와 삼촌은 조카를 자기 자식 또는 아이와 같이 다정하게 대해야 한다.

🐚 한자의 본뜻 풀이

'諸제'는 『집운』에 따르면 '무리[1]'라고 합니다. '姑고'는 본래 『설문』에서 '시어머니[2]'라고 하지만, 여기서는 '고모[3]'로 풀이합니다. '伯백'은 '큰아버지[4]'라는 뜻으로, 『설문』에서는 '길다[5]'라고 하며, '叔숙'은 '작은아버지[6]'라는 뜻입니다. '猶유'는 '같다'로 풀이합니다. 『예기』 「단궁상檀弓上」에 보면, "상복에 형제의 아들을 마치 자기의 자식처럼 여긴 것은 대개 조카를 가장 가깝게 여겼기 때문이다[7]"라고 하였으니, 이는 조카를 마치 친아들처럼 여겼다는 대목입니다. 『설문』에 '比비'는 '빽빽하다[8]'라고 풀이하며, '兒아'는 '젖먹이[9]'라는 뜻입니다.

온 동네가 떠들썩합니다. 특히 명절날 같은 경우에는 더욱 와자지껄합니다. 어릴 적 동네에 잔치가 벌어지면 아재들과 아주머님들이 야단들입니다. 고향은 같은 성씨끼리 모여 사는 이른바 '집성촌集姓村'

1 衆也 중야
2 夫母也 부모야
3 父之姊妹爲姑 부지자매위고
4 父之兄曰伯父 부지형왈백부
5 長也 장야
6 父之弟謂之叔父 부지제위지숙부
7 喪服兄弟之子 猶子也 蓋引而近之也 상복형제지자 유자야 개인이근지야
8 密也 밀야
9 孺子也 유자야

이어서 누구네 집의 숟가락과 밥그릇이 얼마나 되는가를 알 정도였지요. 같은 성씨끼리 모여 사니 옆집을 가도 뒷집을 가도 모두 사촌이니 오촌이니 육촌이니 죄다 핏줄입니다.

유독 항렬行列을 따지는 동네라서 나이가 지긋한 어른들도 나이 어린 사람에게 '아재' 또는 '대부'라고 부를 지경이었습니다. 저도 항렬이 좀 높은 편이라 아버지뻘 되시는 분들로부터 '아재'라고 불리기도 하여 자못 민망하고 뒷꼭[10]이 가렵더군요. 아재들의 부인되시는 분들은 '아주머니'라고 불렀는데, 길에서 마주치거나 밭을 매다가도 보면 꼭 상냥하게 말을 붙여 오곤 하였습니다. 깊은 산 중턱에서 밭을 일구고 살던 강원도 두메산골의 화전민과 같은 삶을 일구어 갔습니다. 긴 긴 겨울밤에는 화롯불을 피워 놓고 어른들은 짚으로 새끼를 꼬며 노래를 읊조리고, 아이들은 화롯불에 고구마를 구워 먹거나 지독히도 시린 고욤을 먹곤 하였습니다.

겨울에 산을 오르며 나무를 하다 보면 늘 마주치는 사람들이 죄다 '아재'들이거나 항렬이 낮은 핏줄들이었습니다. 나무를 한 짐 해놓고는 꿩을 잡으러 다닌다고 솔가지에 돌을 매달아 꿩이 있는 곳에 던집니다. 하지만 꿩이란 녀석이 어디 그리 쉽사리 잡히나요? 그저 괜히 겁주는 몸짓이죠.

10 뒤통수

봄이면 산 너머 멀리에서 뻐꾸기 우는 소리와 함께 유독 많았던 감나무와 대추나무에 새순이 파릇파릇 돋고, 한걸음이면 실히 건널 수 있는 실개천에는 아직 녹지 않은 물가의 얼음이 무색하게도 버들이 흐드러지게 물이 오릅니다.

여름에는 거의 온 동네가 보리밥 아니면 밀가루를 입힌 감자떡에 오이냉국 또는 상추를 씻어 막장에 쌈을 싸서 먹곤 곧장 밭으로 갑니다. 비탈진 밭을 수없이 다니며 밭을 일구고 김을 매면서도 힘들다는 생각은 없었습니다. 그저 부지런히 손을 놀려 한 고랑 김을 매고 나면 등줄기가 후줄근하였습니다.

여름의 끝에서 가을이 시작될 즈음에는 고추를 따기 시작합니다. 고추밭 한가운데는 그야말로 푹푹 찌는 사우나장입니다. 허리를 구부려 따다 보면 허리가 엄청나게 아픕니다. 여름에는 왜 그리 국수를 많이 먹는지 몰랐으나, 이제는 알 듯합니다. 밭에서 일이 끝나면 엄청 피곤하여 어머님께서는 늘 여름에 국수를 삶습니다. 모두들 피곤한데 밤에 밥을 짓기는 뭐하니 편리한 대로 국수를 삶는 것입니다. 요즘같이 라면이 흔한 시대는 아니었습니다. 라면은 그저 일꾼들 주려고 사 놓은, 우리들이 보기에는 자린고비의 '굴비'와 같은 존재였습니다. 그저 군침만 흘려야 했지요.

모두들 '아재'나 '아주머니' 또는 '대부'라고 부르고 불리던 그 시절이 생각나는 요즘입니다. 대가족이 없어지고 지금은 '핵가족' 시대가 되니 아이들의 정서도 메말라 가고 있습니다. 핵가족도 이제는 버거운지 홀로 사는 사람들도 늘고 있습니다. 산을 등지고 개울에서 놀며 풀피리나 버들피리 불던 시절이 눈에 아른거립니다.

한 핏줄

孔懷兄弟 同氣連枝
구멍공 품을회 맏형 아우제 한가지동 기운기 이을련 가지지

형제를 깊이 사랑해야 하니, 같은 기운을 받아 이어진 가지와 같기 때문이다.

한자의 본뜻 풀이

'孔공'은 『설문』에서 '꿰뚫다[1]'라고 하나, 여기서는 '심히'라는 뜻이며, '懷회'는 '생각[2]'이라는 뜻입니다. 『이아』에서 '兄형'은 '남자로서 먼저 태어나면 형이 된다[3]'라고 하며, '弟제'는 '뒤에 태어나면 동생이 된다[4]'라고 풀이하고 있습니다. '孔懷兄弟'는 '형제를 깊이 사랑한다'로 풀이합니다. 『시경』의 「상체常棣」라는 시에 '죽고 장사 지내는 두려운 일에는 형제를 가장 생각게 되고[5]'라는 대목이 엿보입니다. '同동'은 『설문』에서 '여럿이 모이다[6]'라는 뜻이며, '氣기'는 '손님에게 쌀을 주어 먹이다[7]'라는 뜻입니다. '同氣동기'는 '한 핏줄을 이어받은 붙이[8]'입니다. 본래 '連연'은 『설문』에서 '사람이 모이다[9]'라는 뜻이며, '枝지'는 '나무에서 따로 나는 가지[10]'라고 합니다. '連枝연지'는 '이어진 한 나무의 가지'로 풀이합니다.

1 通也 통야
2 念思也 염사야
3 男子先生爲兄 남자선생위형
4 後生爲弟 후생위제
5 死喪之威 兄弟孔懷사상지위 형제공회
6 合會也 합회야
7 饋客芻米也 궤객추미야
8 同氣之親 동기지친
9 員連也 원연야
10 木別生條也 목별생조야

형제는 모두 한 기운을 타고났습니다. 그만큼 형제는 매우 가깝다는 뜻이겠지요. 그래서인지 우리네들이 어릴 적에 시사時祀 또는 시향時享을 지낼 때, 동네 어르신들이 모인 가운데 술과 음식을 놓고 아마 4대조 조상까지 제를 올리는 것을 보았습니다. 이는 주로 음력 8월경에 지냈던 것으로, 지금도 고향에서는 어김없이 제를 올립니다. 제사를 지내는 것은 조상을 기리는 마음이 우선일 것입니다. 이는 동기同氣를 기리는 것으로 피를 나눈 형제보다는 그 윗대 조상을 같은 기운을 지닌 뜻으로 여겨 제사를 지냄이 아닐까 합니다. 이 누리의 사람은 모두 형제간입니다. 이를 노래한 소무蘇武의 시가 있습니다. 「소무여이릉시蘇武與李陵詩」에 나오는 대목입니다.

> 한 핏줄에서 난 이는 가지와 잎으로 이어졌으니11,
> 사귐을 맺는 것도 또한 서로 간에 인연이네12.
> 이 누리 사람 모두 형제간이니13,
> 누가 따로 길 가는 나그네인가14.
> 더구나 나는 한 나무에 이어진 가지인데15,
> 그대와 나는 한 몸일세16.

11 骨肉緣枝葉 골육연지엽
12 結交亦相因 결교역상인
13 四海皆兄弟 사해개형제
14 誰爲行路人 수위행로인
15 況我連枝樹 황아연지수
16 與子同一身 여자동일신

중국 육조시대의 학자이며, 오행과 천문, 특히 점술로 이름을 떨치고, 동진 왕조 성립 초에 그 장래의 운명과 길흉화복을 예언하였다고 하는 곽박[17]의 『장경葬經』에 다음과 같은 대목이 있습니다.

한나라 미앙궁未央宮에 커다란 구리로 만든 종鐘이 있었는데 그 원료는 서촉西蜀에 있는 구리 산에서 나온 것이었다고 합니다. 어느 날 건드리지도 않은 종이 저절로 울렸습니다. 황제가 명하여 알아본즉슨 서촉의 구리 산이 무너져 내린 것 때문이었다고 합니다. 산이 무너진 때 구리종이 울린 것입니다. 미물과 광물에도 동기의 감정이 있나 봅니다.

원元나라 때 곽거경郭居敬이 쓴 『이십사효고사二十四孝故事』의 교지통심嚙指痛心이라는 고사를 보면, 증자曾子에 관한 이야기가 실려 있습니다.

춘추시대에 인품과 덕성이 매우 훌륭한 사람이 있었는데, 성은 증曾이요, 이름은 삼參으로, 자는 자여子輿이니, 공자의 제자였다. 비록 그의 집은 매우 가난하였으나 그는 언제나 모친을 지극한 정성으로 섬겼으며, 모친의 뜻을 거스르는 일을 한 적이 한 번도 없었다. 그의 어머니는 아들의 이와 같은 효심에 더욱 아들을 사랑하는 마음을 갖게 되었다. 어느 날, 증삼이 집에서 멀리 떨어져 있는 산으로 나무를 하러 갔는데 갑자기 집에 손님이 찾아왔다. 그의 어머니는 아들이 집에 없고, 게다가 집에는 손님을 대접할 만한 것을 살 돈도 없어 마음이 매

17 郭璞 : 276~324

우 다급하였다. 좋은 방법이 떠오르지 않아 하는 수 없이 아들이 집에 빨리 돌아오기만을 기다릴 수밖에 없었다. 그러나 어찌된 일인지 아무리 오래 기다려도 아들이 돌아오지 않자, 어머니는 한 가지 방법을 생각해 내었다. 즉 어머니와 아들의 혈맥은 서로 통한다는 것을 알고 이빨로 자신의 손가락을 깨물어 상처를 내었다. 이때 증삼은 산에서 나무를 하고 있었는데 갑자기 가슴에 통증이 느껴져, 집안에 무슨 일이 생긴 것이 틀림없다는 예감이 들었다. 그는 곧바로 땔감을 메고 집으로 돌아왔다. 대문 안에 들어서자 곧 어머니 앞에 무릎을 꿇고 앉아서 어머니께 그가 가슴이 아팠던 이유를 여쭈었다. 어머니가 말하였다. "조금 전에 집에 손님이 오셨는데 네가 돌아오질 않아, 하는 수 없이 나의 손가락을 깨물면 네가 반드시 느끼는 바가 있어 빨리 집에 돌아와 손님을 대접할 방법을 상의할 수 있을 것이라고 생각했단다."

증삼은 어머니를 지극한 정성으로 모셨기 때문에, 이미 어머니와 서로 마음이 통하여 어머니의 희로애락을 느낄 수 있었던 것입니다.

문에 참새 그물을 치다

交 友 投 分　切 磨 箴 規
사귈교 벗우　던질투 나눌분　끊을절 갈마　경계할잠 법규

벗을 사귀는 데는 정분을 나누어야 하며, 뼈와 상아를 자르듯, 구슬과 돌을 갈 듯 경계하고 바로
잡아 줘야 한다.

🐚 한자의 본뜻 풀이

　'交교'는 『설문』에서 '정강이를 마주 비비다[1]'라고 풀이하고
있으며, '友우'는 '뜻이 같은 사람[2]'이라고 풀이하고 있습니다.
'投투'는 『설문』에서 '들추다[3]'라고 합니다. '投分투분'은 '정분을
니누다'라고 합니다. '分분'은 '나누다[4]'라는 뜻입니다. 뼈와 상
아를 자르듯 구슬과 돌을 갈고 닦아 빛을 내듯이 벗 사이에 사귐
을 두텁게 하며, 서로 잡도리를 하고 바로 잡아 주라는 말입니다.
무수히도 많이 들어온 말 중에 '절차탁마切磋琢磨'라는 말이 있습
니다. 이는 『시경』의 「위풍衛風·기오淇奧」라는 시에 나오는 대
목입니다. '如切如磋 如琢如磨여절여차 여탁여마'의 줄임말입니다.
『이아』「석훈釋訓」에 '如切如磋'를 풀이하기를 "뼈를 자르고 다
듬으면 그릇[5]이 되고, 사람은 배움으로써 덕을 이룬다[6]"라고 하
며, '如琢如磨'를 풀이하기를 "옥과 돌을 쪼아내고 갈아 쓰는 것
은 사람이 스스로 닦아 꾸미는 것과 같다[7]"라고 하고 있습니다.
벗을 타이르고 말을 할 때에는 뼈와 상아를 다듬듯, 구슬과 돌을
갈 듯 마음을 다하라는 뜻입니다. '箴잠'은 '웃옷을 꿰매는 바늘[8]'
이지만, 여기서는 '경계하다'라는 뜻이며, '規규'는 『설문』에 따
르면 본래 원을 그리는 도구로, '법도가 있음[9]'을 뜻합니다.

1 交脛也 교경야
2 同志爲友 동지위우
3 擿也 적야
4 別也 별야
5 器具 기구
6 骨象須切磋而爲器 人須學問以成德 골상수절차이위기 인수학문이성덕
7 玉石之被琢磨猶人自脩飾 옥석지피탁마유인자수식
8 綴衣箴也 철의잠야

『논어』의 「학이」에 보면 증자曾子가 스스로를 일깨우면서 벗과의 사귐에 대하여 말하고 있습니다.

"벗들과 함께 서로 사귀는 데 신의를 다하였는가[10]?"

벗이란 얻기는 어렵지만 쉽게 잃어버릴 수 있습니다. 서로의 잘못만을 지적하거나 이해타산을 따지면 끝장입니다. 미국의 사상가 에머슨은 벗과의 사귐에 관해 나부터 마음을 열고 다가가라며 이렇게 말했습니다.

"벗을 얻는 오직 한 가지 방법은 나 스스로가 남의 벗이 되는 것이다."

우리에게 너무나도 잘 알려진 관포지교管鮑之交란 고사가 있습니다. 『사기』권62 「관안열전管晏列傳」을 보면 다음과 같은 내용이 있습니다.

중국 제齊나라에서 포숙은 돈을 대고 관중은 일을 맡아 동업하였으나 관중이 이익금을 혼자 독차지합니다. 그런데도 포숙은 관중의 집안이 가난한 탓이라고 너그럽게 이해하였습니다. 또 함께 전쟁에 나아가서는 관중이 3번이나 도망을 하였는데도, 포숙은 그를 비겁자라 생각하지 않고 그에게는 늙으신 어머님이 계시기 때문이라고 그를 위합니다. 이와 같이 포숙은 관중을 끝까지 믿어 그를 밀어 주었고, 관중도 일찍이 포숙을 가리켜 "나를 낳은 것은 부모이지만 나를 아는 것은 오

---

9 有法度也 유법도야
10 與朋友交而不信乎 여붕우교이불신호

직 포숙뿐이다[11]"라고 말합니다.

약 2200년 전 한나라 문제 때의 적공翟公이라는 사람은 벼슬에서 물러나 있을 때, 지인知人들이 찾아오지를 않아 "문에 참새 그물을 칠 정도였다[12]"라고 말하였다고 합니다. 이렇게 말한 그는 자기 집 대문에 붓으로 크게 쓰기를,

한 번 죽고 한 번 사는 것으로 친구의 정을 알 수 있고[13],
한 번 가난하고 한 번 부유함에 친구 사귐의 그 모양을 알 수 있다[14].
한 번 귀해지고 한 번 낮은 곳으로 떨어진 후에야 사귐의 정이 저절로 나타난다[15].

특히 청소년기는 감수성이 예민하고 세상을 보는 눈이 처음 형성되는 시기로, 이때 어떤 사람을 만나느냐에 따라 인생관이 크게 달라진다고 할 수 있습니다. 대개 서른이 넘으면 사람들은 다른 이를 보는 눈이 굳어져 다른 사람의 말을 받아들이기가 힘들게 됩니다. 벗은 오래 사귀게 되면 더욱 가까워지게 마련인데, 이때 사람들은 '이렇게 행동해도 되겠지?'라는 혼자 생각으로 벗을 염두에 두지 않고 행동하게 됩니다. 격의 없는 행동으로 서로에게 누가 되거나 커다란 싸움이 되

11 生我者父母 知我者鮑子也 생아자부모 지아자포자야
12 門可羅雀 문가라작
13 一死一生 乃知交情 일사일생 내지교정
14 一貧一富 乃知交態 일빈일부 내지교태
15 一貴一賤 交情乃見 일귀일천 교정내현

지 않았으면 합니다. 그저 편한 생각대로 멋대로 행동하다가는 벗을 잃게 되겠지요. 그래서 영국 속담에도, "친함은 경멸을 낳는다 (Familiarity brings about contempt)"라고 합니다.

황희 정승

仁 慈 隱 惻　　造 次 弗 離
어질인 사랑자 숨을은 슬플측　　만들조 버금차 아닐불 떠날리

어질고 사랑하며 안쓰럽게 여기는 마음은 잠시 다급한 상황에라도 떠나보내서는 안 된다.

🌀 한자의 본뜻 풀이

'仁인'은 『설문』에 따르면 '진실로 사람을 사랑하는 것[1]'이라고 하며, '慈자'는 '사랑하다[2]'라는 뜻입니다. '隱은'은 원래 '숨기다[3]'라는 뜻이지만, 여기서는 '은근하다'라고 풀이합니다. '惻측'은 '마음 아프다[4]'라는 뜻입니다. '造조'는 본래 '나아가다[5]'라는 뜻입니다. '次차'는 『설문』에서 '버금 또는 다음[6]'이라고 합니다. '造次조차'는 '잠시 다급한 상황'이라는 뜻입니다. '弗불'은 '아니다[7]'라는 의미로, 『설문』에서는 '위로 향하여 들다[8]'라는 뜻이며, '離리'는 본래 '노란 꾀꼬리로서 울면 누에가 생기는 것[9]'이라고 하나, 여기서는 '떠나다去也거야'로 풀이합니다.

황희[10] 정승과 관련된 일화 가운데 젊은 시절 한 늙은 농부로부터 잊지 못할 교훈을 얻었다는 '누렁 소와 검정 소' 일화가 있습니다.

---

1 親也 친야
2 愛也 애야
3 蔽也 폐야
4 痛也 통야
5 就也 취야
6 不前也 부전야
7 不也 불야
8 撟也 교야
9 黃倉庚也. 鳴則蠶生 황창경야. 명즉잠생
10 黃喜 : 1363~1452

공이 어느 날 황해도와 평안도 지방을 암행하는데 길옆에서 한 늙은 농부가 쟁기에 누렁 소와 검정 소 두 마리를 함께 메워서 밭을 갈고 있었습니다. 당시 그 지방에서는 소 두 마리로 밭을 가는 경우가 흔히 있었다고 합니다. 공은 농부에게 그 고을 수령의 사람됨이 어떠한지 묻고 싶었지만 대놓고 물을 수는 없는 노릇이어서 우선 말에서 내려 길가에 앉아 농부에게 말을 붙여보았습니다.

"그 두 마리 소 가운데 어느 소가 일을 더 잘하오?" 하고 물었더니 농부가 쟁기를 놓고, 가까이 와서 공의 귀에 입을 대고는, "왼쪽 누렁 소가 일을 더 잘합니다"라고 속삭입니다.

공이 웃으면서, "그런데 왜 귀에 대고 소곤거리오?" 하고 묻자 농부는 이렇게 대답합니다.

"짐승이라도 서로 비교되는 것은 싫어하지 않겠습니까?"라고 대답합니다. 공이 그 말을 듣고 되묻습니다.

"그럼 저 미련한 소가 사람의 말을 알아듣기라도 한단 말이오?"

그러자 농부가 이렇게 말합니다.

"설령 저놈들이 아무것도 모른다손 치더라도 사물을 대함에 있어 경솔해서는 안 됩니다. 저놈들은 '이랴!' 하면 가고, '워!' 하면 멈추며, '이리!' 하면 우측으로, '저리!' 하면 좌측으로 향할 줄 아는데, 어찌 저놈들이 사람의 말을 알아듣지 못한다고 단언할 수 있겠습니까?"

농부의 말을 들은 공은 숙연한 마음으로 스스로 반성하고 자리에서 일어나 말하였습니다.

"미물을 대하는 데도 이러해야 하거늘 하물며 사람은 어떠하겠소? 노인의 말이 아니었다면 내가 경박함을 면치 못할 뻔했소. 앞으로 노인의 말을 약으로 삼아 주의하리다."

　이 농부는 미물인 소에게까지 인을 베풀었던 것입니다. 황희 정승이 젊었을 때에는 매우 강직하고 날카로웠던 사람이었나 봅니다. 한 늙은 농부의 누렁 소와 검정 소를 대하는 태도를 보아 많이 느꼈던 모양입니다. 그가 한평생 겸손하고 어질고 너그러운 마음씨를 갖게 된 것도 이 암행어사 때 깊이 깨달은 바 있었기 때문이겠지요.

　『맹자』「공손추 상公孫丑 上」에서 맹자孟子는 측은惻隱을 다음과 같이 이야기합니다.
　"사람이 모두 남에게 차마 하지 못하는 마음이 있다고 말하는 까닭은, 지금 느닷없이 어떤 어린아이가 우물에 빠지려 하는 것을 본다면, 누구나 다 깜짝 놀라며, 측은하게 여기는 마음이 들 것이다. 이는 그 어린아이의 부모와 교제하려 해서가 아니며, 동네 사람들과 벗들로부터 칭찬을 받으려는 것도 아니며, 그 아이를 구하여 주지 않았다는 나쁜 평판이 싫어서 그러는 것도 아니다."

　『맹자』의 같은 글에 보면 "측은해 하는 마음은 仁의 실마리요[11], (중략) 또한 불쌍히 여기는 마음이 없는 것은 사람이 아니다[12]"라고 하여, 측은한 마음을 지니는 것을 어짊의 으뜸으로 삼고 있습니다.

11　惻隱之心 仁之端也 측은지심 인지단야
12　無惻隱之心 非人也 무측은지심 비인야

'조차造次'라는 말은 '다급한 상황'이라는 뜻입니다. 『논어』의 「이인里仁」에 보면, "군자는 밥 한 끼 먹을 만한 사이에도 인을 어기지 않으니 다급한 상황에서나 곤경에 처했을 때에도 반드시 인을 따라야 한다[13]"라고 하여, 어짊을 저버려서는 안 된다는 것을 그루박고 있습니다. 어짊은 유교儒敎의 알짬이 되는 것입니다.

---

13 君子無終食之間違仁 造次 必於是 顧沛 必於是 군자무종식지간위인 조차 필어시 전패 필어시

팔여거사 八餘居士

節 義 廉 退　顚 沛 匪 虧
마디절 옳을의 청렴할염 물러날퇴　엎드러질전 자빠질패 아닐비 이지러질휴

절개와 의리와 청렴과 물러남은 엎어지고 자빠지는 순간에도 이지러져서는 안 된다.

🐟 한자의 본뜻 풀이

'節절'은 '대나무의 마디[1]'가 본래 뜻이지만, 여기서는 '절개'로 풀이합니다. '義의'는 본래 '스스로의 틀거지[2] 있는 몸가짐[3]'이라고 『설문』에 풀이되어 있습니다. '廉염'은 『광아』에서 '맑다[4]'라고 합니다. '退퇴'는 '물러나다'로 풀이하며, 『예기』 「소의 小儀」에서는 '조정에서 물러가는 것[5]'이라고 합니다. '顚전'은 『설문』에서 본래 '정수리[6]'라고 하나, 여기서는 '엎어지다[7]'라는 뜻이며, '沛패'는 '넘어지다'라는 뜻입니다. 이 두 글자는 곧 '잠시 동안'이라는 뜻을 지닙니다. '匪비'는 『설문』에서 '그릇이며 대광주리와 흡사하다[8]'라고 풀이하나, 여기서는 '아니다'로 풀이하며, '虧휴'는 '기운이 줄다[9]'라고 합니다. '匪虧비휴'는 '이지러지지 않다'라는 뜻입니다. '顚沛'는 바로 앞의 글에 풀이되어 있습니다.

1 竹約也 죽약야
2 위엄
3 己之威儀也 기지위의야
4 淸也 청야
5 朝廷曰退 조정왈퇴
6 頂也 정야
7 倒也 도야
8 器, 似竹筐 기, 사죽광
9 气損也 기손야

옛사람들 중에는 청렴결백으로 이름을 남긴 사람이 많습니다. 탐욕에 눈이 멀지 않았던 것은 스스로의 몸닦달을 게을리 하지 않았다는 것이겠지요. 스스로를 팔여거사八餘居士라고 한 조선시대 중종 때의 김정국[10]의 얘기입니다.

그는 어려서 부모를 여의고 이모부 손에 자랐으나 불우한 처지를 이겨내고 학문에 정진해 스물넷에 과거에 급제합니다. 불과 30대에 황해도 관찰사까지 지냈지만 1519년 기묘사화에 얽혀 관직에서 물러납니다. 50대가 되어 다시 관직에 오르고서도 그가 가진 것이라고는 집 두어 칸과 전답 두어 이랑, 겨울 솜옷과 여름 베옷 두 벌씩이 전부였다고 합니다. 그런 처지에서도 그는 스스로를 팔여거사八餘居士라 일컬으며 이웃 사람에게 이렇게 말하곤 했다고 합니다.

"눕고도 남는 땅과 입을 옷, 밥그릇 밑바닥에 남는 밥이 있다. 게다가 시렁에 들어찬 책, 즐거움을 함께 할 거문고, 비스듬히 누워 햇볕을 쬘 쪽마루, 차 달일 화로, 늙어 의지할 지팡이와 경치 구경 다니기 좋은 나귀 한 마리가 있으니 무엇을 더 바랄 것인가?"

물러날 때를 알아야 욕됨을 면할 수 있지요. 자리에 연연하여 이를 지키려다가는 큰 낭패를 보기 십상이기 때문입니다. 자신의 자리에서 물러나 이를 관조하면서 생각하고 훑어보는 지혜도 필요합니다.

요즘의 선량善良 나리들은 당리당략에 따라 이리저리 당을 옮기시

10 金正國 : 1485~1541

느라 민초民草들로부터 '철새'니 '철새정당'이니 하는 비난을 듣습니다. 요새는 옛날의 철새가 아닌 달마다 당을 바꾸는 '달새' 선량들이 늘고 있다는 우스갯소리가 여의도 마당에서 흘러나오고 있습니다. 절개가 아닌 쓸개 빠진 짓거리입니다. 그저 민초를 위한다고 민초라는 이름을 들먹이니 부끄러워해야 합니다.

남명南冥 조식11 선생은 「민암부民巖賦」라는 글에서 『순자荀子』의 「왕제王制」편을 인용하여 다음과 같이 조정을 풍자하고 있습니다.

백성이 물과 같다는 말은12,

예로부터 있어 왔으니13,

백성은 임금을 받들기도 하지만14,

백성은 나라를 엎어버리기도 한다15.

『순자』의 「왕제」에는 다음과 같이 민초를 두려워하는 글이 보입니다.

"임금은 배이고 서민은 물이다. 물은 배를 띄우기도 하고 배를 엎기도 한다16."

11 書植 : 1501~1572
12 民猶水也 민유수야
13 古有說也 고유설야
14 民則戴君 민즉대군
15 民則覆國 민즉복국
16 君者舟也 庶人者水也 水則載舟 水則覆舟 군자주야 서인자수야 수즉재주 수즉복주

바탕本性을 어떻게 지키나

性 靜 情 逸　心 動 神 疲
성품성 고요할정 뜻정 편안할일　마음심 움직일동 귀신신 고달플피

마음 바탕이 고요하면 마음이 편안하고, 마음이 흔들리면 정신이 고달프다.

🐚 한자의 본뜻 풀이

　　'性성'은 『설문』에 '사람은 양기가 있어 바탕[1]이 착한 것[2]'이라고 풀이하고 있습니다. '靜정'은 '살피다[3]'라는 뜻입니다. '情정'은 하늘로부터 받은 성性과는 달리 '사람이 음기가 있어 욕심을 내는 것[4]'이라고 풀이를 하고 있으니, 곧 喜・怒・哀・樂・愛・惡・欲의 칠정七情을 이릅니다. '逸일'은 '잃다[5]'라는 뜻이며, '토끼가 선한 이를 속이고 으쓱거리며 달아나는 것[6]'이라고도 하지만, 여기서는 '편안하다'로 풀이합니다. '心심'은 '사람의 심장이며 몸속에 있다[7]'라고 합니다. '動동'은 '일어나 움직이다[8]'라고 합니다. '神신'은 '하늘의 신령[9] 또는 마음이며 만물을 끌어내는 것[10]'이라는 뜻입니다. '疲피'는 '애쓰다[11]'이지만 여기서는 '지치다'로 풀이합니다.

1 본성
2 人之陽氣性善者也 인지양기성선자야
3 審也 심야
4 人之陰氣有欲者 인지음기유욕자
5 失也 실야
6 兎謾訑善逃也 토만이선도야
7 人心, 在身之中 인심, 재신지중
8 作也 작야
9 天神 천신
10 引出萬物者也 인출만물자야
11 勞也 노야

인간은 나면서부터 착하다는 성선설性善說은 맹자가 이야기하였습니다. 이와 달리 순자[12]는 "인간의 마음은 악하며 선하다고 하는 것은 거짓이다[13]"라고 하며, 이른바 성악설性惡說을 내세웠습니다. 그는 훗날 진나라의 진시황 때 상앙[14]이나, 책을 불사르고 수백 명의 선비를 생매장한 분서갱유焚書坑儒를 실시한 이사[15]에게 법의 그물을 통한 국가통치를 이념으로 삼게 만든 장본인입니다. 즉 법치주의를 만든 셈입니다. 결국 상앙은 말이 수레를 사방으로 끌어 죄인의 사지를 찢는 형벌, 곧 거열형車裂刑을 당하고, 이사는 환관 조고에 의하여 저잣거리에서 허리를 잘려 죽습니다.

『중용中庸』에는 성性을 "하늘이 사람에게 내린 것으로서 사람 마음의 근본이다[16]"라고 합니다. 이 땅에 천 년 이상을 내려오고 우러러 받들어진 부처님이 하루아침에 내동댕이쳐지는 척불숭유斥佛崇儒라는 이른바 '종교개혁'이 조선에서 일어나고야 말았습니다. 삼봉三峰 정도전[17]이 지은 『불씨잡변佛氏雜辨』에서는 성에 대해 다음과 같이 이르고 있습니다. "마음이란 것은 사람이 하늘에서 얻어 가지고 태어난 기氣로서, 마음에 잡념이 없고 신령하여 어둡지 않으며[18], 이것이 한 몸의 주인이 되는 것이요, 성이란 것은 사람이 하늘에서 얻어 가지고 태어난 이理로서, 순수純粹하고 지극히 선善하며 한 마음에 갖추어져 있는

---

12 荀子 : 기원전 298?~238?
13 人之性惡 其善者僞也 인지성악 기선자위야
14 商鞅 : 기원전 ?~338
15 李斯 : 기원전 ?~208
16 天命之謂性 천명지위성
17 鄭道傳 : 1337~1398
18 虛靈不昧 허령불매

것이다."

　결국 사람의 타고난 선한 바탕과 끊임없는 덕의 실천을 통해 우리
는 도덕적으로 덕 있는 사람이 된다는 것입니다. 공자는 덕의 실천과
함께 '습관'의 대모함에 대해서도 말하고 있습니다. 『논어』의 「양화陽
貨」에 "타고난 성품은 서로 비슷하나, 습관에 의하여 서로 멀어지게
된다[19]"라는 말에서 보는 바와 같이, 누구나 선한 마음은 지녔으나 습
관에 의하여 그 마음 바탕이 서로 달라졌다는 것입니다.

　무릇 사람은 유아기, 소년기, 장년기 그리고 중년기 마지막으로 노
년기를 지납니다. 이러한 성장과정에 따라 사회에 대한 적응력과 사
고력 그리고 결단력 등은 서서히 변화합니다. 어쩔 수 없는 변화의 과
정입니다. 어쩌겠습니까. 옛말에 "성인聖人도 시대와 풍속을 따른다"
라는 말이 있습니다. 하지만 사람이기에 仁·義·禮·智·信을 지녀야
합니다. 선한 마음이 서서히 선하지 않은 마음으로 옮겨감은 곧 번뇌
와 고통을 늘리는 일입니다. 욕심과 헛된 망상에로 옮겨감은 곧 선한
마음을 잃는다는 뜻입니다. 아무리 물질이 이 누리를 덮는다 하지만
어느 정도 마음을 비우는 것도 필요한 일입니다.

　독일의 대문호 괴테[20]는 그의 서사시 『파우스트』에서, "참된 인간
은 잠시 어두운 충동에 동요할지라도, 옳은 길을 망각하지 않는 법이

---

19 性相近也 習相遠也 성상근야 습상원야
20 Johann Wolfgang von, 1749~1832

다"라고 말합니다.

『장자』「칙양則養」에 보면 장오長梧의 경계를 지키는 사람이 자뢰에게 말합니다.

"임금이 정치를 할 때에는 거칠게 함부로 해서는 안 되며, 백성을 다스림에는 소홀히 아무렇게나 해서는 안 됩니다. 전에 내가 벼를 심었을 때, 밭갈이를 대충 함부로 하니 벼이삭도 대충 내게 보답하고, 김 매는 것을 대충하니 벼이삭도 소홀히 아무렇게나 내게 보답했습니다. 다음 해에는 생각을 바꾸어 밭을 깊게 갈고 써레질을 잘했더니, 벼가 잘 자라 많은 이삭을 맺어 일 년 내내 실컷 먹을 수가 있었습니다."

장자가 이 얘기를 듣고 이렇게 말했습니다.

"요즘 사람들이 몸을 다스리고 건사함에 있어서는 대부분 이 경계를 지키는 사람이 말한 것과 비슷한 방법을 쓰고 있다. 사람들은 자연으로부터 도망을 치고, 그의 본성을 떠나 타고난 성정을 없애고, 그의 신명을 잃고서 여러 가지 세상일에 종사한다. 그러므로 그의 본성을 거칠게 함부로 다루는 사람은 욕망과 증오의 움이 터서 그의 성격을 이룬다. 갈대 같은 잡초들이 자라나 처음 싹이 틀 때에는 나의 몸에 도움을 줄듯이 보이지만 곧 나의 본성을 뽑아버려, 위쪽은 무너지고 아래쪽은 새면서 장소를 가리지 않고 모든 곳에 퍼져나간다. 그래서 종기와 부스럼이 생기고, 열병에 걸리고, 당뇨병이 생겨나게 되는 것이다."

감바리가 되어서 무엇하나

守 眞 志 滿　　逐 物 意 移
지킬수　참진　뜻지　찰만　　쫓을축　만물물　뜻의　옮길이

사람의 마음을 잘 지키면 뜻이 가득해지며, 재물을 쫓으면 마음 또한 이에 따라 움직인다.

한자의 본뜻 풀이

‘守수’는 『설문』에 ‘벼슬자리를 지키다[1]’라고 하며, 또한 ‘나라의 창고 일을 맡는 것[2]’이라고도 하고, ‘眞진’은 본래 ‘신선이 몸을 변화시켜 하늘에 오르다[3]’라고 합니다. ‘志지’는 ‘뜻[4]’이라고 하며, ‘滿만’은 ‘가득 차 넘치다[5]’라는 뜻입니다. ‘逐축’은 ‘쫓다[6]’라고 하며, ‘物물’은 ‘만물[7]’이라고 합니다. ‘意의’는 ‘뜻[8]’이라고 풀이하며, ‘移이’는 ‘옮기다[9]’라고 풀이합니다.

1 守官也 수관야
2 寺府之事者 시부지사자
3 僊人變形而登天也 선인변형이등천야
4 意也 의야
5 盈溢也 영일야
6 追也 추야
7 萬物也 만물야
8 志也 지야
9 遷徙也 천사야

『장자』의 「덕충부」에는 다음과 같은 이야기가 있습니다.

춘추시대 노魯나라에 왕태王駘라는 학덕이 높은 사람이 있었는데 그는 유교의 비조鼻祖인 공자와 맞먹을 만큼 많은 제자들을 가르치고 있었습니다. 그래서 공자의 제자인 상계常季는 불만스럽다는 듯이 공자에게 물었습니다.

"선생님, 저 올자10는 어째서 많은 사람들로부터 받들어지고 있는 것입니까?"

이에 공자는 이렇게 말하였습니다.

"그것은 그분의 마음이 조용하기 때문이다. 사람들이 거울 대신 비쳐볼 수 있는 물은 흐르는 물이 아니라 가만히 멈추어 있는 물이니라."

『사기』의 권67 「중니제자열전仲尼弟子列傳」에 독서를 많이 하여 29세에 벌써 백발이 성성하였다는 안회11의 일면이 『논어』의 「옹야雍也」에 잘 그려져 있습니다. 그는 늘 자신을 학문으로 몸닦달 하였고, 가난 속에서도 삶을 즐기고 배움을 기뻐하는 데 흐트러짐이 없었습니다. "한 소쿠리의 밥과 표주박의 물12"이라는 말에 드러나 있듯이, 안회는 배우는 것을 즐거움으로 삼아 평생 믿음을 저버리지 않는 삶을 일구어 갔습니다.

『장자』 「양왕襄王」에는 만족하는 이는 이끗13 때문에 스스로를 해

10 兀者 : 형벌에 의해 발뒤꿈치를 잘린 불구자
11 顔回 : 기원전 521~490
12 一簞食 一瓢飮 일단사 일표음

치지 않는다고 합니다. 이는 『장자』에 나오는 공자와 안회의 이야기입니다.

공자가 안회에게 말했다.

"안회야! 집안이 가난하고 신분도 낮은데 어째서 벼슬을 하려고 하지 않느냐?"

안회가 대답했다.

"벼슬을 하고 싶지 않습니다. 제게는 성곽 밖에 밭 오십 묘가 있어 죽거리를 얻기에는 충분합니다. 성곽 안에는 밭 십 묘가 있어 무명과 삼을 얻기에 충분합니다. 금을 타고 지내면 스스로 즐기기에 충분합니다. 선생님으로부터 배운 도는 스스로 즐겁게 살기에 충분합니다. 저는 벼슬을 하고 싶지 않습니다."

공자가 얼굴빛을 바꾸며 말했다.

"네 뜻이 참으로 훌륭하다. 내가 듣건대 만족할 줄 아는 사람은 이익 때문에 스스로를 해치지 않고, 자득할 줄 아는 사람은 이익을 잃어도 두려워하지 않고, 속마음의 수행이 되어 있는 사람은 지위가 없어도 부끄러워하지 않는다 했다. 나는 그것을 마음에 새겨둔 지 오래 되었으나, 지금 너에게서 뒤늦게 그것이 실행되고 있음을 본다. 이것이 나의 소득이다."

'見物生心견물생심'이라 했던가요. 값지고 귀중한 물건을 보면 마음

13 이득

에 욕심이 생긴다는 말입니다. 공자에 버금간다 해서 아성亞聖이라 불리는 맹자는 왕도정치王道政治를 이루기 위해 여러 나라를 돌다가 제齊나라에 몇 년간 머물렀으나 뜻을 이루지 못하고 귀국하려 했습니다. 이때 제나라 선왕宣王은 맹자에게 높은 봉록을 줄 테니 제나라를 떠나지 말아 달라고 제의를 했습니다. 그러나 맹자는 다음과 같이 말하면서 손사래를 쳤다고 합니다.

"전하, 제 의견이 받아들여지지 않는데도 봉록에 달라붙어서 '재물을 독차지[14]'할 생각은 없나이다."

자신이 가야 할 길이 높은 지위에 머물러 편히 사는 데 있는 것이 아니었던 것이죠. 이는 사람은 외물外物에 의해 마음이 많이 흔들리지 말아야 함을 얘기하는 것입니다. 감바리[15]가 될 마음이 없었던 것이겠지요.

---

14 壟斷 농단
15 이익을 보고 남보다 앞질러서 차지하는 약은 꾀가 있는 사람

대장부란

堅 持 雅 操　　好 爵 自 縻
굳을견 가질지 바를아 잡을조　좋을호 벼슬작 스스로자 얽어맬미

올바른 지조를 굳게 가지면, 좋은 벼슬이 저절로 이른다.

🐚 한자의 본뜻 풀이

　　'堅견'은 『설문』에서 '단단하다¹'라고 하며, '持지'는 '쥐다²'라고 풀이하고 있습니다. '雅아'는 『설문』에 의하면 '초나라의 떼까마귀³'라고도 하며, 『시경』 「대서大序」에는 '바르다⁴'라고 풀이하고 있습니다. '操조'는 '잡다⁵'라고 하였으나 『집운』에서는 '지조⁶'로 변하였습니다. 『진서』 「충의전론忠義傳論」에는 "쇠와 돌 같이 깊은 마음을 지키고, 소나무와 대나무 같은 바른 절조를 가다듬다⁷"라는 대목이 보입니다. '好호'는 『설문』에 따르면 '아름답다⁸'라고 합니다. '爵작'은 『주례周禮』 「천관태재天官太宰」에 의하면 "벼슬은 공·후·백·자·남·경·대부를 이르는 것이다⁹"라고 합니다. '爵'은 『설문』에서 본래 '신에게 예를 드릴 때 술잔으로 그 안에 향기로운 술을 담는다¹⁰'라고 합니다. '自자'는 『설문』에서 '코, 즉 코의 모양을 본뜬 것¹¹'이라고 합니다. '縻미'는 '소고삐¹²'라는 뜻입니다.

1 剛也 강야
2 握也 악야
3 楚烏也 초오야
4 正也 정야
5 把持也 파지야
6 志操也 지조야
7 守鐵石之深表 厲松筠之雅操 수철석지심표 여송균지아조
8 美也 미야
9 爵謂 公侯伯子男卿大夫也 작위 공후백자남경대부야
10 禮器也 中有鬯酒 예기야 중유창주
11 鼻也, 象鼻形 비야, 상비형
12 牛轡也 우비야

『맹자』의 「등문공 하滕文公 下」에 보면, 경춘景春이라는 이가 공손연公孫衍과 장의張儀야말로 진정한 대장부라고 추어올립니다. 이에 맹자가 말씀하시기를, "이들이 어떻게 대장부란 말인가? 자네는 예의禮義를 배우지 않았는가?" 하면서 대장부란 어떤 사람인가를 얘기하고 있습니다.

　　　　천하의 넓은 곳에 거하며[13],

　　　　천하의 바른 지위에 서며[14],

　　　　천하의 큰 도道를 행한다[15].

　　　　뜻을 얻으면, 백성과 더불어 하고[16],

　　　　뜻을 얻지 못하면, 홀로 그 도를 행한다[17].

　　　　부富하고 귀貴하여도 치우치지 않으며[18],

　　　　가난하고 천하여도 능히 지조를 변하지 않으며[19],

　　　　무서운 무력도 능히 굽히지 못하는 것이[20]

　　　　이른바 대장부이다[21].

　　한신[22]은 그의 고향인 회음淮陰에서 동네 푸줏간 패거리에게 늘 놀

13　居天下之廣居　거천하지광거
14　立天下之正位　입천하지정위
15　行天下之大道　행천하지대도
16　得志與民由之　득지여민유지
17　不得志獨行其道　부득지독행기도
18　富貴不能淫　부귀불능음
19　貧賤不能移－　빈천불능이
20　威武不能屈　위무불능굴
21　此之謂大丈夫　차지위대장부
22　韓信 : 기원전 ?~196

림을 받고 업신여김을 받는 볼품없는 이에 지나지 않았습니다. 그는 그들 무뢰배의 바짓가랑이 사이를 기어서 배를 끌고 나오는 등 치룽구니[23] 같은 짓을 했지만 어려운 때를 슬기롭게 넘긴 이였습니다. 그런 그가 한나라의 유방劉邦을 만나 초나라를 격파하는 선봉장으로 혁혁한 진과를 올립니다. 그러나 그는 기원전 201년 초왕에서 회음후로 격하되어 기원전 196년에 결국 진희陳豨와 모반하여 유방을 치려고 했다는 고변에 연루되어 장락궁長樂宮에서 참살되었습니다. 이는 『사기』의 「회음후열전淮陰侯列傳」에 나오는 대목입니다.

옛날 한나라가 초나라를 꺾고 대륙을 통일했을 때의 일입니다. 유방은 부하 중에서 가장 용맹하게 싸운 한신을 총애하여 초나라 왕으로 삼았습니다. 그런데 유방이 한신의 부하인 종리매鍾離眛를 잡아오라고 하자 처음에 그를 숨겨 주었던 한신은 고민 끝에 그를 체포하였습니다. 종리매는 한신의 옹졸함과 유방의 저의를 꾸짖고는 스스로 목을 베어 한신의 뜻에 따랐습니다. 한신은 총애를 잃지 않으려고 친구의 목을 바치기까지 했지만 유방은 그를 체포합니다. 한신은 노기충천怒氣衝天한 목소리로 말하였습니다. "사람들이 민첩한 토끼가 죽으면 훌륭한 사냥개가 삶아지고, 높이 나는 새를 잡으면 좋은 활도 사장되며[24], 적국이 무너지면 지혜 있는 신하도 망하게 마련이라 하던데 과연 그 말이 맞구나. 천하가 이미 평정됐으니 나 역시 사냥개처럼 삶아지는구나."

23 바보
24 狡兎死 良狗烹 高鳥盡 良弓藏 교토사 양구팽 고조진 양궁장

끝까지 지조를 지키지 못하고 친구까지 팔아넘기고 역모 또한 꾀하였으니 한신 그가 비록 높은 벼슬을 했어도 결국은 그의 말대로 토사구팽兎死狗烹의 본보기를 보여준 셈입니다.

『맹자』의 「공손추公孫丑」에 사람이 지녀야 할 근본인 仁·義·禮·智·信을 천작天爵이라고 합니다. 요즘이나 예나 먼저 사람됨이 있어야 인작25에 의한 나라 다스림이 좀 더 내실이 있고 백성들의 믿음을 받게 될 것입니다. "천작을 잘 닦으면 인작은 저절로 얻어진다26"라고 합니다.

---

25 人爵 : 요즘의 대통령, 국무총리 그리고 장관 등
26 修其天爵而人爵自至也 수기천작이인작자지야

천하 아우르기와

큰춤榮華 볼 때

정도전의 꿈

都 邑 華 夏　東 西 二 京
도읍도 고을읍 꽃화 여름하　동녘동 서녘서 두이 서울경

중국의 도읍은 동경(東京)과 서경(西京) 두 곳이 있다.

🌊 한자의 본뜻 풀이

　　『춘추좌씨전』장공莊公 28년 조에 보면, '都도'는 '임금들이 선조에게 제사를 드리는 종묘가 있는 곳[1]'이라고 하며, '邑읍'은 '도읍지로부터 사방 500리의 땅[2]'이라고 합니다. '華화'는 '꽃이 피다[3]'라는 뜻으로, 『이아』「석초」에는 '나무에 피는 꽃[4]'이라고 합니다. '夏하'는 『설문』에 '중국 사람[5]'이라고 풀이하고 있으며, 『이아』에는 '붉은빛이며 아주 가득 찬 모습[6]'이라고 합니다. '東동'은 본래 『설문』에서는 '움직이다[7]'라는 뜻입니다. 약 3,100여 년 전 주나라 성왕成王이 처음으로 낙양에 도읍을 두어 동도東都 또는 성주成周라 하였고, 그 뒤 후한의 광무제光武帝가 이곳을 낙양洛陽 또는 동경東京이라 일컬었습니다. '西서'는 본래 『설문』에 '새가 둥지 위에 있다 또는 해가 서쪽으로 지면서 새가 깃들이다[8]'라는 뜻입니다. 전한前漢의 고조高祖가 장안長安에 터를 정하여 이를 서경西京이라 불렀는데 여기서는 그러한 뜻입니다. '二이'는 『설문』에 '땅을 이르는 숫자[9]'라고 풀이하며, '京경'은 '사람이 엄청 높은 언덕에 있다[10]'라고 풀이되어 있습니다.

1 凡邑有先君之舊宗廟曰都 범읍유선군지구종묘왈도
2 國也 국야
3 榮也 영야
4 木謂之華 목이지화
5 中國之人意 중국지인의
6 朱明 一曰長嬴 주명 일왈장영
7 動也 동야
8 鳥在巢上, 日在西方而鳥棲 조재소상, 일재서방이조서
9 地之數也 지지수야

『사서오경四書五經』 어디를 보나 중국을 방하方夏·제하諸夏·화하華夏 또는 중국中國이라고 부릅니다. 이중 '중국'은 오랑캐에 둘러싸인 가운데 나라라는 말이니 중국인들이 스스로를 천하의 으뜸이라고 생각하는 마음이 엿보이는 대목입니다.

동경東京은 지금의 하남성河南省 낙양洛陽입니다. 처음에 동주東周가 이곳에 도읍하였고, 그 뒤 후한後漢·위魏·서진西晉·북위北魏·수隋·당唐 때 서도西都 곧 장안長安에 대치한 동도東都로서 울셌던[11] 곳입니다. 그 뒤 5대 10국의 후당後唐과 뒤의 중화민국도 한때 낙양을 도읍으로 하였기 때문에 아홉 왕조의 도읍이라고 합니다. 북위 때인 493년에 도읍을 낙양으로 옮겼고 여기에 11만 명이 살았으며, 절집[12]은 1,367채를 헤아렸다고 합니다. 한漢나라 때에는 역사가 반고班固, 종이 발명가 채륜蔡倫, 의원 화타華陀 등이 활약하였고, 당唐나라 때에는 이백李白·두보杜甫·백거이白居易 등이 이곳에서 생활하면서 울분과 격한 심정의 시를 담아내었던 곳입니다.

서경西京은 지금의 섬서성陝西省에 있는 서안西安이며 우리가 아는 대로 장안長安이라 불리는 곳입니다. 서주西周·진秦·전한前漢·신新·전조前趙·전진前陳·후진後陳·서위西魏·북주北周·수隋·당唐나라 등 11개 왕조가 도읍했던 중국 제1의 고도古都라 불립니다. 한나라와 당나라 때에 가장 번성했는데, 당나라 때에는 동도인 낙양에 견주어 서도 또는

10 人所爲絶高丘也 인소위절고구야
11 번창하던
12 佛寺 불사

상도上都라고 불렸던 곳입니다.

그런데 이런 화하華夏, 즉 요동遼東을 치려고 한 인물이 있습니다. 그는 바로 삼봉 정도전이었습니다. 조선이 건국된 지 얼마 지나지 않아 삼봉 정도전은 걸싸게[13] 사병 혁파를 단행하였습니다. 그 결과 20만 명의 대군이 준비되었고, 군량미도 수년간 마련하여 북방의 경계선에 갈무리해 놓았지요. 발해 멸망 이후 우리의 역사 무대에서 사라진 요동은 궁예弓裔, 고려 태조 왕건 때부터 수복을 열망했던 민족의 염원이 서린 땅이었지만, 고려 말의 혼란한 정국 때문에 이성계가 위화도 회군을 단행하며 요동 정벌을 접어 두었습니다. 이제 그 시기가 왔음을 안 삼봉은 다음과 같이 말합니다.

"이제 문물제도의 기초도 어느 정도 다져져 쉴 만도 하지만 요동 땅 수복만은 꼭 이뤄야 할 일이 아니겠소. 우리를 그토록 괴롭히던 명 태조도 죽고, 명나라 조정이 제위 계승 문제로 복잡한 이때가 바로 적기가 아니겠소."

1396년 이래 3년간은 명의 지나친 간섭으로 태조 이성계가 "명 태조가 나를 어린아이로 아는가"라고 화를 낼 정도로 조선 조정의 자주 의지가 강했다고 합니다. 그러나 사병을 빼앗기면서 권력 기반이 축소돼 가던 정안군 이방원[14] 등의 반대 세력은 불만이 고조돼 있었고, 이들이 군사들을 내주어야 하는 요동 정벌을 반길 리 없었습니다. 당연히 이들은 요동 정벌에 꽁무니를 빼고 있었던 것입니다. 이에 혹자

13 일하는 동작이 매우 날쌤
14 李芳遠 : 1367~1422

가 말하기를, "정안대군이나 조준 같은 이들은 요동 정벌을 상당히 반대하지 않습니까? 대감의 권력 강화를 위한 사병 혁파이고, 요동을 치자는 주장이 들끓고 있습니다"라고 하였습니다.

이에 삼봉은 맞받아쳤습니다.

"정안대군은 야심이 만만찮은 인물이라 그런 경계를 하고 있을 게요. 이들이 요동 정벌을 3년에 걸쳐 준비하는 것에 대해 불만을 터뜨리고 있다는 것은 나도 충분히 알고 있지요. 또 반대하는 세력도 많소. 그러나 이들은 대국적으로 보지 못하고 있소. 내가 어디 개인의 권력 욕심 때문에 늙고 병든 마당에 군사훈련까지 직접 관장하겠소. 지난 연간 명 태조가 우리 조정에 어떻게 했습니까. 외교문서인 〈표전문〉에 불손한 표현이 있다고 트집 잡아 정총·김약항·노인도 같은 신료들을 압송해 가고, 신덕왕후의 상을 당하여 상복을 입었다고 처형까지 했습니다. 이런 강압이 어디 있습니까. 대국이라도 대국의 풍모가 있어야 섬기는 것이오. 잔학무도하기까지 한 명을 어찌 천자의 나라라고 일방적으로 섬기겠소. 또 어떤 이들은 명 태조가 나를 '표전문 사건'의 배후라며 압송을 요구한 데 이어 조선의 재앙의 근원이라고 지목해 죽이려 했던 것이 내가 요동 정벌을 추진하는 이유라고 하는 것도 압니다. 내가 두려워 요동 정벌을 급히 준비한다고요. 이런 억지가 어디 있습니까. 그 일이 있기 전부터 내가 군사를 훈련시키고, 요동 정벌을 준비해온 것을 천하가 아는데, 그런 무고를 일삼고 말이오. 강건한 조선의 기상을 잃어버린 선비가 너무 많소. 한족이 아닌 거란·여진 등의 이민족도 중원을 차지한 역사가 빈번한데, 우리 조선이라고 해서 그런 꿈을 꾸지 못할 이유가 어디 있소? 명 태조가 나의 압송을 요구하는 것도 우리 조선을 두려워해서가 아니오? 3년 전(1395) 명 태조가 "만일 조선이 20만 대군을 내어 쳐들어온다면 우리 군대가 어 떻게 막을 수 있겠는가"라며 요왕의 궁실 공사를 중지시킨 것을 보면 그도 우리 조선을 경계하는 마음이 크다는 것을 알 수 있지 않아요? 더욱이 지금 명나라는 어린 황제가 즉위해 조정이 불안한 상태요. 지 금 저들은 요동 같은 변방에 힘을 기울일 형편이 아니에요. 이 천기를 놓치면 어느 때 고토회복을 이루겠소?"

하지만 1398년 사병혁파가 이방원의 심기를 건드리면서 요동수복 의 계획은 수포로 돌아가게 되었으며, 결국 삼봉도 그해에 죽게 됩니 다. 삼봉의 요동 정벌이 이루어졌다면 우리의 역사는 꽤나 달라졌을 겁니다.

삶과 죽음은 한 조각의 구름

背 邙 面 洛　浮 渭 據 涇
등배　뫼망　낯면　물이름락　뜰부　물이름위　의지할거　물이름경

낙양은 북망산을 뒤로 하여 낙수를 굽어보고, 장안은 위수에 떠 있으면서 경수에 기대어 있다.

🐚 한자의 본뜻 풀이

　　'背배'는 『설문』에 본래 '열다[1]'라고 하나 '등뼈[2]'라고도 합니다. '邙망'은 『설문』에 의하면 '하남 낙양의 북망산 위에 있는 고을[3]'이라 하는 낙양의 북망산으로, 『정자통正字通』에 따르면 제왕이나 이름 난 이의 무덤이 많은 곳입니다. '面면'은 『설문』에서 '얼굴 모두[4]'를 가리키며, '洛낙'은 낙수洛水로서 낙양을 지나 황하로 흘러드는 강 이름이며, '浮부'는 '물 위에 뜨다[5]'라는 뜻입니다. '渭위'는 위수渭水로서 강태공이 낚시를 하던 강으로, 감숙성甘肅省 위원현渭原縣 조서산鳥鼠山에서 비롯하여 섬서성을 지나 황하로 흘러드는 지류입니다. '據거'는 '지팡이에 기대다[6]'라는 뜻입니다. '涇경'은 경수涇水로서 감숙성甘肅省 화평현化平縣과 고원현固原縣 두 곳에서 비롯하여 위수에서 합수머리를 하여 황하로 흘러 들어가는 지류입니다.

1 柝也 탁야
2 脊也 척야
3 河南洛陽北亡山上邑 하남낙양북망산상읍
4 顏前也 안전야
5 氾也 범야
6 杖持也 장지야

서경西京은 지금의 섬서성陝西省에 있는 서안西安이며 곧 장안입니다. 이 장안을 그리는 글이 『문선』권1 「서경부西京賦」에 보이는데 "위수에 의지하고 경수가 옆으로 흘러 굽이쳐 둘러 있다7"라고 읊고 있습니다. 동경東京은 지금의 하남성河南省 낙양洛陽입니다. 낙양을 그리는 글이 『문선』권2 「동경부東京賦」에 보이는데, "낙수를 거슬러 올라가고 황하를 등지고 있다8"라고 읊고 있으니 두 도읍지의 강줄기의 풍광風光을 절묘하게 그리고 있는 셈입니다.

북망산北邙山은 원래 중국 하남성 낙양 땅의 동북에 있는 작은 산 이름이며, 한漢나라 이래 왕후장상王侯將相이 많이 묻힌 곳입니다. 일종의 공동묘지인 셈입니다. 사람이 죽으면 '북망산 간다'라고들 합니다. 또한 사람의 무덤을 만들 때 양지바른 곳, 태양이 잘 드는 방향으로 무덤을 놓으며, 이때 머리를 놓는 곳 또한 북쪽으로, 북망산 간다는 말은 이러한 뜻도 함께 아우릅니다.

"죽고 살고 오고 감이 모두 그와 같도다"라고 한 서산대사9는 묘향산에 칩거하며 많은 제자들을 가르쳐서, 85세로 세상을 떠날 때에는 도를 깨달은 제자만도 칠십여 명이나 되었다고 합니다. 그는 원적암에서 세상을 떠날 즈음 많은 제자들을 모아 놓고 거울을 들여다보며 다음과 같은 임종게臨終偈를 읊었다고 합니다.

---

7 據渭踞涇 澶漫靡迤 거위거경 단만미이
8 泝洛背河 소락배하
9 西山大師 : 1520~1604

삶이란 한 조각 구름이 일어남이요[10],

죽음이란 한 조각 구름이 스러짐이다[11].

구름은 본시 실체가 없는 것[12],

죽고 살고 오고 감이 모두 그와 같도다[13].

위와 같은 임종게를 읊고 나서, 서산대사는 많은 제자들이 지켜보는 앞에서 가부좌를 하고 앉아 잠들 듯 세상을 하직했다고 합니다.

위수 하면 생각나는 게 강태공姜太公입니다. 『사기』「제태공세가齊太公世家」에 의하면, 그는 백이伯夷의 후손으로 산동성山東省 바닷가의 가난한 집안에서 태어났다고 합니다. 위수渭水 근처 반계磻溪라는 내에서 코바늘 없는 낚시로 세월을 보내고 있을 때에 주나라의 문왕文王을 만났다고 합니다. 문왕은 여상이 바로 선왕先王인 태공太公이 흠모했던 어진 이라는 것을 알고 그를 태공망太公望이라 칭하고 군사軍師로 맞아들였다고 합니다. 여상은 주나라가 은나라를 멸망시킬 때 주나라 군의 지휘자로서 자신의 부족을 이끌고 활동하여 그 공으로 제나라 군주로 봉해졌으며 춘추전국시대의 제齊나라를 세웠습니다.

10 生也一片浮雲起 생야일편부운기
11 死也一片浮雲滅 사야일편부운멸
12 浮雲自體本無實 부운자체본무실
13 生死去來亦如然 생사거래역여연

우리가 사는 집 — 궁宮

宮 殿 盤 鬱　樓 觀 飛 驚
집궁　전각전　소반반　답답할울　다락루　볼관　날비　놀랄경

궁과 전은 나무가 빽빽이 들어선 듯 들어차고, 누각(樓閣)과 관대(觀臺)는 새가 날아올라 솟구치는 듯하다.

🌀 한자의 본뜻 풀이

　　'宮궁'은 『설문』에 의하면 '옛날에는 신분의 높고 낮음을 가림 없이 사는 곳을 가리키는 말로 쓰이다가 진·한 이후로 오직 임금이 사는 곳만을 궁으로 불렀다[1]'고 합니다. 또한 『석명』 권3에는 '가옥이 담 위로 우뚝 보이는 것이다[2]'라고 합니다.
　　'殿전'은 『초학기初學記』에 '큰 집[3]'이라고 풀이하고 있고, 『설문』에는 '부딪히는 소리[4]'라고 합니다. '盤반'은 '물 담는 그릇'이나, 여기서는 '들어차다' 정도로 풀이합니다. '鬱울'은 '떨기나무가 나다[5]'로 풀이합니다. '樓누'는 '충계가 있는 다락[6]'이지만 청나라 김악金鶚의 『구고록예설求古錄禮說』 권3 「누고樓考」에 보면, 진秦나라 이전에 '樓누'는 '작은 창문이 달린 군사용 망루'라고 합니다. '觀관'은 『설문』에 '자세히 보다[7]'라는 뜻으로 풀이합니다. '飛비'는 『설문』에 '새가 날아오르다[8]'라고 하며, '驚경'은 '말이 놀라다[9]'라는 뜻입니다. '飛驚비경'은 '나는 듯하여 놀라다[10]'의 줄임말입니다.

1 古者貴賤同稱宮 秦漢以來 唯王者所居稱宮焉 고자귀천동칭궁 진한이래 유왕자소거칭궁언
2 屋見於垣上穹隆然也 옥현어원상궁륭연야
3 大堂也 대당야
4 擊聲也 격성야
5 木叢生者 목총생자
6 重屋也 중옥야
7 諦視也 체시야
8 鳥翥也 조저야
9 馬駭也 마해야
10 如飛如驚 여비여경

궁전에 관한 대목을 보면 다음과 같습니다. 궁전은 담장을 내성內城으로 보고, 도시 바깥에 쌓은 성벽을 외성外城으로 삼아 2중의 성벽으로 성곽을 이루며, 궁성 안에는 임금이 정사政事를 보는 장소인 수조지소受朝之所의 일곽과, 임금과 왕비 그리고 왕족과 그들에게 이바지하는 많은 사람들이 기거하는 연침燕寢의 일곽, 그 밖에 몸닦달과 심신단련을 위하여 마련된 후원後苑 등이 갖추어졌습니다.

임금이 자는 곳을 침전寢殿이라고 하며 정궁正宮이라고 부르기도 합니다. 궁의 가장 중심이 되는 곳으로, 남녘을 향해 지어지는 게 거반입니다. 정궁에서 북쪽이 되는 뒤쪽으로 중궁전中宮殿이 자리합니다. 중궁전은 땅을 여성에 견주어 곤전坤殿이라고도 하며 왕비가 있는 곳입니다. 왕비를 중전中殿이라고 부르기도 합니다. 모두 『주역』에서 비롯하여 이름 지은 것입니다.

정궁의 동쪽으로 세자가 거처하는 동궁東宮이 있고, 정궁의 서쪽으로 왕대비 또는 자전慈殿이 사는 자궁慈宮이 있습니다. 또 중궁전 북쪽으로 오른쪽과 왼쪽 두 곳에 처소가 마련되는데, 하나는 세자빈궁입니다. 이렇게 여섯 개의 궁이 배치되는 것을 일컬어 '육궁六宮의 포치布置제도'라 합니다. 곧 육궁을 마련하는 방법으로 이해하면 됩니다. '동궁'이란 말은 『춘추좌씨전』 「은공隱公」에 보입니다. 이미 춘추시대에 동궁이라는 말을 쓴 듯합니다.

또한 궁은 여러 가지 뜻을 지닙니다. 예를 들면 왕이 즉위하기 전에 살던 집을 잠저潛邸라 하기도 하고 본궁本宮이라고도 합니다. 대궐에서 살던 왕자나 공주가 결혼하게 되면 궁 밖으로 나와 살림을 차려야 하는데 이들이 살던 집도 궁이라고 하였습니다. 또 별궁別宮이라는 게 있는데 이는 임금이나 왕비, 왕대비, 왕자 등 왕족이 병을 고치기 위해, 즉 피병避病을 위해 잠시 사가私家에 나가 있을 때 거처하는 곳입니다. 궁궐 밖에서 생활하다가 왕이 되어 대궐로 들어간 임금의 집도 모두 궁으로 높여 불렀습니다. 태조, 정종, 태종은 다 성장하여 조선왕조를 창건한 후 왕이 되었으므로 궁궐 밖에서 결혼도 하고 살림도 차려 생활하였다 합니다.

1919년 고종[11]이 승하한 덕수궁德壽宮 · 함녕전咸寧殿은 마치 새가 날아올라 솟구치는 듯 팔작八作지붕의 형태를 하고 있습니다. 예전의 누각이나 관대는 대부분 새가 날아오르는 듯한 모습을 하고 있습니다.

왕조 시절 왕이나 왕비 또는 세자를 부르는 데 쓰이던 말은 다음과 같습니다.

폐하陛下는 섬돌 층계 아래라는 말입니다. 섬돌 층계 저 아래에 엎드려 우러른다는 뜻입니다. 신하가 황제나 황후나 태황태후나 황태후를 높여 일컫던 말입니다. 전하殿下는 전각 아래라는 말입니다. 전각 아래에 엎드리거나 서서 우러른다는 뜻입니다. 왕이나 왕비나 왕대비 등을 높여 일컫는 말입니다. 저하邸下는 저택 아래라는 뜻입니다. 조선

11 高宗 : 1852~1919

시대에 왕세자를 높여 일컫던 말입니다. 각하閣下는 누각 아래에서 엎드려 아뢴다는 뜻입니다. 높은 지위에 있는 사람에 대해 두루 쓰이는 높임말입니다. 합하閣下는 조선시대 정일품 벼슬아치를 높여 일컫던 말입니다. 합문 아래라는 뜻이 '합하'입니다. 합하는 주로 영의정, 좌의정, 우의정에게 붙여 쓰던 높임말입니다. 조선 말에 안동김씨의 우두머리로, 10년간(1853~1863) 영의정을 세 번이나 지낸 김좌근金左根에게 나주 출신 기생첩이 있었는데, 이 소실을 나주 합하羅州閣下 또는 나합羅閣이라고도 높여 불렀다고 합니다.

흐르는 눈물로 새를 그린 아이

圖 寫 禽 獸　　書 綵 仙 靈
그림도 그릴사 새금　짐승수　그림화 채색채 신선선 신령령

날짐승과 길짐승을 그렸고, 신선과 신령스러운 것을 색깔을 넣어 그렸다.

한자의 본뜻 풀이

'圖도'는 『설문』에 의하면 '어려운 얼개[1]를 그리다[2]'라는 뜻이
며, '寫사'는 '물건을 놓다[3]'라는 뜻이나, 여기서는 '베끼다'로 풀
이합니다. 『백호통의』에서 '禽금'은 '날짐승을 모두 포함한 것[4]'
이라 하였고, 『이아』「석조釋鳥」에는 '두 발이 있고 깃이 있는 것
을 날짐승[5]'이라고 하며, 『설문』에서는 '달리는 짐승을 모두 일
컬음[6]'이라고 합니다. 또한 '獸수'는 '발이 네 개에 털이 있는 것
을 길짐승[7]'이라고 풀이하고 있습니다. '畫화'는 『설문』에서 '붓[8]
과 방패[9]'를 결합하여 '방패에 붓으로 그리다'라는 뜻으로 풀이
하며, '綵채'는 '무늬 있는 비단'이라고 풀이합니다. '仙선'은 '늙
어서도 죽지 않는 것[10]'이라고 하며, '靈령'은 '하늘·구름의 신'
으로 봅니다.

---

1 계획
2 畫計難也 획계난야
3 置物也 치물야
4 鳥獸之總名 조수지총명
5 二足而羽謂之禽 이족이우위지금
6 走獸總名 주수총명
7 四足而毛謂之獸 사족이모위지수
8 聿 율
9 周 주
10 老而不死 노이불사

조선 중기를 살았던 이징[11]이라는 아이가 있었다. 어느 날 어린 그는 집 다락에 올라 하루 종일 그림 그리는 연습을 하였는데, 집안사람들은 그가 어디에 있는지 몰라 조바심을 내며 무척 걱정하였다. 없어진 줄 알았던 아이를 3일 만에 찾은 아버지가 크게 노하여 볼기를 치자 아이는 울면서 땅바닥에 떨어진 눈물을 찍어 새를 그렸다고 한다.

　　『연암집燕巖集』에 나오는 얘기입니다. 박지원은 이징에 대하여 말하기를, "그림에 골몰하여 영화로움과 욕됨을 잊을 수 있는 사람이다"라고 하였습니다.

　　오래 살고 죽기를 싫어하는 것이 사람의 마음입니다. 그래서 십장생十長生, 곧 해·산·물·돌·소나무·달 또는 구름·불로초·거북·학·사슴 등은 이미 고구려 시대 벽화에도 나왔습니다. 이는 중국의 신선神仙사상에서 비롯합니다. 이들 벽화 중 안악 2호분에는 희한한 구름무늬가 있고, 안악 1호분에는 구름무늬·해·달·별 등이 보입니다. 또 다른 벽화에는 신선·주작도·소나무·구름무늬 등이 그려져 있습니다. 7세기에 지어진 강서대묘에는 구름이 날고 신선이 있는 그림이 있습니다. 해를 상징하는 세 발 달린 까마귀三足烏가 그려져 있는 수렵총狩獵塚에는 사슴을 쫓는 말 탄 무인을 그린 그림과 구름무늬가 보입니다. 쌍영총에도 구름무늬가 그려져 있습니다. 새로운 왕이 나거나 성인聖人이 나타날 때 보이는 청룡과 봉황·백호 등이 강서대묘와 수렵총

11 李澄 : 1581~?

에 보입니다. 쌍영총에도 봉황 그림이 그려져 있습니다.

공자의 어머니인 안징재顔徵在는 노나라 니구산尼丘山에 가서 아들을
점지해 달라고 천지신명께 기원했답니다. 그러던 어느 날 그녀의 꿈
에 상서로운 기린이 옥으로 치레한 글을 입에 물고 궐 안에 와서 책을
토했는데, 그 안에 "물의 정령의 아들이 쇠잔해진 주나라를 계승하고
자 소왕으로 태어나다[12]"라는 내용이 쓰여 있었다고 합니다. 성인이
날 때에는 기린이 나타난다고 합니다.

기린에 관한 기록은 한 고조 유방의 손자인 회남왕淮南王 유안劉安이
식객들을 동원해 쓴 『회남자』라는 책에 보이는데, 여기에는 "기린이
싸우면 일식이나 월식이 일어난다"고 하고 있습니다. 또 삼국시대 위
魏나라 때 장읍張揖이란 이가 쓴 『광아』에서는, "기린은 반드시 땅을
가려서 노닐고, 살아 있는 곤충을 밟아 죽이지도 않을 뿐더러 살아 있
는 풀을 해치지도 않으며, 무리지어 살지 않고, 덫에도 걸리지 않는
다"고 적바림하고 있습니다. 그는 또 "기린은 어진 짐승이다. 수컷을
기麒라 하며 암컷은 린麟이라 한다"고 하였습니다.

십장생이 뜻하는 바는 다음과 같습니다.
해는 세상의 온갖 만물을 볼 수 있게 해주는 아주 중요한 역할을 합
니다. 구름은 시시때때로 변하여 그 변덕을 알 수 없는 인간의 마음을

---

12 水精之子繼衰周而爲素王 수정지자계쇠주이위소왕

나타냅니다. 뫼는 인간의 의지를 나타내며, 바위는 인간의 고집을 나타낸다고 할 수 있습니다. 물은 인간성을 나타내며, 학鶴은 인간의 생활력을 나타낸다고 볼 수 있습니다. 기린은 인간의 순수한 마음을 나타내며, 거북은 인간의 넉넉한 마음을 나타낸다고 할 수 있습니다. 사시사철 푸른 소나무는 인간의 약속을 나타낸다고 할 수 있으며, 불로초不老草는 오래도록 살아 죽지 않음을 뜻합니다.

조선시대 궁궐과 관청

丙 舍 傍 啓　甲 帳 對 楹
남녘병 집사 곁방 열계　갑옷갑 장막장 대할대 기둥영

신하들이 일을 보는 관청(丙舍)은 북쪽을 바라보게끔 임금이 있는 정전(正殿) 곁에 지어 열어
놓았고, 전각의 기둥에는 휘황한 막이 쳐져 있다.

🐌 한자의 본뜻 풀이

　'丙舍병사'는 신하들이 임금이 있는 북쪽을 바라보며 나랏일을
볼 수 있게 임금의 정전 곁에 죽 늘어선 거느림채를 뜻합니다. 병
사를 갑·을·병·정으로 나누었는데, 이중 丙은 세 번째에 자리
한 신하들이 일을 보며 쉬던 곳을 말합니다. 『후한서』에 보면 '귀
한 집 자제들을 내보내어 병사를 지었다. 임금의 정전 앞 좌우에
병사가 있었는데, 갑·을·병·정의 차례를 매기어 임금을 모시는
신하들을 살게 하였다'라고 합니다. '傍방'은 『설문』에 '곁1'이라
고 하며, '啓계'는 '열다開也개야'라는 뜻입니다. '甲帳갑장'에 관해
『태평어람太平御覽』권 699 『복용服用』장에서 반고班固의 『한무고
사漢武故事』를 들어 말하기를, '유리·주옥·명월주·야광주 등 갖
가지 천하의 귀한 물건으로 갑장을 만들고, 그 다음으로 을장을
만들었다. 갑장은 신이 머물렀고 을장은 한 무제인 황제 자신이
머물렀다.'2

1 近也 근야
2 漢武故事曰 上以琉璃 珠玉明月夜光雜錯天下珍寶爲甲帳, 其次爲乙帳, 甲以居神, 乙以自居
　한무고사왈 상이유리 주옥명월야광잡착천하진보위갑장, 기차위을장. 갑이거신, 을이자거

'전조후시前朝後市'라는 말이 있습니다. 궁궐을 가운데로 앞쪽에는 정치를 행하는 관청을 놓고, 뒤쪽에는 시가지를 둔다는 말인데 『주례周禮』「고공기考工記」에 나오는 말입니다. 이때 궁궐인 '전殿'은 늘 북쪽에 있어 임금은 남쪽을 바라보며 나라를 다스리고 신하들의 조례朝禮를 받았다고 합니다. 여기서 '임금이 남쪽을 바라보다'라는 뜻인 '남면南面'은 곧 임금이 정치한다는 말이 됩니다. 이와 반대로 늘 북쪽에 있는 임금을 우러러 받든다는 뜻의 '북면北面'은 곧 신하가 임금을 섬긴다는 말이 됩니다. 조선시대 궁궐과 각 관청의 배열을 보면 궁성 남쪽의 큰길 좌우에는 의정부, 6조, 한성부, 사헌부, 삼군부 등 주요 관청을 배치하였고, 그 남쪽 동서로 뚫린 큰길(동대문과 서대문을 잇는 길, 곧 지금의 종로)에는 시장을 열어 시가지를 만들었습니다.

궁궐에는 따로 3개로 나누어진 구역이 있습니다. 이 세 구역을 울타리로 막고 그 사이를 문으로 이어지게 만들었는데, 이를 3문3조三門三朝라고 합니다. 이중 삼조는 연조燕朝, 치조雉朝 및 외조外朝로 나누어집니다. 연조는 왕과 왕비 및 왕실 일족이 생활하는 사적인 공간으로 연침, 동소침, 서소침 등 3채의 침전이 연조에 속합니다. 치조는 임금이 신하들과 더불어 나랏일을 보던 곳으로 정전3과 편전4으로 이루어집니다. 외조는 조정의 관료들이 집무하는 관청이 있던 곳입니다.

---

3 正殿 : 조례를 거행하고 법령을 반포하며 조하를 받는 곳
4 便殿 : 중신들과 국정을 의논하는 곳

기로소耆老所

肆筵設席　鼓瑟吹笙
베풀사 대자리연 베풀설 자리석　북고 비파슬 불취 생황생

널찍한 홑 대나무 자리와 겹자리를 내어, 비파를 뜯고 생황 불며 즐기네.

🌀 한자의 본뜻 풀이

'肆사'는 '벌려 놓다[1]'라고 하며, '筵연'은 '대나무로 만든 자리[2]'라고 합니다. '設설'은 '자리를 펴다[3]'라고 하며, '席석'은 '돗자리이며 임금이나 제후의 자리로서 흰 실과 검은 실로 도끼 모양의 무늬를 수놓은 자리[4]'라고 합니다. '鼓고'는 『설문』에 의하면 '만물이 껍질을 벗고 밖으로 나오다[5]'라는 뜻이나 '손으로 북을 치는 모습을 본뜨다[6]'로 풀이합니다. '瑟슬'은 '중국의 당비파唐琵琶'로 보며, 『설문』에는 '복희씨가 만든 줄로 된 악기[7]'라고 합니다. '吹취'는 『설문』에서 '숨을 내쉬다[8]'로 풀이하고, '笙생'은 '정월지금正月之音'이라는 뜻으로, '몬物이 생기고 아울러 대나무가 새순을 피우는 것이 되니 생황笙篁을 만들게 되어 온갖 생물이 생겨남을 뜻합니다. 『시경』「행위行葦」라는 시에 '널찍한 홑 대나무 자리와 겹자리를 내어[9]'라는 글귀가 나오며, 또한 『시경』「녹명鹿鳴」이라는 시에 '내게 좋은 손님 오시어 비파 뜯고 생황 불며 즐기네[10]"라는 글귀가 엿보입니다.

1 陣也 진야
2 竹席也 죽석야
3 施陣也 시진야
4 籍也, 天子諸侯席, 有黼繡純飾 적야, 천자제후석, 유보수순식
5 萬物郭皮甲而出 만물곽피갑이출
6 象其手擊之也 상기수격지야
7 庖犧所作弦樂也 포희소작현악야
8 出气也 출기야
9 肆筵設席 사연설석
10 我有嘉賓 鼓瑟吹笙 아유가빈 고슬취생

임금과 신하 사이에 도타움을 더하고, 벼슬에 있을 때의 수고로움을 달래는 것은 예전 조선시대에도 있었나 봅니다. 그래서 나이 70세가 되면 정2품 이상의 벼슬아치들은 국가에 의하여 대접을 톡톡히 받았던 것 같습니다. 정2품 이상이면 바로 정헌대부正憲大夫·자헌대부資憲大夫·숭정대부崇政大夫·숭록대부崇祿大夫·보국숭록대부輔國崇祿大夫·대광보국숭록대부大匡輔國崇祿大夫를 일컫습니다. 기로소에 들어갈 수 있는 정2품직은 문관만 이에 들어갈 수 있으며 무관은 제외되었습니다. 정2품이란 6조曹의 판서判書·대제학大提學이 있고, 이 밖에 겸직의 지사知事·제조提調·지금의 서울 시장격인 판윤判尹·좌참찬左參贊·우참찬右參贊·좌빈객左賓客·우빈객右賓客 등이 있습니다. 기로소耆老所는 바로 그러한 곳입니다. 술자리와 노래와 춤 그리고 임금이 내려준 음식과 궤장几杖을 받습니다. 궤장이란 70세가 넘은 늙은 신하가 벼슬에서 물러날 때 임금이 이를 만류하려는 뜻에서 내리는 물건이며, 신하로서는 으뜸의 고임을 받는 것을 나타냅니다.

고려 때부터 내려온 치사기로소致仕耆老所는 왕 및 조정 원로의 친목도모를 위한 연회 등을 마련하는 기능을 하였습니다. 1394년 태조는 60세를 넘자 기사耆社를 만들어, 처음에는 문·무신을 가리지 않고 70세 내외의 2품 이상의 관료를 뽑아 여기에 이름을 올리고, 임금 스스로도 이름을 올려 전토田土·염전鹽田·어전漁田·노비 등을 내려주었고, 아울러 임금과 신하들이 함께 어울려 연회를 베풀며 즐겼다고 합니다. 태종 즉위 초에 이를 제도화하여 전함재추소前衛宰樞所라 하다가, 1428년[11] 치사기로소로 고쳤습니다. 조선 중기 이후 기로소에 들어갈 수 있는 자격에 제한을 두어 정경[12]으로서 70세 이상 된 문신으로 국한하였다고 합니다. 숙종 때에는 이들을 기로당상耆老堂上이라 하였고, 임금과 신하가 함께 참여하는 기구라 하여 관아의 서열에서는 으뜸에 섰다고 합니다. 일단 기로소에 들어가면 녹명안錄名案에 이름이 적바림되었는데, 『기로소제목록후耆老所題目錄後』에 의하면, 여기에 들어온 왕은 태조·숙종·영조 등이며, 제일 나이 많은 이는 현종 때의 윤경尹絅으로 98세였으며, 다음 숙종 때 97세의 이구원李久源, 96세의 민형남閔馨男 등이 있습니다.

기로소에 들어가려면 일단은 죄를 짓거나 썩은 벼슬아치는 들어가지 못했던 것 같습니다. 기로소에 들어갈 때에는 왕의 칙명勅命을 받아야 하는데, 그 칙명의 예는 다음과 같습니다.

"기사耆社에 드신 때를 맞이하여, 양반과 서민으로 나이 여든에 이른 이에게 은전을 베풀어 자품資品을 더해 주도록 하신 것이니 칙명을 받들라[13]."

---

11 세종10년
12 正卿 : 정2품
13 耆社時士庶年八十人覃 恩加資事奉勅 기사시사서년팔십인담 은가자사봉칙

까만 머리(민초)를 건져줄 이

陞 階 納 陛　弁 轉 疑 星
오를승 섬돌계 들일납 섬돌폐　고깔변 구를전 의심할의 별성

섬돌을 올라 궁전에 들어가니, 고깔 움직이는 것이 별인 듯하다.

🌀 한자의 본뜻 풀이

　　'陞승'은 『통훈정성通訓定聲』에 '오르다[1]'라고 풀이하고 있으며, '階계'는 '섬돌[2]'이라고 풀이하고 있습니다. '納납'은 본래 『설문』에서 '실이 물을 먹어 눅눅하다[3]'라고 풀이합니다. '陛폐'는 『옥편玉篇』이라는 책에서 '천자가 오르는 섬돌[4]'이라고 합니다. '弁변'은 『옥편』에서 '고깔[5]'을 뜻한다고 하나, 弁변과 冕면은 달리 봐야 한다고 합니다. 즉 대부 이상의 관을 冕이라고 하며, 사士의 관을 弁이라고 한다고 합니다. '轉전'은 『설문』에서 '돌다[6]'라고 합니다. '疑의'는 '의심하다[7]'라는 뜻입니다. '星성'은 '만물을 낳는 정기이며 하늘에 늘어선 별자리[8]'라고 합니다.

---

1 昇也 승야 또는 升也 승야
2 陛也 폐야
3 絲溼納納也 사습납납야
4 天子階也 천자계야
5 冕也 면야
6 運也 운야
7 惑也 혹야
8 萬物之精. 上爲列星 만물지정. 상위열성

예전에 고깔·거냥 갈 등으로 불리던 고깔은 원래 중국 주나라 때부터 있었던 관리들이 쓰던 관모에서 유래하는데, 지금은 흔히 무당 또는 승려나 농악을 하는 사람들이 쓰기도 합니다. 하지만 주나라의 고깔과는 그 격이 다르고, 귀에 거는 끈에는 옥이 달려 있습니다. 이등변삼각형 모양으로 되어 있습니다. 조지훈[9]의 시 「승무僧舞」에서 한 폭의 그림과 같은 춤사위에 살짝 엿보이는 고깔은 아직도 그 기억을 더듬게 만듭니다.

> 얇은 사紗 하이얀 고깔은
> 고이 접어서 나빌레라.
>
> 파르라니 깎은 머리
> 박사薄紗 고깔에 감추오고
> (중략)
> 이 밤사 귀또리도 지새우는 삼경三更인데
> 얇은 사紗 하이얀 고깔은 고이 접어서 나빌레라.

"고깔 움직이는 것이 별인 듯하다"는 말은 『시경』의 「기오淇奧」라는 시에 나오는 "귀걸이 옥돌 빛나며 고깔에 달려 있어 별같이 빛나는구나[10]"라는 말을 풀어쓴 것입니다. 이 시는 춘추시대 위衛나라 무공武公의 어짊을 기리는 노래입니다. 아흔 살이 넘은 무공의 나라살림 건

---

9 趙芝薰 : 1920~1968
10 充耳琇瑩, 會弁如星 충이수영 회변여성

사능력과 백성을 아끼는 마음이 여느 임금보다 동떴으며[11], 어진 이에게 늘 귀를 기울여 가르침을 받았다고 전합니다.

　지금 온 나라 민초들의 얼굴은 비가 내릴 듯 끄느름한 모습에 애달프고 서글픈 빛이 뚜렷하니, 이는 민초들의 마음을 그대로 드러내는 것입니다. 시장바닥을 둘러보면 가게를 가진 사람들 모두 물건이 팔리지 않는다고 뾰로통한 얼굴을 하고 있습니다. 사람들도 거반 주머니를 열지 않고 댓바람에[12] 물건을 사지 않고 바장입니다[13]. 저잣거리가 얼어붙고 있습니다. 무싯날[14]은 더더욱 꽁꽁 얼어붙는 겨울 된바람[15]에 민초들은 삶을 둥개며[16] 억지로 이어가나 봅니다. 이 누리를 다스려 까만 머리[17]를 건져낼, 곧 경세제민經世濟民의 뾰족한 수는 없는지……. 늘 가난의 굴레에서 벗어나지 못하고 허덕이는 까만 머리들을 울세게[18] 할 이가 정말 필요합니다.

11 다른 것보다 훨씬 뛰어남
12 단박에
13 부질없이 짧은 거리를 오락가락 거님
14 장이 서지 않는 날
15 北風 북풍
16 일을 감당하지 못하고 쩔쩔맴
17 민초
18 일어나다

책이 시뜻함은

右 通 廣 內　左 達 承 明
오른우 통할통 넓을광 안내　왼좌 이를달 이을승 밝을명

오른쪽으로는 광내전으로 통하고, 왼쪽으로는 승명려에 닿는다.

🐚 한자의 본뜻 풀이

　　'右우'는 『정자통』에서 '왼쪽의 반대[1]'라고 하며, 『설문』에서
는 '손과 입이 서로 돕다[2]'라고 합니다. '通통'은 『설문』에서 '이
르다[3]'라고 풀이합니다. '廣광'은 '궁궐 안의 커다란 집[4]'이란 의
미입니다. '內내'는 '밖에서 안으로 들어오다[5]'라는 뜻입니다.
'左좌'는 본래 『설문』에서 '왼손으로 서로 돕다[6]'라는 뜻이나 여
기서는 '왼쪽'이며, '達달'은 '통하다[7]'라는 의미입니다. '承승'은
『설문』에서 '물건을 받들다 또는 받다[8]'라는 뜻이며, '明명'은
'비추다[9]'라는 뜻입니다.

1 左之對 좌지대
2 手口相助也 수구상조야
3 達也 달야
4 殿之大屋也 전지대옥야
5 入也 입야
6 手相左助也 수상좌조야
7 通也 통야
8 奉也 봉야, 受也 수야
9 明也 명야

한나라 때 궁실에는 광내전廣內殿과 승명전承明殿이 있었다고 합니다. 광내전에는 주로 각종 경전經典이 즐비하였고, 한나라 임금의 정전正殿, 곧 미앙궁未央宮의 오른쪽에 있어서 나라의 중요한 문서들이 있었다고 합니다. 승명전은 승명려承明廬라고도 하며 고금의 역사서가 있었고, 여기서 이를 고치고 볼 수 있었으며 글을 쓸 수 있도록 하였다고 합니다.

경북 안동의 도산서원에서 소장하고 있는 책이 4,400책이라고 합니다. 이를 권卷으로 셈하면 거의 1만여 권에 달합니다. 이보다 더 많이 갈무리한 곳이 남평 문씨들의 문중문고인 인수문고仁壽文庫라고 하는데 8,500책이라고 합니다. 도산서원이 갈무리한 책보다 무려 두 곱절이나 되는 것으로, 권으로 따지면 2만여 권에 달한다고 합니다. 조선시대에는 규장각奎章閣이라는 국립 도서관이 있었습니다. 규장각이라는 이름은 1464년[10] 양성지梁誠之가 헌의獻議하여 지어진 것입니다. 1694년(숙종 20년)에는 왕이 지은 시문이나 글 또는 왕이 직접 쓴 글씨 등을 갈무리하는 곳으로 쓰였으나 곧 없앴다고 합니다. 정조正祖가 즉위한 1776년에는 궐내闕內에 두어 역대 왕의 시문, 친필親筆의 서화書畵, 왕의 유언이나 교시敎示 또는 왕가의 족보 등을 보존하였던 곳이라고 합니다. 규장각이 국립 도서관의 모습을 갖춘 때는 바로 정조 시기였습니다. 규장각을 세운 목적은 왕이 지은 시문이나 글 또는 왕이 직접 쓴 글씨를 갈무리하기 위한 것도 있었지만, 왕권을 위태롭게 하던

10 세조 10년

척리戚吏 · 환관宦官들의 음모와 횡포를 누르고, 건국 이래의 정치 · 경제 · 사회 등의 현실 문제를 풀기 위해서는 곧 학문을 통해 이루어져야 한다고 생각했기 때문입니다.

조선 후기의 실학자인 연암燕巖 박지원[11]이 쓴 『열하일기熱河日記』 권 10에는 「허생전」이라는 이야기가 있습니다. 허생이라는 사람이 아내가 바가지 긁는 것을 견디다 못해 10년 책 읽기의 기한을 다 못 채운 것을 탄식하며 집을 나섭니다. 그리고는 변 부자에게 돈을 꾸어 몇 년 만에 엄청난 돈을 벌게 됩니다. 무능력해서 돈을 못 버는 것이 아니란 것을 확인시킨 뒤, 그는 다시 원래의 가난한 독서인으로 돌아왔지요.

시성詩聖이라 불리는 두보[12]의 「제백학사모옥題柏學士茅屋」이라는 시에서는 젊은 나이에 만여 권의 책을 읽어야 한다고 하면서 시의 끝머리에 가서는 "남아로서 모름지기 다섯 수레의 책을 읽을지니라[13]"라고 읊고 있습니다. 이는 원래 『장자』 「천하天下」에서 비롯된 말인데, 장자가 그의 벗 혜시가 많은 책을 읽은 것을 얘기하였던 말입니다. 장자가 말하기를, "혜시라는 사람은 학문이 넓은데 여러 어섯에 두루 알음알이[14]가 있다[15]"라고 하였습니다. 혜시가 읽은 책이 다섯 수레가 된다는 말입니다.

11 朴趾源 : 1737〜1805
12 杜甫 : 712〜770
13 男兒須讀五車書 남아수독오거서
14 知識 지식
15 惠施多方 五車之書 혜시다방 오거지서

조선의 3대 왕인 태종은 그의 셋째 아들인 충녕대군忠寧大君이 밤이 새도록 책을 읽고 밖으로 나가지 않자 내시內侍로 하여금 방에 있던 책을 모두 들어내었는데, 유독 병풍 사이에 있던 「구소수간歐蘇手簡」이란 책만 찾아내지 못하여 세종[16]은 그 책을 1,100번이나 읽었다고 합니다. 세종은 책 한 권을 보통 100번 내지 200번은 읽었다고 서거정徐居正(1420~1488)의 『필원잡기筆苑雜記』에서 적바림하고 있습니다. 엄청난 독서광이었지요.

상기도[17] 글을 대합니다. 행간을 훑으면서 메모도 하며 보지만 그저 알음알이에 대한 게염이 있어서는 아닙니다. 몸닦달과 잡도리를 위한 글밭 일구기를 합니다. 보는 책은 늘 역사서 아니면 동양학 관련 고서로, 머리 파묻고 눈이 저릴 때까지 읽습니다. 동양학에 대하여 그 어섯만 보며 행간에 숨은 깊은 뜻을 헤아리지 못한 채 말입니다. 많은 책들이 저자에 나와 있으나 도시[18] 책을 읽지 않는 이들이 많습니다. 왜 그럴까요? 요즘 인터넷이 워낙 울세게[19] 퍼져 집집마다 컴퓨터라는 녀석이 있기 때문인가요? 한 달에 책을 한 권도 보지 않는다는 얘기도 저잣거리에 나돕니다. 참으로 걱정입니다. 책에 시뜻해지면[20] 안 됩니다.

16 世宗 : 1396~1450
17 아직도
18 도무지
19 한창
20 어떤 일에 물려서 싫증이 남

30년 만에 아내를 만나다

旣 集 墳 典　　亦 聚 群 英
이미기 모을집 무덤분 법전　　또역 모을취 무리군 꽃부리영

이미 여기에는 삼분(三墳)과 오전(五典)의 옛 서적을 모아 놓았으며, 또한 여러 뛰어난 이들을 모았다.

한자의 본뜻 풀이

'旣기'는 『설문』에 따르면 '적게 먹다[1]'가 본뜻이며, '集집'은 '새의 무리들이 수풀 속의 나무 위에 앉은 것처럼 보인다[2]'라고 풀이합니다. '墳분'은 '무덤[3]'이라는 뜻이며, 여기서는 삼황, 곧 천황天皇·지황地皇·인황人皇의 일을 적은 적바림입니다. '典전'은 『설문』에서 '오제에 대하여 적바림한 글[4]'이라고 하니, 곧 황제黃帝·전욱顓頊·제곡帝嚳·당요唐堯·우순虞舜의 일을 적바림한 글이라는 뜻입니다. 이들은 각각 삼분三墳과 오전五典인데, 이들 적바림은 지금은 그 자취를 헤아릴 길이 없습니다. '亦역'은 본래 『설문』에서 '사람의 팔[5]'이라 하며, '聚취'는 '모이다[6]'이며 '읍락을 聚라 이른다[7]'라고 합니다. '群군'은 '무리[8]'라고 합니다. '英영'은 『이아』에 의하면 본래 '꽃은 피우나 열매를 맺지 않는 것[9]'이라는 뜻을 지니지만, 『백호통의』에서는 '1천 명 가운데 뛰어난 이[10]'라고 합니다.

1 小食也 소식야
2 若群鳥在林木之上故曰集 약군조재임목지상고왈집
3 墓也 묘야
4 五帝之書 오제지서
5 人之臂亦也 인지비역야
6 會也 회야
7 邑落云聚 읍락운취
8 輩也 배야
9 艸榮而不實者 초영이불실자
10 千人曰英 천인왈영

춘추시대 진秦나라 목공11 때 백리해百里奚라는 어진 이가 있었습니다. 그는 약 438년 후에 진시황秦始皇이 천하통일을 할 수 있는 터전을 마련해준 사람입니다. 목공은 백리해가 현자라는 말을 일찍이 듣고 있어 그와 더불어 나랏일을 도모하려고 했지만, 그는 사양하면서 건숙蹇叔이라는 이를 천거합니다. 결국 백리해와 건숙은 목공을 돕게 되지요.

백리해는 어릴 적부터 몹시 가난했던 모양입니다. 나이 서른이 되어서야 아내를 얻었고, 아내는 날마다 날품을 팔아서 입에 풀칠을 하였습니다. 어느 날 그 아내가 백리해에게 말하기를, "사나이가 뜻이 있으면 사방에 길이 열려 있지요. 어찌 벼슬할 꿈을 접고 구차히 처자식을 지키느라 허송세월을 하고 계시옵니까?"라고 합니다. 이에 백리해는 "전쟁이 끊이지 않는 험한 세상인데, 부인 혼자 어떻게 아이를 키우며 살아가겠다는 것이오?"라고 말합니다. 그러자 그의 아내는 이렇게 말합니다. "서방님께서 존귀한 자리에 올라 높은 뜻을 펼치고, 저희 모자를 잊지 않겠다는 약조만 해 주신다면 소첩은 어떤 고초도 이겨낼 것입니다." 이에 백리해는 이렇게 답합니다. "내가 설사 재상의 자리에 오른다 한들 어찌 처자식을 버려두고 부귀와 영달을 취하겠소."

그 길로 백리해는 여러 나라를 전전하면서 밥을 빌어먹으며 지내다가 우虞나라의 중대부가 되었습니다. 하지만 우나라를 정벌한 진晉나

11 穆公 : 기원전 659~621

라 헌공에게 사로잡히게 됩니다. 그는 진晉나라 백희伯姬의 시종12이 되었다가 중도에서 초楚나라로 달아납니다. 진秦의 목공이 시종관의 명단에 백리해의 이름만 있고 사람이 보이지 않아 좌우에 물으니 공손지라는 이가 이렇게 말하였습니다. "백리해는 현인이옵니다. 우공이 간할 수 없는 위인임을 알고 한 번도 간하지 않았으니 지혜롭고, 우공을 따라 진晉에 갔으나 그의 신하가 되지 않았으니 충신입니다. 경세의 재주를 지녔으나 지금까지는 때를 만나지 못했을 뿐이오니, 그를 데려와 중용하시면 필시 나라의 근간을 세울 것입니다." 이때 백리해는 초나라에 있는 목장에서 말을 키우고 있었는데, 목공은 초왕에게 사신과 양피를 보내 백리해를 죄인의 명목으로 진나라로 압송하겠다는 뜻을 전한 뒤 그를 진나라로 데려왔습니다. 결국 백리해는 진나라의 재상이 되어 30여 년 만에 그의 아내와 만납니다.

그런데 아이러니하게도 438년 뒤에 진시황은 이사李斯와 같은 이를 등용하여 법치주의를 실행합니다. 책을 불사르고 학자들을 생매장시킨 이른바 분서갱유焚書坑儒를 단행하여 학자들을 억압하고 언로言路를 막으니, 이는 진시황이 목공의 덕치를 법치로 바꾸어 진나라를 구렁텅이에 몰아넣는 일을 스스로 불러들였다고 볼 수 있습니다.

12 侍從 : 일종의 몸종

상기도 붓글씨에 개칠을 합니다

杜 稿 鍾 隷　漆 書 壁 經
막을두 볏짚고 쇠북종 붙을례　옻칠할칠 글씨서 벽벽 경서경

두백도(杜伯度)의 초서(草書)와 종요(鍾繇)의 예서(隷書)도 있으며, 옻칠된 올챙이 모양의 글씨로 된 공자의 옛집에서 나온 경서가 있다.

🐌 한자의 본뜻 풀이

'杜두'는 '장미과 활엽 교목의 산 앵두나무[1]'라고 하는데, 여기서는 두백도라는 사람을 말합니다. 두백도杜伯度는 후한 때 두태후의 오빠 두헌[2]을 말하는데, 그는 아마 초서草書를 잘 썼던 모양입니다. '稿고'는 『설문』에서 '볏짚[3]'이라고 합니다. '鍾종'은 '술을 담는 그릇[4]'이라고 하나, 여기서는 종요[5]라는 후한 말의 사람으로서 후에 삼국지의 영웅호걸이었던 조조[6]를 섬긴 인물을 말합니다. 예서隷書를 잘 써서 동진東晉의 왕희지[7]가 그를 높이 샀다고 합니다. '漆칠'은 『설문』에서 '우부풍의 두릉현 기산에서 나오는 물줄기[8]'를 뜻하며, '書서'는 '젓가락 또는 드러내다[9]'라고 합니다. 칠서漆書란 종이가 없었던 한나라 이전에 대나무나 나무를 얇게 깎아서 기다란 조각을 만들고, 거기에 붓으로 쓴 뒤 옻칠하는 것을 말합니다. 긴 문장은 여러 개의 나뭇조각·댓조각에 계속해 쓰고, 어느 정도 모아지면 끈으로 엮었으며[10], 끈으로 묶은 부위에 봉니封泥라는 작은 점토 덩어리를 붙여 죽간이나 문서를

---

1 甘棠也 감당야
2 竇憲 : ?~92
3 稈也 간야
4 酒器也 주기야
5 鍾繇 : 151~230
6 曹操 : 155~220
7 王羲之 : 307~365
8 水, 出右扶風杜陵岐山 수, 출우부풍두릉기산
9 箸也 저야
10 韋編 위편

봉하였습니다. 봉니에 새겨 넣는 명銘에는 소유주나 문서의 발신 인명, 관직, 지명 등이 새겨져 있는 경우가 많았다고 합니다. 이 것을 책11이라고 하며, 감겨진 것이 권卷이라고 합니다. 이와 같 은 나뭇조각·댓조각을 일컫기를 간簡이라고 합니다. 더 자세히 살펴보면 대나무로 만든 것이 간簡, 나무로 만든 것이 찰札 또는 독牘, 그리고 너비가 약간 넓은 나무로 만든 것12을 방方이라고 합 니다. 『춘추좌씨전』에서는 『주례』의 기록을 인용하여 나라의 큰 일은 대나무를 깎아 엮은 것에 기록하고策책, 작은 일은 대나무를 깎은 패13에 적바림한다고 하는군요. '壁벽'은 『설문』에서 '담14' 이라고 합니다. '經경'은 『설문』에 따르면 본래 '아래위로 베를 짜다15'라는 뜻입니다. 벽경壁經은 한무제漢武帝 말에 공자孔子의 옛집을 헐었을 때 벽 사이에서 발견된 『논어』, 『효경』, 『고문상 서古文尙書』 등에 올챙이 모양의 글씨16로 쓰인 오래된 글17을 말 합니다.

초등학교를 다닐 때부터 붓을 쥐기 시작하였습니다. 아마 4학년 말 이었던 것으로 기억됩니다. 글을 쓰게 된 동기는 아버님이 가끔 먹을 갈아서 신문지 위에 글을 쓰시는 것에 호기심이 일어서였습니다. 아 버님은 서울에서 고등학교를 다니실 적에 늘 일기를 쓰신 것으로 알 고 있습니다. 제가 초등학교를 졸업할 때까지만 해도 아버님의 일기 를 가득 담은 검고 누런 커다란 가방을 보았던 것으로 기억이 납니다. 꽤나 많은 분량의 일기장이었습니다. 손바닥만한 노트에 멋지게 펜으

11 冊 또는 策
12 木牘 목독
13 簡 간 또는 牘 독
14 垣也 원야
15 織也 직야
16 蝌蚪文字 과두문자
17 古書

로 써 내려간 글씨였습니다. 아주 드물게 펜 끝을 벌려서 내려 긋는 획에 그 두께를 더하여 마치 붓으로 써 내려간 듯한 글도 있었습니다. 어린 눈으로 보아도 멋져 보였습니다. 초등학교 6학년 말 무렵, 어느 날 아버지께서 저에게 말씀하시기를, "붓글씨 한번 배워 보지 않겠니? 붓글씨와 한학에 조예가 깊으신 분이 계신데……"라고 말을 넌지시 던지시더군요. 그래서 전, "네, 그러죠"라고 대답하였습니다. 그 다음 날부터 저는 그분의 집에 쥐 풀 방구리 드나들 듯하였습니다. 단아하면서 조용한 성품을 지니신 분이란 생각이 들더군요. 서재에는 직접 그리신 사군자 그림과 색이 바래다 못하여 굴뚝에 발라 놓는 흙에 그을음이 앉은 듯한 각종 고서古書들이 즐비하였습니다. 그 서재에 들어서면 저도 모르게 숙연해졌습니다. 그윽한 묵향에 빠져 한두 시간 글을 쓰곤 하였습니다. 어떤 때에는 제가 글씨를 써 가지고 가서 보여드리며 잘못된 곳을 바로잡기도 하였습니다. 중학교 1학년 무렵에는 왕희지의 서체를 본받으려 하였습니다. 그 당시 쓴 게 「난정서蘭亭敍」였습니다. 글씨 쓰기가 끝나면 집에 돌아와 다시 붓을 잡고 한석봉의 『천자문』을 보면서 글을 쓰곤 하였습니다. 아마 고등학교 졸업할 때까지 거의 붓을 놓지 않았던 것 같습니다. 그 후에도 줄곧 붓을 들어 써왔습니다. 글씨란 조금만 삿된 마음을 지니면 점과 획이 비뚤어집니다. 지금도 붓을 들어 글을 씁니다만 좀체 늘지를 않습니다. 아니, 쓴 글씨 위에 개칠을 합니다. 여러 해 동안 초서草書를 즐겨 쓰고 있습니다. 왕희지의 「난정서」를 쓰던 그 시절이 여전히 생각납니다. 외할아버지께서는 한학에 조예가 깊은 분이셨으며, 많은 한적漢籍이 외가에 남아 있습니다. 외조부께서는 해서楷書·행서行書·초서草書에 두루 능하셨습니다. 옷소매에 넣고 다닐 수 있도록 손바닥만한 크기의 수진본袖珍本으로 중국 역사와 우리 역사를 간동그려 쓴 글을 보았습니다.

도린곁을 간 사나이 – 정여립의 생각

府 羅 將 相　路 挾 槐 卿
관청부 벌릴라 장수장 재상상　길로 낄협 화나무괴 벼슬경

관청에는 조회 때면 언제나 장수와 재상들이 벌여 늘어서 있으며, 큰길은 공경대부들의 저택을 끼고 있다.

🐚 한자의 본뜻 풀이

　‘府부’는 『광운』에서 ‘모이다1’라는 뜻을 지니며, 『설문』에서는 ‘글과 글씨를 갈무리하다2’라고 풀이합니다. ‘羅라’는 『광아』에서 ‘벌리다3’라고 하며, 『설문』에서는 ‘새잡는 그물4’이라고도 합니다. ‘將장’은 『설문』에 의하면 ‘병사를 이끄는 우두머리5’라는 뜻입니다. ‘相상’은 『여씨춘추呂氏春秋』 「거난擧難」에 의하면 ‘모든 벼슬아치의 우두머리6’라고 하며, 『설문』에는 ‘자세히 살펴보다7’라고 풀이하고 있습니다. ‘路로’는 『설문』에서 ‘길8’이라는 뜻입니다. ‘挾협’은 『설문』에서 ‘비틀거리는 것을 잡아주다9’라고 되어 있으며, ‘槐괴’는 ‘나무10’로만 되어 있는데 ‘홰나무’입니다. 槐는 바로 한나라 때의 제도로, 바로 삼공三公을 의미하며, 승상丞相·태위太尉·어사대부御史大夫를 말합니다. 조선의 벼슬로 말하면 영의정·좌의정·우의정을 이르는 말이지요. 또한 『춘추좌씨전』 선공宣公 2년 조에 보면 삼공을 ‘곤직袞職’이라 합니다.

1 聚也 취야
2 文書藏也 문서장야
3 列也 열야
4 以絲罟鳥也 이사고조야
5 帥也 수야
6 相也者百官之長也 상야자백관지장야
7 省視也 성시야
8 道也 도야
9 偋持也 빙지야
10 木也 목야

> 곤이란 '용의 무늬가 그려져 있는 옷'을 말합니다. '卿경'은 『설
> 문』에서 '무늬 또는 문채[11]'라는 뜻이며, 육경六卿을 말합니다.
> 육경은 천관총재天官冢宰, 지관사도地官司徒, 춘관종백春官宗伯, 하
> 관사마夏官司馬, 추관사구秋官司寇, 동관사공冬官司空을 말합니다.

지은이를 알 수 없는 『대동야승大東野乘』은 조선 건립 때부터 인조까
지 약 250년간의 야사野史·일기·전기·수필·설화說話 등을 실은 책입
니다. 권51에는 다음과 같은 이야기가 전합니다. 조선 중엽 명종 때
우의정을 지낸 임백령[12]의 어머니는 성품이 엄숙하고 훌륭하였습니
다. 그에겐 다섯 아들이 있었는데 반드시 어진 스승에게 나아가 학문
을 배우게 하였습니다. 셋째 아들의 이름이 백령百齡으로, 눌재訥齋 박
상朴祥에게서 배웠으며, 기묘년에 22세의 나이로 명경과에 3등으로 입
격하였습니다.

과거보러 가는 날 새벽에 꿈을 꾸니, 어떤 사람이 와서 말하기를,
"네 자字를 내가 괴마槐馬라고 고쳐 주마"라고 하므로, 그러라고 하였
다. 시험장에 들어가자 시험관이, "네 자字가 무엇이냐"고 물으므로,
'괴마'라고 대답하였더니, 여러 시관이 모두 "이 사람이 그 사람이로
구나" 하고, 모두들 기쁜 기색으로 그를 눈여겨보았다.

경서의 대목을 외우고 풀이하는 시험인 강講이 끝나자 시관이 말하

11 章也 장야
12 林百齡 : ?~1546

기를, "내 꿈에 어떤 사람이 와서 이르기를, '괴마槐馬'라는 자를 가진 유생이 있을 것인데 그 사람이 뒤에 재상이 될 사람이니, 놓칠까 두렵다. 그런데 여러 사람들의 꿈이 모두 맞아 떨어졌으니 네가 마땅히 재상이 될 것이다"라 하였다. 뒤에 김안로[13]의 눈 밖에 나는 바람에 10년 동안이나 한가한 자리에 있다가 병오년에 우의정으로 북경에 갔다가 요동에서 죽었다. 사람들이, "괴槐라는 것은 삼공三公의 상징이요, 마馬는 오午인 것이니, 이것은 그가 삼공의 한 사람이 되었다가 병오년에 죽는다는 징조이다"라 하였다. 임 재상 백령의 꿈에 어떤 사람이 나타나 그에게 괴마槐馬라고 자字를 지어 주었는데, 공이 그 뜻을 알지 못하였다. 그는 가정[14] 병오년(1546)에 임시로 정승의 직함을 띠고 연경에 사은사謝恩使로 갔다가 오는 도중에 병으로 죽었다. 이것이 바로 삼공을 지나고 말띠 해가 든 해에 죽는다는 참언讖言이었던 것이다.

억지로 붙인다면 자字 때문에 죽은 '자참字讖'인 셈이죠. 죽은 뒤에도 그는 소윤小尹의 윤원형尹元衡·정순붕鄭順朋·이기李芑·허자許磁와 더불어 오간적五奸賊이라는 불명예의 멍에를 쓰고 맙니다. 율곡 이이는 그의 저서 『동호문답東湖問答』에서 이들을 그악하게 비난합니다. 비난의 골간은 이 다섯 사람이 영특하고 숙성하여 조금도 덕을 상실하지 않은 명종의 총명을 가렸다는 것이지요.

『고려사절요高麗史節要』 권14에 보면 고려 중엽 최충헌崔忠獻의 집 노

---

13 金安老 : 1481~1537
14 嘉靖 : 1522~1566

비인 만적萬積에 대한 이야기가 있습니다.

　만적萬積은 개경 뒷산인 사동私僮·미조이味助伊·연복延福·성복成福·
소삼小三·효삼孝三 등 5명의 노비들과 개경 뒷산인 북산北山에 올라 나
무를 하고 있었다. 그때 만적이 말하기를, "국가에서 경인년庚寅年, 계
사년癸巳年 이후로 높은 벼슬이 천한 노비에게서 많이 나왔으니, 장수
將帥와 정승이 어찌 다른 씨앗이랴. 때가 오면 누구나 할 수 있는 것이
다. 우리들은 어찌 몸을 고달프게 하면서 채찍 밑에 시달리는가" 하
니, 여러 종들이 모두 그렇게 여기었다. 이에 누른 빛깔의 종이 수천
장을 오려서 정丁자를 만들어 표지標識로 삼고 약속하기를, "갑인일甲寅
日에 흥국사興國寺에 모여 일제히 북을 치고 소리치면서 격구장擊毬場으
로 몰려가서 난을 일으켜, 안과 밖에서 서로 호응하여 최충헌 등을 먼
저 죽이고는, 그 여세를 몰아 각기 그 주인을 쳐서 죽이고 천인賤人의
문적文籍을 불살라 버리면, 공경公卿 장상將相을 모두 할 수 있을 것이
다"라 하였다.
　약속한 날에 모두 모이었으나, 수백 명도 되지 않으므로 일이 이루
어지지 않을까 걱정되어 다시 무오일에 보제사普濟寺에 모이기로 하고
말하기를, "비밀이 새어나가면 일을 이루지 못하니 절대로 비밀이 새
어나가지 않도록 하라"라고 하였다. 율학박사律學搏士 한충유韓忠愈의
종 순정順貞이 충유에게 고발하니, 충유가 충헌에게 알렸다. 드디어 만
적 등 백여 명을 잡아 강물에 던져 죽이고, 충유를 합문지후閤門祗候의
자리에 앉혔으며, 순정에게 백금 80냥을 내려 주고 노비를 벗어나게
하여 양민良民이 되게 하였다.

『사기』권48 「진섭세가陳涉世家」에 보면, 진승陳勝이 말하기를, "기개가 있는 이는 죽지 않을 뿐이며 죽으면 큰 이름을 남길 것이다. 왕후장상의 씨가 어찌 따로 있으리오[15]!"라고 일갈을 합니다.

조선 중기의 시대를 앞서 보며 그악하게도 유교의 이념을 댓바람에[16] 없애려는 사람이 있었습니다. 정여립[17]이라는 사나이였습니다. 당시는 유교라는 덮개 속에 드리워져 다른 이념의 도린곁[18]을 간다는 것은 엄두도 내지 못하는 꽉 막힌 시대였습니다. 그는 늘 "천하는 누구나 가질 수 있는 것인데, 어찌 일정한 주인이 있으랴"라고 하였으며, 충신忠臣은 불사이군不事二君이라는 말에 대해, 그것이 성현聖賢이 부르짖은 것은 아니라고 하였습니다. 왕통에 따르는 같은 핏줄자리의 왕위계승이 변할 수 없는 원칙이 아니라 누구든 왕이 될 수 있는 품성을 갖춘 사람이 임금의 자리에 오를 수 있다고 보았습니다. 요堯·순舜·우禹 임금이 살아 있을 때 다음 사람에게 왕의 자리를 내어 주는 선양禪讓을 바람직한 것으로 보았습니다. 그는 결국 1589년[19] 기축옥사己丑獄事의 불씨가 되었지만 결국은 타오르지 못하고 한 줌의 재로 사라졌습니다.

---

15 且壯士不死卽已 死卽擧大名耳 王侯將相寧有種乎 차장사불사즉이 사즉거대명이 왕후장상영유종호
16 지체없이
17 鄭汝立 : 1546~1589
18 사람이 가지 않는 외진 곳
19 선조 22년

식읍食邑

戶 封 八 縣　　家 給 千 兵
지게호 봉할봉 여덟팔 고을현　　집가 줄급 일천천 군사병

천자의 친척이나 공신에게는 호·현을 봉하여 살게 하였고, 제후 가문에는 일천 군사를 주어
그의 집을 지키게 하였다.

🐌 한자의 본뜻 풀이

　　'戶호'는『설문』에서 '지키다護也호야'라고 풀이하며, 또한 '외
짝 문[1]'이라고도 합니다. '封봉'은 '제후에게 벼슬을 주어 영토를
다스리는 것[2]'이라고 합니다. 공후에게는 100리, 백작에게는 70
리를 주며, 자작과 남작에게는 50리를 준다고 합니다. '八팔'은
'좌우로 나뉘어 서로 등진 모습[3]'이라는 뜻입니다. '縣현'은 처음
에는 군郡의 위였으나, 뒤에는 군의 아래에 있었습니다. 이는 진
시황 때에 비롯하였습니다.『풍속통風俗通』에는 다음과 같이 글
이 적혀 있습니다. "주나라 관제에 천자는 사방 천리의 땅을 지
니며, 이를 나누어 현으로 삼고, 현에는 사군이 있다. 그러므로
『춘추좌씨전』에 이르기를 '상대부는 현을 받고, 하대부는 군을
받는데, 진시황 때에 이르러 처음으로 36군을 두어 현을 감독하
였다'라고 한다.[4]" '家가'는『설문』에서 '살다[5]'라는 뜻을 지니
며, '給급'은 '부족함을 보태다[6]'라는 뜻입니다. '千천'은『설문』
에서 '10의 백 곱절[7]'이라는 뜻이며, '兵병'은 '형틀[8]'인데 여기

---

1 半門曰戶 반문왈호
2 爵諸侯之土地 작제후지토지
3 別也, 象分別相背之形 별야, 상분별상배지형
4 周制 天子方千里 分爲縣 縣有四郡 故左氏傳曰 上大夫受縣 下大夫受郡 至秦始皇 初置三十六
　郡 以監縣 주제 천자방천리 분위현 현유사군 고좌씨전왈 상대부수현 하대부수군 지진시황 초치
　36군 이감현
5 居也 거야
6 相足也 상족야
7 十百也 십백야

서는 '군사'를 뜻합니다. 『진서』 열전 제47 「육엽전陸曄傳」에 보면, 4세기 중엽에 "이때 더불어 육엽을 추천하여 궁성의 군대 일을 맡겼더니 일이 엄히 다스려졌다. 이에 임금을 호위하는 장군을 주어 보병 1천 명과 기병 100기를 주어 벼슬을 올리고 공으로 삼았다[9]"라는 적바림이 보입니다. 식읍은 따로 '채지采地'라고도 하는데, 이에 대한 처음의 적바림은 『한서漢書』 「고제본기高帝本紀」에 보입니다.

　

　『구당서舊唐書』 권219 「발해전」을 보면 고구려의 인구는 멸망 전 5부 176성 69만여 호를 기준하여 볼 때[10] 69만여 호라면 약 345만(69만여 호×5인) 정도가 당시 고구려의 인구라고 볼 수 있습니다. 그런데 고구려는 국초에 이미 전문 무사 집단인 대가大家의 수가 1만여 명에 이를 정도로 강력한 군사 국가였습니다. 이 대가들은 생산 활동은 하지 않고 오로지 전투에만 종사하던 전문 무사 집단인데, 『삼국지三國志』 권30 「위지 동이전魏志 東夷傳」에 따르면 건국 초에 고구려의 인구가 3만 호에 지나지 않는 때에 이미 1만여 대가가 있었다고 합니다. 이는 이들 대가가 왕의 공신으로 봉해져서 그 영향력을 발휘했으며, 군사력도 지녔음을 뜻합니다. 또한 고구려에서는 "대가들은 농사를 짓지 않고 앉아서 먹는 자가 만여 구이며, 하호下戶들이 멀리서 식량과 생선·소금을 져다 공급한다"라고 하였습니다. 부여夫餘의 인구는 『삼국지』 「위지 동이전」에 의하면 8만 호이니 5인 가족 기준이면

8　械也 계야
9　時共推曄 督宮城軍事 峻平 加衛將軍 給千兵百騎 以勳進爵為公 시공추엽 독궁성군사 준평 가위장군 급천병백기 이훈진작위공
10　分五部 百七十六城 六十九萬餘戶 분오부 백칠십육성 육십구만여호

40만 명이며, 백제百濟의 경우에는 76만 호라고 하니 환산하면 380만 명입니다. 신라의 인구에 대한 기록은 볼 수 없으나 천 년 전 경주의 인구는 17만 8천 936호, 즉 지금의 울산광역시의 인구와 맞먹는 90만 명이 서라벌에 살았다고 『삼국유사』에 전합니다.

삼국시대의 식읍 지급의 사례는 아래와 같습니다. 식읍은 뛰어난 훈공이 있는 왕족이나 척신, 고위관료 등 특별한 자들에게 수여한 일종의 경제적 특혜라고 할 수 있습니다. 중국 주나라의 봉건제도 아래서 왕족과 공신에게 분봉하던 봉토에 기원을 둔 것으로, 우리나라의 경우 삼국이 모두 이를 채용하였습니다.

『삼국사기』 고구려 본기에 의하면 이미 유리왕 11년(기원전 9년)부터 식읍의 존재가 드러나고 있습니다. 이야기의 신빙성을 의심한다고 하더라도 신대왕 2년(166년) 및 8년, 동천왕 20년(246년) 그리고 봉상왕 2년(293년)에 식읍을 지급했다는 적바림이 보입니다.

『삼국사기』 권25 「백제본기」에 보면 전지왕[11] 2년 가을 9월, 해충解忠을 달솔로 삼고 한성조漢城租 1천 석을 주었다는 기록이 보입니다. 이 기록에서 해충은 전지왕을 옹립하는 데 매우 중요한 역할을 하였고 그 공로로 한성조를 지급받았습니다. 또 다른 식읍 지급 사례로는 의자왕이 왕의 배다른 왕자 41인에게 좌평 신분과 식읍을 지급한 일

---

11 腆支王 : 405~420

이 있는데, 이는 의자왕이 왕족을 중히 여기는 정책의 일환으로 취했던 것으로 이해할 수 있습니다.

신라의 경우 삼국통일의 공으로 문무왕 8년(668년) 김유신[12]에게 식읍 5백 호를, 김인문[13]에게는 두 차례에 걸쳐 3백 호와 5백 호를 주었다고 합니다. 이보다 앞선 문무왕 5년(665년)에 당나라 고종은 김유신에게 작호爵號와 더불어 식읍 2천 호를 내렸으며, 김인문에게는, 666년에 태산에서 하늘에 제사를 올리는 봉선封禪 의식에 인문을 대동하고, 효위대장군의 작호와 함께 식읍 400호를 내렸습니다. 이어 668년에 문무왕이 김인문에게 식읍을 지급하자 고종도 곧바로 그에게 작호와 식읍 2천 호를 더하였다고 합니다. 다른 보기로 원성왕元聖王(785~798) 즉위와 관련하여 왕위 계승에서 밀린 김주원金周元(?~?)의 경우는 『신증동국여지승람新增東國輿地勝覽』 강릉도호부조에 따르면 명주 관하의 익령현[14]·삼척군·근을어군[15]·울진군 등 여러 군현에 걸쳐 식읍을 받은 것으로 되어 있습니다. 이와 같이 식읍의 규모는 봉호封戶의 수로 정해졌으며, 일정 지역 내에서 일부 토지에 설정되었는데, 김주원의 경우처럼 여러 군현에 걸쳐 있는 경우도 있었습니다.

당나라 천보天寶 13년(753년)에 당나라의 총 인구수가 5천 2백 88만이었다고 『자치통감資治通鑑』 권216에는 전합니다. 당시로서는 굉장한

12 金庾信 : 595~673
13 金仁問 : 629~694
14 翼嶺縣 : 양양
15 斤乙於郡 : 평해

인구였습니다. 그렇다면 당나라 또한 무수히 뛰어난 훈공이 있는 왕족이나 척신, 고위 관료 등이 많았을 터인데, 이들은 대부분 식읍을 받고 공公으로 봉해졌을 겁니다. 식읍의 지배 형태는 국가에서 지정한 지역의 봉호를 대상으로 조세·공물·부역의 부세를 직접 수취하는 형태였습니다.

갓을 씻을 것인가, 발을 씻을 것인가

高 冠 陪 輦　　驅 轂 振 纓
높을고 갓관 모실배 수레련　　몰구 바퀴곡 떨칠진 갓끈영

높은 벼슬아치의 관을 쓰고 천자의 수레를 모시고 따라가니, 수레를 빨리 몰게 하니 갓끈이 흔들리는 모습이 화려하였다.

🦢 한자의 본뜻 풀이

　　'高고'는 『설문』에서 '높이다[1]'라고 풀이하였고, '冠관'은 '묶다, 머리를 묶다[2]'라고 풀이합니다. '陪배'는 '따르다[3]'라고 하며, '輦연'은 '수레를 끌다[4]'라는 뜻입니다. '驅구'는 '말이 달리다[5]'라는 뜻입니다. '轂곡'은 『육서고六書故』라는 책에 의하면 '바퀴의 정 가운데[6]'라고 합니다. '振진'은 '떨치다[7]'라는 뜻이며, '纓영'은 '갓끈을 늘어뜨리다[8]'라는 뜻입니다.

　　"창랑滄浪의 물이 맑으면 내 갓끈을 빨고, 창랑의 물이 흐리면 내 발을 씻을 것이다[9]"라고 하던가요? 굴원[10]이 지은 「어부사漁父辭」의 끝자락에 나오는 대목입니다. 갓을 깨끗이 씻음은 스스로가 오롯이 된 뒤에 나랏일을 맡아 하는 것을 이르는 말입니다. 발을 씻음은 누리가 흐

---

1 崇也 숭야
2 絭也, 所以絭髮 권야, 소이권발
3 隨也 수야
4 挽車也 만거야
5 馬馳也 마치야
6 輪之正中 윤지정중
7 奮也 분야
8 冠系也 관계야
9 滄浪之水淸兮 可以濯吾纓 滄浪之水濁兮 可以濯吾足 창랑지수청혜 가이탁오영 창랑지수탁혜 가이탁오족
10 屈原 : 기원전343~290

리고 먼지 앉았음을 이르는 말입니다. 갓을 씻어 누리에 나아감은 배움과 몸닦달이 오롯이 된 뒤의 일입니다. 누리에 나아갈 바가 되지 못함은 그렇지 못함을 이르는 것이지요. 이 누리의 물은 그리 깨끗하지 않은지도 모릅니다. 윗물이 흐려 아랫물이 깨끗하지 못한 흙탕물에 그 위를 부유浮游하는 앙금들로 더욱 뿌옇게 흐려 보입니다. 물 고인 웅덩이 위에 낀 청태靑苔의 껍질을 지닌 채로, 아래에 있는 물고기들이 제대로 숨을 쉬지 못하고 헐떡거리는 자화상만 보일 뿐입니다. 켜켜이 더께 앉은 유리창 너머로 보이는 이 누리의 사위는 금방이라도 비가 올 듯 끄느름한 얼굴을 내밀고 있습니다. 사흘 굶은 시어미 얼굴인 양 민초들의 얼굴은 잔뜩 찌푸려져 그 사이에 굵고 잔 고랑이 패여 있습니다. 고랑 사이에 언뜻 보이는 눈물 자국은 장마에 씻겨 내려간 듯 골이 진 작은 도랑을 일구어 내고 있습니다. 높은 자리의 사람들은 걸쭉한 건더기를 건지느라 여념이 없습니다. 어쩔 도리가 없는 걸까요? 피눈물이 흐르는 그악한 삶에 지쳐 버린 사람들! 바로 이 시기와 이 누리를 사는 사람들의 잔상殘像이 뇌리를 적셔옵니다. 눈물이 납니다.

아래 사람들의 구실(세금)을 덜라

世 祿 侈 富　車 駕 肥 輕
인간세 녹록　사치할치 부자부　수레거 수레가　살찔비 가벼울경

대대로 내리는 녹으로 사치스럽고도 부유하니, 귀족들과 공신들의 말은 살찌고 수레는 가볍다.

🐚 한자의 본뜻 풀이

‘世세’는 『설문』에 의하면 ‘삼십 년[1]’을 가리키며, ‘祿록’은 ‘복[2]’의 뜻이나 여기서는 ‘봉급’이라는 의미로 쓰입니다. ‘侈치’는 ‘자랑하며 남을 으르거나 업신여기다[3]’라는 뜻입니다. ‘富부’는 본래 ‘갖추다[4]’라는 뜻이나 여기서는 ‘집안에 돈과 재물이 넉넉하다[5]’라는 뜻입니다. ‘車거’는 ‘수레바퀴를 통틀어 일컫는 것[6]’입니다. ‘駕가’는 『광아』에서 ‘타다[7]’라는 뜻을 지닙니다. ‘肥비’는 『설문』에서 ‘살찐 것[8]’이라고 하였으며, ‘輕경’은 ‘가벼운 수레[9]’라고 합니다.

---

1 三十年爲一世 삼십년위일세
2 福也 복야
3 掩脅也 엄협야
4 備也 비야
5 家豐財貨也 가풍재화야
6 輿輪之總名 여륜지총명
7 乘也 승야
8 多肉也 다육야
9 輕車也 경거야

세록世祿은 대대로 왕으로부터 벼슬이나 녹祿을 받는 것이며, 거가車駕는 왕이 타는 수레를 말합니다. 비경肥輕은 『논어』의 「옹야雍也」에 보면 '비마경구肥馬輕裘'라고 하여, 『논어집주』에서 풀이하기를 '살찐 말을 타고 가벼운 갖옷을 입는 것은 부유한 것'이라고 말하고 있습니다. 이에 공자께서 덧붙이기를, "군자는 궁핍한 이의 재산을 더 늘려 주지 않는다"라고 하였습니다. 율곡 선생께서도 '윗사람들의 구실을 더 거두어 아랫사람들을 넉넉히 해야 한다[10]'고 「의진시폐소擬陣時弊疏」에서 말하고 있습니다.

　　우리에게 백낙천으로 잘 알려진 백거이[11]는 「경비輕肥」라는 시를 통해 당시 당나라의 귀족 사회를 날카로운 눈으로 꼬집고 있습니다. 예나 지금이나 있는 사람들과 권세를 쥐락펴락하는 이들의 허세와 걸태질은 그저 매한가지인가 봅니다.

> 의기에 차서 교만 떠는 게 길에 넘치고
> 말안장 눈부신 빛 길 먼지조차 보이네.
> 누구냐고 물으니 내신일거라고 대답하네.
> 붉은 인끈 찬 이들 대부분일 거고
> 보랏빛 인끈 찬 이들 장군이겠지.
> 자랑스럽게 군중의 잔치에 가는 길
> 구름같이 떼를 지어 말을 달리네.
> 술잔에는 무르익은 술이 넘치고

10　損上益下 손상익하
11　白居易 : 772~846

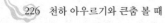

산해의 온갖 성찬 다 마련되었네.

과일로는 동정의 귤을 까서 먹고

회로는 천지의 생선을 쳐서 먹네.

배불리 먹으니 마음 마냥 편하고

술이 취하니 기세가 더욱 사납네.

올해에도 강남에서는 기근이 들어

구주에서는 사람을 잡아먹는다네.

두보[12]가 태어난 712년에는 당의 예종睿宗이 태자 융기隆基, 즉 후의 현종[13]에게 왕위를 물려주는데, 우리가 아는 '개원開元의 치治'라는 태평성대를 누리게 됩니다. 이러한 개원의 치는 755년 안록산安祿山의 난에 의하여 당나라가 쇠망의 길을 걷게 되는 단초가 됩니다. 두보는 「억석憶昔」이라는 그의 시에서 성당시대를 기리고 있습니다. 『자치통감』권214에는 이러한 당 현종의 시대를 이렇게 적고 있습니다. "개원 28년(740년)에는 장안이나 낙양에서는 쌀 열 말의 값이 이백 전도 못 되고, 명주의 값도 그러했다. 세상이 평안하고 부유했으며, 나그네는 만 리 길을 가는데도 아무런 무기를 지닐 필요가 없었다."

이러한 성당이 무너진 것은 노인이 된 현종이 사리를 분별 못할 지경에 이르게 되었기 때문입니다. 며느리와 시아버지 관계로서 희대의 사랑 놀음을 만들었지요. 그는 그의 아들 수왕壽王의 비인 양귀비를 빼

---

12 杜甫 : 712~770
13 玄宗 : 685~762

앗아 그녀에게 빠졌고 정치는 권신인 이임보李林甫에게 맡겼습니다. 747년에 이임보는 현종의 명을 받아 새로운 관리 선발시험인 과거科擧를 시행하였지요. 그런데 교활한 이임보는 "재야에는 슬기로운 사람이 없습니다"라고 하여 합격자를 한 명도 내지 않았습니다. 결국은 현종을 기만한 셈이죠. 이때에 두보도 과거에 응시하지만 쓰디쓴 고배를 마십니다.

이러한 시대 상황에서 두보는 통치 계급에 대한 날카로운 시선을 시를 통하여 쏘아봅니다. 돌이 채 안 된 아들이 굶어 죽는 것을 본 두보는 그 분노를 시로 토해냈습니다. 바로 「자경부봉선현영회오백자自京赴奉先縣詠懷五百字」라는 시입니다.

귀족들의 붉은 대문 안에는 술과 고기가 썩어 냄새를 풍기는데[14],
길가에는 얼어 죽은 사람들의 시신이 뒹굴고 있다[15].
이렇듯 영화와 빈한이 지척을 두고 갈라지고 있으니[16],
그 처량한 느낌을 이루 다 말할 수가 없구나[17].

14 朱門酒肉臭 주문주육취
15 路有凍死骨 노유동사골
16 榮枯咫尺異 영고지척이
17 惆悵難再述 추창난재술

눈물을 떨구는 비석(墮淚碑타루비)

策 功 茂 實　　勒 碑 刻 銘
꾀책　공공　무성할무 열매실　　새길록 비석비 새길각 기록할명

공을 매김에 성하고도 내실을 기하며, 공적을 비석에 새기고 글을 지어 돌에 새겨 기렸다.

🐦 한자의 본뜻 풀이

　　'策책'은 본래 『설문』에서 '말채찍[1]'이라는 뜻이며, 『집운』에는 '꾀하다[2]'라고 풀이합니다. '功공'은 『설문』에서 '힘써 나라를 다잡다[3]'라고 풀이하고 있습니다. '茂무'는 『설문』에 의하면 '풀이 넉넉하고 가멸다[4]'라는 뜻이며, '實실'은 '넉넉하다[5]'라는 뜻입니다. '勒늑'은 본래 『설문』에서 '말의 머리에서 재갈에 걸쳐 맨 끈[6]'이라는 의미로 쓰이나, 여기서는 '새기다[7]'라고 하며, '碑비'는 '똑바로 선 돌[8]'이라고 합니다. 碑는 '모난 돌'이며, 碣갈은 '둥근 돌'을 말한다고 『증운』에 보입니다. '刻각'은 『설문』에서 '새기다[9]'라는 뜻이며, '銘명'은 '적바림하다[10]'라는 뜻입니다.

1 馬箠也 마추야
2 謀也 모야
3 以勞定國也 이로정국야
4 艸豊盛也 초풍성야
5 富也 부야
6 馬頭絡銜 마두락함
7 刻也 각야
8 豎石也 수석야
9 鏤也 루야
10 記也 기야

중국 호북성湖北省에 있는 양양襄陽은 삼국시대 위魏·오吳·촉蜀 삼국이 치열하게 다투던 곳이었는데, 조조의 위나라가 망하고 사마씨司馬氏의 서진西晉이 서게 됩니다. 이 무렵 서진의 양호羊祜라는 뛰어난 장수와 오나라의 육항陸抗이 대치를 하고 있었습니다. 두 장수는 각기 그들이 섬기는 나라에 있어서는 없어서는 안 될 인물이었다고 합니다. 그러던 어느 날 육항이 병이 들자 양호가 약을 보내주었습니다. 육항의 부장이 적장이 보내온 약이니 먹지 말라고 얘기하였으나 육항은 털끝만치도 의심하지 않고 그 약을 먹었습니다. 양호의 됨됨이를 아는 육항은 "양호가 어찌 독으로 사람을 죽이겠는가?"라고 말했는데 과연 약을 먹은 뒤에 병이 다 나았습니다. 양호는 그 후 양양성을 지키다 큰 공을 세워 태자의 스승이 된 후에도 양양 고을을 보호하고 살기 편하게 하여 은덕이 널리 퍼지게 되었습니다. 양호의 됨됨이가 워낙 뛰어나서 그가 죽었을 때 오나라의 변방을 지키는 병사들까지 모두 며칠 동안 크게 울었다고 합니다. 그가 세상을 떠난 뒤에 고을 사람들은 양태부묘羊太傅廟를 짓고 사당을 지었는데, 백성들이 그의 사당 앞에 세워진 비를 보며 생전의 그의 훌륭한 점과 은덕을 생각하여 눈물을 흘렸다고 합니다. 이것에서 '타루비墮淚碑'가 비롯되었습니다.

최초의 송덕비로는 진秦나라 시황제가 천하를 하나로 아우른 뒤 각지를 다니며 자신의 공을 적바림한 송덕비가 있습니다. 이사李斯가 만든 소전체小篆體로 쓰인 단출하면서도 아름다운 필치의 송덕비입니다. 『사기』「진시황본기」에 의하면 시황제는 자신의 권력의 정통성을 하늘로부터 인정받으려는 심정에서 봉선封禪을 하면서 즉위 28년(기원전 219년) 동쪽으로 순행하여 추역산騶嶧山에 이르러 진나라가 천하통일을 한 대목을 돌에 새겼다고 합니다. 이때 많은 유생儒生과 박사 70인을 태산 아래에 불러 놓고 봉선 망제望祭의 일을 얘기케 하였는데, 자신의 의견과 어긋나 시행하기 어려운 지경에 이르렀다고 합니다. 이에 유생들을 몰아내고 드디어 수레가 다닐 수 있도록 길을 닦아 태산 남쪽으로부터 산꼭대기에 올랐으며, 진시황의 덕德을 기리는 돌을 세워 하늘의 명을 받고자 하는 득봉得封을 천명하였다고 합니다. 결국 시황제가 봉선한 뒤 12년 만에 진 제국은 무너집니다. 이는 "시서를 불태우고 문학을 주멸하여 백성의 원망을 샀기 때문에 천하가 이를 거역한 것이 아닌가?"라고 반고의 『한서』「교사지郊祀志」에는 적고 있습니다.

『열자』「설부說符」에 다음과 같은 이야기가 있습니다.

양주에게 양포라는 아우가 있었다. 어느 날 그는 외출할 때 흰옷을 입고 나갔는데 돌아올 때에는 비가 와서 검은 옷으로 바꾸어 입고 들어왔다. 그러자 개는 자기 집 주인인 줄 모르고 양포를 보고 소리 내어 짖었다. 양포는 제 주인도 몰라본다고 성이 나서 개를 때리려고 했다. 양주는 자기 아우가 하는 짓을 보고 말했다. "자네는 개가 무슨 잘못이 있다고 때리려고 하는가? 자네가 처음 나갈 때에는 흰옷을 입고 나갔고, 돌아올 때에는 검은 옷을 입고 들어왔으니, 개가 자네를 보고 짖는 것은 당연하지 않은가. 어찌 개의 잘못이라 하겠는가?"
양주는 또 말했다.

"선한 일은 처음부터 이름을 내려고 하는 것이 아니지만, 이름이 저절로 그에게 따라오게 되고, 이름이 반드시 이익과 일치하는 것은 아니지만, 이름이 나면 저절로 그에게 이익이 따라오게 된다. 또 이익은 반드시 남과 다투어 얻는 것이 아니지만, 이익을 취하게 되면 자연히 남과 다투게 된다. 그러므로 군자는 반드시 조심해서 선한 일을 한다."

　이 이야기의 끝자락처럼 한다면 여러 사람이 칭찬하게 되어 입에서 입으로 전해져 결국은 입으로 비석을 세우는 것이 되지 않을까 합니다. 그래서 이를 만구성비萬口成碑라고도 하지요.

쑥대머리와 칠십 넘은 늙은이의 벼슬살이

磻 溪 伊 尹　佐 時 阿 衡
주살돌반 시내계 저이 맏윤　　도울좌 때시 언덕아 저울대형

문왕은 반계에서 강태공을 맞아들였고, 탕왕은 신야(莘野)에서 이윤을 맞았으며, 위급한 때를 도와 공을 세워 아형의 벼슬에 올랐다.

🐦 **한자의 본뜻 풀이**

　'磻溪반계'는 지금의 섬서성陝西省 보계현寶溪縣의 봉계鳳溪의 이름이며, 일명 황하璜河라고 불리는 곳입니다. 『설문』에 '伊尹이윤'은 '은나라의 어진 신하 아형이다. 천하를 다스린 사람이다[1]'라는 글이 적혀 있습니다. 그의 이름은 摯지라고 합니다. '時시'는 『설문』에 '사시사철四時也사시야'이라고 하며, '佐時좌시'는 '어렵고 힘든 때 돕다'라는 뜻을 지니지만, 여기서는 강태공이 주나라 문왕과 무왕을 도운 것을 이르는 말입니다. '阿아'는 『설문』에서 '큰 언덕[2]'이라고 하며, '阿衡아형'은 '은나라의 재상'을 가리키는 말이지만, 이는 탕 임금이 이윤을 높여 부른 말입니다.

---

1 殷聖人阿衡, 尹治天下者 은성인아형, 윤치천하자
2 大陵也 대릉야

위의 내용은 주나라 문왕이 반계磻溪에서 태공망太公望 여상呂尙을 맞아 나라를 반듯이 하였으며, 은나라 탕왕湯王은 신야莘野라는 곳에서 이윤伊尹을 맞아 선정을 베풀었으며, 이윤이 하夏나라 폭군 걸왕桀王을 치고 탕왕을 도와 은나라를 일으켜 선정을 베푼 공으로 아형阿衡의 벼슬에 올랐다는 고사입니다. 흔히 후세 사람들은 이 두 개국공신을 '이여伊呂'라 불렀다고 합니다.

이윤은 꽤나 못생겼던 모양입니다. 『안자춘추顏子春秋』에 나오는 그의 생김새에 관한 줄거리에는 이러합니다. "이윤은 살갗이 검고 난장이에다, 쑥대머리에 수염투성이, 머리는 위가 퍼지고 아래는 뾰족한데, 꼽추로서 목소리가 낮았다"라고 적고 있습니다. 이윤은 하나라 걸임금의 고임을 받는 비妃인 말희를 꾀어 하나라의 군사 정보를 빼내 이를 일일이 탕왕에게 알려주었습니다. 그리하여 탕왕을 도와 천하통일의 대업을 이룩합니다. 그런데 『사기』권3 「은본기殷本紀」에는 이윤의 이름을 아형이라고 하는데 어느 것이 맞는지 모르겠습니다. 여하튼 그는 약 3700년 전 탕 임금부터 태갑太甲까지 4대를 섬기는데, 태갑이 왕위에 오른 지 얼마 되지 않아, 현명치 못하고 포악하고 탕 임금의 법을 지키지 않고 나라를 어지럽히자 태갑을 동궁桐宮에 가둡니다. 요즘 말로 가택연금인 셈이죠. 이윤은 이와 같이 군왕이 나라를 어지럽히자 과감히 임금을 몰아냅니다. 태갑이 유폐된 지 3년이 지나 스스로 잘못을 뉘우치자 이윤은 다시 그를 임금의 자리로 되돌려 놓습니다.

위수渭水 가에 살던 강태공은 코 없는 낚시 바늘을 드리우다 주나라 문왕을 만납니다. 그는 위수로 흘러드는 한 개천인 반계磻溪에서 낚시로 쓸쓸한 노년을 보내고 있었습니다. 나이 70을 넘긴 노인이지만 어지러운 티끌 누리를 물비늘이 일렁이는 사이로 꿰뚫어 보고 있었습니다. 결국은 문왕에 의해 발탁됩니다.

주나라가 아직 은나라를 정벌하지 않았을 때, 주 문왕이 태공에게 어떻게 하면 천하를 얻을 수 있느냐고 묻습니다. 이에 태공이 말했습니다. "왕자의 나라에서는 백성들이 부유하고 패자霸者국에서는 관리들만 부유하며, 겨우 먹고 사는 근근한 나라에서는 사대부들만 부유해지는 법입니다. 또한 무도한 나라에서는 국고만 가득 차게 됩니다. 자고로 위가 새면 아래도 샌다고 합니다"라 하였습니다. 문왕은 이를 지당한 말이라 여기고 즉시 창고를 열어 돈과 식량을 풀어 가난한 백성들에게 나누어 주었습니다. 이리하여 주나라의 국력은 날로 흥성해지고 세력은 더욱 뻗어나가 천하의 삼분의 이를 차지하게 되었습니다. 문왕이 죽고 무왕이 뒤를 잇자 여상은 군대를 맡은 사師가 되고, 주공 단旦이 보좌하였습니다. 여상이 보좌하여 맹진盟津이라는 곳에서 제후들과 만나 은나라 주왕紂王을 치기로 하였는데, 목야牧野에서 주왕의 군대와 부딪쳤습니다. 이때 강태공이 거느린 병력은 고작 4만 5천 명이었고, 은나라 주왕의 군대는 70만 명이었다고 합니다. 그러나 태공이 먼저 치고 들어가니 주왕은 크게 패하고 스스로 몸을 불에 던져 목숨을 끊습니다. 이로써 상나라가 망하고 무왕武王이 주周나라를 세우게 됩니다.

공화정共和政

奄宅曲阜　微旦孰營
가릴엄 집택　굽을곡 언덕부　아닐미 아침단 누구숙 지을영

주공의 공로에 보답하고자 노(魯)나라 곡부에 큰 저택을 지었으니, 주공이 아니면 누가 다스릴 수 있는가.

한자의 본뜻 풀이

'奄엄'은 본래 『설문』에서 '가리다[1]'라는 뜻으로, 한편으로는 '오랫동안[2]'이라고 하였으며, '宅택'은 '맡기다[3]'라는 뜻입니다. '曲곡'은 『설문』에 '그릇이 굽거나 우묵하여 물건을 담을 수 있는 모습을 본뜬 것[4]'이라고 적혀 있으며, '阜부'는 '흙산으로 두텁다[5]'라는 뜻입니다. '曲阜'는 곧 주나라 성왕이 주공에게 내린 노나라의 도읍지인 것입니다. '微미'는 『설문』에 '몰래 가다[6]'라는 뜻이 있습니다. '旦단'은 본래 『설문』에 의하면 '밝다[7]'라는 뜻이나, 여기서는 노나라 주공의 이름이며, '孰숙'은 '누구[8]'라는 뜻입니다. '營영'은 『광운』에서 '다스리다[9]'라고 풀이하고 있습니다.

---

1 覆也 복야
2 久也 구야
3 所託也 소탁야
4 象器曲受物之形 상기곡수물지형
5 土山曰阜 阜厚也 토산왈부 부후야
6 隱行也 은행야
7 明也 명야
8 誰也 수야
9 治也 치야

공자孔子는 늘 주공의 꿈을 꾸고 주공이 펼친 인仁과 예禮에 의한 좋은 다스림을 바라며 주공을 그리워했나 봅니다. 그래서 공자는 『논어』의 「술이述而」에서 말하기를, "내가 심히 쇠약해진 것 같다. 꿈에 주공을 뵙지 못한 지가 오래 되었으니[10]"라고 하였습니다. 이는 공자의 주공을 그리워하는 심경을 단적으로 보여주고 있습니다.

주공[11]의 이름은 단旦입니다. 그는 문왕의 아들이며 무왕의 동생입니다. 그는 누구인가요? 주나라의 시조는 후직后稷인데 후직의 어머니는 강원姜嫄이라고 합니다. 후직의 어머니는 어느 날 들에 나갔다가 거인의 발자국을 밟고 아이를 배게 됩니다. 그래서 강원은 아이를 낳자 저자에 버렸는데, 소나 말이 이를 피하며 아기를 밟지 않았다고 합니다. 그래서 다시 산 속의 차가운 물속에 버렸으나 이번에는 새들이 날아와서 그 아이를 감싸더라는 것입니다. 그제야 강원도 예사로운 아이가 아니라 여기고 데려다 키웠답니다. 그래서 그 이름을 길에 버렸다는 뜻의 기棄라고 지어 주었답니다. 주나라는 원래 중국의 서녘에 살던 유목민이었습니다. 후직을 지나 약 12대가 흐른 후 고공단보古公亶父에게는 맏아들인 태백太伯과 둘째 아들인 우중虞仲이 있었습니다. 그의 아내 태강太姜이 낳은 막내아들 계력季歷은 태임太任을 아내로 맞이했는데, 태강·태임은 모두 어진 아내였습니다. 태임이 창昌을 낳았을 때 성스러운 길조(전설에 의하면 창이 출생할 때 붉은 새가 단서丹書를 물고 방으로 날아들었다고 한다)가 있었다고 합니다. 그러자 고

10 甚矣 吾衰也 久矣 吾不復夢見周公 심의 오쇠야 구의 오불부몽견주공
11 周公 : 기원전 ?~1105

공단보는 "나의 시대에 큰 사업을 일으킬 사람이 있을 것이라고 했는데, 그 말은 창에게 해당되는 것이 아니겠는가?"라고 말했습니다. 태백과 우중은 고공단보가 계력을 세워 창에게 왕위를 잇게 하려는 것을 알고는 둘이서 지금의 중국 남녘인 형만荊蠻으로 달아나 문신을 하고 머리털을 짧게 자르고서 왕위를 계력에게 미루었다고 합니다. 이가 바로 문왕입니다. 문왕은 아들이 10명 있었는데, 첫째 아들 백읍고伯邑考는 죽고 둘째 아들인 발發이 왕위에 오릅니다. 이가 바로 무왕이며 그 동생이 있었는데 그가 바로 문왕의 넷째 아들 주공 단입니다. 무왕이 죽자 어린 조카인 성왕成王이 왕의 자리에 오릅니다. 이에 주공은 어린 왕을 돕기로 하는데, 주공의 다른 형제들인 관숙管叔·채숙蔡叔·곽숙霍叔 등이 이미 망한 은나라의 공자公子 무경武庚과 더불어 반란을 일으키자 주공은 이들을 쳐서 없애고 오십 여 제후국을 정벌합니다. 이에 성왕은 주공이 천하를 위해 일한 공이 있다고 하여 곡부에 봉해 주니 땅의 넓이가 700리이고 수레가 천승이었습니다. 주공이 죽은 뒤에도 대대로 천자에게 쓰는 예법과 음악으로써 주공에게 제사를 저쑵게 했다는 적바림이 『예기』 「명당위明堂位」에 보입니다.

이상과 같이 주나라에는 건국신화가 있었는데, 시조인 후직부터 고공단보까지 중국의 서쪽에 살면서 사람들에게 덕을 쌓았다고 『사기』에서 적고 있습니다. 더군다나 공자의 고향인 곡부曲阜, 즉 노나라에는 주공의 장남인 백금伯禽을 대신 보내 다스리게 하였습니다. 이는 주공이 무왕, 성왕 그리고 여러 왕을 보필하므로 노나라를 다스릴 수 없어서였습니다.

그러나 주공이 죽은 지 260여 년 만인 기원전 841년에 본국인 주나라에서는 여왕이 백성들의 반란으로 체彘로 달아납니다. 결국 기원전 828년까지 약 14년간 '공화共和'의 시대가 열린 셈입니다. 14년간 왕이 없이 공경公卿이 나랏일을 잘했기 때문에 이를 공화라고 했다는 게 『사기』의 풀이입니다. 하지만 이는 공경이 나랏일을 잘했다기보다는 왕을 세울 수 없는 상황에서 많은 권력에 대한 암투가 있었다는 것으로 보아야 합니다. 주공과 같은 어진 이가 없었다는 얘기도 됩니다. 공화정이 시작되고 70년 후에 주나라는 다시 동쪽으로 도읍을 옮겨 동주東周 시대를 여니, 곧 제후들이 서로 땅을 다투는 춘추시대에 돌입하게 됩니다. 결국은 같은 성씨를 지닌 제후국 사이에 피비린내 나는 싸움이 벌어지는 아수라장이 되고 맙니다. 여하튼 주공은 국가를 지배하고 임금을 보필함에 있어 쓰고 단것을 다 맛보았고, 인과 예를 통하여 나라를 운영했기에 공자께서 그리 높이 받들게 된 것입니다.

3년간 울지도 날지도 않는 새

桓 公 匡 合   濟 弱 扶 傾
굳셀환 공정할공 바를광 모일합   건널제 약할약 도울부 기울경

제나라 환공이 천하를 바로 잡아 제후를 모아 놓고 맹약을 지키도록 하였으며, 약한 자는 구제하고 기우는 나라를 도와 일으켰다.

🐦 한자의 본뜻 풀이

'桓환'은 본래 『설문』에 따르면 '말을 갈아타는 역참을 이르는 것[1]'을 뜻하나, 『통지通志』「씨족략氏族略」에 보면, '환씨는 본래 강씨인데 제환공 이후로는 시호를 성으로 삼았다[2]'라고 합니다. 곧 강태공 후손의 나라인 제나라의 환공을 말하는 것입니다. '匡광'은 본래 『설문』에 '음식을 담아먹는 그릇으로 소쿠리[3]'라고 하나, 『광아』에는 '바르다[4]'라고 풀이하고 있습니다. '合합'은 『설문』에서 '입을 모으다[5]'라는 뜻입니다. '扶부'는 『설문』에 의하면 '돕다[6]'라고 풀이하고 있습니다. '傾경'은 '기울다[7]'라는 뜻입니다.

1 亭郵表也 정우표야
2 桓氏姜姓 齊桓公之以後 以諡爲氏 환씨강성 제환공지이후 이시위씨
3 飮器 음기, 筥也 거야
4 正也 정야
5 合口也 합구야
6 佐也 좌야
7 仄也 측야

춘추오패春秋五覇 하면 다음과 같은 나라를 들 수 있습니다. 그중 첫 번째 패자는 제환공8이며, 그 다음이 진문공9, 진목공10, 초장왕11, 그리고 마지막 패자는 송양공12입니다. 오패에 다른 이를 꼽는 사람도 있습니다. 『순자』에 의하면 오패라 함은 제齊나라의 환공桓公, 진晉나라의 문공文公, 초楚나라의 장왕莊王, 오吳나라의 왕 합려闔閭, 월越나라의 왕 구천勾踐이라고 일컫기도 합니다.

첫 번째 패자인 제환공은 제나라 양공襄公의 아들인데, 양공에게는 소백小白과 규糾 두 후계자가 있었습니다. 그러나 내분이 일어나 양공이 살해되자 공자 소백과 규는 외국으로 망명했습니다. 소백에게는 포숙아鮑叔牙가 따랐고, 규 공자는 관중管仲이 뒤따릅니다. 사태가 가라앉자 신하들 간에 후계자 다툼이 일어납니다. 그들은 공자 두 명 중 먼저 돌아오는 공자가 왕위에 오르도록 자리매김을 하였습니다. 공자 규는 소백이 먼저 돌아오는 것을 막고자 관중에게 죽일 것을 명합니다. 관중이 쏜 화살이 공자 소백을 맞췄으나 다행히 허리띠를 맞추어 죽은 체 쓰러지자 규 일행은 소백이 죽은 줄 알고 여유 있게 환도하였습니다. 그러나 소백은 이미 앞질러 도착해 용상에 올라 있었으니 이가 환공입니다. 임금이 된 환공은 포숙아의 건의를 받아들여 예전 자기를 쏜 관중을 재상에 임명하여 역사상 보기 드문 명재상이 되게 합니다. 관중의 도움으로 나라를 튼실하게 하고 주나라 왕실을 받들고

8 齊桓公 : 기원전 685~643
9 晋文公 : 기원전 635~628
10 秦穆公 : 기원전 660~621
11 楚莊王 : 기원전 614~591
12 宋襄公 : 기원전 650~637

오랑캐를 멀리하는 이른바 '존왕양이尊王攘夷'를 내세워 중원의 패자에 오르게 됩니다.

『여씨춘추呂氏春秋』「중언重言」편과 『한시외전韓詩外傳』권7에 보면 초장왕楚莊王은 즉위 후 "누구든 간언하는 자는 처형하겠다"라고 한 뒤 3년간 정사를 보지 않고 주색에 빠졌다고 합니다. 보다 못해 신하 오거[13]가 "언덕 위에 큰 새가 있습니다. 3년간 울지도 않고 날지도 않습니다. 그 새가 무슨 새이옵니까?"라 묻자 장왕은 "3년을 날지 않았어도 한 번 날면 하늘을 덮칠 것이며, 3년을 울지 않았어도 한 번 울기 시작하면 천하를 진동시킬 것이다"라 말했답니다. 그러나 장왕의 방탕이 계속되자 이번에는 소종蘇從이 나섭니다. 소종이 "이 한 몸이 죽어 대왕이 현명해질 수 있다면 더 무엇을 바라겠습니까?"라 간언하자, 장왕은 벌떡 일어나 향락을 모두 중지시키고 정사를 돌보기 시작하였습니다. 그동안 보아왔던 부패한 신하들을 숙청하고 죽음을 무릅쓰고 간언한 신하들을 중용하여 직무를 맡기니 국력은 급속도로 신장하여 기원전 608년에 진晉과 패권을 다투기 시작하였지요. 그 후 장왕은 기원전 597년(즉위 17년) 정나라와 송나라를 굴복시키고, 정나라에 원군으로 출동한 진나라를 진릉振陵에서 대패시킴으로써 맹주로서의 자리를 확립했습니다.

오패를 다른 말로 오백五伯이라고도 합니다. 맹자孟子는 "힘으로 인

13 伍擧 : 오자서의 선조

仁을 눈가림하는 것을 패覇라 하고, 덕德으로 인을 행하는 것을 왕王이라 한다"고 합니다. 인仁에 맞는 것을 왕도라 하고, 인에 어긋나는 것을 패도라 한다[14]는 말이 『한시외전』권5에 보입니다. 제 환공은 송·진·위·정나라와 회맹을 하였는데 그가 재위할 때에 9번을 회맹會盟하였다고 합니다. '회會'란 제후가 일 년에 네 번 서로 만나는 것을 말하며, '회맹'은 제후 간에 문제가 있을 때 서로 모여 의논하고 결론을 내리는 일이며, 패자는 이 모임의 주도자입니다. 『주례周禮』를 보면 회맹이란 "희생물을 죽이고 그 피를 나누어 마신다"라고 하였습니다. 또한 『예기』「곡례」에 보면 '회會'는 기일에 이르러 약속 장소에서 서로 만나는 것이라 하고, '맹盟'은 희생[15]을 바치고 그 피를 마시며 신에게 맹세하는 것이라 합니다.

진秦나라 목공[16]의 경우에는 타국이든 오랑캐든 훌륭한 인물이면 받아들여 백리해와 같은 어질고 이름난 신하를 얻었으며, 망명 중인 진晉나라 세자 중이重耳를 후하게 대접했는가 하면, 진晉 혜공惠公 이오夷吾가 두 번씩이나 속였으나 흉년이 든 진나라 백성을 위해 곡식을 빌려준 일 등을 하였습니다. 그러니 제약부경濟弱扶傾을 했다고 볼 수 있겠습니다.

---

14 粹而王 駁而霸 수이왕 박이패
15 犧牲 : 통째로 제사에 쓰이는 소
16 穆公 : 기원전 659~621

선비 갓에 오줌을 눈 임금

綺 回 漢 惠　　說 感 武 丁
비단기 돌아올회 한나라한 은혜혜　　기뻐할열 느낄감 호반무 고무래정

기리계(綺里季)는 한나라 혜제에게 태자 때의 자리를 회복시켜주었고, 부열(傅說)은 무정의
꿈에 나타나서 그를 감동시켰다.

🐟 한자의 본뜻 풀이

　　『설문』을 보면 '綺기'는 본래 '무늬 있는 비단[1]'이나, 여기서는
2,200여 년 전의 상산사호商山四皓 중의 한 사람인 기리계綺里季를
말합니다. '回회'는『설문』에 '구르다[2]'라는 뜻을 지닙니다. '漢
한'은 본래『설문』에서 '출렁거리다[3]'라는 뜻이나, 여기서는 한
나라를 말합니다. '惠혜'는『설문』에서 '어질다[4]'라는 뜻이나, 여
기서는 한나라의 2대 왕인 혜제[5]를 말합니다. '說열'은『설문』에
의하면 본래 '풀다[6]'라는 뜻이나, 여기서는 은나라의 재상 부열傅
說을 말하며, '感감'은 '사람의 마음을 움직이다[7]'라고 풀이합니
다. '武무'는『설문』에서 '초나라 장왕이 무사는 공을 세워 무기
를 거두어들이는 것이다. 그러므로 싸움을 멈추는 것을 武라 한
다[8]'라는 뜻으로 풀이하고 있습니다. '丁정'은『설문』에 '여름철
에 만물이 모두 성하고 곡식이 익는 것[9]'이라고 풀이합니다. '武
丁'은 은나라 임금인 고종[10]을 말합니다.

1 文繒也 문증야
2 轉也 전야
3 漾也 양야
4 仁也 인야
5 惠帝 : 기원전 195~188
6 釋也 석야
7 動人心也 동인심야
8 楚莊王曰 : 夫武, 定功戢兵, 故止戈爲武. 초장왕왈 : 부무, 정공집병. 고지과위무
9 夏時萬物皆丁實 하시만물개정실
10 高宗 : 기원전 1324~1266

상산사호商山四皓는 중국 진시황 때 어지러운 누리를 벗어나 섬서성 상산에 들어가 숨은 네 사람, 곧 동원공東園公·기리계綺里季·하황공夏黃公·녹리선생甪里先生을 말합니다. 이 네 사람의 은사를 '상산의 네 신선'이라는 뜻에서 상산사호라고 칭하는데, 한나라 유방이 여러 차례 이들을 불렀으나 응하지 않았다고 장자방張子房 장량의 전기를 적바림한 『사기』권55 「유후세가留侯世家」에 보입니다. 결국 장량張良의 도움으로 상산사호 중의 한 사람인 기리계綺里季가 혜제惠帝의 위태로웠던 태자太子 자리를 지켜주었다는 말입니다. 이들 네 명이 모두 눈썹과 수염이 흰 노인이었으므로 희다는 뜻의 호皓 자를 쓴 것입니다. 『한서』권2 「혜제본기惠帝本紀」에 보면 한 고조의 아들 혜제는 안으로 몸닦달을 하고, 친척들에게 친하게 대했으며 너그럽고 어진 성품을 지닌 임금이었다고 합니다. 하지만 혜제의 어머니 여태후呂太后가 고조 유방의 고임을 받는 척부인戚夫人을 돼지우리에 가두고 눈을 멀게 하고 팔다리를 잘라 우리 안에서 기게 하여 사람 돼지, 곧 인체人彘라고 부르며 척부인이 낳은 조왕趙王을 죽이는 등의 악행을 일삼았습니다. 혜제는 이에 괴로워하다가 왕위에 오른 지 7년 만에 죽게 되니 그때 나이겨우 23세였다고 합니다. 17살에 임금에 올라 어머니 여태후의 그악한 짓에 무척 마음고생이 심했나 봅니다.

이율곡 선생은 상산사호에 관하여 궁금한 것이 있어 예안[11]의 퇴계 선생을 뵙고 그가 사호에 생각한 바가 퇴계와 맞음을 『쇄언瑣言』

---

11 禮安 : 지금의 안동

이라는 문집에서 밝히고 있습니다. '쇄언'이란 '자질구레한 말'이라는 뜻입니다.

당우성세 아득하니 다시 무얼 구하리오[12].

한 번 상안商顏[13] 나옴 또한 부질없는 놀이거니[14]

아깝도다! 용안이[15] 대도를 헛되이 하여[16]

현인 얻고도 마침내 건성후에게 사양하다니[17].

선비 갓에 오줌 눈 것이[18] 진나라[19] 같은 짓이었는데[20],

어찌 다시 한나라의 신하가 되리[21].

어찌 알리 상산의 네 늙은이[22].

모두가 동궁[23] 위해 죽으려는 사람인 것을[24],

은근한 예물 받고 한나라 조정에 나옴에[25]

상산사호 응당 수양산 푸르름에 부끄러우리[26].

12 唐虞世遠更何求 당우세원경하구
13 상산을 말함
14 一出商顏亦浪游 일출상안역랑유
15 한고조를 말함
16 可惜龍顏空大度 가석용안공대도
17 得賢終讓建成侯 득현종양건성후
18 한고조가 유관을 벗기어 오줌을 누었다는 말
19 진시황의 분서갱유를 말함
20 溺儒冠亦一秦 익유관역일진
21 如何更作漢家臣 여하경작한가신
22 那知四皓商山老 나지사호상산로
23 태자를 이르는 말
24 盡是東宮願死人 진시동국원사인
25 聘幣慇懃出漢廷 빙폐은근출한정
26 商山應愧首陽靑 상산응괴수양청

애달프도다! 사호여 무슨 일을 이루었는가[27].

얻은 것은 평생에 우익[28] 한 이름 뿐[29]

『사기』「은본기」에 보면 은나라는 태종 이후 대부분 무도하고 어리석은 임금들이 뒤를 잇습니다. 20대 왕인 반경盤庚 때에 은나라는 중흥을 맞이하나 21대 왕인 소을小乙 때에 또다시 나라가 쇠퇴합니다. 그러나 22대 왕인 고종高宗 때에는 다시 나라가 일어서는데 이는 명재상 부열傅說이 등장하기 때문이죠. 『서경』의「열명說命」을 그대로 옮겨 『사기』「은본기」는 다음과 같이 적고 있습니다. "무정武丁이 즉위하여 다시 나라를 일으키려고 생각했지만 보좌해 줄 만한 사람을 찾지 못했다. 어느 날 꿈속에서 성인을 보았는데 이름이 열說이라고 했다. 꿈에서 본 모습을 가지고 군신, 백관들을 두루 보았는데 모두 아니었다. 그래서 비슷한 얼굴을 그려서 민가에서 찾게 했더니 부험傅險 가운데서 열을 찾아냈다. 이때 열은 죄를 짓고 부험에서 길을 닦는 일을 하고 있었다. 무정에게 보였더니 무정이 바로 그 사람이라 했다. 대화를 해보니 과연 성인이었다. 그를 재사才士로 등용했더니 은나라는 잘 다스려졌다. 그래서 부험의 성을 따 이름을 부열傅說이라 하였다."

27 可憐四皓成何事 가련사호성하사
28 羽翼 : 날개가 되어 도와주는 것. 보필, 보익의 뜻
29 得生平羽翼名 득생평우익명

천리마로 하여금 쥐를 잡으려 하는가?

俊乂密勿　多士寔寧

준걸준　어질예　빽빽할밀　말물　　　　많을다　선비사　진실로식　편안할녕

뛰어난 사람과 어진 사람이 조정에 빽빽이 모여들고, 많은 인재들이 있어 나라는 진실로 평안하였다.

🐚 한자의 본뜻 풀이

　　'俊준'은『설문』에 따르면 '재주와 덕이 1,000 사람 중에 뛰어난 사람[1]'을 말하며, '乂예'는 100 사람 중에 뛰어난 사람을 일컫는 말입니다. 또한『백호통의』에 '만 명 가운데 어진 사람[2]'을 일러 '傑걸'이라 한다고 합니다. 많은 인재, 즉 강태공, 부열, 이윤, 주공, 환공, 상산사호商山四皓 등 많은 준예俊乂가 나라를 부유하게 하고, 나라는 잘 다스려지게 하고, 백성은 편안하였다는 말입니다. '密勿밀물'은『한서』「유향전劉向傳」에서 '밀물은 임금 곁에 있으면서 나랏일에 힘껏 이바지하다[3]'라고 풀이하고 있습니다. '密밀'은『이아』에서 '빈틈없다[4]'라고 풀이하고 있으며,『설문』에는 '산이 집 모양과 같은 것[5]'이라고 풀이하고 있습니다. 『설문』에 보면 '多다'는 '많다[6]'라고 하며, '士사'는 '섬기다[7]'라고 풀이합니다. '寔식'은『설문』에서 '멈추다[8]'로 풀이하였으나 여기서는 '진실로'라는 뜻입니다.

---

1 材千人也 재천인야
2 萬人曰杰 만인왈걸
3 密勿猶黽勉從事也 밀물유민면종사야
4 精也 정야
5 山如堂者 산여당자
6 衆也 중야
7 事也 사야
8 止也 지야

『성호사설星湖僿說』 제22권 「경사문經史門」에는 고구려 9대 왕인 고국천왕故國川王 때에 진대법賑貸法을 실시한 을파소9를 기리는 글이 다음과 같이 있습니다. 진賑은 흉년에 굶주리는 백성에게 곡식을 나누어 주는 것을 뜻하고, 대貸는 봄에 양곡을 대여하고 가을에 추수 후 거두어들인다는 뜻입니다.

"한 고조漢高祖는 진평10을 얻어 천하를 꾀하면서 먼저 위무지魏無知에게 상을 주었는데, 이것이 4백 년의 터전을 이룩한 조짐이 되었다. 공자孔子가 "자신이 힘껏 하는 것을 어질다 하겠느냐, 어진 사람을 추천하는 것을 어질다 하겠느냐? 비록 관중管仲이나 자산子産 같이 어질고 재주 있는 이로서도 만약 그의 후계자를 추천하지 않았다면 끝내 국위를 떨칠 수 없었을 것이다. 이러므로 어진 자를 추천하면 상등의 상을 받는다" 하였으니, 한나라 초기에 인재를 얻은 것이 참으로 이 점에서 훌륭했다 하겠다. 고구려 고국천왕 때에 사부四部에 일러 어진 인재로서 아래 있는 사람을 추천하라 하니, 모두 동부東部에 사는 안류晏留를 추천했는데, 안류는 또 을파소를 추천하므로, 왕은 낮고 후한 예로 그를 맞아들인 결과 나라가 잘 다스려졌다. 왕은 안류에게, "만약 자네의 말이 없었다면 내가 을파소와 함께 나라를 다스릴 수 없었을 것이다. 지금 여러 가지 업적이 이루어진 것은 자네의 공이었다" 하고 그를 대사자大使者로 삼았으니, 왕 또한 다스리는 갈피를 알았다 할 수 있겠다. 처음에는 을파소를 우태于台라는 벼슬에 등용했으나 을파소가 그런 벼슬로는 정사를 해낼 수 없다는 의견으로, "신은 명령을 감당할

---

9 乙巴素 : ?~203
10 陳平 : 기원전 ?~178

수 없으니, 어진 자를 뽑아 높은 벼슬을 주어서 큰일을 이루도록 하소
서" 하였다. 왕도 그의 뜻이 보통이 아닌 것을 알고 곧 재상으로 임명
하여 정사를 맡겼으니 이것이 바로, "어진 이에게 맡기되 의심하지 않
는다"라고 하는 것이다. 후세에 와서도 혹 어진 이를 추천하여 뽑기는
하나 낮은 관직에 앉혀 놓고는 재능이 없다고 하니, 이것이 천리마千里
馬로 하여금 쥐를 잡도록 하는 것과 무엇이 다르겠는가? 고국천왕 같
은 이는 지혜도 밝다 할 만하고, 과단성도 뛰어났다 할 만하다.

내 혀가 아직 입 안에 있지 아니하오?

晋 楚 更 霸　趙 魏 困 横
나라진 나라초 다시갱 으뜸패　나라조 나라위 곤할곤 가로횡

진나라의 문공과 초나라의 장왕이 다시 패권을 잡았다. 조나라와 위나라는 장의의 연횡책을 따른 까닭에 진(秦)나라로부터 많은 곤란을 받았다.

🐦 **한자의 본뜻 풀이**

　'晋진'은 『설문』에서 '나아가다 또는 해가 떠서 만물이 자라다[1]'라고 하며, 여기서는 춘추시대 진나라를 이르며, '楚초'는 '떨기나무[2]'이나, 여기서는 춘추전국시대 초나라를 말합니다. '更갱'은 『설문』에 의하면 '고치다[3]'의 뜻이며, '霸패'는 '달이 비로소 뜨다[4]'라는 뜻입니다. '趙조'는 본뜻이 '서둘러 좇다[5]'이며, 여기서는 춘추전국시대 조나라를 말합니다. '困곤'은 『설문』에 의하면 '옛집[6]'이라는 뜻입니다. '橫횡'은 『설문』에서 '가로지른 나무[7]'라는 뜻으로 쓰입니다.

　파란만장한 삶을 산 진문공[8] 중이重耳는 69세에 임금의 자리에 올랐는데, 그는 사실은 제 환공에 이어 두 번째로 패자의 자리매김을 한 임금입니다. 무려 19년간이나 도망을 다녔는데, 이는 부왕인 헌공獻公의

---

1 進也, 日出萬物進 진야, 일출만물진
2 叢木 총목
3 改也 개야
4 月始生 월시생
5 趨趙也 추조야
6 故廬也 고려야
7 闌木也 란목야
8 晋文公 : 기원전 636~628

고임을 받던 여희驪姬가 자신이 낳은 혜제奚齊를 태자로 삼고자 태자인 신생申生을 곡옥曲沃으로, 중이를 포蒲로, 이오夷吾를 굴屈로 내쫓았기 때문입니다. 기원전 655년, 태자 신생은 여희의 간계에 빠져 자살했고, 중이는 어머니 나라인 적狄으로, 동생 이오는 양梁나라로 각각 망명하였습니다. 기원전 651년 헌공이 죽자 혜제와 동생 도자悼子는 왕위에 올랐으나 살해되었고, 이오가 진秦 목공穆公의 도움으로 왕위에 올라 혜공惠公이 되었습니다. 중이는 적나라에 계속 머물렀으나 기원전 644년 혜공이 중이를 암살하기 위해 자객을 보내 중이는 이를 피해 다녀야만 했습니다. 기원전 637년 혜공이 죽자 다음해 진 목공의 도움으로 왕위에 올랐으니 이가 문공입니다.

『사기』권70 「장의열전張儀列傳」에 보면 장의[9]와 소진[10]은 귀곡 선생鬼谷先生이라는 한 스승 아래서 동문수학한 벗이었습니다. 장의가 소진보다는 두뇌가 좀 나았나 봅니다. 그가 초나라에서 구슬을 훔친 혐의를 받고 태형笞刑이라는 수백 대의 벌을 받은 뒤 쫓겨납니다. 그러자 그의 아내가 말하기를, "당신이 책은 보시지 않고 유세만 하시더니 어찌 이런 욕을 당하지 않겠어요?" 하니 장의가 말하였습니다. "내 혀가 아직 입 안에 있지 아니하오?" 그러자 아내가 웃으면서 말하기를, "혀는 있습니다"라고 하니 장의가 말하기를, "그러면 됐소"라고 합니다. 그런 뒤에 장의는 계속 여러 나라를 돌며 유세를 합니다. 결국 소진의 소개로 진秦나라에서 벼슬살이를 하게 되어 재상의 자리에 오릅니다.

9 張儀 : 기원전 ?~309
10 蘇秦 : 기원전 ?~?

그 유명한 연횡책連橫策을 부르짖으며 위魏·조趙·한韓나라 등 동·서 곧 횡橫으로 잇닿은 6국을 설득, 진秦나라를 중심으로 하는 동맹관계를 맺게 합니다.

『사기』권69 「소진열전蘇秦列傳」에 보면 소진은 처음에 진秦나라의 혜왕惠王을 비롯하여 제후 밑에서 유세를 하였으나 채용되지 않았습니다. 그러다 연나라 소왕에게 등용되었으며 이후 조趙·한韓·위魏·제齊·초楚를 설득하여 기원전 333년 연나라에서 초나라에 이르는 남·북의 6국의 합종合縱을 이루게 합니다. 이로써 소진은 6국의 재상이 되어 이름을 떨쳤으나 장의의 연횡책連橫策에 맞서다 지게 됩니다. 그 후 연나라의 관직에 있다가 다시 제나라에 출사했으나, 제나라 대부의 미움을 사 암살당하게 됩니다.

먼저 나온 합종책은 뒤이어 나온 연횡책에 의하여 지리멸렬되어 결국 장의는 성공하고 소진은 패배자가 되어 끝내 고대 중국은 진시황이라는 왕에 의하여 약 80여 년 뒤에 진秦으로 통일됩니다.

입술이 없으면

假 途 滅 虢　　踐 土 會 盟
빌가　길도　멸할멸　나라괵　　밟을천　흙토　모일회　맹세맹

길을 빌려 괵나라를 멸망시키고 길을 빌려준 우나라도 멸망시키고, 진(晉)나라의 문공이 천토
에서 제후를 모아 서로 맹세하게 했다.

🐚 한자의 본뜻 풀이

　　'假가'는 『설문』에서 '가짜[1]'라고 풀이하고 있으며, '途도'는
본래 '물 이름'이었으나 나중에 '길'이라는 뜻으로 바뀌었습니
다. '滅멸'은 '다하다[2]'라는 뜻입니다. '虢괵'은 '범이 발톱으로 움
켜잡은 선명한 무늬[3]'라고 하니, 곧 '범의 발톱 자국'으로 보면
되나, 여기서는 주 문왕의 아우 괵중虢仲이 세운 괵나라를 뜻합니
다. '踐천'은 『설문』에서 '밟다[4]'라 하며, '土토'는 '땅에서 생물을
솟아오르게 하는 것[5]'이라고 합니다. '踐土천토'는 정나라 땅으로
하남성河南省에 있습니다. '會회'는 '여럿이 모여 하나가 되다[6]'라
는 뜻입니다. '盟맹'은 '제후국들이 12개월에 한 번 만나는 것[7]'이
라고 합니다.

1 非眞也 비진야
2 盡也 진야
3 虎所攫畵明文也 호소확화명문야
4 履也 리야
5 地之吐生物者也 지지토생물자야
6 合也 합야
7 諸侯再相與會十二歲一盟 제후재상여회십이세일맹

『춘추좌씨전』 희공 5년 조에 나오는 말인데, 그 속내는 다음과 같습니다. 기원전 655년 진晉나라 헌공獻公은 순식荀息의 꾀를 빌어 괵虢나라를 치기 위해 우虞나라에 길을 빌려줄 것을 요구합니다. 이때 우나라의 대신 궁지기宮之奇는 길을 빌려주면 우나라는 망하게 될 것이라며 결사적으로 반대를 합니다. 그러나 우공은 진나라에 길을 빌려주었고 결국 괵나라와 우나라 모두 멸망하였습니다. 진군이 괵나라를 멸망시킨 뒤 급히 회군해 오니 우공이 마중을 나갑니다. 우나라 도읍의 교외에 주둔하고 있던 진군은 우공이 마중 나온 틈을 타서 돌연 기습을 가합니다. 우공은 방심하고 있다가 손 한번 써 보지 못하고 포로가 되고 말았으며, 결국 우나라는 이렇게 쉽게 무너집니다. 『춘추좌씨전』 원본을 보면 '가도벌괵假道伐虢'이라 쓰여 있습니다. 궁지기는 우나라 왕에게 다음과 같이 말하였습니다.

"괵나라는 우리 우나라의 껍데기에 불과합니다. 괵나라가 망하면 우나라는 반드시 그 뒤를 따라 망하게 될 것이오니, 진나라에게 길을 열어줄 수가 없습니다. 도적은 무시할 수 없는 것이옵니다. 한 번 길을 빌린 것으로도 족한데 다시 빌려줄 수 있습니까? 옛 속담에도 '수레의 짐받이 판자와 수레는 서로 의지하고[8], 입술이 없으면 이가 시리다[9]'고 했습니다. 이는 바로 괵나라와 우나라의 관계를 말한 것입니다. 결코 길을 빌려주어서는 안 될 것입니다." 순망치한脣亡齒寒이라는 고사성어도 이에서 비롯하였습니다.

---

8 輔車相依 보거상의
9 脣亡齒寒 순망치한

『춘추좌씨전』 희공 28년 조, 즉 기원전 632년 정鄭나라 문공文公이 그의 군대를 초나라에 내주었는데 초나라가 성복城濮의 싸움에서 진晉나라에게 대패하였습니다. 이때 승리를 기리기 위하여 오는 주나라의 양왕10을 잠시 모시기 위하여 왕궁을 정鄭나라의 천토踐土에 짓습니다. 진나라 문공은 여기에서 주나라 양왕으로부터 '패자'의 자리를 인정받습니다. 양왕이 진 문공에게 말하는 바는 다음과 같습니다.

"천자인 내가 숙부에게 말하거니와, 앞으로 천자의 명을 공경스럽게 잘 받들어 복종하여 사방의 나라들을 편안하게 다스리고 천자에게 잘못하는 자를 바로 잡아 주시오."

10 襄王 : 기원전 651~619

벗을 죽인 이사李斯

何 遵 約 法　韓 弊 煩 刑
어찌하 좇을준 약속약 법법　나라한 해질폐 번거로울번 형벌형

소하는 한나라 고조와 더불어 약법 3장을 만들어 백성으로 하여금 좇게 하였고, 한비는 번거로운 형벌을 시행하다가 도리어 나라를 망쳤다.

> ### 한자의 본뜻 풀이
>
> 『설문』에 보면 '何하'는 본래 '메다[1]'의 뜻이나, 여기서는 한나라 때 재상 소하蕭何를 말하며, '遵준'은 '좇다[2]'의 뜻입니다. '約약'은 『설문』에서 '얽어매다[3]'라고 풀이합니다. '韓한'은 전국시대 법가 사상가인 '한비자韓非子'를 얘기합니다. '煩번'은 본래 '머리에 열이 나고 아프다[4]'라는 뜻입니다. '刑형'은 『설문』에서 '목을 베다[5]'라고 풀이합니다.

1 儋也 담야
2 循也 순야
3 纏束也 전속야
4 熱頭痛也 열두통야
5 剄也 경야

소하[6]는 한신韓信·장량張良·조참曹參과 함께 한나라를 일으킨 개국 공신으로, 항우와 유방이 싸울 때 주로 양식과 병사의 보급·조달을 맡았습니다. 그는 유방의 수십만의 군사를 한 번도 굶기지 않았을 정도로 보급에 있어서 뛰어난 슬기를 보였습니다. 또한 초나라에서 온 한신의 재능을 알아보고 유방에게 추천했던 사람도 그입니다. 『사기』 열전에 나오는 대목입니다. 법삼장法三章이란 한나라가 초나라를 격파하였을 때 진秦나라의 가혹한 법률을 개정하여 살인은 사형, 상해와 도둑질은 그 죄의 무겁고 가벼움에 따라 처벌하여 다스린다고 하는 것입니다. 이렇게 하여 진나라 백성이 크게 기뻐하였다는 얘기가 있습니다. 또한 구장률九章律이란 중국 한漢나라 최초의 형법전입니다. 이는 소하가 전국시대 위魏나라 이회[7]가 만든 『법경法經』 6편, 곧 「도율盜律」·「적률賊律」·「수율囚律」·「포율捕律」·「잡률雜律」·「구율具律」에 「호율戶律」·「홍률興律」·「구율廐律」의 3률을 더하여 만든 것입니다. 1975년 호북성湖北省 운몽현雲夢縣 수호지睡虎地의 진묘秦墓에서 죽간竹簡에 적바림된 전국全國 통일 직전의 진율秦律과 법률문답 그리고 봉진식封診式, 곧 형사관계서식집 등이 나왔는데, 그중에는 기원전 252년 위나라의 호율戶律과 분명률奔命律 각 1조條도 포함되어 있었다고 합니다. 이러한 율律의 모태는 주周나라 때 이미 형법·계약법·행정법 등 법률이 상당히 발달했다는 사실을 알려주는 것으로서 『서경』의 「주관周官」 및 「여형呂刑」 등에서 보여주고 있습니다.

6 蕭何 : 기원전 ?∼193
7 李悝 : 기원전 455∼395

우리나라에는 처음으로 고구려가 373년(소수림왕 3년) 남북조 시대의 위魏 · 진晉의 법제를 모법母法으로 율령을 반포했고, 백제는 3세기 중엽 고이왕 때 법령을 공포했다고 전하나 자세한 내용은 알 수 없습니다. 신라에서는 520년(법흥왕 7년) 율령의 공포가 있었고, 654년(무열왕 1년) 당나라의 율령격식을 받아들여 이전의 율령을 심사해 이방부격理方府格 60여 조를 제정함으로써 고구려법의 영향에서 벗어납니다. 『삼국사기』와 『삼국유사』에서 신라의 율령에 대한 흔적을 엿볼 수 있습니다. 율律은 형벌에 관한 법이고, 영令은 행정에 관한 법입니다. 그래서 보통 율령격식이라는 말을 합니다.

인간은 이해를 좇으며 타고난 바탕이 악하다는 것에서 비롯하여, 시대에 따라 법을 펴고, 벼슬아치들의 근무 태도를 보아 상벌을 내리고, 농민과 병사를 아끼고, 공업과 상업을 중히 여기는 게 한비의 생각입니다. 『사기』에 나오는 한비[8]와 이사李斯는 순경荀卿, 즉 순자荀子를 스승으로 섬겼는데, 이사는 자신의 재주가 한비를 따르지 못한다고 말합니다. 한비는 자신의 조국인 한韓나라가 국력이 기우는 상황에서 자주 글을 올려 한왕韓王에게 진언을 합니다. 그 진언 내용은 법제도를 닦아 밝게 하고, 권세를 잡아 신하를 조정하고, 부국강병을 이루며, 인재를 구하여 현명하고 유능한 인재를 임용하는 데 힘써야 하고 나라를 좀먹는 무리를 등용하여 그들을 공로 있고 실적 있는 사람들 위에 두는 것을 좋지 않게 본다는 한비의 생각을 나타낸 것이었습니다. 그

8 韓非 : 기원전 280?~233

는 이어서 말하기를, "나라가 편안할 때에는 명성과 남의 칭찬이나 좋아하는 이를 아끼고, 나라가 위급할 때에는 무장한 군인을 쓴다"라고 합니다. 『한비자韓非子』 권1 「존한存韓」에 보면 한비와 동문수학한 이사가 말하기를, "한비가 폐하께 올린 상주문은 승인할 수 없습니다. 한나라가 있음은 진나라에게 배앓이나 가슴앓이를 안겨 주는 것과 같으며 시궁창에 앉아 있는 것과 같이 좋지 않을 것입니다. 한나라는 지금 도의로써 우리 진나라를 섬기는 게 아니고 우리의 힘을 두려워하여 복종하는 것입니다"라고 진시황에게 고합니다. 결국 이사는 진시황 몰래 한비에게 자살을 강요하여 죽게 만듭니다. 이사 또한 진시황을 이은 2세 황제 호해胡亥 때 조고趙高에 의하여 저잣거리에서 허리를 잘려 죽습니다.

사람 목숨을 파리 잡듯 하는 이들

起 翦 頗 牧　　用 軍 最 精
일어날기 자를전 자못파 칠목　　쓸용 군사군 가장최 쓿은쌀정

진나라의 백기, 왕전과 조나라의 염파, 이목은 모두 뛰어난 명장이었고, 이 네 장수는 군사 지휘하기를 가장 정교하고 능숙하게 하였다.

한자의 본뜻 풀이

『설문』에 보면 '起기'는 '설 수 있다[1]'가 본뜻이나, 여기서는 진秦나라의 백기白起 장군을 일컫고, '翦전'은 '새의 깃이 나다[2]'라고 하나, 여기서는 같은 진나라의 왕전王翦 장군을 말합니다. '頗파'는 『설문』에 따르면 '고개를 갸우뚱하다[3]'가 본뜻이나, 여기서는 조趙나라의 염파廉頗 장군을 말합니다. '牧목'은 『설문』에 의하면 '소를 기르는 사람[4]'이 본뜻이나, 여기서는 조趙나라 장군 이목李牧을 말합니다. '用용'은 『설문』에서 '베풀어 행하다[5]'라는 뜻을 지니고, '軍군'은 본래 '에워싸다 또는 4천 명을 일러 군이라 한다[6]'라고 합니다. '最최'는 '사람을 해치고 물건을 가지다[7]'라는 뜻이나, 여기서는 '으뜸'으로 풀이합니다. '精정'은 『설문』에 '고르다[8]'라는 뜻으로 나옵니다.

1 能立也 능립야
2 羽生也 우생야
3 頭偏也 두편야
4 養牛人也 양우인야
5 可施行也 가시행야
6 圜圍也. 四千人爲軍 환위야. 사천인위군
7 犯而取也 범이취야
8 擇也 택야

기원전 260년 진나라의 백기白起는 조趙나라 군사 45만 명 중 약 40만 명을 그들 스스로 구덩이를 파게 하여 산 채로 묻어버리는 그악한 짓을 하게 됩니다. 이른바 『사기』에 나오는 '장평長平의 싸움'이라는 것입니다. 조나라는 이를 계기로 서서히 무너져 내리는 담과 같은 신세가 됩니다. 이른바 죽음의 전주곡인 셈이었지요. 진秦나라 소양왕9 46년10 진나라는 조나라를 치게 되는데, 이는 한韓나라가 조나라에게 상당上黨이라는 땅을 넘겨주는 데서 시작되었던 것입니다. 이에 상당의 백성들은 모두 조나라로 달아나게 됩니다. 이에 조나라는 장평에 군사를 보내어 이를 지키려고 합니다. 그러나 조나라는 늘 진나라에게 패하곤 합니다. 이때 당시 조나라의 장수는 염파廉頗였는데, 그는 진나라가 싸움을 걸어와도 성만 지킬 뿐 일절 대응을 하지 않고 때를 기다렸습니다. 이에 조나라 왕은 염파 대신 조괄趙括을 장군으로 삼았는데, 이에 진나라도 백기를 상장군으로 삼았습니다. 이 싸움에서 백기가 조나라 군사의 뒤를 치고 식량 조달로를 끊어 조나라 군사는 45일간이나 제대로 먹지를 못하여 서로를 잡아먹는 지경에 이르게 됩니다. 이러한 포위망을 뚫고자 조나라 군대는 결사대를 만들어 싸움을 하지만 이 와중에 비 오듯 날리는 화살에 조괄이 죽게 됩니다. 이에 조나라 군사 40만 명은 모두 진나라에 항복을 합니다. 하지만 백기는 이미 항복한 조나라 군사들이 나중에 반란을 일으킬까 두려워 조나라 군사들 스스로 구덩이를 파게 하여 그들을 묻어버립니다.

9 昭養王 : 기원전 307~251
10 기원전 261년

백기의 조나라 공략을 시작으로 조나라를 완전히 없애 버린 이는 바로 왕전王翦이었습니다. 기원전 228년의 일입니다. 진시황은 기원전 227년에 초楚나라를 치기 위한 계책을 물으면서 얼마의 군사로 초나라를 치면 좋은가를 먼저 이신李信이라는 장수에게 묻습니다. 이에 이신은 20만 명이면 된다고 합니다. 그 뒤 같은 질문을 왕전에게 하니 왕전은 60만 명이면 된다고 합니다. 진시황은 이신의 말을 좇아 20만 명으로 초나라를 치게 하였는데, 이때 왕전은 병을 핑계로 물러나 있었습니다. 이신은 처음에는 초나라를 이겼으나 초군은 밤낮으로 진나라 군대를 뒤쫓아 기습을 가하여 진나라 군사를 패배시킵니다. 이에 진시황은 다급히 왕전을 찾아 지난번에 그의 계책을 듣지 않은 것을 후회하며 사과하고 싸움에 나서줄 것을 간곡히 청합니다. 싸움터에 나간 왕전은 초나라 군사들이 싸움을 걸어와도 싸움은 하지 아니하고 그저 병사들을 배불리 먹일 뿐 아무런 일도 하지 않습니다. 그러던 어느 날 그는 휘하의 병사를 보내어 병사들이 무슨 일을 하는지 알아보게 합니다. 자신의 병사들이 그래도 뜀박질과 돌 던지기를 한다는 것을 전해 들은 왕전은 곧 초나라 군대를 기습하여 초군을 여지없이 몰아쳐 대승을 거둡니다.

진시황의 증조부인 진秦나라 소왕昭王은 화씨의 벽11이 조나라에 있음을 알고 이를 탐내고 있었습니다. 그러나 조나라의 인상여는 조나라와 화씨의 벽을 뛰어난 기지와 말솜씨로 지켜냅니다. 이야기를 거

11 璧 : 구슬

슬러 올라가 『사기』 권81 「염파廉頗·인상여열전藺相如列傳」에 보면 염파는 수많은 전과를 올려 이미 기원전 288년에 재상의 자리에 올랐던 인물입니다. 그런데 인상여의 지위는 화씨의 벽을 지켜내고 진나라 소왕을 망신시킨 일로 염파廉頗보다 더 높아졌습니다. 결국 염파는 인상여를 시기하여 인상여에게 수치를 주려고 합니다. 그러자 인상여는 염파와 마주치는 일을 피하려고 하며 병을 핑계로 조정에서 우열 다툼을 피하려 합니다. 어느 날인가 염파가 탄 수레를 먼발치에서 본 인상여는 수레를 돌려 피해 숨었습니다. 그러자 인상여를 따르던 무리들이 그의 이러한 행동에 불평을 합니다. 그러자 인상여가 이렇게 말하였습니다. "나는 진나라 왕 앞에서 꿈쩍 않고 진나라 신하들을 꾸짖고 그들에게 수모를 주었다. 내가 아무리 노둔하더라도 고작 염 장군쯤을 어찌 겁내겠는가? 다만 저 강대한 진나라가 우리 조나라를 치지 못하는 것은 지금 염 장군과 내가 있기 때문이다. 두 마리 호랑이가 싸운다면 두 쪽 다 쓰러진다"라고 하였습니다. 이 말을 나중에 전해 들은 염파는 웃옷을 벗고 가시나무 회초리를 등에 지고 인상여를 찾아가서 말하기를, "미욱한 이 사람은 장군의 관대한 생각이 그렇게까지 넓으신 줄은 몰랐습니다"라고 하였답니다. 여기에서 비롯하여 '목을 베어 줄 수 있을 정도로 절친한 사귐[12]'이라는 고사가 생겨났습니다.

조나라의 장수 이목李牧은 중국 북방의 흉노匈奴를 막아내고 있었는

---

12 刎頸之交 문경지교

데 그는 매일 소 서너 마리를 잡아 군사들에게 먹이고 활쏘기와 말 타는 법을 훈련시키고 있었습니다. 그는 또 부하 병사들에게 "흉노를 잡거나 죽이려 하는 자가 있으면 목을 베리라"라고 이릅니다. 그는 흉노가 와서 싸움을 걸어도 싸우려 하지 않았으니 흉노들은 그를 겁쟁이라고 비웃기까지 합니다. 수년이 지나도 그는 흉노와 여전히 싸우지 않았고, 주민들이 농사를 짓도록 하고 가축을 기르게 하였습니다. 그러자 흉노들은 그를 더욱 겁쟁이라고 비아냥거리며 소규모로 침입하여 옵니다. 그러자 이목은 여러 형태의 기묘한 진법을 써서 공격합니다. 좌우에 새의 날개 같은 형을 만들어 흉노를 공격하여 크게 무찌르고, 그들의 기병 10여만을 죽입니다. 이로써 흉노는 조나라 변방에는 얼씬도 못하게 됩니다. 이목은 염파가 위魏나라에 망명하고 있을 때, 진나라의 무수한 공격을 받습니다. 또한 진秦나라 장군 왕전王翦이 조나라를 공격하게 되는데 조나라는 이목과 사마상司馬尙으로 하여금 진나라와 대적케 합니다. 이때 진나라는 조나라 왕의 총신寵臣 곽개에게 많은 황금을 뇌물로 주며 포섭을 하여 내부 분열을 꾀합니다. 그리고 곽개로 하여금 "이목과 사마상은 반역을 꾀하고 있습니다"라고 조나라 왕에게 고변케 합니다. 이에 조나라 왕은 조총趙蔥과 안취顔聚를 보내 이목을 대신하려고 하나 이목은 명령을 거부합니다. 그러자 조나라 왕은 몰래 사람을 보내 이목의 목을 베고 사마상을 면직시킵니다. 그리고 3개월이 지나 왕전이 조나라의 내분을 틈타 조나라를 기습하여 조나라 왕을 사로잡는데 이게 조나라의 마지막 모습입니다.

낚시질하는 두 늙은이를 조롱하다

宣 威 沙 漠　馳 譽 丹 靑
베풀선 위엄위 모래사 모래벌막　달릴치 기릴예 붉을단 푸를청

장수들의 위엄은 멀리 북방 사막의 오랑캐에까지 떨쳤고, 그들의 명성은 그림으로 그려져 말 달리듯 길이 후세에 전해졌다.

🐚 한자의 본뜻 풀이

'宣선'은 『설문』에 '임금이 사는 집[1]'이라고도 하며, '두루 미치다[2]'라는 뜻을 지니기도 합니다. '威위'는 『광아』에서 '힘쓰다[3]'라고 풀이합니다. 『설문』에 보면 '沙사'는 '물속에 적은 모래가 보이는 것[4]'이라고 하며, '漠막'은 '중국 북쪽에 흩날리는 모래[5]'라고 합니다. '沙漠사막'은 중국 북서부의 몽고나 신강성 쪽의 타클라마칸 지역을 이릅니다. '馳치'는 『설문』에 '빨리 달리다[6]'라고 풀이하며, '譽예'는 '칭찬하다[7]'라고 풀이하고 있습니다. '丹단'은 '파월지역에서 나는 붉은 돌[8]'이라고 하며, '靑청'은 '동쪽지방의 빛깔[9]'이라는 뜻입니다.

진나라의 백기白起·왕전王翦과 조나라의 염파廉頗·이목李牧 그리고 한漢나라의 곽거병霍去病·소무蘇武·장건張騫 등은 날래고 용맹함으로

1 天子宣室也　천자선실야
2 徧也　편야
3 力也　역야
4 水少沙見　수소사현
5 北方流沙也　북방유사야
6 大驅也　대구야
7 稱也　칭야
8 巴越之赤石也　파월지적석야
9 東方色也　동방색야

흉노를 몰아내어 얼씬도 못하게 하였으며, 이들 가운데 서역西域을 개척하여 실크로드를 만든 장건이야말로 교역을 통하여 서역과 문물을 교류한, 사막을 휘어잡은 사람이라 하겠습니다.

한나라 무제가 기린을 잡은 후에 기린각을 세웠다고 전하며 그로부터 9대째 황제인 선제[10]는 기린각에 11명의 공신의 초상을 색칠하여 공신들의 공을 기렸다고 하는데[11], 이는 『한서』 권45 「소무전蘇武傳」에 보입니다. 또한 후한後漢의 2대 황제인 명제[12]는 공신 33명을 남궁南宮의 운대雲臺에 그렸다고 『후한서後漢書』에 전합니다. 당나라 때에도 나라에 공이 많은 이를 위하여 화상畵像을 그렸다는데 이곳이 바로 능연각凌烟閣이랍니다.

세조가 김종서 · 황보인 등을 때려 눕힌 계유정난[13]이 있기 전인 세종 때 조선에는 두 신동이 있었는데, 그들은 다름 아닌 매월당梅月堂 김시습[14]과 사가정四佳亭 서거정[15]이었습니다. 두 사람은 같은 스승 밑에서 동문수학한 사람들입니다. 김시습은 다섯 살 때 세종 앞에서 재주를 보여 장차 크게 쓰겠다는 약조를 받았고, 서거정은 여섯 살 때 시를 지어 중국 사신을 놀라게 했다는 일화가 전합니다. 김시습은 세 살 때 유모가 맷돌에 보리 가는 것을 보고 옆에서 다음과 같

10 宣帝 : 기원전 91~기원전 49
11 麒麟閣十一功臣 기린각십일공신
12 明帝 : 28~75
13 癸酉靖難 : 1453
14 金時習 : 1435~1493
15 徐居正 : 1420~1488

이 읊조리니 듣는 사람들이 기이하게 여겼다고 합니다. "비는 오지 않는데 우레 소리는 어디서 들려오는가? 누런 구름이 조각조각 사방으로 흩어지누나[16]."

김시습은 서거정이 시 한 수를 부탁하자 다음과 같이 읊조렸다고 하는데, 이는 세조가 단종을 몰아내고 난 뒤 권신 한명회와 서거정이 계유정난 이후 더 명예와 부를 누리자 이를 비꼬기 위하여 지은 시입니다. 시의 제목은 「낚시질하는 두 늙은이를 조롱하다」입니다.

비바람 쓸쓸히 낚시터에 살랑이는데[17],
위천의 물고기 새들 이미 욕심 잊었네[18].
어찌하여 늘그막에 용맹한 장수되어[19],
부질없이 백이 숙제 굶주려 고사리 캐게 했던가[20].

남다른 행적과 뛰어난 시문으로 세상을 풍자하던 김시습과는 달리 세조의 등극으로 단연 돋보인 사람은 바로 한명회韓明澮와 서거정이었습니다. 김시습의 이 시는 강태공을 주인공으로 한 작품입니다. 서거정이 나중에 이 시를 보고는 한참을 아무 말 없이 앉았더니 "이것은 나에 대한 죄안罪案이로군" 하고 입을 열었다고 합니다. 부귀영달에 눈이 멀어 앞뒤 분간을 하지 못하는 것을 보면 예나 지금이나 마찬가지입니다. 권세자루를 쥔 이들이 한번 되새겨 볼 만한 시 한 닢입니다.

16 無雨雷聲何處動 黃雲片片四方分 무우뇌성하처동 황운편편사방분
17 風雨蕭蕭拂釣磯 풍우소소불조기
18 渭川魚鳥已忘機 위천어조이망기
19 如何老作鷹揚將 여하로작응양장
20 空使夷齊餓採薇 공사이제아채미

드넓은 가람과

뫼에 거닐고파

대동의 세계

九 州 禹 跡　百 郡 秦 幷
아홉구 고을주 임금우 자취적　　일백백 고을군 나라진 아우를병

천하를 9주로 나누어 정한 것은 하(夏)나라 우(禹) 임금의 공적의 자취이며, 진(秦)의 시황제는
천하를 통일하여 전국을 100군으로 나누어 다스렸다.

한자의 본뜻 풀이

　　『설문』에 보면 '九구'는 '구부러져 끝나는 모양을 본뜬 글자[1]'
라고 하며, '州주'는 '물이 에둘러 쳐진 가운데 살 수 있는 곳[2]'이
라고 합니다. 『한서』권28 「지리지地理志」에 보면 '九州구주'는 중
국인들이 그들의 먼 조상으로 여기는 황제黃帝가 만들었다고도
합니다. '百백'은 『설문』에서 '10이 열 개인 것[3]'이라고 합니다.
'百郡백군'은 실제로 103군이라는 대목이 『한서』「지리지」에 보
이는데, '효평 땅에 이르기까지 무릇 군은 103개이다[4]'라고 하여
진秦나라가 군현제를 만들었음을 보여주고 있습니다. 『설문』에
의하면 '秦진'은 진시황의 먼 조상이 되는 '백익의 후손에게 나누
어준 땅[5]'이라고 되어 있으니, 지금의 감숙성甘肅省과 섬서성陝西
省을 아울러 다스리며 함양咸陽에 도읍을 두었던 나라입니다. 『설
문』에 '천자는 천 리의 땅을 다스리는데 이를 나누어 백 개의 현
을 만드는데 현은 사군을 지닌다[6]'라는 글이 적혀 있습니다. '幷
병'은 『설문』에 '어우르다[7]'라고 풀이되어 있습니다.

---

1 象其屈曲究盡之形 상기굴곡구진지형
2 水中可居曰州 수중가거왈주
3 十十也 십십야
4 訖於孝平 凡郡國一百三 흘어효평 범군국일백삼
5 伯益之後所封國 백익지후소봉국
6 天子地方千里 分爲百縣 縣有四郡 천자지방천리 분위백현 현유사군
7 相從也 상종야

우리는 흔히 얘기하는 무슨 대동계大同契니 또는 대동단결大同團結이니 하는 말을 많이 들어왔습니다. 이는 『예기』의 「예운禮運」편에 나오는 대동大同이라는 말에서 비롯합니다. 요堯·순舜의 때에는 씨족 공동체 사회로서 백성들 간에 소득 분배에 격차가 없던 시대였습니다.

'대동'이란 다음과 같습니다. "대도大道가 행해지던 시대, 온 누리를 모든 이의 것으로 여기고 자기 것으로 여기지 않는 것이다. 어진 사람을 가려내고 유능한 사람을 받들어 등용하며, 서로 믿고 도탑게 지내는 것이다. 아울러 사람들은 자기의 어버이만을 어버이로서 여기는 게 아니라, 노인에 대해선 누구나 자기의 어버이처럼 섬겼던 것이다. 또한 자기의 자식만을 귀여워하는 게 아니라 어린이란 누구의 자식이건 내 자식처럼 사랑으로써 대한다. 노인을 안락하게 죽게 하고, 장년인 자는 충분히 그 힘을 발휘하게 하고, 환鰥(늙고 아내 없는 자)·과寡(늙고 남편 없는 자)·고孤(어리고 어버이 없는 자)·독獨(늙고 자식이 없는 자)·폐廢(장애자)를 불쌍히 여겨 먹여 살린다. 또 남자는 맡은 바 직분이 있고, 여자는 시집갈 수 있게 한다. 재화財貨는 버려지는 것을 나쁘다고 생각지는 않으나, 그렇다고 자기의 것으로 취하지 않는다. 재화는 사회의 모든 이가 가진다. 그러므로 모함 따위가 생길 까닭이 없고 물건을 훔치려는 자도 없다. 경계할 필요가 없으니 문을 잠글 필요도 없다. 이것이 대동의 세상이다."

대동의 세계는 요·순 임금의 시대이며, 이와 반대는 바로 재산에 대하여 내 것이니 네 것이니 하는 소강小康의 시대입니다. 요·순의 시대는 대동의 세상, 즉 '이 누리의 것을 사사로이 취하지 않는 곧 천하위공天下爲公의 시대'이며, 우禹·탕湯·문文·무武·성왕成王·주공周公의 시대는 소강의 세상, 즉 곧 천하위가天下爲家의 시대인 셈이죠.

『서경』「우공禹公」편에 보면 9주州에 관하여 자세히 적고 있는데, 9주는 기주冀州·연주兗州·청주靑州·서주徐州·양주揚州·형주荊州·예주豫州·양주梁州·옹주雍州입니다. 물이 잘 흐르게 하기 위하여 치산治山도 아울러 했다고 이야기하고 있습니다. 진의 시황제는 6국을 통일하여 전국을 일백 군으로 나누어 다스렸다고 하는데 실은 103군이었습니다. 여하튼 요·순 이후의 임금들은 대동의 세상이 아닌 재산의 세습 또는 예禮로써 백성을 교화하는 소강시대 임금이었으니 요·순을 따라잡기는 애당초 힘들었죠.

사대문의 비롯함

嶽 宗 恒 岱　　禪 主 云 亭
큰산악 마루종 늘항 대산대　봉선선 주인주 이를운 정자정

오악 중에서는 항산과 태산이 으뜸이며, 봉선(封禪) 제사는 운운산(云云山)과 정정산(亭亭山)에서 하였다.

🐦 한자의 본뜻 풀이

　　'嶽악'은 중국인들의 얼의 바탕을 이루는 '오악五嶽'을 말합니다. 『설문』에 의하면 '宗종'은 '조상의 사당을 높이다[1]'라는 말입니다. '恒항'은 『설문』에 보면 본래 '늘[2]'의 뜻이나, 여기서는 '북쪽에 있는 항산恒山'을 말하며, '岱대'는 '동쪽에 있는 태산泰山'을 말합니다. '禪선'은 『설문』에 '하늘에 제사를 드리다[3]'라는 뜻이 있으며, '主주'는 '촛대에 불이 타오르다[4]'라는 뜻입니다. '云亭운정'은 각각 '운운산云云山과 정정산亭亭山'을 가리키는 말입니다. '封봉'이란 태산에서 옥으로 만든 판에 기원문祈願文을 적어 돌로 만든 상자에 봉하여 하늘에게 비는 일이었고, '禪선'이란 태산 아래 양보산梁父山 가운데에 있는 운운산 또는 정정산에서 흙으로 쌓은 단을 만들어 땅에게 비는 일입니다.

1 尊祖廟也 존조묘야
2 常也 상야
3 祭天也 제천야
4 燈中火也 등중화야

우리의 설악산(1,708m)보다 더 낮은 태산(1,545m)은 세계문화유산으로 지정되어 있습니다. 이런 태산이 우리의 고전 시조나 고전 문학에 자주 인용되고 사람들의 입에 오르내리는 데는 이유가 있습니다. 기원전 219년, 진시황이 6국을 통일한 6년 뒤 태산에 올라 봉선의식을 행합니다. 시황제 이후 태산에서 봉선의식을 행한 임금은 한 무제와 당 현종을 비롯한 72명이었다고 전하는데, 태산은 시황제 이후 중국인의 정신적 지주가 되었던 곳입니다. 또한 만세사표萬世師表로 우러러보이는 공자가 태산에 올랐기 때문에 『맹자』에 이런 글이 실려 있습니다. "공자는 동산에 올라서 노나라가 좁다는 것을 알았고, 태산에 올라서 천하가 작다는 것을 알았다5."

양사언6의 시조에 나오는 태산도 사람의 의지를 내세우고 북돋아주는 '노력하면 못 이룰 것이 없다'는 뜻을 지녔습니다.

태산이 높다 하되 하늘 아래 뫼이로다.
오르고 또 오르면 못 오를 리 없건마는,
사람이 제 아니 오르고 뫼만 높다 하더라.

중국은 물론 조선에서도 오상五常, 즉 인仁·의義·예禮·지智·신信에 따라 각각 방위方位를 정하였는데 대표적인 것이 바로 중국의 오악五嶽입니다. 이는 각각 봄·여름·가을·겨울로 그 뜻이 있습니다. 중국의

---

5 孔子登東山而小魯 登太山而小天下 공자등동산이소노 등태산이소천하
6 楊士彦 : 1517~1584

오대 명산 중 가장 동쪽에 위치한 태산은 봄을 뜻하며 동악東嶽이라 하며, 서쪽에 있는 화산華山은 여름을 뜻하며 서악西嶽이라고 합니다. 남쪽에 있는 곽산霍山은 가을을 뜻하며 남악南嶽이라 하고, 북쪽에 있는 항산恒山은 겨울을 뜻하며 북악北嶽이라고 합니다. 마지막으로 가운데 오롯이 서 있는 산을 숭산嵩山이라고 합니다.

『국조보감』 권1 태조 조太祖朝 4년에 보면 정도전鄭道傳이 사서삼경 등 동양철학을 바탕으로 경복궁을 비롯하여 사대문四大門의 이름을 짓고 있습니다. 오상五常을 빌어서 짓는데 동쪽 문은 홍인문興仁門(동대문), 서쪽 문은 돈의문敦義門(서대문), 남쪽 문은 숭례문崇禮門(남대문), 그리고 북쪽은 임금의 자리이므로 '엄숙히 다스린다'라는 뜻의 숙정문肅靖門(뒤에 숙청문肅淸門)으로 하였답니다. 그런데 도성에는 중앙의 대문을 만들지 않아 '신信'을 붙일 수 없었는데 나중에 중앙지대에 보신각普信閣을 지어 보완했다고 합니다. 정작 현판을 달 때 홍인문만은 '之지'자를 더하여 홍인지문興仁之門이라 했다고 하는데, 연유는 도성의 동쪽은 지대가 낮아 이를 보충하려고 한 글자를 더 붙였다 하기도 하고 동쪽에 큰 산이 없어 땅 힘이 이지러진다고 하여 '之'자로 보충했다고 합니다. 2008년 2월 11일 새벽 2시경에 그중의 하나인 숭례문은 불에 타 없어졌습니다. 600여 년을 내려온 문화재가 작은 불씨 하나로 재가 되었습니다.

우리 땅!

雁 門 紫 塞　　鷄 田 赤 城
기러기안 문문 붉을자 변방새　　닭계 밭전 붉을적 성성

높은 봉우리로는 안문산이 있고, 성으로는 만리장성이 있고, 명승지로는 계전과 적성이 있다.

🐌 한자의 본뜻 풀이

　　『설문』에 '雁안'은 '기러기[1]'라는 뜻이며, '門문'은 '듣다[2]'라고
합니다. 雁門은 산서성山西省 서북녘에 있으며, 기러기가 나는 곳
입니다. '紫자'는 '푸른색과 붉은색이 섞인 것[3]'이라고 하며, '塞
새'는 '틈 또는 간격[4]'의 뜻을 지니고 있습니다. '紫塞'는 곧 만
리장성의 다른 이름인 것입니다. 최표崔豹의 『고금주古今注』 권1
「도읍都邑」에 보면 "진나라 때 장성을 쌓았는데 흙빛이 모두 붉
은빛이므로 자새라고 하였다[5]"라고 적고 있습니다. '鷄田계전'은
안문 밖에 있으며, 북방의 돌궐과 흉노족의 잦은 침략에 시달리
던 곳입니다. '鷄계'는 '때를 알리는 집짐승[6]'이라고『설문』에 적
바림되어 있으며, '田전'은 '늘어놓다, 곡식을 심는 것[7]'이라고
풀이합니다. '赤적'은 '남녘의 빛깔이다[8]'라고 하며, '城성'은 본
래『설문』에 '백성을 가멸게 하다[9]'라는 뜻이 있습니다.

---

1 鳥也 조야
2 聞也 문야
3 紫色青赤間色也 자색청적간색야
4 隔也 격야
5 秦築長城 土色皆紫 故名紫塞 진축장성 토색개자 고명자새
6 鷄知時畜 계지시축
7 陳也. 樹穀曰田 진야. 수곡왈전
8 南方色也 남방색야
9 以盛民也 이성민야

만리장성은 춘추전국시대 말엽부터 명나라 때까지 오랜 터울을 두고 쌓아온 오래된 성인데, 진시황 때 붓을 발명한 몽염蒙恬이 시작하여 그 길이는 1만 ㎞ 내지 6천 ㎞로 보고 그 시발점은 동쪽 하북성河北省 산해관山海關으로부터 서쪽 감숙성甘肅省 가욕관嘉峪關에 이르고 있습니다. 이러한 진나라의 명장인 몽염은 『사기』권88 「몽염열전蒙恬列傳」에서 환관 조고趙高의 모함을 받아 죽으면서 다음과 같이 말합니다. "나의 죄는 죽어 마땅하다. 임조臨洮에서 요동遼東까지 만여 리의 성을 쌓아 이었으니……, 이렇게 하는 동안 지맥을 끊어놓지 않을 수 없지 않은가? 이는 나의 죄인 것이다[10]." 이에 약을 마시고 자살을 하였습니다. 이렇듯 진시황의 천하통일에 커다란 일조를 하였던 몽염은 그의 아버지가 무고를 당하여 죽을 무렵 이렇게 말하였습니다. "나의 선대 조상 때부터 진나라의 3대 왕에 걸쳐 공적과 신의를 쌓아왔습니다. 이제 신은 30만 명의 병사를 거느리지만, 몸은 죄인의 처지에 있습니다. 반역을 도모할 수 있으나 선대의 가르침을 욕되게 할 수 없으며, 선주[11]를 감히 잊을 수 없나이다."

적성赤城은 만리장성 밖에 자리하여 있으며 중국의 신화적 첫 임금인 황제黃帝 헌원軒轅과 싸운 동이족의 군장君長인 치우蚩尤가 있던 곳입니다. 『한단고기桓檀古記』에 적힌 치우의 모습은 '구리로 만든 머리에 쇠로 된 이마[12]'라 하였는바, 이는 치우 왕이 이미 중국 서토西土지역

---

10 恬罪固當死矣. 起臨洮屬之遼東 城塹萬餘里 此其中不能無絶地脈哉 此乃恬之罪也 염죄고당사의. 기임조속지요동 성참만여리 차기중불능무절지맥재 차내염지죄야
11 先主 : 진시황
12 동두철액 銅頭鐵額

의 황제 헌원이나 신농씨神農氏보다 일찍 갑옷과 투구를 만들었다는 얘기입니다. 결국 지금의 중국 베이징을 비롯한 중국 동녘은 단재 신채호의 『조선상고사』나 다른 중국 측의 역사서를 보건대 동이족의 무대였다는 것을 알 수 있습니다. 그런데도 수십 년 전부터 진행되어온 중국의 역사 왜곡에 우리는 팔짱끼고 바라만 보는 지경에 이르렀으니 안타깝습니다. 여기서는 분노를 삭이며 곧바로 아래의 글에서 중국인의 역사 왜곡의 편린片鱗을 더듬어 보겠습니다.

초나라의 미치광이

昆 池 碣 石   鉅 野 洞 庭
맏곤 못지 우뚝선돌갈 돌석   클거 들야 고을동 뜰정

곤지는 곤명현에, 갈석은 부평에 있고, 거야는 태산 동녘에 있고, 동정호는 원강(沅江) 남녘에
있다.

🐚 한자의 본뜻 풀이

『설문』에 '昆곤'은 '같다[1]'라고 하며, '池지'는 '땅을 파서 물
을 고이게 하다[2]'라고 풀이하고 있습니다. '碣갈'은 '우뚝 선
돌[3]'이라고 하며, 『한서』 권6 「무제기武帝紀」에는 동해가에 우
뚝 솟은 산이라고 합니다. '石석'은 '흙이 쌓은 것을 돌[4]'이라고
합니다. 『설문』에 따르면 '鉅거'는 '매우 단단하다[5]'라는 뜻이
며, '野야'는 '한 나라의 도읍의 성에서 백 리 떨어진 밖[6]'이라는
뜻입니다. 『설문』에 '洞동'은 본래 '빠르게 흐르다[7]'라는 뜻이며,
'庭정'은 본래 '집안[8]'이라고 합니다.

---

1 同也 동야
2 陂也 피야
3 特立之石 특립지석
4 土精爲石 토정위석
5 大剛也 대강야
6 郊外也 교외야
7 疾流也 질류야
8 宮中也 궁중야

곤지昆池는 '곤명지昆明池'의 다른 이름으로, 운남성雲南省의 성도省都이며 기원전 119년 한 무제가 곤명국을 정벌하여 운남과 통행코자 장안 서남쪽에 사위 40리의 곤명지를 파내어 수군水軍을 단련시켰던 곳입니다. 갈석碣石은 하북성河北省 창려현昌黎縣 북녘에 있는 뫼입니다. 거야鉅野는 산동성山東省 거현鉅縣 북쪽에 있는 크고 넓은 들입니다. 동정호洞庭湖는 둘레가 약 칠백 리에 달하는 중국 최대의 민물호수로, 호남성湖南省에 있으며 풍광風光이 빼어나 시인묵객詩人墨客이 배를 띄워 노닐며 시詩와 부賦를 읊던 곳입니다.

동정호 하면 생각나는 이가 있으니 바로 이백李白입니다. 그는 「월하독작月下獨酌」 2수首에서 아래와 같이 읊었습니다.

술 석 잔이면 큰 도에 통하고[9],
술 한 말이면 자연에 합치된다[10].

살아 있을 당시 안녹산의 난亂이 일어나고, 유가의 학문을 배운 관료들이 부패하고 간신들이 목대[11]를 틀어쥐는 사회에서 백성을 도탄에 빠트리는 위정자들의 모습에 다음과 같이 일갈합니다.

"나는 본래 초나라의 미치광이[12],
노래로 공자를 비웃노라[13]."

9 三盃通大道 삼배통대도
10 一斗合自然 일두합자연
11 주도권
12 我本楚狂人 아본초광인
13 狂歌笑孔丘 광가소공구

또한 그는 유가儒家의 사람들인 선비들에게, "백발이 되도록 글방안에서 책만 읽는 쓸모없는 유생들은 협객만도 못하다[14]"라고 하며 현실에 무심함을 직설적으로 토로합니다. 달을 잡으려 동정호에 뛰어들어 62세에 삶을 마감한 그는 데카당스[15]적인 운명을 보여주고 있는 듯합니다. 그는 당시의 권세자루 쥔 사람들의 게염과 뭇사람들의 '달팽이 뿔 위에서 싸우는 어리석음[16]'을 통음고가痛飲高歌의 심정으로 달래고 있습니다.

---

14 儒生不及游俠人 유생불급유협인 白首下帷復何益 백수하유부하익
15 decadence : 쇠미, 타락, 퇴폐
16 『장자莊子』「칙양則陽」

옹춘마니 당 태종

曠 遠 綿 邈　　巖 岫 杳 冥
빌광　멀원　이어질면　멀막　　바위암　묏부리수　아득할묘　어두울명

드넓고 멀리 이어진 산과 깊은 골짜기의 바위와 묏자락은 아득히 깊고 어둡다.

🐚 한자의 본뜻 풀이

　　『설문』에 '曠광'은 '밝다¹'라고 하며, '遠원'은 '멀다²'라고 합니다. 『문심조룡文心雕龍』 「서지序志」에 보면 "무릇 우주宇宙는 아득히 멀리 이어져 있어 서민 중에 뛰어난 현자賢者가 서로 섞이어 있으므로 뛰어난 사람을 가려내어 지혜와 책략을 알아낼 뿐이다³"라고 적고 있습니다. '巖岫암수'는 "산봉우리가 뾰족하고 가파르고 험하여 오를 수 없다"라는 뜻입니다. 『설문』에 '巖암'은 '언덕 또는 기슭⁴'이라고 하며, '岫수'는 '산에 나 있는 구멍⁵'이라고 합니다. '암수'는 두 가지 뜻이 있는데, 하나는 '바위에 난 구멍⁶'이며, 다른 하나는 '바위⁷'라는 뜻입니다. '杳묘'는 『설문』에서 '어둡다⁸'라 했으며, '冥명'은 '아득하다 또는 숨다⁹'라고 풀이합니다.

1 明也 명야
2 遼也 요야
3 夫宇宙綿邈 黎獻紛雜 拔萃出類 智術而已 부우주면막 여헌분잡 발췌출류 지술이이
4 岸也 안야
5 山穴也 산혈야
6 巖穴 암혈
7 巖 암
8 冥也 명야
9 幽也 유야

55개 소수민족으로 구성된 13억 인구의 중국은 북녘 끝자락 막하漠河에서부터 남사군도의 증모암사曾母暗沙까지 남북간의 위도 차가 약 50°나 되며 남북의 길이는 5,500㎞입니다. 동서의 길이는 5,200㎞, 시차는 4시간 이상이나 되어 동부의 우수리 강에서 해가 떠오를 때, 서부의 파미르고원은 아직도 별들이 총총한 새벽인 것입니다. 중국의 내류 국경선은 약 22,800㎞로써, 북한·러시아·몽고·카자흐스탄·키르기스스탄·타지크스탄·아프가니스탄·파키스탄·인도·네팔·부탄·시킴·미얀마·라오스·베트남 등 15개국과 접경을 이루고 있는 드넓은 영토를 지니고 있습니다. 이토록 드넓은 땅을 지닌 중국이 요즘 땅따먹기 놀이를 하고 있습니다. 이른바 '동북공정東北工程'이라는 놀음입니다.

단기 4339(2006년)년 9월 11일자 조선일보 일면에는 백두산 초입에 중국 측이 며칠 전부터 비석 하나를 세우고 있다는 보도 기사가 게재되었습니다. 참으로 기가 막힌 일입니다. 그 대목은 다음과 같습니다.

비문의 명칭은 당발해국조공도唐渤海國朝貢道이며, "서력 기원 698년부터 926년까지 발해국은 당나라 조정에 조공朝貢을 하였기에 이에 조공도의 시점을 기린 비석을 여기에 세운다[10]"라고 멋대로 적바림하고 있습니다.

---

10 公元六百九十八年至九百二十六年 渤海國納貢唐朝 築朝貢道始點 공원육백구십팔년지구백이십육년 발해국납공당조 축조공도시점

사실 당나라는 618년에서 907년까지 중국을 손아귀에 넣고 옆의 나라에 대하여 목대잡이[11]한 나라입니다. 이에 대하여 『신당서新唐書』에는 발해의 5대 대로大路 중 '조공도'란 길이 있었다고 나오지만 그것은 중국에서 일방적으로 부르던 것으로, 발해 입장에선 '압록도鴨綠道'로 표현해야 마땅합니다.

고려의 끝자락을 살며 조선을 섬기기를 손사래 친 이색[12]은 당나라 태종에 관하여 이야기하기를, "어찌 현화에 백우가 떨어짐을 알리요[13]"라고 하였는데, 여기서 '현화'는 당 태종의 눈을 말함이요, '백우'는 화살을 일컫습니다. 이에 대하여 단재 선생은 그의 엄청나게 해박한 역사에 대한 알음알이에 두루 역사서를 섭렵하며 다음과 같이 결론을 내립니다. 당 태종은 실제로 고구려의 안시성 싸움에서 양만춘에 의해 눈에 화살을 맞았는데 이를 『구당서舊唐書』에서는 다른 병으로 말미암은 후유증으로 죽었다고 합니다. 이는 중국의 사관들이 이른바 '위중국휘치爲中國諱恥'라 하여, 중국을 위해서는 부끄러운 역사는 적지 않는다는 중국인 특유의 교오성驕傲性을 드러낸 것이라 할 수 있습니다. 즉 교만하고 오만한 마음이라고 할 수 있죠. 이른바 이색이 말한 것과 그간 민간에 들려오던 이야기가 결국은 당 태종이 눈에 화살을 맞은 후유증으로 사망했다는 이야기를 실증實證한다고 할 수 있습니다.

11 주도권
12 李穡 : 328~1396
13 那知玄花落白羽 나지현화락백우

우리의 역사를 왜곡한 이는 실제로 옹춘마니14 당 태종이었다고 단
재 선생은『조선상고사』에서 말하고 있습니다. 당 태종은『사기』,『삼
국지』,『수서』그리고『진서』등에 그들의 역사에 부끄러운 부분은
거의 삭제하고 아름다운 역사만을 기록했다고 단재는 말합니다. 우리
의 역사 왜곡은 실로 전한을 멸망시킨 왕망王莽에 의해서 비롯한 것인
지도 모릅니다. 그는 고구려高句驪를 하구려下句驪라고 불렀다고『삼국
지』「위지·동이전」에 적바림되어 있습니다.

14 마음이 좁고 오그라진 사람

노가리와 늦사리

治本於農 務茲稼穡
다스릴치 근본본 어조사어 농사농　힘쓸무 이자 심을가 거둘색

농업을 나라를 다스리는 기틀로 삼으니 농사를 짓는 사람들은 곡물을 심고 거두는 일에 힘써야 한다.

🌀 **한자의 본뜻 풀이**

'治치'는 『주례周禮』「천관天官」에 보면 '천하의 질서를 오롯이 하여 다스린다[1]'라고 적혀 있습니다. '本본'은 '나무의 밑둥[2]'을 뜻한다고 『설문』에 적고 있습니다. 또한 '農농'은 '밭가는 사람[3]'이라고 적혀 있습니다. '務무'는 '애써 일하는 것[4]'이라는 뜻입니다. '茲자'는 『설문』에 의하면 원래 '풀과 나무가 더욱 자라다[5]'라는 뜻이나, 여기서는 '이것[6]'이라는 뜻입니다. 또한 '稼가'는 『설문』에 '곡식이 꽃이 피어 열매를 맺은 것[7]'이라고 하며 '심는다[8]'라 했으며, '穡색'은 '거둔다[9]'는 뜻이라고 합니다.

『통감通鑑』 권7 「태종효문황제太宗 孝文皇帝」편에 보면 "농업은 천하(나라)의 근본이 되는 것이다[10]"라고 적고 있으며, 권8에서는 "농사는

---

1 治者 所以紀綱天下 치자 소이기강천하
2 木下曰本 목하왈본
3 耕人也 경인야
4 勉也 면야
5 艸木多益 초목다익
6 此也 차야
7 禾之秀實爲稼 화지수실위가
8 種曰稼 종왈가
9 斂曰穡 염왈색
10 農者 天下之大本也 농자 천하지대본야

천하의 근본이라 더없이 힘써야 하는데도 지금 몸을 부지런히 하여 종사하되 조세를 부과하니 이는 본말에 다름이 없는 것이다[11]."라 하여 나라살림을 푼더분하게[12] 하는 기틀이라고 명토 박는 한문제[13]의 조서를 내어 토지세를 없애라는 명령이 내려지게 됩니다.

농사는 봄에 노가리[14]질을 해 가을철에 늦사리[15]를 잘 할 수 있는 것이 대모[16]한 것입니다. 요즘은 이상기후에다 잦은 풍수해 및 병충해 그리고 정부의 농업정책 실패와 농민의 수요예측 불발로 논을 갈아엎거나 밭을 갈아엎는 경우가 많습니다. 참 안타깝고 서운한 마음이 듭니다. 구실[17]이 없어서는 안 됩니다. 하지만 민초들의 어깨를 무겁게 하는 지나치게 무거운 구실은 걷지 말아야 합니다. 피눈물 나고 손발 닳도록 일하는 이들이 이 땅의 민초들입니다. 버는 이 따로 있고 쓰는 이 따로 있으면 그게 어디 살림살이인가요? 곳간이 가득해야 예절을 알고 먹을 것과 입을 것이 푼더분해야 욕됨과 큰춤 볼 때를 가려서 안다고 합니다. 『관자管子』 「목민牧民」에 나오는 대목입니다. 요즘은 그렇지 않은지 있는 기업인들은 비자금을 챙기고, 벼슬아치들은 나라의 돈을 곶감 빼먹듯 집어삼키고 있습니다. 민초들의 배는 주리고 위의 높은 이들은 재물이 지천에 널려 있는 것인가 봅니다.

---

11 農 天下之本 務莫大焉 今勤身從事 而有租稅之賦 是爲本末者 농 천하지본 무막대언 금근신종사 이유조세지부 시위본말자
12 여유가 있고 넉넉함
13 漢文帝 : 기원전 180~157
14 씨를 흩어 뿌리어 심는 것
15 철 늦게 농작물을 거두는 일
16 중요
17 조세

들피 나던 시절

俶 載 南 畝　我 藝 黍 稷
비로소숙 실을재 남녘남 밭두둑무　나아　심을예 기장서 피직

봄이 되면 남쪽 밭이랑에 나가 씨를 뿌려 곡식을 심어, 나는 찰기장과 메기장을 심으리라.

🐚 한자의 본뜻 풀이

『설문』에 '俶숙'은 '좋다[1]', 혹은 '비로소 또는 처음[2]'의 뜻을 담고 있습니다. 『설문』에 '載재'는 '타다[3]'라고 합니다. '俶載'는 '일을 시작한다'라는 뜻을 담고 있습니다. '南남'은 『설문』에 의하면 '초목이 남방에 나다, 가지가 생기다[4]'라고 합니다. '畝무'는 '밭두둑'이라는 뜻을 지녔습니다. 주周나라에서는 사방 6척을 보步라 하고, 100보를 1무畝라 했으나, 진秦나라 때에는 240보를 1무로 삼았습니다. 1무는 0.0667헥타르, 곧 테니스장 2개를 아우른 크기입니다. '我아'는 『설문』에 따르면 '자신을 드러내어 스스로를 일컫다[5]'라는 뜻이며, '藝예'는 '심다'라는 뜻을 지니고 있습니다. 『시경』에는 '埶예로 적혀 있습니다. 『설문』에 '黍서'는 '찰기장[6]'이란 뜻이며, '稷직'은 '오곡 가운데 으뜸의 낟알,[7] 곧 메기장'이란 뜻입니다.

1 善也 선야
2 一曰始也 일왈시야
3 乘也 승야
4 艸木至南方, 有枝任也 초목지남방, 유지임야
5 施身自謂也 시신자위야
6 禾屬而黏者也 화속이점자야
7 五穀之長 오곡지장

『시경』「대전大田」이라는 시에,

남녘의 밭이랑에 씨를 뿌리네8.

온갖 곡식 씨앗을 뿌리니9……(중략).

『시경』「초자楚茨」이라는 시에,

더부룩한 찔레나무엔10

가시가 뾰족 뾰족11.

예부터 무얼 하였나12?

차기장과 메기장 심었지13.

차기장도 무성하고14,

메기장도 우거져서15.

창고도 그득 차고16,

노적가리 산더미 같네17……(중략).

   어릴 적 우리 마을은 산골짜기에 있어 구메농사18로 모두가 근근이
살아가고 있었고 집집마다 논 몇 마지기가 고작인 동네였습니다. 내
남없이 늘 보리밥에 칼국수 그리고 감자와 밀가루를 섞은 음식을 먹

8 俶載南畝 숙재남묘
9 播厥百穀 파궐백곡
10 楚楚者茨 초초자자
11 言抽其棘 언추기극
12 自昔何爲 자석하위
13 我蓺黍稷 아예서직
14 我黍與與 아서여여
15 我稷翼翼 아직익익
16 我倉旣盈 아창기영
17 我庾維億 아유유억
18 규모가 작은 농사

었습니다. 쌀밥 먹은 날은 할아버지나 아버지 생신날 아니면 명절 때였습니다. 거반 아이들이 들피[19]하여 얼굴에 버짐이 생기는 것이었습니다. 장마철이면 한달음에 건너뛸 바투[20] 도랑은 늘 넘쳐 길 위로 흘러 흙탕길이 되어 고무신을 신은 발을 옮길 때마다 신이 벗겨지곤 하였습니다. 논에는 항상 다옥하게[21] 피가 자라 피사리를 해야 했고, 밭에는 다뿍하게[22] 잡초들이 나 온 밭을 헤매며 어머님과 같이 김을 매어야 했고, 늦은 시간까지 밭을 매다가 집에 오면 저녁상에 오른 것은 거반 칼국수 아니면 찐 옥수수와 오이냉국에 찐 감자였습니다. 보릿고개 시절이 아닌데도 조금 배고픈 시절이었습니다.

학교에서 돌아오는 길에 여름에는 자두를, 가을에는 무밭과 콩밭을 넘나들며 남이 심어 놓은 곡물을 몽태치곤[23] 하였습니다. 삼하지[24] 않은 마음이라서인지 어른들은 왜장치는[25] 것으로 밭에서 어정거리는 우리를 쫓아내곤 하였습니다. 그때가 참 그립습니다.

19 굶주려서 몸이 여위고 쇠약해지는 일
20 두 물체의 사이가 썩 가깝게
21 무성하게
22 분량이 다소 정도나 범위를 넘는 모양
23 남의 물건을 슬그머니 훔치는 것
24 어린아이의 성질이 순하지 않고 사나움
25 일이 지난 뒤에 헛되이 큰소리를 치는 것

버덩에 누워버린 들풀

稅 熟 貢 新　勸 賞 黜 陟
구실세 익을숙 바칠공 새로울신　권할권 상줄상 내칠출 오를척

익은 곡식에 구실(조세)을 매기고 햇것을 공물로 바치고, 풍년이 들게 한 이에게는 상을 주고 격려해주며 게을러 솟나지(땅의 소출이 늚) 못하게 한 관리는 내쫓는다.

🎣 한자의 본뜻 풀이

　　『설문』에 '稅세'는 '조세이다[1]'라고 합니다. '熟숙'은 『정자통 正字通』에 의하면 '곡식이 익다[2]'의 뜻이니, 곧 익은 곡식에 구실 (조세)을 매김을 뜻합니다. '貢공'은 『광아』에서 '바치다[3]'라고 하며, 『설문』에는 '공을 바치다[4]'라고 합니다. '新신'은 『설문』에 '나무를 얻다[5]'라는 뜻으로 되어 있습니다. '貢新'이란 '새로 거둔 곡식을 바치다'라는 뜻입니다. 『설문』에 '勸권'은 '힘쓰다[6]'라고 했으며, '賞상'은 '공이 있는 이에게 상을 주다[7]'라 했으니, 즉 권면勸勉하여 상을 준다는 뜻입니다. 같은 책에 '黜출'은 '벼슬이 낮아지다[8]'라고 했으며, '陟척'은 '관위를 올리는 것[9]'이라 합니다.

1 租也 조야
2 稔也 임야
3 上也 상야
4 獻功也 헌공야
5 取木也 취목야
6 勉也 면야
7 賜有功也 사유공야
8 貶下也 폄하야
9 登也 등야

『서경』「순전舜典」에 보면 "순 임금께서는 삼 년 동안 쌓인 벼슬아치의 공적을 세 번 살피시어 나랏일에 어둡고 소홀한 벼슬아치는 내쫓고, 아귀찬[10] 벼슬아치는 자리를 높여주니 여러 사람의 공적이 이루어지고 빛났다[11]"라고 적고 있습니다.

애옥살이[12]에 풀뿌리의 어깨에 멍에를 걸머진 모습은 언걸[13]에 또다시 힘에 겨워 버덩[14]에 힘없이 누워버린 들풀과도 같이 부쩌지[15] 못하고 이리저리 휩쓸립니다. 이 땅의 풀뿌리가 오롯이 서지 못함은 왜인가요? 이 땅 위의 무거운 구실과 야바위로 소드락질[16] 하는 뭇 기업과 장사치들의 얌생이 짓[17] 때문입니다.

『묵자』「칠환七患」편을 보면 "한 가지 곡식이 잘 안 되면 이를 근饉이라 하고, 두 가지 곡식이 수확이 잘 안 되면 이를 한旱이라 하고, 세 가지 곡식이 수확이 잘 안 되면 이를 흉凶이라 하며, 네 가지 곡식이 수확이 잘 안 되면 이를 궤饋라 하며, 다섯 가지 곡식이 수확이 다 안되면 이를 기饑라 한다"라고 합니다. 지금 이 나라에는 과중한 세금이 내려지고 있습니다. 그래서인지 세금 포탈과 탈루가 우꾼합니다[18]. 유사類似 휘발유가 나돌고 이른바 '짝퉁' 명품이 서낙하게[19] 만들어지고

10 뜻이 굳고 하는 일이 야무짐
11 三載考積 三考黜陟幽明 庶積成熙 삼재고적 삼고출척유명 서적성희
12 가난에 쪼들리는 고생스러운 살림살이
13 남 때문에 당하는 괴로움이나 해
14 나무는 없이 잡풀만 난 거친들
15 한 곳에 붙어 배겨 냄
16 남의 재물을 마구 빼앗는 짓
17 남의 물건을 조금씩 훔쳐 내는 것
18 어떤 기운이 한꺼번에 세게 일어남

있습니다. 나라에서 세금을 무겁게 매기면 민초民草들의 어깨가 무거워지며 정부에 대한 미쁜[20] 마음이 없어집니다.

이 누리의 한쪽 모롱이에 사는 우리네는 정말 무슨 일에라도 동티[21]를 내어 서로 싸우는 삶을 살고 있습니다. 아귀다툼에 휘말려 자발없는 짓과 악다구니를 쓰며 사는 게 삶인 줄 알고 본래의 삶의 갈피를 잡지 못하고 어섯[22]을 벗어나 호동가란한[23] 몸짓과 말을 지니지 못하고 살고 있나 봅니다. 울대 센 사람이 앞서고 권세자루[24]를 틀어쥔 사람이 땅불쑥하니[25] 일어서는 누리입니다. 『도덕경』 제3장에 "어렵사리 모은 재산을 귀히 여기지 말라[26]"라고 일갈을 놓습니다. 풀이 나지 않는 무덤[27]으로 유명한 고려 말의 최영[28]은 "황금 보기를 돌같이 하라[29]"라고 했습니다. 이 말은 짜장[30] 오늘을 사는 우리에게는 별 희한한 소리 같지만 그런대로 마음을 그루박는 말입니다.

19 극성맞게
20 믿음성이 있음
21 빌미
22 갈래
23 말없이 조용하게
24 권력
25 유다름
26 不貴難得之貨 불귀난득지화
27 赤墳 적분
28 崔瑩 : 1316~1388
29 見金如石 견금여석
30 정말

시체로 간諫하다

孟 軻 敦 素　 史 魚 秉 直
맏맹　굴대가　도타울돈　바탕소　　사관사　고기어　잡을병　곧을직

맹자는 하늘이 내린 천성을 도탑게 하고자 했으며, 사어는 곧은 마음을 지녔다.

🐚 한자의 본뜻 풀이

　‘孟맹’은 『설문』에 보면 ‘맏이 또는 으뜸[1]’의 뜻이나, 여기서는 맹자孟子의 성씨입니다. 그의 이름은 가軻입니다. ‘軻가’는 『설문』에 ‘수레에 굴대를 달다[2]’라고 합니다. ‘敦돈’은 『설문』에 ‘두텁다[3]’라고 하였습니다. 『통훈정성通訓定聲』에 ‘素소’는 ‘겉치레를 하지 않은 것[4]’이라고 하며, 『설문』에는 ‘촘촘히 짠 흰 비단[5]’이라고 합니다. 당나라 때 이한李瀚이 지은 『몽구蒙求』라는 책에는 ‘맹가양소孟軻養素’라고 하였는데, 이는 ‘맹자가 하늘로부터 받은 착한 마음을 길렀다’라는 뜻입니다. 본래 『설문』에 ‘史사’는 ‘어떤 일을 기록하는 이[6]’를 뜻합니다. ‘史魚사어’는 춘추시대 위나라 사람으로 이름은 추鰌입니다. 위나라 영공靈公이 현인賢人인 거백옥蘧伯玉을 등용치 않고 어질지 못한 미자하彌子瑕를 높여 쓰자 죽음으로써 간한, 이른바 ‘시간屍諫’을 한 사람입니다. 『설문』에 ‘秉병’은 본래 ‘벼를 묶다[7]’라고도 하지만, 여기서는 ‘잡다[8]’라는 뜻이며, ‘直직’은 ‘바로 보다[9]’라는 뜻입니다. 『논어』 「위령공衛靈公」편에 ‘곧도다. 사어여! 나라에 정도正道가 행하여져도 살대같이 곧았고, 나라에 정도가 행하여지지 않아도 살대와 같이 곧았도다!’라고 공자께서 그의 충忠을 높이 사고 있습니다.

---

1 長也 장야
2 接軸車也 접축거야
3 厚也 후야
4 物不加飾 물불가식
5 白緻繒也 백치증야
6 記事者也 기사자야
7 禾束也 화속야
8 執也 집야
9 正見也 정견야

공자孔子께서 위衛나라에 갔을 때 거백옥蘧伯玉이라는 사람이 있었습니다. 그는 어질었으나 위나라 영공衛靈公은 그를 등용하여 쓰지 않고, 미자하彌子瑕는 어질지 못했는데 도리어 등용하였습니다. 사어史魚가 여러 차례 영공에게 거백옥을 등용하여 쓰자고 간諫하였으나 영공은 듣지 않았습니다.

사어가 병이 나서 죽을 무렵, 그는 아들을 불러 놓고 말하였습니다. "내가 위나라 조정에 있으면서 거백옥을 등용하지 못하였고, 미자하를 물리치지 못하였는데, 이는 내가 임금을 바로 보필하지 못했다는 것이다. 살아서 임금을 바로 보필하지 못하였으니 죽어서도 임금에게 예를 다하지 못하는 것이다. 그러니 내가 죽으면 시체를 창문 아래에 두면 된다." 마침내 사어가 죽자 아들은 아버지의 유언대로 하였는데 사어가 죽었다는 말을 들은 영공이 조문을 와서 보니 사어의 시체가 창문 아래에 있고 빈소가 마련되지 않아 괴이하여 물었습니다. 이에 아들은 아버지가 한 얘기를 알려주었습니다. 영공이 놀라 얼굴빛이 달라지면서 말하기를, "이는 과인의 실수다"라고 하였습니다. 이에 영공은 사어의 아들에게 빈소를 차리도록 명하고 거백옥을 등용하여 쓰고 미자하를 물리쳐 멀리하였습니다. 공자께서 이를 듣고 말씀하시기를 "옛날에 충간忠諫하는 이는 많았으나 죽으면 그뿐이었다. 죽은 뒤에도 시체로서 충간하는 이는 사어밖에 없구나! 충간으로써 임금을 감동시켰으니 곧다고 아니할 수 있는가"라고 『공자가어』「곤서困誓」편에 실려 있습니다.

시어머니와 며느리 싸움

庶 幾 中 庸　勞 謙 謹 勅
바라건대서 거의기 가운데중 떳떳할용　　힘쓸노 겸손할겸 삼갈근 삼갈칙

겉으로 드러나지 않고 늘 바르고 흔들림이 없기를 바란다면, 부지런히 힘쓰고 스스로를 낮추며 삼가 잡도리를 하라.

🦢 한자의 본뜻 풀이

　　어느 한 곳으로 치우치지 아니하며 지나치거나 모자람이 없는 중용을 바란다면, 자신의 공로를 내세우지 말고 삼가고 조심하여야 합니다. '庶서'는『설문』에 의하면 '집 아래에 여러 사람이 모인 것[1]'이라는 뜻이며, '幾기'는 '작고 적은 또는 가깝다[2]'라는 뜻입니다.『맹자孟子』「공손추公孫丑」에 보면 '庶幾서기'는 '바라다'라는 뜻을 지니고 있습니다.『설문』에 '中중'은 본래 '안쪽[3]'이라고 하나, 유교에서는 '칠정[4]이 겉으로 드러나지 않은 것이 '中중'이고, 언제나 바르고 일정한 것이 '용庸'이라고『중용中庸』의 첫 구절에 적바림되어 있습니다. '庸'의 본뜻은『설문』에 '쓰다[5]'라고 풀이되어 있습니다. 중용은 유가儒家의 알짬[6]이 되는 대목입니다. '勞노'는『설문』에 '힘쓰다[7]'라고 하며, '謙겸'은 '잡도리하다[8]'라고 합니다. '謹근'은 '삼가다[9]'라는 뜻입니다. '勞謙謹勅'은『주역』의「겸괘謙卦」에 나오는 대목입니다.

---

1 屋下衆也 옥하중야
2 微也 미야, 殆也 태야
3 內也 내야
4 七情—喜怒哀懼愛惡慾 희노애구애오욕
5 用也 용야
6 여럿 중 가장 중요한 내용
7 用力者勞 용력자노
8 敬也 경야
9 愼也 신야

"시어머니와 며느리는 한 방에 앉아 있을 경우 조그마한 틈이 없으면 싸운다[10]"고 『장자』의 「잡편雜篇」에 적혀 있습니다. 예로부터 시어머니와 며느리는 앙숙인가 봅니다. 그러나 그렇지 않은 경우가 있기도 하지요. 대저 이 나라의 국회와 정부를 보면 선량善良들이 무리를 지어 본연의 일에는 마음 씀이 없이 해찰[11]을 부리고 있습니다. 나라에서 집안싸움에 피새[12]를 부리며 나라살림은 한쪽에 밀쳐두고 있습니다.

나라를 운영하는 사람들은 좀 더 능력 있고 미래를 보는 사람을 발탁하여 나라살림을 잘했으면 합니다. 『맹자』의 「이루하離婁下」편을 보면 '어진 이를 가림이 없이 쓰라[13]'고 하였는데 참으로 옳은 말인 듯합니다. 이 말은 3천 7백 오십 년 전에 은나라를 세운 탕왕湯王이 인물을 씀에 있어 이와 같이 하였다고 합니다. 아무리 하찮은 인물이라도 재능이 있고 실력이 있는 이를 가리지 않고 썼다고 합니다.

『묵자』에도 보면 인물이 잘나고 말을 잘하는 사람은 쓰지 말라고 합니다. 군주가 인물이 잘난 사람을 쓰게 되면 그의 언행과 인물을 보고 그의 말을 믿게 된다고 하는데, 이는 나라를 망치는 지름길이라고 합니다. 요즘은 너무나 튀는 데 열중하다보니 꼴불견인 경우가 많습니다. '일을 하면서 겸손하며 자신을 잡도리하라[14]'는 글이 있습니다.

---

10 室無空虛 則婦姑勃豀 실무공허 즉부고발혜
11 일에는 정신을 두지 않고 쓸데없는 짓만 함
12 조급하고 날카로워 걸핏하면 화를 내는 성질
13 立賢無方 입현무방
14 勞謙勤勅 노겸근칙

'노겸勞謙'이라는 말은 본래『주역』의「겸괘謙卦」에 나오는 말입니다. 그저 옛사람들은 이러한 태도를 지녔던가 봅니다. 이를『주역』의「계사 상繫辭 上」편에서 다시 공자께서 말씀하시기를, "공로와 겸손의 덕이 있는 군자로다. 끝내 길吉하리라. 공로가 있어도 자랑하지 않고 공이 있으면서도 그것을 공덕이라고 생각하지 않는구나! 지극히 두터운 태도의 극치이다. 이것은 공이 있으면서도 남에게 자신을 낮추는 것이다. 덕이 있는 말은 성대하고, 예의 바른 말은 공손하다. 겸손이란 공손한 것으로 그 자리를 보전하는 것이다"라고 합니다.

『한서』권98「원후전元后傳」에 보면 "사대부라면 감히 죽음으로써 근칙을 지킨다[15]"라고 하였으며,『남사南史』에서도 "일에 임해서 삼가고 조심하여 스스로 잡도리할 것이며 임금 앞에서는 엄숙하고 가지런 해야 한다[16]"고 뭇 사람들에게 자신을 잡도리할 것을 그루박고[17] 있습니다.

말이 서낙한[18] 이 누리에서 자신을 낮추고 공로를 자랑하지 않고 겸손의 덕을 지닌 사람은 몇이나 되는지요? 남을 초들기[19]를 좋아하고 직수굿함[20]이 없는 우리네 검은 머리털을 지닌 사람의 모습은 참으로 볼썽사납습니다.

15 不如御史大夫音謹敕 臣敢以死保之 불여어사대부음근칙 신감이사보지
16 臨事謹勅 御下嚴整 임사근칙 어하엄정
17 강조함
18 풍성한
19 어떤 사물을 입에 올려서 말함
20 풀기가 꺾여 대들지 않고 다소곳이 있음

나이 사십이면

聆 音 察 理　鑑 貌 辨 色
들을령 소리음 살필찰 이치리　거울감 모양모 나눌변 빛색

남의 말을 들어 그 갈피를 살피며, 그 사람의 생김새를 보며 얼굴빛을 가리어 판단한다.

🐚 한자의 본뜻 풀이

　　『설문』에 '聆영'은 '귀로 듣다[1]'라고 하며, '音음'은 '사람의 소리이며, 속에서 밖으로 나와 가락을 이룬다[2]'라는 뜻입니다. 같은 책에 '察찰'은 본래 '넘어지다[3]'이나 '자세히 살피다[4]'의 뜻을 지니며, '理이'는 '옥을 다듬다[5]'라는 뜻입니다. '鑑감'은 '큰 동이[6]'이고 '貌모'는 '모습'이니, '鑑貌'는 '거울에 모습을 비춰보다'라는 뜻입니다. 『설문』에 '辨변'은 '구별하다[7]'라는 뜻이고, '色색'은 '얼굴에 드러난 기운[8]'이라 하였으니 '辨色변색'은 '얼굴빛을 구별하다'라는 뜻입니다.

　　"사람과 더불어 있을 때 그 사람의 됨됨이를 거니채는[9] 데는 그 사람의 눈동자를 보는 것보다 더 좋은 것이 없다. 눈동자는 그 사람의 악한 바를 감추지 못하며, 마음이 바르면 눈동자가 밝으며, 마음이 올

---

1 聽也 청야
2 聲也 生於心 有節於外 성야 생어심 유절어외
3 覆也 복야
4 覆審 복심
5 治玉也 치옥야
6 大盆也 대분야
7 判也 판야
8 顔气也 안기야
9 기미를 알아챔

바르지 못하면 눈동자가 흐리다"라고 맹자孟子께서 이릅니다.

  "나이 사십이면 자신의 얼굴에 책임을 져라." 이 말은 미국의 16대 대통령인 링컨[10]의 말입니다. 흔히 이 말은 나이 사십이면 얼굴에 그동안 살아온 내력이 나타난다는 것을 뜻합니다. 미용적인 면에서 많이 인용을 하고 있는데 이는 잘못 끌어다 쓰는 것입니다. 겉치레보다는 속마음을 중시하라는 이 말은 요즘 완전히 와전되어 잘못 쓰이고 있음이 분명합니다. Well-being이니 하는 바람을 타서 여인들의 피부미용 또는 잇바디[11]하게 S라인의 몸매를 만들려는 30~40대 여인들의 허울 좋은 구실거리에 지나지 않습니다. 얼굴은 자신의 내적인 상태를 드러내는 심증이며 결코 간과할 수 없는 징표입니다. 얼굴은 곧 지나온 자신의 삶을 드러내주는 거울이기도 합니다.

  『논어』의 「양화陽貨」편에 다음과 같은 말이 있는데 링컨의 말과 조금 통하는 면이 있습니다.
  "나이 사십이 되어서도 남에게 미움을 받는다면 그것은 끝장이 난 것이다[12]."

  『서경』 「홍범洪範」편에 오사五事라고 하여 겉모습[13]·말[14]·보는 것[15]·듣는 것[16]·생각함[17]을 들고 있으니, 첫째로 사람의 겉모습을 들

---

10 1809~1865
11 치열
12 子曰 年四十而見惡焉 其終也已 자왈 연사십이현오언 기종야이
13 貌 모
14 言 언

고, 둘째로 말을 듣고 있으니 겉모습은 바로 그 사람의 속내를 나타내는 것이어서 이는 공경恭敬을 대모[18]하게 여기는 것입니다.

말을 함부로 함도 문제이고 행동을 함부로 함도 문제입니다. 이악함[19]으로 남에게 조라떠는[20] 일을 서슴지 않으니 도대체 나이 사십 또는 오십이 넘어서도 어울리지 않는 말과 자닝한[21] 짓을 함은 무슨 까닭인지요?

『시경』「억抑」의 시에서 말의 중요성을 다음과 같이 읊고 있습니다.
"말에 흠이 있음은 어찌할 수가 없다[22]."
그리고 같은 편의 시에서 "나의 혀를 막을 수 없고 한 번 뱉어낸 말은 쫓아가 잡을 수 없다[23]"라고 말입니다.

그저 "말을 가볍게 하지 말라[24]"라는 뜻입니다. 말은 자신의 얼굴입니다. 속내의 말을 드러냄은 늘 조심해야 합니다.

15 視 시
16 聽 청
17 思 사
18 중요
19 자기 이익에만 마음이 있음
20 일을 망치게 방정을 떪
21 모습이나 처지 따위가 참혹하여 차마 볼 수 없음
22 斯言之玷 不可爲也 사언지점 불가위야
23 莫捫朕舌 言不可逝也 막문짐설 언불가서야
24 無易由言 무이유언

각다귀판

貽 厥 嘉 猷　勉 其 祗 植
줄이　그궐　아름다울가 꾀유　힘쓸면 그기　공경할지 심을식

덕을 길러 좋은 꾀를 후손에게 주고, 이를 힘써 받들어 덕을 심으라.

한자의 본뜻 풀이

『설문』에 '貽이'는 '남기다[1]'라고 합니다. 『이아』「석언釋言」
에 '厥궐'은 '그것[2]'이라 합니다. 『설문』에 '嘉가'는 '아름답다[3]'
라고 하며, '猷유'는 '꾀하다 또는 계책計策'이라고 하였습니다.
또한 『설문』에 '勉면'은 '굳세다[4]'라는 뜻이며, '其기'는 '그것[5]'이
라고 합니다. '祗지'는 '공경하다[6]'라는 뜻입니다. '植식'은 『광아』
에 의하면 '심다[7]'라는 뜻을 담고 있습니다.

1 遺贈也 유증야
2 其也 기야
3 美也 미야
4 彊也 강야
5 厥也 궐야
6 敬也 경야
7 種也 종야

겨울의 그 삭기[8] 서린 나날! 일터의 한매[9] 모닥불의 불땀땔[10]의 템[11]에 추위는 어느덧 드뎌[12]집니다. 매양 아침 달구리 무렵에 일터로 나갑니다. 차디찬 삭풍, 그 칼바람을 얼굴에 고스란히 맞이하며 자전거 페달을 밟아 사뭇 길 위를 미끄러집니다. 가끔 아파트 창문 사이로 비어져 나오는 불후리[13]들을 받으며 고갯마루를 허위넘습니다[14]. 일을 끝내고 노량으로[15] 해동갑할[16] 무렵이면 허위허위[17] 집으로 발부리를 돌립니다. 본시 걸태질[18]에는 손사래를 치는 성질이어서 그저 해찰[19]만 부리기도 합니다. 어떤 때에는 고린전[20]에 대포 한 사발이면 마음이 기꺼워지기도 합니다.

요즘 매일 시끄러운 저 서울의 각다귀판[21]을 벌이는 무리들이 도당을 만들어 민초들의 통장에서 돈을 빼내어 당비로 쓰고 있다고 합니다. 선량善良들이 벌이는 짓거리는 희대의 웃음을 자아내고 있습니다. 감발저뀌[22]들이 이제는 민초들의 통장 쌈짓돈을 먹이 삼아 사냥을 하고 있습니다. 『묵자』의 「천지天志」에 "나라에 의義가 없으면 그 나라

8 朔氣 : 세찬 겨울 공기
9 잠깐
10 나무의 열기
11 정도
12 제자리걸음
13 등불
14 허위단심으로 높은 곳을 넘다
15 느릿느릿한 몸놀림으로
16 해질녘
17 힘겨운 걸음걸이로 애써 걷는 모습
18 아무 염치나 체면 없이 재물을 마구 끌어 모음
19 어떤 일에 마음을 쏟지 않고 이것저것 손대는 모양
20 보잘 것 없는 푼돈
21 남의 것을 빼앗아 먹는 무리들이 모이는 판
22 이곳을 바라고 눈치 빠르게 달라붙는 이

는 망하게 된다"고 합니다.

　이즈음 정암의 절명시絶命詩가 문득 떠오릅니다. 정암靜菴 조광조23
는 1519년 11월 15일에 기묘사화에 얽혀 그해 12월 20일에 사사賜死됩
니다. 전남 화순에서였지요. 사약을 마시기 전에 붓을 들어 북쪽을 향
해 네 번 절을 올린 후 그는 다음과 같이 단숨에 써내려 갑니다.

　　　임금 사랑하기를 아버지 사랑하듯 하였고24,
　　　나라 근심하기를 집안 근심하듯 하였노라25.
　　　밝은 해가 아래 세상을 비추고 있으니26,
　　　거짓 없는 이내 충정을 환하게 비추리라27.

　『서경』「군진君陳」에 "너에게 좋은 꾀와 계책이 있으면 들어가서
임금께 고하라28"고 하였습니다. 후손에게 물려줄 것은 계책보다는
나라사랑과 각다귀판을 저버리고 나라살림을 오달지게29 하는 것입니
다. 허례허식虛禮虛飾보다는 나라를 위한 좋은 꾀를 내었으면 하는 바
람입니다.

23　趙光祖 : 1482~1519
24　愛君如愛父　애군여애부
25　憂國如憂家　우국여우가
26　白日臨下土　백일임하토
27　昭昭照丹衷　소소조단충
28　爾有嘉謀嘉猷　則入告爾后于內　이유가모가유 즉입고이후우내
29　아무지고 실속이 있음

옷 한 벌에 이불 하나로 산 대사헌 영감

省 躬 譏 誡　　寵 增 抗 極
살필성 몸소궁 나무랄기 조심할계　　필총 더할증 겨룰항 다할극

스스로를 살피어 허물이 있으면 스스로를 꾸짖어 조심하며, 임금에게 고임을 받을수록 잘난 체하지 말아야 한다.

🐚 한자의 본뜻 풀이

　　『설문』에 '省성'은 '작은 것을 보다[1]'라는 뜻이며, '躬궁'은 '몸 소'라는 뜻으로 '省躬'은 '몸소 살피다'라는 뜻입니다. 같은 책에 '譏기'는 '남의 허물을 두고 떠벌이다[2]'라는 뜻이며, '誡계'는 '글 로써 타이르다[3]'라는 뜻입니다. '寵총'은 『설문』에 의하면 '높은 곳에 앉다[4]'라고 하며, 『집운』에는 '고임 또는 사랑[5]'의 뜻으로 되어 있습니다. 『설문』에 '增증'은 '더하다[6]'라는 뜻입니다. '抗 항'은 본래 『설문』에 따르면 '막다[7]'라고 풀이하며, '極극'은 본래 '용마루[8]'라는 뜻이나, 여기서는 '맨 위'라는 뜻으로 풀이됩니다.

　　『서경』「주관周官」에 "벼슬은 거드름을 피우는 데 이르지 말고, 녹 봉祿俸은 사치함에 이르지 말며, 임금에게 고임을 받고 있을 때 위태로 움을 생각하라[9]"라고 그루박고 있습니다.

1 視也 시야
2 誹也 비야
3 勅也 칙야
4 尊居也 존거야
5 愛也 애야
6 益也 익야
7 扞也 한야
8 棟也 동야
9 位不期驕 祿不期侈 居寵思危 위불기교 녹불기치 거총사위

율곡栗谷 선생께서 "사람이 벼슬에 나아가지 못했을 경우에 이를 얻는 데 안달하고, 벼슬을 얻은 후에는 또 이를 잃을까 두려워한다. 이렇게 하면 본래의 평정심을 잃는 이가 많으니 어찌 두려워하지 않겠는가?"라고 말씀하십니다.

조선 중엽 광해군 때 병조판서와 대사헌을 지낸 어느 대감이 하루 아침에 벼슬길에서 쫓겨나 김포 땅으로 내려와 살고 있었습니다. 그는 허름한 움막에서 종 녀석 하나만을 데리고 살고 있었는데, 먹을 것이라고는 보리밥도 먹지 못하는 처지였습니다. 봄이 되면 밭에 심을 씨감자와 얼마의 고사리가 전부였습니다. 그저 벼슬살이에서 쫓겨나 마음을 달리 두지 않고 흘러가는 세월을 보며 지내던 중이었습니다. 그는 광해군이 왕위에 올라 벼슬에서 쫓겨난 것인데, 그는 선조로부터 영창대군을 잘 보필하여 왕위를 잇게 해 달라는 고명顧命을 받은 사람이었습니다. 그러나 선조의 고명을 저버린 다른 신하들이 광해군을 세워 왕이 되게 하자 원래 왕에 오를 영창대군은 그들에 의해 죽게 됩니다. 아울러 선조의 고명을 받은 그도 벼슬을 빼앗기고 낙향 아닌 낙향을 하게 된 것입니다. 그는 마흔 살 이전에 부제학, 도승지, 대사간 등의 벼슬을 살고, 광해군이 왕위에 오를 무렵 대사헌의 자리에 올랐던 사람입니다. 15년간을 그렇게 지내고 있을 때 반정이 일어납니다. 바로 광해군을 몰아낸 인조반정이었습니다. 그는 곧 임금에게 불려 올라가 이조판서의 벼슬을 받았고, 연이어 좌의정, 우의정 그리고 끝내는 영의정의 자리에까지 오릅니다. 一人之下 萬人之上의 자리에까지 오른 그가 벼슬에서 물러나 있을 때, 그의 집은 서까래가 썩고 기둥이 기우는 초가집이었다고 합니다. 당시 집안에는 아들과 손자들이 거의 다 과거에 급제하여 벼슬을 살고 있었으니 떵떵거리며 살 만한 데도 그러하였다고 합니다. 그는 옷 한 벌에 이불 하나로 한뉘[10]를 살아간 신흠[11]이었습니다.

나랏일을 쥐락펴락하는 이들이 온갖 비리와 청탁에 얽혀 이 누리의 사람들에게 실망과 분노를 자아내게 하고 있습니다. 임금의 고임이 더할수록 곁에서 보좌하는 이들의 얼이 더 맑고 깨끗해야 합니다. 요즘 대통령 측근들의 부정과 비리를 보면 고임과 자리를 이용하여 청탁을 아무 거리낌 없이 하여 민초들을 약비나게[12] 하는 듯합니다.

10 평생
11 申欽 : 1566~1628
12 정도가 너무 지나쳐 몹시 싫증이 남

한 바리때의 밥

殆 辱 近 恥　林 皐 幸 卽
위태할태 욕보일욕 가까울근 부끄러울치　수풀림 늪고 거동행 곧즉

위태하고 욕된 일이 있으면 수치에 다다르게 되고, 물러나 숲이 있는 물가로 가 한가로이 지냄이 마땅하다.

🐦 한자의 본뜻 풀이

　『설문』에 '殆태'는 '위태롭다[1]'라 하고, '辱욕'은 '수치[2]'라고 하였으니, 이는 위태롭고 수치스럽다는 뜻입니다. 같은 책에 '近근'은 '멀지 않은 것[3]'이라 하고, '恥치'는 '모욕[4]'이라 하였으니, 이는 치욕에 가깝다는 뜻입니다. 또한 '林임'은 '평지에 우거진 나무숲[5]'이라 하고, '皐고'는 '늪가[6]'라는 뜻인바, 이는 늪가의 나무숲이라는 뜻입니다. '幸행'은 '길한 것이며 나쁜 것을 면한 것[7]'이라는 뜻입니다. 『이아』「석고釋詁」에 '卽즉'은 '곧, 가깝다[8]'라고 합니다. '幸卽행즉'은 '곧장 가는 것이 바람직하다'라는 뜻입니다.

1 危也 위야
2 恥也 치야
3 不遠也 불원야
4 辱也 욕야
5 平土有叢木曰林 평토유총목왈림
6 澤邊地 택변지
7 吉而免兇也 길이면흉야
8 尼也 니야

사마천司馬遷의 『사기』「중니제자열전仲尼弟子列傳」에 보면 원헌原憲
이라는 공자의 제자에 대한 대목이 있습니다. 그는 공자가 돌아가신
후에 풀이 에둘러 자란 못가에 애옥살이9 살고 있었습니다. 어느 날
자공子貢이 명아주와 콩잎을 헤치고 그가 살고 있는 추레한 집을 찾아
가 보니 원헌은 헤진 옷과 관冠을 쓰고 자공을 맞이합니다. 자공은 이
러한 원헌의 모습을 보고 부끄럽게 여기며 말하기를, "선생께서는 무
슨 병이라도 앓는지요?"라고 하자, 원헌이 대꾸하여 말하였습니다.
"재산이 없는 것을 일러 가난하다고 하는 것이며, 도道를 배워 행하지
못하면 이를 일러 병病이라고 하지요10. 나 같은 경우에는 가난할 뿐이
지 병이랄 게 무에 있소." 이에 자공은 부끄러워 불쾌해하며 돌아갔습
니다. 자공은 그가 말실수한 것을 평생토록 부끄러이 여겼다고 합니
다.

『도덕경』44장을 보니 "족함을 알면 욕볼 일이 없고, 그칠 줄 알면
위태롭지 않다11"라고 합니다. 또한 스토아학파의 철인哲人 마르쿠스
아우렐리우스12는 명예와 재물에 눈이 어두운 머리털 검은 우리에게
"도대체 자신을 감싸고 있는 육체에는 관심을 두지 않고, 옷이나 집
그리고 명예나 영화榮華 등 하릴없는 패물이나 허식虛飾에 마음을 써서
왜 시간을 낭비하는 것일까?"라고 화두話頭를 던지고 있습니다. 당나
라의 승려이자 시인인 왕범지13는 이렇게 읊고 있습니다.

9 가난에 쪼들리는 고생스러운 살림살이
10 無財者謂之貧 學道不能行者謂之病 무재자위지빈 학도불능행자위지병
11 知足不辱 知止不殆 지족불욕 지지불태
12 121~180
13 王梵之?~867

배고프면 한 바리때의 밥을 먹고[14],

지치면 발 뻗고 자면 되지[15].

또한 게염과 걸태질[16]에 이골이 난 이 누리를 두고, 천 년에 한 번 나올까 말까 한다는 재능을 지닌 동진東晉의 도연명[17]은 그의 「귀전원거歸田園居」라는 글에서 다음과 같은 말을 합니다. "속세의 그물에 잘못 떨어져 일거에 삼십 년이 지났네[18]"라고 하며, 속세는 떠나야 할 곳이기도 하면서 한편으로는 함께 해야 할 곳이기도 하다고 합니다. 참으로 마음 한 구석을 적셔오는 느낌입니다.

밥그릇 싸움

兩 疏 見 機　解 組 誰 逼
두량 트일소 볼견 기틀기　풀해 끈조 누구수 핍박할핍

소광과 소수는 틈을 보아 시골로 가면서, 업무 처리에 필요한 도장의 끈을 풀었으니 누가 핍박을 하리오.

○ 한자의 본뜻 풀이

　‘兩량’은 『설문』에 ‘1냥의 24분의 1[1]’이라고 하며, ‘疏소’는 ‘트이다[2]’라고 하나, 여기서 ‘兩疏양소’는 전한 때의 소광疏廣과 소수疏受를 말합니다. ‘見견’은 ‘보다[3]’라는 뜻입니다. ‘機기’는 『설문』에 ‘화살을 쏘게 하는 활의 장치[4], 곧 고동’이라고 합니다. ‘解해’는 ‘가르다[5]’라는 뜻입니다. ‘組조’는 ‘인끈의 종류이며, 작은 끈은 면류관의 끈으로 삼는다[6]’라고 합니다. 『설문』에 ‘誰수’는 ‘누구 또는 무엇[7]’이라는 뜻입니다. ‘逼핍’은 ‘가까이 다가오다[8]’라는 뜻이나, 여기서는 ‘다그치다’ 정도로 풀이하면 됩니다.

1 二十四爲銖 이십사위수
2 通也 통야
3 視也 시야
4 主發謂之機 주발위지기
5 判也 판야
6 綬屬 其小者以爲冕纓 수속 기소자이위면영
7 何也 하야
8 近也 근야

"전한前漢 선제9 때 소광疏廣과 소수疏受는 나이 늙어 벼슬에서 물러나니, 그때의 공경이 서울 문밖에서 전송하였고, 도로에서 보는 사람들은 탄식하고 울면서 모두 한 입으로 그 어짊을 말하였다10"라고 「세종실록」 권88에서 말하고 있습니다. 소수는 소광의 조카로, 소광은 태자의 스승인 태부太傅를 지냈고, 소수는 소부小傅를 지냈던 사람입니다. 이들은 벼슬에서 물러날 때 나라에서 주는 2,000석의 봉록俸祿을 푸네기11들에게 나누어주고 시골로 돌아갈 정도로 재물과 명예를 대수롭지 않게 여긴 이들입니다. 어렵사리 모은 돈과 재물을 사람들은 틀어쥐고 베풀기를 꺼려하는 게 인지상정입니다.

자리에 너무 안달하고 이를 지키기 위하여 남을 밀어내고 그 자리를 꿰차려는 이들이 허다한 이즘에 스스로를 돌이켜볼 만한 대목입니다. 기업에 들어가려는 사람들 중 입사시험에 붙고도 이미 뽑아 놓은 사람이 있는 줄 모르고 자리를 차지하려다 괜히 닭 쫓던 개 지붕 쳐다보는 격으로 고배를 마시는 젊은이들이 있습니다. 기업체에서 미리 뽑을 사람은 뽑아 놓고 왜 시험은 보는지 알다가도 모를 일입니다. 기막힌 현실입니다.

---

9 宣帝 : 기원전 74~49
10 漢疏廣疏受 年老辭去 于時公卿 祖于都門外 道路觀者 嘆息泣下 共言其賢 한소광소수 연로사거 우시공경 조우도문외 도로관자 탄식읍하 공언기현
11 일가친척

누리를

벗어난

삶과 절개

누리를 벗어나서

索 居 閒 處　沈 默 寂 寥
찾을색　살거　한가할한　곳처　　가라앉을침　잠잠할묵　고요할적　쓸쓸할요

시끄러운 곳을 벗어나 한적한 곳에 사니, 잠긴 듯 조용하고 고요하구나.

🐌 한자의 본뜻 풀이

『설문』에 '索색'은 '풀이 줄기와 잎을 지니다, 이로써 줄과 새 끼줄을 꼴 수 있다[1]'라는 뜻이며, '居거'는 '웅크리다[2]'라는 뜻입 니다. 『광운』에 '閒한'은 '한가하다[3]'라는 뜻이며, 『설문』에는 '틈[4]'이라고 하고, '處처'는 '그치다[5]'라는 뜻입니다. 『소이아小 爾雅』에 '沈침'은 '잠기다[6]'라는 뜻이라 하며, 『설문』에는 '큰 언 덕 위에 내리는 장맛비[7]'라고도 합니다. '黙묵'은 『정자통正字通』 에 보면 '말이 없다[8]'라는 뜻입니다. 『설문』에 '寂적'은 '사람의 소리가 없다[9]'라는 뜻이며, '寥료'는 '쓸쓸하다[10]'라고 합니다.

1 艸有莖葉 可作繩索 초유경엽 가작승색
2 蹲也 준야
3 暇也 가야
4 隙也 극야
5 止也 지야
6 沒也 몰야
7 陵上滈水也 능상호수야
8 不語也 불어야
9 無人聲 무인성
10 空虛也 공허야

이 몸이 고달프고 애옥한 삶을 살지라도 그저 게염 없이 살고 다만 마음의 앙금을 서릊어내는[11] 것이 바람입니다. 약 18년 전에 저는 화선지 위에 이백의 「산중문답山中問答」이라는 시를 즐겨 써서 바깥 화장실 문에 붙여 놓고 눈요기를 하곤 하였습니다. "어찌하여 푸른 산 중에 사느냐 물어도 대꾸 없이 빙그레 웃을 뿐 한가롭다"라고 읊고 있습니다. 이백은 26세에 한 자루의 칼을 지닌 채 부모에게 하직 인사를 하고 고향을 멀리 떠나 도가道家의 학문을 닦습니다. 그래서인지 이 시에서는 도가적인 색채가 묻어나는 느낌을 지울 수 없습니다. 시끌벅적한 누리에 이골이 나고 염증을 느꼈던 것이겠지요.

『후한서』권28「풍연전馮衍傳」에 보면 다음과 같은 글이 있습니다. "사람들은 공자께서 천명天命을 받은 것을 아름답게 여기고, 노자老子께서 현묘玄妙함을 귀하게 여김을 대모하게 여기는데, 덕과 도 중에 어느 것이 귀하며 밖으로 드러난 명예와 자신의 몸을 닦는 것 중에 어느 쪽을 좋아할 것인가? 산골짜기를 찾아 한가로이 살고 적막한 것을 지켜 얼의 탕갯줄을 팽팽히 할 것이다[12]"라고 합니다.

여름철 어린 나이에 는개[13]를 맞아가며 어머님과 밭두둑에서 들깨 모종을 했습니다. 도통 서로 간에 말없이 들깨 심는 일에만 얼을 쏟았습니다. 어린 나이에 너무나 싫고 짜증이 나는 일이었습니다. 요즘이

---

11 좋지 못한 것을 쓸어 치움
12 嘉孔丘之知命兮 大老聃之貴玄; 德與道其孰寶兮？名與身其孰親？陂山谷而閒處兮，守寂寞而存神 가공구지지명혜 대노담지귀현; 덕여도기숙보혜? 명여신기숙친? 피산곡이한처혜, 수적막이존신
13 안개처럼 부옇게 내리는 가는 비

야 서울 사는 이들이 시골에 가서 농촌체험을 한다고 농사일을 쉬이 보고 있습니다만, 어릴 적 밭에 나가는 일은 짜장[14] 넌더리나는 느낌이었습니다. 그때에는 먹고 살기 위한 농사일이니 어린 저에겐 뜨악한[15] 것이었습니다. 당시에는 먹고 사는 일이 너무 절박하여 지금 사람들이 하는 무슨 시골체험이니 농촌체험이니 하는 것은 상상도 못하였습니다. 요즘은 산간 계곡에 별장을 지어놓고 망중한忙中閒을 즐기려는 도회지의 돈 많은 이들이 시골로 몰려들고 있습니다. 이들이 과연 이 풍진 누리에서 벗어나 갈래진 얼의 탕갯줄을 바로 팽팽히 하려는 것일까요? 정녕 왕포[16]가 「성주득현신송聖主得賢臣頌」에서 말한 "아스라이 속세를 떠나 세상을 등져야 하리오[17]?"라고 한 대로 '속리俗離'의 마음이 있음인가요?

14 정말
15 마음에 선뜻 내키지 않음
16 王褒 : 기원전 ?~61
17 眇然絶俗離世哉 묘연절속리세재

막걸리 한잔

求 古 尋 論　散 慮 逍 遙
구할구 옛고　찾을심 의론할론　흩어질산 생각려 거닐소 거닐요

옛사람의 도를 구하여 깊이 깨끗한 말 자취를 찾고, 삿된 생각을 흩어버려 한가로이 노닌다.

한자의 본뜻 풀이

'求구'는 『설문』에 따르면 '가죽옷[1]'이 본뜻이고 '裘구'의 본래 글자입니다. 『설문』에 '古고'는 '옛것[2]'이라는 뜻으로 옛것을 구한다는 뜻입니다. '尋論심론'은 '고대의 어진 이들이 얘기한 사적 事績을 찾고 구하다'라는 뜻이 됩니다. 『설문』에 '散산'은 '풀어놓다[3]'라고 하였으며, '慮려'는 '생각하고 꾀하다[4]'라고 합니다. 같은 책에서 '逍遙소요'는 '노닐다'라고 풀이하고 있지만, '逍소'는 본래 '빙빙 돌아 날아오르다[5]'라는 뜻입니다. '遙요'는 '멀다[6]'라는 뜻입니다. 소요라는 말은 『시경』「청인淸人」이라는 시의 어떤 군인을 기린 노래에서 비롯하였습니다.

---

1 皮衣 피의
2 故也 고야
3 放也 방야
4 謀思也 모사야
5 猶翶翔也 유고상야
6 遠也 원야

『논어』「술이述而」에 보면 공자께서 말씀하시기를 "나는 나면서부터 알고 있는 사람이 아니라 옛것을 좋아해서 재빨리 그것을 구한 사람이다[7]"라고 합니다. 실사구시에 대해 『한서』 권53 「경십삼왕전景+三王傳」에 쓰인 글을 보면, "몸닦달을 하고 배우며 옛것을 좋아하면서 실제의 사실로써 옳은 바를 찾는다[8]"라는 구절이 보입니다. 이는 청나라 초기에 고증학을 표방하는 학자들이 공리공론의 송·명나라의 경제 정책에 반기를 든 학문이자 경세지략이었던 셈입니다. 옛것을 좋아하되 실제에 맞는 배움과 이를 현실에 적용시키는 것이 대모합니다.

시골 장터에서 파전 두 장에 막걸리 두어 병을 마시면 얼이 시나브로 빠져 목젖이 앞으로 꺾입니다. 여름철 한낮에 세차게 내리치던 빗줄기에 장터 앞 도랑은 시위[9]가 됩니다. 도랑의 물이 흙탕물이 되어 황톳물이 넘실넘실 냇가를 너울거리는 모습에 넋을 잃고 바라봅니다. 문득 이백의 시 한 닢이 귓등을 후리는데 곧장 메모지에 적어놓고 주절거립니다. 막걸리는 현인賢人의 술이었기에 거침없이 살아가는 야인野人이 생각납니다. 저 광야를 내지르듯 살아가는 야인의 모습처럼 그렇게 살고 싶습니다. 제가 마시는 막걸리 두어 병은 술 한 말이 안 되고, 대포로 보면 석 잔 정도입니다. 자연으로 돌아가 시원한 솔바람을 쐬며 벌거숭이가 되고자 했던 이태백의 텅 빈 마음으로 지내고 싶습니다.

7 我非生而知之者 好古敏以求之者也 아비생이지지자 호고민이구지자야
8 修學好古 實事求是 수학호고 실사구시
9 홍수

『도덕경』에서는 자연自然이란 모든 계염과 걸태질을 버린 무지무욕無知無慾의 상태라고 하고 있습니다. 생각을 흩어 자연에서 노닐어 보는 것도 좋겠지요. 말을 아껴 함부로 내뱉지 않는 것은 어떤 일에 매이지 않고 생각지 않는 것입니다. 이를 자연이라고 같은 글에서 말하니, 곧 희언자연希言自然입니다. 어떤 일을 시적거리는[10] 것보다 마음을 흩어놓고 지내는 것도 괜찮은 겁니다.

10 마음이 내키지 않는 것을 억지로 함

글만 읽는 바보

欣 奏 累 遣　　感 謝 歡 招
기뻐할흔 아뢸주 걱정할루 보낼견　　근심할척 물러갈사 기뻐할환 부를초

기쁨은 모여들고 번잡한 것은 내치니, 슬픔은 사라지고 즐거움이 손짓하여 부른다.

🌊 한자의 본뜻 풀이

『설문』에 '欣흔'은 '웃으며 기뻐하다[1]'의 뜻이며, '奏주'는 '물건을 두 손에 들고 바치다[2]'라고도 하고, '모여들다'라고도 합니다. 『집운』에 '累누'는 '일이 서로 얽히다[3]'라고 하며, '遣견'은 '놓아버리다[4]'라고 합니다. 『설문』에 '慼척'은 '근심하다[5]'라고 하였으며, '謝사'는 '사라지다[6]'라고 합니다. 같은 책에 '歡환'은 '기쁘고 즐겁다[7]'라고 하며, '招초'는 '손짓으로 부르다[8]'라고 합니다.

"목멱산[9] 아래에 한 젊은이가 있었는데, 그는 잡된 것을 싫어하고 장기나 바둑을 두지도 않았으며, 세상 사람들하고 잘 어울리지 못하였다. 그는 21살 때까지 늘 고서古書만을 보면서 손에서 책을 떼지 않았을 뿐만 아니라 세상일에 초연하여 살고 있었다. 그는 또 그가 여태껏 보지 못한 책을 손에 넣으면 기뻐서 어쩔 줄 몰라 했다. 특히 자

1 笑喜也 소희야
2 上進之義 상진지의
3 事相緣及也 사상연급야
4 縱也 종야
5 憂也 우야
6 辭也 사야
7 喜樂也 희락야
8 手呼也 수호야
9 木覓山 서울 남산

미10의 오언율시를 보면서 늘 생각에 잠기다가 깊은 뜻을 알게 되면 기뻐서 좁은 방안을 왔다 갔다 하면서 입으로는 웅얼웅얼하며 미친 듯 소리를 내곤 하였다. 혹은 먼 곳을 멀거니 바라보기도 하고, 시선을 허공에 박은 채 멍하니 있기도 하였다. 집안사람들은 그가 기쁜 표정을 지으면 반드시 그가 새로운 책을 손에 쥐었음을 알 수 있을 정도였다. 그래서 마을 사람들은 그를 일러 말하기를 '책만 보는 바보11'라고 하였다."

위의 글은 『청장관전서靑莊館全書』 권4 영처문고嬰處文稿 「간서치전看書痴傳」에 나오는 내용입니다. 뜻을 얻지 못하고 숨어 사는 사람을 그린 내용입니다. 세상을 등지고 사는 것은 별로 좋은 게 아닌가 봅니다. 성인도 시속을 따른다는 얘기는 저 옛날 초나라의 굴원屈原도 그의 「어부사漁夫辭」에서 이야기하고 있습니다. "성인은 겉으로 보이는 외물外物에 엉겨 붙어 머물지 아니하고, 세상과 더불어 어울리누나12"라고 말입니다.

『목은집牧隱集』에 인용된 당나라의 고승 현각玄覺의 시 「증도가證道歌」에서는 다음과 같이 읊고 있습니다.

배움을 끊고 할 일 없는 한가한 도인은13
망상도 제거할 것 없고 참도 구할 것 없네14.

10 子美 : 두보의 자
11 看書痴 간서치
12 聖人不凝滯於物, 而能與世推移 성인불응체어물, 이능여세추이
13 絶學無爲閑道人 절학무위한도인
14 不除妄想不求眞 부제망상불구진

겉치레를 벗어던지고

渠 荷 的 歷　園 莽 抽 條
도랑거 연꽃하 밝을적 지낼력　동산원 풀망 뺄추 가지조

도랑의 연꽃은 밝디 밝고, 동산에 다옥한 풀은 가지가 쭉쭉 뻗어 있다.

🐚 한자의 본뜻 풀이

　　『설문』에 '渠거'는 '물이 고여 흐르는 곳¹'이라고 합니다. 「왕주王注」에 '강은 하늘(자연적으로)이 만든 것이고, 도랑²은 사람이 판 것이다³'라고 하는 글이 있습니다. '荷하'는 『설문』에 '연꽃의 이파리⁴'라고 합니다. 또한 '荷하'는 『이아』「석초釋草」에 의하면 '부용芙蓉 또는 부거芙蕖'라고 합니다. 우리가 아는 '蓮연'은 연꽃의 열매인 '연밥'이며, 그 연밥 속을 일러 '적的'이라 합니다. 『설문』에 '的적'은 '밝다⁵'라고 하며, '歷역' 또한 '밝은 것'이라 했으니, 이는 '고운 모양 또는 선명한 것'이라는 뜻입니다. 그러나 '歷'은 『설문』에 '지나다⁶'라는 본래의 뜻이 보입니다. 『설문』에 '園원'은 '과일나무를 심은 곳⁷'이라 하며, '莽망'은 본래 '개가 풀숲에 있는 토끼를 잘 몰아내다⁸'라는 뜻입니다. '園莽원망'은 '동산 안의 다옥한⁹ 풀'을 이릅니다. '抽추'는 '끌다¹⁰'이며, '條조'는 '작은 가지¹¹'라고 적바림되어 있습니다.

---

1 水所居 수소거
2 渠 거
3 河者天生之 渠者人鑿之 하자천생지 거자인착지
4 芙蕖葉 부거엽
5 明也 명야
6 過也 과야
7 所以樹果也 소이수과야
8 犬善逐菟艸中爲莽 견선축토초중위망
9 우거진
10 引也 인야
11 小枝也 소지야

북송의 대유학자인 주돈이[12]는 그의 「애련설愛蓮說」에서 연꽃의 아름다운 덕을 아래와 같이 전하고 있습니다. 연꽃을 군자에 비유하여 그 덕이 널리 남모르게 퍼지는 것을 읊고 있습니다.

나는 홀로 연꽃을 사랑한다[13].

진흙 속에서 나와 물들지 않고[14],

맑은 물 잔물결에 씻겨도 요염하지 않고[15]

속은 통해 있고 밖은 쭉 곧아[16]

덩굴지지 않고 가지도 없으며[17],

향기는 멀수록 더욱 맑고[18]

우뚝 깨끗하게 서 있으니[19],

멀리서 바라봐도 만만하게 다룰 수 없다[20].

연꽃은 대 속이 비어 위아래가 곧장 트여 있고, 겉대는 대쪽과 같이 쭉 곧아서 군자를 나타냅니다. 또한 연꽃은 덩굴지지 않아 군자가 사사로이 이익을 쫓지 않으며 쓸데없는 짓을 하지 않음을 비유하고 있습니다. 더러운 진흙 속의 연꽃은 더럽혀지지 않으며 안으로 깨끗하여 겉치레를 하지 않는 사람, 즉 군자를 빗대어 읊고 있습니다. 소식蘇

---

12 周敦頤 : 1017~1073
13 予獨愛蓮之 여독애련지
14 出於淤泥而不染 출어어니이불염
15 濯淸漣而不夭 탁청련이불요
16 中通外直 중통외직
17 不蔓不枝 불만부지
18 香遠益淸 향원익청
19 亭亭淨植 정정정식
20 可遠觀而不可褻翫 가원관이불가설완

軾의 시 「박명가인薄命佳人」에는 "눈빛은 발로 들어와 구슬처럼 또렷하
구나[21]"라고 하여 또렷한 눈빛을 말하고 있으니, 아름다운 여인의 기
구한 삶을 그려 내고 있습니다. 이 시에서 미인단명美人短命이 비롯됩
니다. 때 묻지 않은 여인의 모습을 그려 내고 있어 여기서 미인은 곧
군자의 모습을 그린 것으로 보아도 괜찮을 것입니다.

21 眼光入簾珠的皪 안광입렴주적력

오동잎 한 잎 두 잎

枇 杷 晩 翠　　梧 桐 早 凋
비파나무비 비파나무파 늦을만　푸를취　　오동나무오 오동나무동 이를조　시들조

비파나무 잎사귀는 늦게까지 푸르고, 오동나무 이파리는 일찍 시든다.

🐚 한자의 본뜻 풀이

　　『설문』에 '枇비'는 '비파枇杷'라고 하며, '杷파'는 '보리를 담는 그릇[1]'이 본래의 뜻입니다. '晩만'은 『설문』에 보면 '저물다[2]'라는 뜻이 있으며, '翠취'는 '푸른 깃을 지닌 참새[3]'라고 합니다. 송 범질宋範質의 「계종자고시戒從子杲詩」에서는 "저 더디게 자라는 시냇가 소나무는 빽빽하게 자라 늦도록 푸르네[4]"라고 하니, 이는 소나무의 높은 절개를 읊은 것입니다. '梧오'는 『설문』에 '오동나무[5]'라고 하며, '桐동'은 '꽃이 피다[6]'라고 풀이하고 있습니다. '梧桐오동'은 절개 있는 고상한 나무입니다. '부조'는 『설문』에 '새벽[7]'이라고 하며, '凋조'는 '반쯤 이지러지다[8]'라는 뜻입니다. '부凋조조'는 '일찍 시들다'라는 뜻입니다.

1　收麥器 수맥기
2　莫也 막야
3　靑羽雀也 청우작야
4　遲遲潤畔松 鬱鬱含晩翠 지지윤반송 울울함만취
5　梧桐木 오동목
6　榮也 영야
7　晨也 신야
8　半傷也 반상야

이규보李奎報는 고려의 매혹적인 청자에 아롱진 비취빛을 보고 하늘의 솜씨를 빌어 만든 것이라고 했습니다. 서해 일대에서는 대량의 고려자기를 실은 배가 물에 잠긴 채로 발견되기도 하였습니다. 침몰 시기는 12세기 초라고 하니 고려 인종 때의 일로 여겨집니다. 비파나무가 고려청자의 색을 띤 것은 아니나 늦게까지 푸르른 상록수임에는 틀림없습니다.

오동나무는 천 년을 살고, 늙어 죽으면 거문고나 가야금을 만드는 재료로 쓰인답니다. 정말 오동나무가 천 년을 사는지는 알 수 없지만 그 쓰임새만은 옹골진9 듯합니다. 그래서인지 옛사람들은 "오동나무는 천 년을 살아 늙어서는 가락을 지닌다10"라 했던가요? 토란잎만한 오동잎 지는 가을은 참으로 마음이 끄느름하고11 한 해가 다 가는 느낌입니다.

『난설헌집蘭雪軒集』에 실린 허난설헌12의 시가 가을의 소슬한 정취를 자아내고 있습니다.

---

9 실속 있게 속이 꽉 참
10 桐千歲老恒藏曲 동천세로항장곡
11 날씨가 흐리어 어둠침침함
12 許蘭雪軒 : 1563~1589

못가엔 버드나무 빈 가지들[13]

우물가엔 오동잎 지는데[14],

어디서 귀뚜라미 쓸쓸히 울어[15]

차가운 이 한밤을 홀로 세우네[16].

『군방보群芳譜』에 말하기를, "오동나무 잎사귀 하나 떨어지는 것을 보고 누리에 가을이 온 것을 안다[17]"라고 합니다. 가을 하면 쏘가리가 생각납니다. 어릴 적에 여름철이면 남한강가로 족대를 들고 고기를 잡으러 갔던 기억이 생생합니다. 산을 몇 개 넘어 풀밭 위를 걸어서 강가에 이르면 장마에 싯누런 강물이 넘실넘실 거립니다. 그때 잡은 쏘가리, 뱀장어, 자라 그리고 이름 모를 고기들이 다래끼에 가득합니다. 그때 많이 잡힌 고기가 쏘가리입니다. 쏘가리는 여름철이 아닌 가을철에 잡아야 살이 통통하게 오른 것을 잡을 수 있습니다. 그래서인지 『회남자淮南子』에 "가을바람이 일면 쏘가리의 살이 오른다[18]"라고 했던가요?

13 池頭楊柳疎 지두양류소
14 井上梧桐落 정상오동락
15 簾外候蟲聲 염외후충성
16 天寒錦衾薄 천한금금박
17 梧桐一葉落天下盡知秋 오동일엽락천하진지추
18 秋風起而鱖魚肥 추풍기이궐어비

숨은

이들이여!

떨어지는 이파리

陣 根 委 翳　落 葉 飄 颻
묵을진 뿌리근 맡길위 말라죽을예　떨어질락 잎사귀엽 나부낄표 나부낄요

묵은 뿌리들은 드러나 앙상하고, 떨어진 이파리들은 바람에 흩날린다.

🐚 한자의 본뜻 풀이

『광운』에 '陣진'은 '낡다[1]'라고 하며, '根근'은 '나무뿌리[2]'라고 합니다. '委위'는 『설문』에 의하면 '따르다[3]'라는 뜻입니다. '翳예'는 본래 『설문』에 의하면 '임금이나 고관이 사용하는 해가리 개[4]'라는 뜻이나, 여기서는 '나무가 말라 죽다'라는 뜻입니다. 『설문』에 '落락'은 '나뭇잎이 떨어지는 것[5]'이라 합니다. '葉엽'은 『설문』에 '풀이나 나무의 이파리[6]'라고 되어 있습니다. '낙엽落葉'은 '나뭇잎이 말라서 떨어지다'라는 뜻입니다. '飄표'는 '회오 리바람[7]'이며, '颻요'는 '사나운 바람[8]'이라는 뜻이니, '飄颻표요' 는 '나부끼다'라는 뜻입니다.

송나라 때의 시인인 매요신梅堯臣의 시 가운데 "묵은 뿌리는 이미 푸른빛을 머금었다[9]"라고 하는 시구가 있습니다. 산비탈을 오르내리며 나무를 하다 보면 뿌리를 드러낸 아름드리나무들이 생각납니다. 질기고 질긴 게 생명인가 봅니다. 모진 비바람과 추위 그리고 더위에도 그 오랜 세월을 이드거니[10] 꿋꿋이 버텨낸 뿌리는 마치 곰발바닥 같은 투

1 故也 고야
2 木株也 목주야
3 隨也 수야
4 華蓋也 화개야
5 木曰落 목왈락
6 艸木之葉也 초목지엽야
7 回風也 회풍야
8 疾風也 질풍야
9 陣根已含綠 진근이함록

박함을 보입니다.

『문선文選』권2 「촉도부蜀都賦」에 "떨어지는 꽃잎이 바람에 흩날린다11"라는 말이 있습니다. 스산한 가을 기운에 이 누리의 숨 붙이들이 저마다 외마디 신음소리를 내며 스러져가는 게 순리인가 봅니다. 옛 살라비12의 가을은 참으로 을씨년스럽습니다. 가을걷이를 끝낸 밭마다 수숫대며 콩대를 쌓아놓았는데, 앙상한 가지와 대에서 가을 들녘의 음산함이 부르터납니다13. 밭가에 오롯이 서 있는 수백 년은 됐음직한 대추나무의 잎사귀는 허공을 가르는 바람몰이에 그저 힘담없이14 떨어져 둥그런 원을 그리며 곤두박질칩니다. 하지만 그 대추나무는 초등학교 3학년 무렵인가 그해 태풍으로 쓰러져 그만 숨을 놓아 시방15도 못내 아쉬움이 남습니다. 늦가을 서리 내릴 즈음에 집 뒤에서 웅크려 내려다보는 뫼들은 더없이 어두컴컴한 모습으로 우리네 집과 사람들을 겁먹게 합니다. 왜 그리 가을 뫼에는 오르기 싫은지요? 나무를 하러 지게를 지고 산등성이를 극터듬어16 오를라치면 다리 끝이 뻣뻣해집니다. 『회남자』「설산훈說山訓」에서는 "작은 것으로 큰 것을 보고, 나뭇잎 지는 것을 보고 한 해가 저무는 것을 알고, 병 속의 물이 언 것을 보고 누리가 추움을 알 수 있다17"라고 합니다. 이파리 한 잎 떨어지는 것으로 몬18이 시들고 철이 바뀌는 것을 거니챌19 수 있다는 말입니다.

10 잘, 제대로
11 落英飄飆 낙영표요
12 고향
13 감추어져 있던 일이 드러남
14 풀이 죽고 기운이 없이
15 지금
16 겨우 붙잡고 기어오름
17 以小明大 見一葉落 而知歲之將暮 睹瓶中之氷 而知天下之寒 이소명대 건일엽락 이지세지장모 도병중지빙 이지천하지한
18 사물
19 기미를 알아채다

저잣거리에 숨을 대은大隱은 없는지

遊 鷗 獨 運　凌 摩 絳 霄
놀유　새곤　홀로독　움직일운　넘을능　문지를마　붉을강　하늘소

동녘의 곤새는 홀로 노닐다가 푸른 하늘을 지고 가슴으로는 붉은 하늘을 감싸 아무 거칠 것 없이 날아오른다.

🐚 한자의 본뜻 풀이

　　'遊유'는 '즐겁게 노니는 것'이며, '鷗곤'은 '큰 닭¹'과 같습니다. 『문선』권11 왕강거王康琚의「반초은시反招隱詩」에 보면, '곤계는 새벽이 되면 먼저 운다²'라고 합니다. '摩마'는 『설문』에 의하면 '갈다³'의 뜻이며, '凌摩능마'는 '능가마천凌駕摩天'의 줄임말로 업신여긴다는 뜻입니다. 『회남자』「인간훈人間訓」에는 다음과 같은 말이 있습니다. "곤이 생기기 전 홍곡鴻鵠이 있는데, 홍곡은 알에서 깨기 전에 한 손가락으로 비벼도 형체 없이 망가진다. 하지만 힘줄과 뼈가 생기고 깃이 돋아나면 날개를 펴고 마음대로 하늘을 날아 구름도 아랑곳하지 않고 등으로는 푸른 하늘을 지고 가슴으로는 적소赤霄를 어루만져 하늘 위를 훨훨 날아 무지개 사이로 노닌다." '絳강'은 『설문』에 '짙은 붉은색⁴'이라 하며, '霄소'는 '푸른 하늘⁵'이라는 뜻입니다.

1　鶤 곤
2　鷗雞先晨鳴 곤계선신명
3　研也 연야
4　大赤也 대적야
5　青天也 청천야

구만리 높은 하늘을 나는 대붕大鵬처럼 어느 것에도 얽매이지 않는 장자莊子의 마음을 뱉어낸 대목입니다. '곤鯤'은 『이아』 「석어釋魚」에 보면 '물고기 알6'이라고 되어 있는데, 『장자』 「소요유逍遙遊」에 보면 다음과 같이 적바림되어 있습니다. "북명北冥에 고기가 사는데 그 이름을 곤鯤이라고 한다. 곤의 크기는 몇 천 리가 되는지 모른다. 새가 되면 그 이름을 붕鵬이라 한다. 붕의 등은 몇 천 리인지 모르며, 성이 나서 날면 그 날개는 하늘에 드리운 구름과 같다. 이 새는 바다가 움직이면 곧 남명南冥으로 날려고 한다." 붕이 하늘을 날려면 그의 날개를 실어 올릴 만한 강한 바람이 불어야 하는데 그렇지 못할 경우에는 한 발짝도 움직이지 못하니, 사람으로 말하면 큰 뜻을 품은 이가 어질고 현명한 임금을 만나는 것을 말하고 있습니다. 대붕大鵬의 뜻을 지닌 이들이 뫼와 들로 숨어들고 있습니다. 소은小隱은 뫼와 골짜기를 찾아 숨어들고, 대은大隱은 저잣거리로 숨어든다는 말이 있는데, 이것이 장자 철학의 알짬입니다. 생각한 바, 뜻한 바를 꼭꼭 숨기지 말고 남에게 베풀어 이 탁세濁世를 그느르는7 버팀목이 되기를 바랍니다.

6 魚子 어자
7 보호하여 보살펴 줌

조선의 천재

耽 讀 翫 市　　寓 目 囊 箱
즐길탐 읽을독 탐할완 저자시　　붙일우 눈목　주머니낭 상자상

책읽기를 즐겨 저잣거리의 책 파는 곳에 가서 책읽기에 몰두하면서, 눈길 한 번 닿으면 그대로 주머니나 상자에 넣어 두는 듯하였다.

🌀 한자의 본뜻 풀이

'耽탐'은 『이아』에서 '지나치게 즐기는 것[1]'이라는 뜻을 지니고, 『설문』에는 '귀가 척 늘어지다[2]'라고 하며, '讀독'은 '글을 외다[3]'라는 뜻입니다. '翫완'은 '잔뜩 먹는 것[4]'이라고 하며, 아울러 『설문』에서는 '물려서 싫증나다[5]'라고 합니다. '市시'는 '조복을 입을 때 가슴에 늘여 무릎을 가리는 것[6]'이라고 합니다. '寓우'는 '붙이다[7]'라는 뜻이며, '目목'은 '사람의 눈[8]'이라는 뜻입니다. '箱상'은 '큰 수레의 거상에 가로지른 나무[9]'라는 뜻입니다.

1 過樂謂之耽 과락위지탐
2 耳大垂也 이대수야
3 誦書也 송서야
4 厭飽也 염포야
5 習猒也 습염야
6 韠也 필야
7 寄也 기야
8 人眼 인안
9 大車牝服也 대거빈복야

『논형論衡』을 쓴 왕충은 대단한 기억력의 소유자였나 봅니다. 『후한서』 권49 「왕충열전王充列傳」에 보면, 왕충은 어려서 부모를 여의고 고아가 되었는데 마을에서 그를 효자라고 칭찬하였으며, 반표班彪를 사사師事하였다고 합니다. "왕충은 책을 널리 읽는 것을 좋아하였으며 글귀 맞추는 것을 지키지 않았다. 집이 가난하여 책을 살 수가 없었으므로 늘 낙양의 저자에 가서 파는 책을 읽었는데 한 번 보면 외워 단번에 읊었다[10]"라고 전합니다.

이가환[11], 그는 누구인가요? 다산 정약용이 극찬한 조선 최고의 천재, 또한 17세에 진사에 합격한 황사영이 "기억력이 신과 같았다"라고 한 이가환은 어떤 사람이었던가요? "그의 지닐총[12]은 고금에 뛰어나 한 번 눈으로 보기만 하면 죽을 때까지 잊지 않다가, 우연히 자극만 받으면 한 번에 수천 백 마디를 외워 마치 술통에서 술이 쏟아지듯 유탄流彈을 퍼부어 판때기를 뒤엎듯 하였다. 구경, 사서, 23사에서 제자백가, 시, 부, 잡문총서, 패관, 상역, 산률학 등에 이르기까지 무릇 글자로 된 것은 한 번 건드리기만 하면 물 쏟아지듯 막힌 데가 없어 모두 정밀히 연구하고 알맹이를 파내어 한결같이 전문적으로 공부한 것과 같았다." 『다산시문집』 권 15 「정헌묘지명貞軒墓誌銘」에 나오는 대목입니다.

---

10 好博覽而不守章句 家貧無書 常游洛陽市肆 閱所賣書一見輒能誦憶 호박람이불수장구 가빈무서 상유낙양시사 열소매서일견첩능송억
11 李家煥: 1741~1801
12 기억력

말·말·말

易 輶 攸 畏　屬 耳 垣 墙
쉬울이 가벼울유 바유　두려워할외　붙일속 귀이　담원　담장

쉽고 가벼운 일을 두려워하여야 하니 이는 담장에 귀가 있음이다.

> 🐚 한자의 본뜻 풀이
>
> '易이'는 '가볍다[1]'라고 『예악기禮樂記』에 적바림되어 있고, '輶
> 유' 또한 『이아』「석언釋言」에 '가볍고 작은 것[2]'이라는 뜻이 적
> 바림되어 있습니다. '畏외'는 『설문』에 '모질다[3]'라고 하며, '攸
> 畏유외'는 '두려워하는 바'라고 합니다. 『설문』에 '耳이'는 '듣는
> 것을 맡은 기관[4]'이라고 하며, '屬耳속이'는 '귀를 붙이다'라는 뜻
> 입니다. 『설문』에 '垣원'은 '담[5]'이라고 합니다.

1 輕也 경야
2 輕微也 경미야
3 惡也 악야
4 主聽也 주청야
5 墻也 장야

조선조 말 실학實學을 집대성集大成한 정약용丁若鏞 선생은 늘 자신을 잡도리하려는 마음에서 호號를 '여유당與猶堂'이라고 하였습니다. 선생의 호는『도덕경』15장에서 비롯합니다.

"머뭇거리며 겨울에 언 내를 건너는 것과 같이 하고[6],

망설이며 사방 이웃을 두려워하는 것과 같이 하라[7]."

19년간의 유배생활 가운데서도 선생은 늘 이 말을 벼리삼아 글을 쓰고 몸닦달[8]을 하여 우리나라에서 그 유래를 찾아볼 수 없는 큰 글초[9]인『여유당전서與猶堂全書』를 짓습니다.

『시경』「소반小弁」이라는 시에, "임금이라면 말을 가벼이 해서는 안 될 것이니[10],

귀는 담에도 붙어 있다 하였네[11]"라고 하여 말을 조심할 것을 당부하고 있습니다.

아울러『시경』「증민烝民」이라는 시에, "덕이 터럭과 같이 가벼우면[12] 바른 일을 하는 백성이 드무네[13]"라고 하여 말의 가벼움을 잡도리하고 있습니다. 임금이 될 이는 무엇보다도 말과 몸가짐을 객쩍게 해서는 안 됨을 명토 박고 있습니다. '수복난재수水覆難再收'라고 했던

6 豫(與)兮若冬涉川 예(여)혜약동섭천
7 猶兮若畏四隣 유혜약외사린
8 수양
9 원고
10 君子無易由言 군자무이유언
11 耳屬于垣 이속우원
12 德輶如毛 덕유여모
13 民鮮克擧 민선극거

가요? 곧 엎질러진 물은 다시 담기 어렵다는 말입니다. 요즘 말이 서 낙함14이 있음은 무엇인가요? 대부분 흰목 젖히는15 이들이 있기 때문 입니다. 책을 읽고 몸닦달을 제대로 하지 않은 탓입니다. "하루라도 책을 읽지 않으면 입 안에 가시가 돋힌다16"라고 합니다. 『추구推句』 에 나오는 말입니다. "귀에 입을 대고 한 말도 천 리 밖까지 들린다17" 라고 합니다. 『회남자』「설림훈說林訓」에 나오는 말입니다.

말을 앞세우는 것만큼 에너지를 소진시키는 것은 없습니다. 늘 글 을 읽으면서 그 속의 깊은 뜻을 헤아리는 게 무엇보다 대모한 것입니 다. 자신의 앞을 내다보는 슬기를 키우며 이 누리의 잘못된 것을 보는 눈썰미를 기름에 있어, 글을 읽는 것만큼 중요한 것은 없습니다. 다옥 한 말을 조리 있게 다듬는 것 또한 글을 읽음으로써 얻을 수 있습니 다. 『회남자』「숙진훈俶眞訓」에, "정신이 산만하면 그 말이 쓸데없이 화려하고, 덕을 잃으면 그 행동이 거짓으로 나타난다18"라는 말이 있 습니다. 말발 있는 사람이 살고, 말발 없는 민초는 늘 죽어지냅니다. 서럽습니다.

14 장난이 심하고 하는 짓이 극성스러움
15 잘난 체
16 一日不讀書 口中生荊棘 일일부독서 구중생형극
17 附耳之言 聞於千里也 부이지언 문어천리야
18 神越者其言華 德蕩者其行僞 신월자기언화 덕탕자기행위

쌀겨와

술지게미

이밥이 먹고 싶어

具 膳 飱 飯　　適 口 充 腸
갖출구 반찬선 밥말손 밥반　　맞을적 입구　채울충 창자장

반찬을 갖추어 물에 밥 말아먹고, 입에 맞춰 배를 채운다.

🐦 한자의 본뜻 풀이

　　『설문』에 '具구'는 '함께 놓다[1]'라고 하며, '膳선'은 '음식을 갖
추다[2]'라고 합니다. 『예기』「옥조玉藻」에 보면 膳은 '맛있는 음
식'이라 합니다. '飱손'은 '飧손'의 속자俗字로서 '밥을 말다'라는
뜻입니다. '飯반'은 『설문』에 의하면 '밥[3]'이라고 합니다. 『설문』
을 보면 '適적'은 '가다[4]'가 본뜻이며, '口구'는 '사람이 말하고 먹
는 기관[5]'이라고 하니, '適口적구'는 '입에 맞다'라고 합니다. '充
충'은 『설문』에 '길다 또는 높다[6]'라고 하며, '腸장'은 '크고 작은
창자[7]'라고 하니, '充腸충장'은 '배를 채우다'라는 뜻입니다.

　　『논어』「학이」에 보면, "군자는 먹음에 배부름을 구하지 않고, 사
는 데 편안함을 구하지 않는다[8]"라고 합니다. 먹고 사는 것이 과연 무
엇인가요? 참으로 어렵고 이해가 가질 않는 구석이 보입니다. 배고픔
에 서러워하며 짜디짠 눈물이 흘러 두 볼에 눈물 더께가 앉은 삶을 보

---

1 共置也 공치야
2 具食也 구식야
3 食也 식야
4 之也 지야
5 人所以言食也 인소이언식야
6 長也 장야, 高也 고야
7 大小腸也 대소장야
8 君子食無求飽 居無求安 군자식무구포 거무구안

왔나요? 중학교 시절 밥을 두고 동생과 싸웠습니다. 밥 한술 더 먹으려고 아귀다툼을 벌였습니다. 양은냄비의 밥은 저녁때가 되면 마파람에 게 눈 감추듯 사라집니다. 거지반 매일 저녁밥은 모자라기 일쑤였습니다. 날마다 거의 어머님께 혼이 납니다. 보리와 쌀을 섞어 찐 정부미 쌀로 밥을 지으면, 불면 훅 하고 날아갈 듯 풀기가 없어 입에 넣으면 까칠한 느낌을 줍니다. 먹어도 금세 배가 고파왔습니다. 할아버지와 겸상을 할라치면 밥알을 자꾸 방바닥에 흘립니다. 곁눈으로 눈치를 보며 밥알을 주워 먹습니다. 할아버지는 그때마다 "곡석 애끼야한다"라는 말씀뿐 도시9 말없이 드셨습니다. 지금 와서 사서삼경四書三經을 읽게 되었으니 말이지, 사실 그 당시에는 군자는 어떠하다 하는 말을 생각했을 리 만무했습니다. 배불리 먹지 못한 기억만 나고 성인이 한 말씀은 말귀에 바람 지나가는 꼴이었을 겁니다. 구메농사에 이밥10은 한 해에 몇 번 먹을까 생각하면, 늘 밥상 위에는 꽁보리밥 아니면 감자에 밀가루 버무린 빵이었습니다.

『논어』「술이」에 다음과 같은 말이 있습니다. "거친 밥을 먹고 나물 먹고 물 마시고 팔베개하고 누웠으니 그 가운데 또한 즐거움이 있는 것이다. 의롭지 않으면서 부귀해지는 것은 내게는 뜬구름과 같다11." 그저 큰 게염 부리지 않고 이 한뉘 살아가면 그뿐입니다. 이제는 마음이 고프니 어릴 적 배고픔보다 더 시쁩니다12.

9 도무지
10 쌀밥
11 飯疏食飲水 曲肱而枕之 樂亦在其中矣 不義而富且貴 於我如浮雲 반소사음수 곡굉이침지 낙역재기중의 불의이부차귀 어아여부운
12 마음이 흡족하지 아니함

조강지처

飽飫烹宰　饑厭糟糠
배부를포 싫어할어 삶을팽 고기저밀재　주릴기 싫을염 술지게미조 겨강

배부르면 고기를 저민 맛있는 음식도 싫고, 배고프면 술지게미나 겨로 만든 음식도 싫은 줄 모른다.

🐚 한자의 본뜻 풀이

『설문』에 '飽포'는 '싫증나다[1]'라고 합니다. 『광운』에 '飫어'는 '물리다[2]'라고 합니다. 『설문』에 '烹팽'은 '삶다[3]'라고 합니다. 『주례』에 '宰재'는 '여러 가지 음식의 맛을 고르게 하는 것[4]'이라고 적혀 있습니다. 또한 '宰'는 『설문』에 '죄를 지은 이가 집안일을 맡는 것[5]'이라고 풀이하고 있습니다. '饑기'는 『이아』「석천釋天」에 '곡식이 익지 않는 것[6]'이라 하며, 『묵자』 권1「칠환」에는 '다섯 가지 곡식이 다 익지 않는 것[7]'이라 하였고, 『한시외전韓詩外傳』 권8에는 '두 가지 곡식이 익지 않는 것[8]'이라 하였으며, 『곡량전穀梁傳』에는 다섯 가지 곡식이 익지 않는 것을 '크게 주린다[9]'라고 합니다. '厭염'은 『설문』에 보면 '대나무로 만든 화살통[10]'이 본래의 뜻이나, 여기서는 '싫다'로 풀이합니다. '糟조'는 '술지게미[11]'라는 뜻입니다. 『한비자』의 「오두五蠹」에는 "술지게미와 쌀

1 厭也 염야
2 飽也 포야
3 煮也 자야
4 宰者 調和膳羞之名 재자 조화선수지명
5 辠人在屋下執事者 죄인재옥하집사자
6 穀不熟爲饑 곡불숙위기
7 五穀不收謂之饑 오곡불수위지기
8 二穀不升謂之飢 이곡불승위지기
9 大饑 대기
10 笮也 착야
11 酒滓也 주재야

겨를 먹고 배불러 하지 않는 자는 쌀밥과 고기를 먹이지 말라[12]”
라 하였으니, 술지게미나 쌀겨 같은 변변치 못한 음식이라도 투
정부리지 말고 만족스럽게 먹어야 한다는 얘기입니다.

전한前漢을 뒤엎어 빼앗은 왕망王莽을 멸하고 유씨劉氏 천하를 다시
일으킨 후한後漢 광무제光武帝 유수劉秀는 나이 아홉 살에 고아가 되어
숙부인 양良에 의해 길러졌습니다. 키는 7자 3치이며 아름다운 수염과
미간을 지녔고 입이 크고 코가 우뚝하며 이마 가운데 뼈가 해처럼 솟
아 있다고『후한서』권1「광무제기光武帝紀」에 전하고 있습니다. 건원
建元 2년(서기 26년), 당시 감찰監察을 맡아보던 대사공大司空 송홍宋弘은
온후한 사람이었으나 직간直諫을 할 정도로 강직한 인물이기도 했습니
다. 어느 날 광무제는 미망인이 된 누나 호양 공주湖陽公主를 불러 신하
중 누구를 마음에 두고 있는지 의중을 떠보았습니다. 그 결과 호양 공
주는 당당한 풍채와 덕성을 지닌 송홍에게 호감을 갖고 있다는 것을
알게 됩니다. 그 후 광무제는 호양 공주를 병풍 뒤에 앉혀 놓고 송홍
과 이런저런 이야기를 나누던 끝에 다음과 같은 질문을 합니다.

“흔히들 고귀해지면 천할 때의 친구를 바꾸고, 부유해지면 가난할
때의 아내를 버린다고 하던데 인지상정人之常情 아니겠소?”

그러자 송홍은 이렇게 대답합니다.

“폐하, 황공하오나 신은 ‘가난하고 천할 때의 친구는 잊지 말아야
하며[13], 술지게미와 겨로 끼니를 이을 만큼 구차할 때 함께 고생하던

12 糟糠不飽者 不務梁肉 조강불포자 불무양육
13 貧賤之交 不可忘 빈천지교 불가망

아내는 버리지 말아야 한다[14]'고 들었사온데, 이것은 사람의 도리라고 생각되나이다."

이 말을 들은 광무제와 호양 공주는 크게 실망했다고 합니다. 이마 가운데 뼈가 해처럼 솟아 왕이 될 상相을 지녔던 광무제도 평범한 사람이었나 봅니다. 두 사람을 저울질해 보면 송홍에게서 보다 인간적인 모습을 볼 수 있습니다. 그의 아내에 대한 굳건한 지조가 엿보이는 대목이기도 합니다.

14 糟糠之妻 不下堂 조강지처 불하당

나이 8살이면

親 戚 故 舊　老 少 異 糧
친할친 겨레척 옛고 옛구　늙을로 젊을소 다를이 양식량

푸네기와 벗을 대할 때에는, 늙고 젊음에 따라 음식을 달리한다.

🐚 한자의 본뜻 풀이

'親친'은 '아버지 쪽의 푸네기[1]'이며, '戚척'은 '어머니 쪽의 푸네기[2]'입니다. '故고'는 본래 『설문』에 따르면 '누구로 하여금 무엇을 하게 하다[3]'라는 뜻입니다. '舊구'는 『설문』에 '오랫동안 갖추다 또는 오래 머무르다[4]'라고 풀이되어 있습니다. '故舊고구'는 '오래된 벗'이란 뜻입니다. '老少노소'에 대해 『진서晉書』「식화지食貨志」에 "'노老'는 60세 이상이고, '소少'는 12세 이하이다[5]"라고 되어 있습니다. 『설문』에 '老로'는 '곰곰이 생각하다[6]'라고 합니다. 또한 『예기』「내칙內則」에는 70세를 '老'라고 하기도 합니다. 『설문』에 '異이'는 '나누다[7]'라고 합니다. '異糧이량'에 대하여 『예기』의 「왕제」에 보면, 糧이 '粻장'으로 되어 있는데 뜻은 같습니다. 『설문』에 '糧'을 '곡식[8]'이라고 합니다.

1 親指族內 친지족내
2 戚言族外 척언족외
3 使爲之也 사위지야
4 辦舊 舊畱也 판구 구류야
5 十二以下 六十以上 爲老少 십이이하 육십이상 위노소
6 考也 고야
7 分也 분야
8 穀也 곡야

나이 오십이 되신 어른께는 젊은이와 다른 알곡으로 진지를 올리고[9],

육십이 되신 어른께는 미리 고기를 갈무리하여 올리고[10],

칠십이 되신 어른께는 덧 반찬을 드린다[11].

팔십이 되신 어른께는 늘 귀한 음식을 올리고[12],

구십이 되신 어른께는 자리에서 음식을 드리게 하고[13],

밖으로 나가시면 음식과 반찬을 가지고 따라 모신다[14].

요즘은 별로 가리지 않고 어른과 아이들이 한 밥상에서 밥을 먹지만 약 30년 전만 하더라도 그렇지 않았습니다. 어릴 때 집에서 맛있는 음식을 장만하면 할아버지를 큰댁에서 모셔와 진지를 잡숫게 하였는데, 늘 우리와는 겸상을 하지 않고 할아버님 상만은 따로 차려 드렸던 듯합니다. 생선 한 마리라도 더 올려 당신께서 더 드시도록 배려하는 것인데도 여간 섭섭한 마음이 아니었습니다. 어린 마음에 고깃덩어리 하나 더 먹었으면 하는 바람이 있었나 봅니다. 그리고 어른이 먼저 수저를 들기 전에는 절대 반찬이고 밥이고 손을 댈 수 없었습니다. '나이가 8살이면 음식을 들 때 반드시 어른보다 나중에 들게 한다[15]'는 『예기』「내칙」의 말이 맞는 듯합니다. 한번 손을 대었다간 아버지의 불호령이 떨어집니다. 반드시 어른이 먼저 수저를 들어야 우리는 수

9 五十異粻 오십이장
10 六十宿肉 육십숙육
11 七十二膳 칠십이선
12 八十常珍 팔십상진
13 九十飮食不違寢 구십음식불위침
14 膳飮從於遊可也 선음종어유가야
15 飮食必後長者 음식필후장자

저를 들 수 있었습니다. 뱃속에서 꼬르륵 소리가 나도 참아야만 했던 시절이었습니다. 어떤 때에는 저녁에 어른이 들어오셔야 밥을 먹기도 하였지요. 그 기다리는 시간은 지루하고 힘든 시간이었습니다. 시방이야 어디 그런가요. 거의가 핵가족이다 보니 부모님과는 떨어져 지내 때를 기다릴 것 없이 아이들은 아이들대로 어른은 어른들대로 아무 때나 수저를 들고 먹으면 됩니다.

따뜻한 집

할급휴서割給休書

妾 御 績 紡　侍 巾 帷 房
시앗첩 모실어 길쌈적 길쌈방　모실시 수건건 휘장유 방방

아내는 길쌈을 하고, 휘장이 둘러친 방안에서 수건과 빗을 들고 남편의 옷매무새를 갖추어
준다.

🐚 한자의 본뜻 풀이

　　'妾시앗'은 예로써 맞아들이지 않은 여자를 이르는[1] 말이며,
『설문』에서는 '허물이 있는 여자[2]'라고 하며, 『춘추좌씨전』을 빌
어 '정식으로 시집가지 않은 여자[3]'라고도 합니다. 이와 반대로 예
로써 맞아 장가를 드는 것을 일러[4] '妻처'라고 『예기』「내칙」에서
말합니다. 또한 첩은 『예기』「곡례」에서 일반 사람, 즉 서민의 아
내를 일컫는다고 합니다. '御어'는 시녀侍女를 뜻합니다. 『설문』에
'績적'은 '길쌈하다[5]'라는 뜻이며, '紡방'은 '명주실을 잣다[6]'라는
뜻입니다. '績紡적방'은 '길쌈을 하다'라는 뜻입니다. 『명심보
감』「부행婦行」에 "'婦工부공'이라는 것은 오로지 길쌈을 부지런
히 하고 술 빚기를 좋아하지 않고 맛있는 음식을 갖추어서 손님
을 대접하는 것이니, 이것이 곧 부공이다[7]'라고 합니다. 『설문』
에 '侍시'는 '받들다[8]'라고 하며, '巾건'은 '수건을 지니다[9]'라는
뜻입니다. '侍巾시건'은 '처첩妻妾이 남편의 좌우에서 수건이나 빗

---

i 奔則爲妾 분즉위첩
2 有辠女子 유죄여자
3 不娉也 불빙야
4 聘則爲妻 빙즉위처
5 緝也 집야
6 綱絲也 강사야
7 婦工者 專勤紡積 勿好暈酒 供具甘旨 以奉賓客 此爲婦工也 부공자 전근방적 물호운주 공구감
　지 이봉빈객 차위부공야
8 承也 승야
9 佩巾也 패건야

을 들고 매무새를 갖추어준다[10]'는 뜻입니다. 이는『춘추좌씨전』「희공僖公」22年에 나오는 이야기입니다.『설문』에 '帷유'는 본래 '곁에 있는 것[11]'이라고 하며, 또한『석명』에는 '帷는 둘러치는 것이니 밖을 가리기 위하여 두르는 것이다[12]'라고 합니다.『설문』에 '房방'은 '집안에 있는 것[13]'이라고 합니다.

위에서 妾은 아내를 뜻하는 것이며, 우리가 알고 있는 시앗의 뜻은 아닙니다. 옛날에 첩이나 첩의 자식은 아버지가 죽었을 때 또는 조상의 제사를 지낼 때 참여할 수 없었습니다. 서자庶子는 자식 테두리 안에 들지도 못하고, 적자와 생부生父와 겸상도 하지 못했던 모양입니다.

수건이나 빗을 들고 곁에서 모신다는 이야기는 어릴 적부터 많이 보고 들어왔습니다. 우리네 할아버지가 그러하였고 아버지 또한 그랬습니다. 하늘처럼 떠받들고 지지해 주던 게 몇 십 년 전의 일이었습니다.

조선조 당시에는 이혼이 철저히 금기시되었습니다. 그만큼 유교라는 이데올로기에 의해 삼종三從이라는 덤터기가 씌워졌다는 말입니다. 이러한 사회에서 여성은 많은 제약과 속박의 굴레를 소에 멍에를 씌우듯 그대로 순종하는 도리밖에 없었던 듯합니다. 그러나 그러한 사회에서도 유독 퇴계 이황만은 다른 생각을 했던 인물인 듯합니다. 그

---

10 侍執巾櫛 시집건즐
11 在旁曰帷 재방왈유
12 帷圍也 斷以自障圍也 유위야 단이자장위야
13 室在旁也 실재방야

는 그의 둘째 아들 채寀가 병으로 사망하자 며늘아기를 밤중에 남몰래 그녀의 친정으로 돌려보내어 재가할 수 있도록 한 것입니다.

그가 마지막으로 풍기 군수를 지내고 벼슬살이에 대한 미련을 끊기로 작심한 곳이 바로 연화봉과 도솔봉 사이에 있는 죽령인데, 이곳을 지나면서 그는 학문에 대한 집념을 불사르게 됩니다. 이른바 모고지심慕古之心입니다. "옛 성인을 그리며 학문에 정진하다"라는 이 말을 밑천으로 학문에 정진하니, 이때가 단양 군수를 버리고 풍기 군수로 부임하는 명종 4년(1548년)으로, 그의 나이 48세 때였습니다. 그는 그의 첫 반려자인 허씨를 상처喪妻한 지 3년이 지난 30세 때, 단양에서 두향杜香이라는 관기官妓를 알게 됩니다. 두향은 그리 미색을 띤 얼굴은 아니었으나 시와 거문고를 좋아한 여인이었습니다. 퇴계가 9개월간 단양 군수로 지내고 난 뒤 풍기 군수로 가면서 두향은 그녀의 옷섶을 잘라 서로 변치 말 것을 다짐합니다. 그러나 퇴계는 주색을 멀리하고 특히 술을 경계한 사람이어서 매우 절제된 삶을 살았다고 『퇴계언행록退溪言行錄』에 전하고 있습니다.

"저고리의 옷섶을 잘라 준다." 이는 무슨 말인가요? 바로 '할급휴서割給休書'라는 말입니다. 조선시대에는 이혼이 엄격히 금지되었지만, 피치 못하여 이혼을 하는 지경에 이르면 남편이 부인의 저고리 옷섶을 잘라 이를 부인에게 주는 관습이 있었습니다. 저고리의 옷섶을 자른 모양은 거의 세모꼴을 하고 있었는데, 이는 나비의 모양을 하고 있었습니다. 이 나비를 받은 부인은 그 길로 집을 나서 동네 어귀나 성황당 근처에서 서성거리게 되는 모양입니다. 그러다가 그 부인을 처음 본 사람은 귀천을 막론하고 그녀가 지고 있는 이불 보따리로 보쌈하여 데리고 가 살아야 하는 불문율이 있었습니다.

버림받은 여인

紈 扇 圓 潔　銀 燭 煒 煌
흰깁환 부채선 둥글원 맑을결　은은 촛불촉 빛날위 빛날황

흰 비단 깁으로 만든 부채는 둥근달과 같이 깨끗하며, 은촛대에 불을 밝혀 환하게 빛난다.

🐚 한자의 본뜻 풀이

　　『설문』에 '紈환'은 '희다[1]'라고 하며, '扇선'은 '문짝[2]'이라고 합니다. '圓원'은 '완전히 두르다[3]'라는 뜻이며, '潔결'은 '맑다[4]' 라고 합니다. '銀은'은 '흰색의 쇠붙이[5]'라고 하며, '燭촉'은 '뜰에 피운 화톳불, 화톳불을 피우다[6]'라고 풀이하고 있습니다. '煒위' 는 『설문』에 '매우 붉다[7]'라고 풀이하며, '煌황'은 '빛나다[8]'라고 합니다.

1 素也 소야
2 扉也 비야
3 圜全也 환전야
4 瀞也 정야
5 白金也 백금야
6 庭燎 정료, 火燭也 화촉야
7 盛赤也 성적야
8 輝也 휘야

귀뚜라미 우는 가을이 올까 하였는데 그 와중에 임으로부터 버림을 받은 여인의 마음은 어떠할까요? 마당 위를 나뒹구는 이파리들을 보며 가슴이 미어지듯이 스러져갑니다. 싸늘한 방 가운데 붉다 못해 푸르른 테두리를 지닌 촛불이 두 볼에 하염없이 흘러내리는 눈물에 비칩니다. 한 많은 반첩여班婕妤, 그녀는 누구인가요? 한나라 성제[9] 때 조비연趙飛燕에게 임금의 고임을 빼앗기고, 이에 더하여 모함까지 받아 버림받은 여인입니다. 그녀는 「원가행怨歌行」이라는 시로써 비련悲戀을 보듬고 있습니다.

제나라 땅에서 난 흰 비단을 새로 잘라내니[10],
희고 깨끗하기가 서리나 눈과 같네[11].
이를 마르어 합환선 만드니[12],
둥글기가 밝은 달 같네[13].

「원가행」이라는 시입니다. 『문선』 권14에는 네 구절이 각주의 괄호 안과 같습니다.

흰 비단 부채는 둥근달 같은데[14],
베틀의 흰 비단 잘라 만든 것이네[15].

9 成帝 : 기원전 32~7
10 新裂齊紈素(新裂齊紈素) 신렬제환소
11 皎潔如霜雪(鮮絜如霜雪) 교(선)결여상설
12 裁爲合歡扇(裁成合歡扇) 재위(성)합환선
13 團圓似明月(團團似明月) 단원(단)사명월
14 紈扇如圓月 환선여원월
15 出自機中素 출자기중소

『문선』권16 강엄[16]이 지은 「반첩여班婕妤(영선詠扇)」라는 시에 나
오는 대목입니다. 그런데『고문진보古文眞寶』권2에는 「의원가행擬怨歌
行」이라고 하여 「원가행」을 본떠서 지었다고 합니다.

'銀燭은촉'은 진晉나라 왕가王嘉가 지은『습유기拾遺記』에 "금을 백 번
녹이면 그 빛깔이 은색이 되는데, 이것이 바로 은촉이다[17]"라고 하는
말에서 볼 수 있습니다. 또 진晉나라 부함傅咸의 「촉부燭賦」라는 시에
보면, "한가로운 방 안에서 촛불을 태우노라니 붉은빛이 드날리고, 붉
은 불꽃은 타올라 밤이 이슥하여도 대낮과 같다[18]"라고 하여 밤의 그
윽한 정취를 나타내고 있습니다.

---

16 江淹 : 444~505
17 百鑄其色變白 有光如銀 卽銀燭也 백주기색변백 유광여은 즉은촉야
18 然燭閑房 揚丹輝之煒燿 熾朱燄之煌煌 俾幽夜而作晝 연촉한방 양단휘지위요 치주염지황황 비
  유야이작주

낮잠도 좀 즐기게나

晝 眠 夕 寐　藍 筍 象 牀
낮주 잠잘면 저녁석 잘매　쪽람 죽순순 코끼리상 평상상

낮에는 낮잠을 자고 저녁에 자니, 쪽빛 대나무로 엮어 만든 침상에 상아 장식으로 치레를 하였다.

🐚 한자의 본뜻 풀이

　　『설문』에 '晝주'는 '해가 들고 나는 것으로 밤과 경계를 이루다[1]'라고 하며, '晝眠주면'은 '낮잠을 자다'라는 뜻입니다. '夕석'은 본래 '해질 무렵, 곧 저녁[2]'이라는 뜻이며, '寐매'는 '누워 자다[3]'라는 뜻이니, '夕寐석매'는 '저녁에 자다'라는 뜻입니다. '藍람'은 『설문』에 '염색으로 쓰이는 푸른 풀[4]'이라고 하며, '筍순'은 '죽순[5]'이라는 뜻입니다. '藍筍남순'은 '쪽빛의 대나무로 만든 자리'라는 뜻입니다. 『서경』「고명顧命」에 보면 '순석은 대나무로 만든 자리이다[6]'라고 하여, 대나무의 연한 푸른 껍질로 만든 자리라고 합니다. 또한 『전국책戰國策』「제민왕책齊閔王策」에는 '맹상군孟嘗君이 여러 나라를 돌아다닐 때 초나라에 이르러 상상을 바쳤다'라는 기록이 보입니다. '象상'은 『설문』에 '기다란 코끼리 코에 난 어금니이며, 지금의 베트남 지역에 사는 큰 짐승[7]'이라고 합니다. '牀상'은 『설문』에 의하면 '몸을 편안히 하여 앉는 물건[8]'이라고 합니다. '象牀상상'은 상아象牙로 치레한 침상이라는 뜻이 됩니다.

---

1 日之出入, 與夜爲界 일지출입, 여야위계
2 莫也 막야
3 臥也 와야
4 染靑艸也 염청초야
5 竹胎也 죽태야
6 筍席竹席也 순석죽석야
7 長鼻牙, 南越大獸 장비아, 남월대수
8 安身之坐者 안신지좌자

늘 쫓기듯 사는 게 이 누리 사람들의 아귀찬[9] 삶인가 합니다. 하지만 속내를 들여다보면 참으로 야무진 구석은 전혀 없는 듯 보입니다. 왜냐면 그저 대충 남을 야바위하여 일을 승겁들게[10] 합니다. 숨어 사는 이들이 종종 지면에 치렛거리[11]로 나옵니다. 진정 그러한 삶을 즐기는 것인지 그 속종[12]을 알 수가 없습니다. 밤잠을 설치면서까지 일을 이루려는 것은 좋으나 이는 마음의 한가함을 버리려는 빙충맞은[13] 짓인지도 모릅니다. 낙천지명樂天知命이라고 합니다. 즉 타고난 천성, 곧 인간 본래의 고갱이인 선善을 즐기고 천명을 알아야 한다는 뜻이지요. 『주역』「계사전」에 나오는 말입니다.

공자는 낮잠을 아주 싫어했나 봅니다. 제자인 재여宰予가 하루는 낮잠을 자다가 공자로부터 호되게 꾸중을 듣습니다. "썩은 나무는 조각을 할 수가 없고, 거름흙으로 쌓은 담은 흙손질을 할 수가 없다[14]"라고 말입니다. 『논어』「공야장公冶長」에 나오는 얘기입니다. 어느 것을 좇아야 할지 생각해 볼 일입니다.

9 뜻이 굳고 하는 일이 야무짐
10 그리 힘들이지 않고 저절로 이룸
11 인사치레로 삼는 거리
12 마음속에 품고 있는 소견
13 똘똘하지 못하고 어리석음
14 朽木不可雕也 糞土之墻不可杇也 후목불가조야 분토지장불가오야

술과 세상사 그리고 글초

絃 歌 酒 讌　　接 杯 擧 觴
줄현　노래가　술주　잔치연　　접힐접　술잔배　들거　잔상

거문고 타고 노래하고 술을 마시는 잔치에, 잔을 주거니 받거니 하며 잔을 들어 술을 마신다.

🌀 한자의 본뜻 풀이

　　'絃歌현가'는 가야금·비파·거문고 등과 같이 줄로 되어 있는 악기와 더불어 시·시조·노래·창 등의 노래에 맞추어 부르는 노래라는 뜻입니다. 『율력지律歷志』에 '絃현'은 '실로 만든 악기'라고 합니다. '歌가'는 『설문』에 '읊다[1]'라고 합니다. '酒주'는 『설문』에 '나아가다, 사람의 마음을 선하고 악하게도 한다[2]'라고 풀이하며, '讌연'은 연宴 또는 연醼과 같은 뜻으로, 주연酒宴이라는 뜻과 같습니다. '接접'은 『설문』에 '주고받고 하다[3]'의 뜻이 있으며, '接杯접배'는 '잔을 받기도 하고, 주기도 하다'라는 뜻입니다. '擧거'는 '마주하여 들다[4]'라는 뜻이며, '觴상'은 '향음주鄕飮酒에 쓰이는 뿔이 달린 잔을 말하는 것[5]'이라 합니다. 조터書攄의 옛 친구를 만나 감흥을 읊은 시 「감구시感舊詩」에 보면 "손님을 맞이하여 유객시를 외우고 잔을 들어 노사편을 읊다[6]"라는 말이 있습니다. 옛살라비[7]의 벗을 만나 이렇듯 감회와 회포를 푸는 것은 예나 지금이나 즐겁고 가슴 벅찬 일입니다.

1　詠也　영야
2　就也. 所以就人性之善惡　취야. 소이취인성지선악
3　交也　교아
4　對擧也　대거야
5　觶實曰觴　치실왈상
6　對賓頌有客 擧觴詠露斯　대빈송유객 거상영노사
7　고향

도연명의 「아들을 꾸짖으며責子」라는 시에 나오는 '술'은 '배중물盃中物'이라는 표현을 썼습니다. 곧 '술잔 속에 있는 몬[8]'이라는 뜻입니다. 도연명과 이백 또는 두보 등 여러 시인들의 시에는 유독 술에 대한 밑그림이 깔려 있어, 이것이 자못 글쓰기에 도움이 되었으며 글초를 다지는 디딤돌이 되지 않았나 싶습니다. 도연명의 「귀거래사歸去來辭」에는 '항아리 모양의 술잔을 끌어당겨 스스로 마시다'라는 구절이 있는데, 옛사람들은 술을 드는 데 있어서도 일종의 낭만과 멋이 배어 있음을 알 수 있습니다.

그러나 술은 예부터 오로지 제사에만 쓰였던 모양입니다. 주나라를 세운 문왕文王은 일체 큰 제사 외에는 술을 쓰지 못하게 하였습니다. 주공周公이 술을 경계하여 여러 관리와 제후에게 "크고 작은 나라들이 망함에 술의 허물이 아닌 것이 없다[9]"라고 엄한 훈시를 내립니다. 지금의 술 문화는 어떠한가요? 그저 마시고 들이붓는 게 음주문화인가요? 취하면 남을 헐뜯고 욕지거리를 하고 영바람[10]에 지나지 않은 담론談論에, 남을 생각지 않는 입찬말[11]만 뱉어내고 있습니다. 어지럽고 메스껍습니다. 술을 들면 서로를 배려치 않는 말과 자발없는[12] 거동에 서로 베돌고[13] 싶습니다. 한 잔의 술에도 틀거지를 오롯이 하고 마음다짐을 해야 할 성싶습니다. "한 잔의 술을 올리는 예에도 손님과 주인이 마주 절하여 하루 내내 마셔도 취하지 않는다[14]"라고 『예기』 「악기樂記」에 적바림되어 있으니 곱씹을 필요가 있습니다.

8 물건
9 越小大邦用喪 亦罔非酒 惟辜 월소대방용상 역망비주 유고
10 자랑하고 뽐내는 태도나 기세
11 자기의 지위와 능력을 믿고 장담하는 말
12 참을성이 없고 경솔함
13 한 데 어울리지 않고 따로 떨어져 밖으로만 돎
14 一獻之禮 賓主百拜 終日飮酒 而不得醉焉 일헌지례 빈주백배 종일음주 이부득취언

끄느름한 날은 가라!

矯 手 頓 足　　悅 豫 且 康
들교 손수 구를돈 발족　기쁠열 미리예 또차 편안할강

손을 들고 발을 굴러 춤을 추니, 기쁘고 즐거우며 또한 편안하다.

🐌 한자의 본뜻 풀이

　　『설문』에 '矯교'는 본래 '화살과 재갈을 만지다[1]'의 뜻이라고
하나, 여기서는 '들어 올리다'라고 하며, '手수'는 '주먹을 쥐다[2]'
라고 합니다. '頓足돈족'은 『한비자』 권1 「초견진初見秦」에 '돈족
도석頓足徒裼'이라 하여 '맨발에 벌거벗은 모습으로 발을 구르다'
라고 합니다. '足족'은 『설문』에 의하면 '사람의 발이며 땅을 딛
고 있다[3]'라는 뜻입니다. 또한 『문선』 권8 반안인潘安仁의 「한거
부閑居賦」에 보면 "음악이 들려오자 일어나 발을 굴러 춤추고 큰
소리로 노래한다[4]"라고 하니, 술을 마시며 기뻐서 일어나 춤추며
노는 모습을 그리고 있습니다. '豫예'는 『설문』에 '코끼리 가운데
더 큰 코끼리[5]'라고 풀이합니다. '悅豫열예'는 '기뻐하고 즐거워
하다'라는 뜻이고, 『후한서』 「하창전何敞傳」에 보면 "임금의 은
혜가 아래로 퍼져 모든 백성이 즐거워한다[6]"라고 쓰여 있습니다.
'且차'는 '천거하다[7]'라는 뜻입니다. '康강'은 본래 『설문』에 따르
면 '곡식의 껍질[8]'이라고 하며, '穅강' 자를 생략하여 쓴다고 하
나, 여기서는 '편안하다'라고 합니다.

1 揉箭箝也 유전겸야
2 拳也 권야
3 人之足也, 在下 인지족야, 재하
4 頓足起舞 抗音高歌 돈족기무 항음고가
5 象之大者 상지대자
6 恩澤下暢 庶黎悅豫 은택하창 서여열애
7 薦也 천야
8 穀之皮也 곡지피야

역사에서 태평성세太平盛世를 누린 때는 얼마 되지 않았습니다. 굶주림과 병과 나라 간 싸움으로 얼룩져 서로 척을 지었습니다. 난리통에 죽고 병들고 다치는 쪽은 매양 아랫사람들이었습니다. 이 나라 반쪽 섬에는 상기도 이산가족들이 허다합니다. 무에 그리 기쁘고 즐거운 일이 있겠습니까? 윗사람들만 푼푼하게9 살고, 아랫사람들은 거지반 주저롭게10 살고 있습니다. 찜부럭11 없이 사는 누리를 만드는 데 이 사회의 줏대잡이12들이 발 벗고 나섰으면 합니다. 이 누리에 드리운 먹구름 때문에 끄느름한 날을 웃날 들게13 할 우꾼한 빛이 비췄으면 합니다.

9 모자람이 없이 넉넉함
10 넉넉하지 못하여 퍽 곤란함
11 몸이나 마음이 괴로워 걸핏하면 내는 짜증
12 중심이 되는 사람
13 날이 갬

그리운

내 고향!

시향時享 지내던 날

嫡 後 嗣 續　祭 祀 蒸 嘗
맏아들적 뒤후　이을사 이을속　제사제 제사사 찔증　맛볼상

맏아들은 집안의 대를 잇고, 봄, 여름, 가을, 겨울의 제사를 모신다.

🐚 한자의 본뜻 풀이

　　『증운增韻』에 '嫡적'은 시앗妾첩이 아닌 '정실부인이 낳은 아들'
이라고 하고, 『설문』에는 '여자가 남편을 따라 죽다[1]'라는 뜻으
로 풀이되어 있습니다. 『설문』에 '後후'는 '더디다[2]'라고 하며,
『설문』에 '嗣사'는 '제후가 나라를 잇는다[3]'라고 합니다. '續속'은
'이어지다[4]'라는 뜻입니다.' 『설문』에 '祭제'는 '제사이다祭祀也'
라고 하며, 여기서 示시는 신위神位를 나타내며, 肉은 고기肉이며,
卩는 손手이니, '손에 고기를 들고 신위께 드리다'라는 뜻입니다.
'祀사'는 '제사를 그치지 않다[5]'라고 합니다. 『이아』 「석천釋天」
에 '봄에 지내는 제사를 사祠라 하고, 여름에 지내는 제사를 약礿
이라 하고, 가을에 지내는 제사를 상嘗이라 하고, 겨울에 지내는
제사를 증蒸이라고 합니다. 그러나 『예기』 「왕제」에는 제사의
명칭이 조금 다르게 보입니다. 봄의 제사를 약礿이라 하고, 여름
의 제사를 체禘라고 하며, 가을의 제사를 상嘗이라 하고, 겨울의
제사를 증蒸이라고 합니다. 『예기』에서 礿약을 박薄이라 하여 봄
에는 아직 만물이 생성되지 않고 제물諸物이 많지 않다는 데서 이
렇게 불렀으며, 禘체는 여름에는 아직 만물이 영글지 않았다고
하더라도 제때에 마땅히 차례로 제사를 지내야 한다는 의미로

---

1 媵也 촉야
2 遲也 지야
3 諸侯嗣國也 제후사국야
4 連也 연야
5 祭無已也 제무이야

이렇게 불렀고, 甞상은 가을에 햇곡이 익어 조상께 맛을 뵈어야 한다고 하여 '제사 드리기 전에는 햇곡을 먹지 않는다[6]'라고 하였으며, 烝증은 衆중과 통하여 겨울에는 이룬 것이 많다는 뜻으로 풀이가 됩니다.

가을이면 동네가 부산하고 북적대기 시작합니다. 작은 뫼 중턱에 있는 고조부 이상의 조상되시는 분들의 묘에 시제時祭를 드리기 위한 북새통입니다. 동네 얼안[7]에서는 묘들이 보이지 않고, 언덕을 올라 집들이 널린 뒤쪽의 산모롱이를 굽이돌아야 선영先塋에 이릅니다. 누른 빛을 띤 한지에 빼곡히 붓으로 정갈하게 쓴 제문祭文을, 두루마리 도포자락에 갓을 쓴 백발의 어른이 읽고 있습니다. 넓은 상 위에는 햇곡으로 빚은 떡과 대추·밤·배·사과·감·부침개·전·국·햅쌀밥 등이 가지런히 빛깔을 돋우며 있습니다. 그저 어린 마음에 언제 제사가 끝나나 하는 기다림만이 있을 뿐입니다. 그 가을의 바람은 을씨년스럽고 낙엽만이 나뒹굽니다. 이따금 우듬지[8]에는 다람쥐와 새들이 지저귀며 나무 열매를 먹고 있었습니다.

6 未甞不食新 미상불식신
7 공간
8 나무의 꼭대기 줄기

어머니의 노래

稽 顙 再 拜　　悚 懼 恐 惶
조아릴계 이마상 다시재 절배　　두려워할송 두려워할구 두려워할공 두려워할황

이마를 땅에 대고 거듭 절하고, 조상에게 절을 할 때에는 두렵고 두려워하며 더욱 두려워해야
한다.

한자의 본뜻 풀이

　　『설문』에 '稽계'는 본래 '머물러 그치다[1]'라는 뜻이며, '顙상'
은 '이마[2]'라고 합니다. '稽顙계상'은 '머리를 땅에 대고 조아리
다'라는 뜻입니다.『예기』「단궁 하檀弓 下」에 "절하고 이마를 땅
에 대고 조아리는 것은 슬픔이 지극하여 가슴이 아픔을 나타낸
것이다. 따라서 계상은 비통함이 극에 이른 것이다[3]"라고 적혀
있습니다.『예기』「상복소기喪服小記」에는 빈소에 가 절하기 이전
에 계상을 하는데, '부모와 큰아들의 상에는 계상을 한다'라고 합
니다. 계상과 같은 말로 '稽首계수'라는 말이 있는데 이는『예기』
「옥조」에 '왼손으로 오른손 위를 누르고 머리와 손을 함께 땅에
대는 것'이라고 합니다. '再재'는『설문』에 '거듭하다[4]'라고 풀이
합니다. 조상에게 절을 할 때 우리는 늘 북쪽을 바라보며 합니다.
이는 저승의 신을 부르는 것입니다.『설문』에 '懼구'는 '두려워하
다[5]'라고 합니다. '恐공'은 '두려워하다[6]'라고 하며, '惶황'도 '두
려워하다[7]'라고 합니다. '悚懼恐惶송구공황'은 '매우 두려워하고
조심하다'라는 뜻입니다.

---

1 畱止也 류지야
2 額也 액야
3 拜稽顙 哀戚之至隱也 稽顙隱之甚也 배계상 애척지지은야 계상은지심야
4 一擧而二也 일거이이야
5 恐也 공야
6 懼也 구야
7 恐也 공야

다시 볼 수 없는 이는 누구인가요? 되돌아오지 않는 것이 세월이고, 다시는 볼 수 없는 이가 어버이라고 합니다. 옛날에 구오자丘吾子라는 사람이 있었습니다. 그는 어려서부터 배우기를 좋아하여 천하를 두루 돌아다녔다고 합니다. 그러나 그 뒤 집에 돌아와 보니 어버이가 돌아가셨습니다. 그는 자신의 세 가지 실수를 말하면서 가장 먼저 어버이를 잃은 것을 첫째가는 실수로 들며 애달픔을 토해내고 있습니다. "나무는 조용히 하고자 하나 바람이 멎지를 않고, 자식은 어버이를 봉양코자 하나 어버이는 기다려주지 않네8." 『공자가어』권3 「치사致思」에 나오는 이야기입니다.

어릴 때입니다. 부엌에서 노랫소리가 들려옵니다. 장작과 가시덤불을 때던 아궁이 앞에서 노래를 부르시던 이가 계십니다. 흥얼거리는 노랫소리는 오랫동안 이어집니다. 노래의 거반은 옛 노래였는데 이제는 듣지를 못합니다. 트로트였습니다. 설거지를 하다가도 노래를 부르시던 그분의 목소리가 들리지 않은 지는 하마 십여 년이 되어갑니다. 불땀 좋은 장작을 부지깽이로 뒤척이며 부르던 노래는 귓가를 맴돌아 그때를 생각나게 하지만 이제는 들을 수 없습니다. 때로는 그런대로 듣기 좋은 노랫소리가 고동소리처럼 들리던 때가 있었습니다. 노래를 부르시면 그분이 마음이 울적하거나 기쁜 일이 있어서일 겁니다. 노랫말에 실린 뜻을 헤아려 보면 그분의 그날의 느낌을 거니챌 수 있었습니다. 애옥한 살림에 힘에 부치는 밭일을 하시다가 저녁밥을

---

8 樹欲靜而風不停 子欲養而親不待 수욕정이풍부정 자욕양이친부대

지으면서 부르던 노래였으니, 지치고 힘든 마음을 달래려는 노래였을 겁니다. 이제는 나이가 지긋하시니 마음이 시쁘둥한지9 노랫소리가 들리지 않습니다. 마음에 시름이 있으신지요? 아들은 이렇게 당신을 힘들게 하나 봅니다. 어머니의 노래를 다시 듣고 싶습니다.

9 마음에 차지 않고 시들한 기색이 있음

아버님의 일기장

牋 牒 簡 要　顧 答 審 詳
편지전 서찰첩 단출할간 구할요　돌아볼고 대답할답 살필심 자세할상

편지와 글은 군더더기를 빼어 간추려 쓰고, 안부를 묻거나 답장을 할 때에는 잘 살펴 자세히 쓴다.

🐚 한자의 본뜻 풀이

　　'牋전'은 편지 또는 본시 임금에게 올리는 글이라는 뜻이었으나, 후대에 오면서 황후·태자에게 올리는 글이라는 뜻으로 바뀌었습니다. '牒첩'은『설문』에 '문서를 적은 얇은 나뭇조각이나 대나무 조각[1]'으로 풀이합니다.『설문』에 '簡간'은 본래 '서판 또는 공문서[2]'라고 하나, 여기서는 '간동그리다[3]'라는 뜻입니다. '要요'는 본래『설문』에서 '사람의 허리[4]'라고 풀이하였으며, '간략하다'나 '단출하고 요점이 있다'라는 뜻입니다. '顧고'는『설문』에 의하면 '돌아보다[5]'라는 뜻이며, '顧答고답'은 '겸손하며 미쁜[6] 태도로 주위를 살피며 대답하다'라는 뜻입니다.『예기』「곡례」에 보면 "군자를 모시고 있을 때 좌·우를 돌아보지 않고 대답하는 것은 예의가 아니다[7]"라고 되어 있으니, 사람과 말을 나눌 때에는 항상 그 사람을 보며, 여러 명과 대화를 할 때에는 주위를 살펴 이야기하는 것이 예의라는 말입니다. '詳상'은『설문』에서 '자세히 살피어 일을 꾀하다[8]'라고 풀이합니다.

1 札也 찰야
2 牒也 첩야
3 잘 정돈되어 단출하다
4 身中也 신중야
5 還視也 환시야
6 믿음성 있음
7 侍于君子 不顧望而對非禮也 시우군자 불고망이대비례야
8 審議也 심의야

늘 보이던 아버님의 일기장이 하루아침에 흔적도 없이 사라졌습니다. 희한한 일이었습니다. 나무를 때던 정지[9]에 놓여 늘 시커먼 때와 연기에 그을려 무슨 애물단지같이 보이던 커다란 트렁크 가방 안에는 일기장들이 가지런하게 수북이 쌓여 있었는데, 그것이 느닷없이 사라졌던 겁니다. 귀신이 곡할 노릇이었지요. 손바닥만한 크기의 공책에 펜 끝을 지그시 눌러 내려 긋는 획으로 정갈하게 쓴 아버님의 일상과 얼이 담긴 글이었죠. 간결하면서도 당신의 얼을 쏟아 부은 그날그날의 일을 적바림한 글초였습니다. 시를 좋아하고 붓글씨를 쓰셨던 분입니다. 그중에는 색연필로 나무와 새를 그린 그림공책도 있었습니다. 서울 도회지의 힘든 삶과 낭만과 하루의 일을 적은 그것은 저에게는 지금 생각해도 퍽이나 대모한 것이고 소중한 것입니다. 그런데 일기장 모두가 아궁이에 불쏘시개가 되어 마디고 마딘[10] 부지깽이 끝에 뒤적이며 소리 없는 메아리가 되었습니다. 아깝습니다. 당신은 13년 전에 세상을 등지셨습니다. 당신이 그립습니다.

9 부엌의 경상도 사투리
10 쓰는 물건이 잘 닳거나 없어지지 아니함

씻지 않는 아이

骸 垢 想 浴　執 熱 願 凉
몸해　때구　생각할상 미역감을욕　잡을집 더울열 바랄원 서늘할량

몸에 때가 끼면 목욕할 것을 생각하고, 뜨거운 것을 쥐면 찬 것을 바라게 된다.

한자의 본뜻 풀이

　　『설문』에 '骸해'는 '정강이뼈[1]'라고 하며, '垢구'는 '더럽다[2]'라
고 합니다. '骸垢해구'는 '몸에 낀 때'입니다. 『예기』「내칙」에 보
면 다음과 같은 말이 있습니다. "어버이가 침과 콧물을 흘릴 때에
는 곧 닦아주어 남에게 보이지 않도록 하고 (중략) 닷새마다 물을
데워 몸을 씻겨 드리기를 청하고, 사흘마다 머리를 감겨 드릴 것
을 청해야 한다. 또한 그동안 얼굴에 때가 끼었을 때에는 쌀뜨물
을 끓여 얼굴 씻기를 청해야 하며, 발에 때가 끼었을 때에는 물을
끓여 씻기를 청해야 한다.[3]" 이는 어버이의 몸을 깨끗이 해 줄 것
을 말하고 있습니다. 『설문』에 '想상'은 '바라다[4]'라고 하며, '浴
욕'은 '몸을 씻다[5]'라는 뜻이며, '沐목'은 '머리를 감다[6]'라는 뜻이
라고 하여, 어버이의 상을 당하더라도 자신의 몸을 깨끗이 해야
한다는 것입니다. 『예기』「곡례」에 '머리에 상처가 있으면 머리
를 감고, 몸에 종기가 있으면 몸을 씻으라[7]'고 되어 있습니다. '執
집'은 『설문』에 따르면 '죄지은 이를 잡다[8]'라는 뜻이며, '熱열'은
'따뜻하다[9]'라는 뜻입니다. '執熱집열'은 '뜨거운 것을 잡다'라는

---

1 脛骨也 경골야
2 濁也 탁야
3 父母唾洟不見 (중략) 五日則燀湯請浴 三日具沐 其間面垢 燀潘請靧 足垢 燀湯請洗 부모타이
　불현 오일즉담탕청욕 삼일구목 기간면구 담반청회 족구 담탕청세
4 冀思也 기사야
5 洒身也 세신야
6 濯髮也 탁발야
7 頭有創則沐 身有瘍則浴 두유창즉목 신유양즉욕
8 捕罪人也 포죄인야
9 溫也 온야

뜻입니다. 이는 『시경』 「상유桑柔」의 시에서 비롯한 말입니다. 주나라 11대 왕인 여왕厲王이 포악하고 사치스러우며 오만하여 기원전 841년에 왕의 자리에서 쫓겨나 기원전 828년 체彘에서 죽습니다. 14년간 왕이 없고 공경公卿이 정치를 대행하여 중국 최초의 공화제共和制를 가져오게 됩니다. 이러한 왕의 실정失政을 풍자한 『시경』 「상유桑柔」의 시에 보면, "누가 뜨거운 것을 쥐고선 곧 물에 손 씻지 않겠는가[10]?"라는 말이 적혀 있습니다.

　지지리도 씻지 않는 사람이 있습니다. 여름이면 그래도 날이 푹하여 냇가에서 미역을 감곤 합니다. 늦가을 찬 서리가 내리는 때부터 다음 해 눈이 녹고 5월이 되어도 도무지 씻지를 않고 배기는 그런 성질입니다. 땟국이 등과 손등과 발등 그리고 팔에까지 흐르다 못해 허연 더께가 일어나 검은 속옷이 하얗도록 말입니다. 시골이라 전기도 들어오지 않고 늘 가마솥에 물을 데워 쓰는 형편이니 얼굴만 씻는 이른바 '고양이 세수'를 합니다. 그 시절은 늘 지게를 지고 우금[11]을 오르내리며 나무를 해서 장작을 패고 불을 때던 때입니다. 소죽을 끓이거나 방바닥을 따뜻하게 하거나 밥을 지어먹을 정도의 나무만 때었죠. 나무를 무지 아꼈습니다. 그래서 늘 물을 데워 몸을 씻는 일은 드물었으니 몸에는 늘 이[12]와 서캐가 득실거렸습니다. 밤으로 속옷을 벗어 서캐와 이를 잡는 일이 다반사였습니다. 탁 탁 탁……. 지금같이 뜨거운 물, 더운 물을 지천으로 쓸 수 있는 형편이 못되었습니다. 아니, 거의 그럴 수 없었습니다. 가렵고 가려워서 늘 몸에는 가시에 긁힌 듯 붉은 반점과 손톱자국이 또렷하였습니다. 참으로 없던 살림이었나 봅니다. 지겹고 힘든 날의 초상이었습니다.

10　誰能執熱 逝不以濯 수능집열 서불이탁
11　가파르고 좁은 산골짜기
12　蝨 슬

인골탑 人骨塔

驢 騾 犢 特　駭 躍 超 驤
나귀려 노새라 송아지독 수소특　놀랄해 뛸약 뛰어넘을초 들양

나귀와 노새와 송아지 그리고 수소는 놀라서 뛰며 달린다.

🐚 한자의 본뜻 풀이

『설문』에 보면 '驢려'는 '말과 비슷하며, 긴 귀를 지녔다[1]'라고 하며, '騾라'는 '수나귀와 암말 사이에서 난 트기'라고 합니다. '犢독'은 '송아지[2]'라는 뜻이며, '特특'은 '아비 소, 즉 수소[3]'를 이릅니다. '駭해'는 '놀라다[4]'라고 하고, '躍약'은 '빠르다[5]'가 본뜻이나, 여기서는 '뛰다'로 풀이합니다. '超초'는 '뛰어넘다[6]'라는 뜻입니다. '양驤'은 '상'이라고도 읽히어『이아』「석축釋畜」에는 '뒤쪽의 오른발만 하얀 말[7]'이라고 합니다.『설문』에는 '말이 고개를 들어 바라보다[8]'라고 풀이합니다.

---

1 似馬 長耳 사마 장이
2 牛子也 우자야
3 牛父也 우부야
4 驚也 경야
5 迅也 신야
6 跳也 도야
7 後右足白驤 후우족백상
8 馬之低仰也 마지저앙야

저잣거리에 '인골탑人骨塔'이라는 말이 서낙하게9 번지고 있습니다. '사람 등골 빼먹는 것'을 이르는 말입니다. 해마다 대학생의 등록금이 오르는 것을 빗댄 대목입니다. 20여 년 전만 해도 자식을 대학에 보내려면 논과 밭 그리고 소를 팔아야 했습니다. 그때를 일러 '우골탑牛骨塔'이라 했는데, 집에 소나 전답이 푼더분하지 못하면 자식들 가르치는 일이 버거웠습니다. 요즘은 사람의 등골까지 빼먹어야 자식을 가르칠 수 있다는 말로 기롱하고 있습니다. 대학 등록금이 올라도 너무 오르는 것이 우리네 어버이를 화나게 합니다. 일 년에 천만 원을 호가하는 등록금에 우리네 어버이들은 주름이 지는 것은 물론 등골까지 휘어지니 이 무슨 시름의 알림인가요. 일부 대학은 학생들로부터 받은 등록금이 몇 천 억이나 쌓여 아래 있는 돈이 숨을 못 쉴 지경이라고 합니다. 『예기』「곡례」에 "백성들이 푼더분한지 아닌지를 물을 때에는 집에서 기르는 짐승의 숫자를 세어서 대답한다10"라고 하였습니다. 요즘 어버이의 등골을 빼먹는 데는 어떻게 답을 해야 하나요? 요즘의 푼더분함의 잣대는 어버이 등골의 숫자놀음인가요?

---

9 장난이 심하고 하는 짓이 극성스러움
10 問庶人之富 數畜以對 문서인지부 수축이대

도둑들에게!

誅 斬 賊 盜　捕 獲 叛 亡
벨주 벨참 도적적 훔칠도　잡을포 얻을획 배반할반 망할망

나라를 훔치려는 이와 남의 재물을 훔친 이는 베어 죽이고, 임금을 배반하고 나쁜 일을 한 이는 잡아들여야 한다.

🐟 한자의 본뜻 풀이

'誅주'는 『설문』에서 '베어 죽이다[1]'라고 풀이합니다. 『춘추좌씨전』 문공文公 18년 조를 보면 노나라의 시조인 주공周公이 말한 바를 들어 이르기를, "사람의 지켜야 할 법도를 망치는 것을 적賊이라 하고, 재물을 훔치어 뇌물을 주는 이를 도盜라고 한다[2]"라고 합니다. 같은 글에 "임금에게 무례한 이를 보거든 매가 새를 모으듯 사정없이 벌주어라"라고 합니다. '斬참'은 『설문』에서 '사람의 팔다리를 수레에 매달아 찢어 죽이는 법[3]'이라고 풀이합니다. 『설문』에 '盜도'는 '사사로이 남의 물건을 팔아 이득을 챙기는 것[4]'이라 합니다. 『문선』 권12 장재張載의 「칠애시七哀詩」에서는 "도적은 승냥이나 호랑이와 같다[5]"라고 하여, 탐욕스럽고 포악한 사람을 말합니다. 『설문』에 '捕포'는 '취하다[6]'라고 하며, '獲획'은 '사냥하여 얻는 것[7]'이라고 합니다. '叛반'은 『설문』에 따르면 '조각 또는 반[8]'이라는 뜻이나, 여기서는 임금을 배반하고 스스로 왕위에 오르려는 이를 말하며, '亡망'은 '나쁜 일을 저지르고 달아나다[9]'라는 뜻입니다.

---

1 討也 토야
2 毁則爲賊 竊賄爲盜 훼칙위적 절회위도
3 斬法車裂也 참법거열야
4 私利物也 사리물야
5 賊盜如豺虎 적도여시호
6 取也 취야
7 獵所獲也 엽소획야
8 半也 반야

『도덕경』 19장에 '기교를 끊고 잇속을 버리면 도적이 없다[10]'라고 합니다. 이 누리를 사는 데 어느 정도의 잇속을 바라는 마음은 누구나 있습니다. 너무나 큰 잇속을 바라니 노자께서 이를 잡도리하려고 한 말입니다. 타끈한[11] 마음에 남을 제치고 잇속을 챙기고 높은 자리에 오르려는 생각이 앞서기 때문입니다. 잇속에 남의 마음이나 몸이 상하는 것을 아무렇지도 않게 여기는 마음은 곧 한 사람을 떠나 나라에 커다란 해가 되고 도적으로 번지게 할 수 있습니다. 나라는 이렇게 병들어 갑니다. 밥그릇 싸움에 얽매이는 벼슬아치들은 끝내는 나라를 좀먹는 벌레에 지나지 않는 사람들입니다. 나를 낮추는 몸가짐과 마음가짐이 없을 때 더욱더 남을 제치고 버리려는 마음이 울세게 일어납니다. 잇속의 굴레에 얽매여 이를 벗어나지 못하는 이들을 가끔 봅니다. 공자께서 하신 말씀이 생각납니다. 견리사의見利思義! 잇속을 보면 먼저 의를 생각하라! 나를 낮추고 남을 공경하여 마음을 바루지 않으면 밖으로 자신의 몸가짐과 틀거지를 반듯이 하지 못합니다.

9 逃也 도야
10 絶巧棄利 盜賊無有 절교기리 도적무유
11 인색하고 욕심이 많음

이 누리의 빛

기인열전奇人列傳

布 射 僚 丸　嵆 琴 阮 嘯
베포　쏠사　벗료　알환　　사람이름혜　거문고금　성완　휘파람소

여포는 활쏘기, 웅의료의 구슬 던지기, 혜강의 거문고 타기 그리고 완적의 휘파람 불기

한자의 본뜻 풀이

『설문』에 보면 '布포'는 본래 '모시풀로 옷을 짜다[1]'라는 뜻이
나, 여기서는 '여포呂布'를 말합니다. '僚료'는 '예쁘다[2]'라는 뜻
이며, '丸환'은 『설문』에서 '둥글며, 옆으로 기울어져 구르는
것[3]'이라고 풀이합니다. '嵆혜'는 『설문』에 '산 이름[4]'이라고 합
니다. '琴금'은 『설문』에 '珡'으로 쓰였고, 본래 뜻은 '꺼리다[5]'이
며, '신농씨가 만든 악기[6]'라는 뜻입니다. '嘯소'는 '불어서 내는
소리[7]'로 '휘파람'을 이릅니다.

---

1 枲織也 시직야
2 好皃 호모
3 圜, 傾側而轉者 환, 경측이전자
4 山名 산명
5 禁也 금야
6 神農所作 신농소작
7 吹聲也 취성야

"사람 가운데는 여포呂布가 있고, 말 가운데는 적토마赤兎馬가 있다[8]"라는 말로 이름난 여포와 유비의 이야기가 『삼국지』「위서魏書」에서 나옵니다. 아직 자리를 잡지 못한 유비劉備가 오천 명에 지나지 않은 군사를 거느리고 작은 소패성小沛城에 있을 때 원술袁術이 보낸 장수 기령紀靈이 이끄는 3만 명의 군대가 유비를 공격하니 유비는 여포에게 구원을 요청하게 되었습니다. 이에 여포의 여러 장수들이 말했습니다.

"장군께서는 항상 유비를 죽이려고 하였으니, 지금 원술의 손을 빌려 죽이십시오."

여포가 말했다.

"그렇게 할 수 없소. 원술이 만일 유비를 쳐부수면, 북으로 태산太山의 여러 장수를 연합하게 될 것이고, 그러면 나는 원술의 포위망에 있게 되므로 부득이 유비를 구해주어야 하오."

여포는 곧 굳센 보병 1천 명과 기병 2백 명을 데리고 유비가 있는 곳으로 달려갔다. 기령 등은 여포가 온다는 말을 듣고는 군대를 모두 거두고 다시는 공격하지 않았다. 여포는 소패의 서남쪽 1리 떨어진 곳에 주둔했는데, 하수인을 보내어 기령 등을 불렀다. 기령 등도 여포를 초청하여 함께 마시고 먹었다. 여포는 기령 등에게 말했다.

"현덕[9]은 나의 동생이오. 동생이 여러분에 의해 곤경에 처했으므로 그를 구하러 온 것이오. 나는 성격상 서로 싸우는 것을 좋아하지 않으

---

8 人中有呂布, 馬中有赤兎인중유려포, 마중유적토
9 玄德 : 유비의 字

며, 다만 싸움을 중재하기를 좋아할 뿐이오.”

여포는 문지기들에게 진영의 문 가운데 있는 화극[10] 하나를 가져오라고 명하고는 이렇게 말했다.

“여러분은 내가 창의 작은 곁가지를 쏘는 것을 보시오. 한 번 쏜 것이 중심에 맞으면 여러분은 마땅히 화해하고 돌아가고, 맞지 않으면 남아서 싸워도 되오.”

여포가 활을 들어 화극을 쏘니 창의 곁가지에 명중하였다. 여러 장수들은 모두 놀라서 말했다.

“장군께서는 정말로 하늘의 위세를 갖추고 있소이다.”

다음날, 다시 즐겁게 모여서 연회를 베푼 이후에 각자 싸움을 그만두었다고 합니다.

웅의료熊宜僚는 춘추시대의 사람으로 초나라의 장왕을 섬겼는데, 초나라와 송宋나라가 전쟁을 하는 상황이 벌어졌습니다. 초나라가 질 위기에 몰렸을 때 그는 양국 군대가 대치하고 있는 한가운데에 뛰어들어가 기막힌 구슬놀이로 양편 군사들의 넋을 빼고 송나라 군사들이 얼이 빠져 있는 동안에 초나라 군사들을 송나라 군영의 뒤로 가게 하여 기습을 가하게 합니다. 구슬 아홉 개를 허공에 던지는데 여덟 개는 공중에서 구르고 있고, 한 개는 그의 손에 있었다고 합니다. 그는 구슬 던지기로 초나라를 구한 이입니다.

10 창의 종류

혜강嵆康은『삼국지』권21「위서」에 보면 다음과 같이 나와 있습니다. 글이 힘차고 아름다웠으며, 노老·장莊의 사상을 좋아했고, 기이한 것과 의협심을 늘 가슴에 새겼다고 합니다. 또한 거문고 연주와 그림 그리기, 시 짓기를 잘했다고 합니다. 그는 진류陳留·완적阮籍·산도山濤·상수向秀·완적의 조카 완함阮咸·왕융王戎·유령劉伶 등과 서로 대나무 숲에 노닐며 격조 있고 품새 있는 말로 서로 사귀게 되어 이른바 죽림칠현竹林七賢으로 일컬어졌습니다. 혜강은『삼국지』에서 제갈량과 서로 박빙薄氷의 겨루기를 하였던 사마중달司馬仲達이 세운 서진西晉시대에 살면서 혜강의 명성을 듣고 간 종회鍾會라는 대장군에게 무례를 범하며, "어떻게 소문을 듣고 왔는가? 보았으면 어찌 가지 않는가?"라고 하였습니다. 종회는 불쾌한 듯 답하기를, "소문을 들었으니 왔고, 이제 보았으니 가야지"라고 하였답니다. 종회라는 대장군은 일찍이 혜강을 꺼린 사람이었습니다. 후에 혜강은 어떤 사람이 한 여인을 보쟁이는[11] 일에 증인을 서게 되어 무고죄로 몰려 죽게 됩니다. 혜강이 형을 받아 죽음에 이르러 거문고를 안고 광릉산廣陵散이라는 절세絶世의 가락曲을 타며 탄식하기를, "이 아름다운 곡을 타는 것도 이제는 끝이구나" 하니 이때 슬퍼하지 않은 이가 없었다고 합니다. 혜강이 하루는 산에 약을 캐러 갔는데 산 속에 숨어 사는 손등孫登이라는 사람을 만났습니다. 혜강은 그와 더불어 얘기를 하고자 했으나 그는 조용히 있을 뿐 대꾸를 하지 않고 그냥 지나치려 하자 혜강이 물었습니다. "선생은 끝내 말씀이 없으시오?" 하니, 손등이 말하기를, "그대는 재주는 많은

11 부부가 아닌 남녀가 남몰래 서로 친밀한 관계를 계속 맺음

데 세상일을 잘 모르오. 지금 세상에서 그대는 재앙을 피하기 어려울 것이오"라고 했습니다. 결국 혜강은 그 강직한 성품 때문에 사마씨司馬氏에게 죽임을 당하게 됩니다.

『진서晉書』 권49 「완적전阮籍傳」에 보면 완적에 대한 대목이 있습니다. 그는 생김새가 아름답고 뛰어나며, 뜻과 마음 씀이 넓고 자유분방하였으며, 성격은 어디에 매이지 않았으며, 기쁘거나 화났을 때에도 얼굴에 그 기색을 보이지 않았다고 합니다. 또는 문을 닫아 걸고 책을 보면 흰 달빛이 밖으로 새어나가지 않았으며 산을 오르거나 물가에 나가면 날이 저물어도 돌아올 생각을 하지 않았다고 합니다. 여러 책을 널리 읽었고 더욱이 노·장 관련 책을 좋아하였습니다. 술을 좋아하였으며 휘파람을 잘 불었으며 가야금을 잘 탔다고 합니다. 자신의 뜻을 얻으면 자신의 모습을 잊어 당시 사람들은 그를 바보라고 하였습니다. 완적 자신은 원래 세상을 구제하려는 뜻이 있었으나 위진魏晉시대의 세상에는 변고가 많아 이름 있는 사람들이 자신을 잘 보전하지 못하는 것을 보고 완적은 세상일에 관여하지 않았답니다. 이리하여 그는 술 마시는 것을 일삼았습니다. 위나라 문제文帝가 무제[12]의 딸을 완적과 결혼시키려 하였을 때 그는 60일간 술에 취하여 있어 말을 꺼내지도 못하게 하였다고 합니다. 그는 일찍이 소문산蘇門山에서 손등孫登과 만나 산에 오르는 내기를 하였는데, 두 사람 모두 신선술을 부리듯 산을 올라 다른 이들은 두 사람을 따르지 못하였다고 합니다.

12 조조

이때 완적은 길게 휘파람을 불고 산을 내려왔는데 온 산골짜기에 메아리치게 되었고 그 소리는 난새와 봉황이 우는 소리와 같아 바위산 곳곳에 울려 퍼지게 되었다고 합니다.

관성자管城子

恬 筆 倫 紙　鈞 巧 任 釣
편안할염 붓필　인륜륜 종이지　서른근균 교묘할교 맡길임 낚시조

몽염의 붓과 채륜의 종이, 마균의 지남거 발명 그리고 임공자의 낚싯대 발명은,

🐌 한자의 본뜻 풀이

　『설문』에 '恬염'은 '편안하다[1]'라고 풀이하고 있으나, 여기서
는 진시황 때의 몽염蒙恬 장군을 말하며, '筆필'은 본래 '붓聿율'이
었으나 진秦나라 이래 '筆'로 쓰였습니다. '倫륜'은 '무리 또는 도
리[2]'라고 하나, 여기서는 후한 때 종이를 발명한 채륜蔡倫을 말합
니다. '紙지'는 『설문』에서 '솜 한 섬[3]'으로 풀이합니다. 『설문』에
'鈞균'은 '30근[4]'이라고 하나, 여기서는 지남거를 발명한 마균馬
鈞을 말하며, '巧교'는 '재주[5]'라는 뜻입니다. '任임'은 『설문』에
'부신符信 또는 서명[6]'이라고 풀이하나, 여기서는 전국시대의 낚
시를 발명한 임공자任公子를 말하며, '釣조'는 '갈고리 모양의 바
늘로 물고기를 낚다[7]'라는 뜻입니다.

---

1 安也 안야
2 輩也. 一曰道也 배야. 일왈도야
3 絮一苫也 서일점야
4 三十斤也 삼십근야
5 技也 기야
6 符也 부야
7 鉤魚也 구어야

『사기』권88「몽염열전蒙恬列傳」에 보면, 진시황제 23년[8] 몽염은 진秦나라의 비장군裨將軍이 되어 왕전王翦과 함께 항우項羽의 숙부인 항연項燕을 죽입니다. 그리고 시황제 26년[9]에 임조臨洮에서 요동遼東에 이르기까지는 길이가 만여 리에 이르는 만리장성을 쌓습니다. 또한 북쪽의 흉노를 누르고 압박하게 되니 진시황은 몽씨 가문을 존숭합니다. 이리하여 몽염은 진시황의 고임을 두터이 하여 벼슬은 공경公卿의 자리에 이르게 됩니다. 몽씨의 씨를 말리려는 환관 조고趙高에 의해 몽염의 동생 몽의蒙毅가 죽게 되고, 몽염에까지 죽음의 그림자가 드리우게 되는데 이에 몽염이 말하였습니다. "우리 선대 조상들로부터 우리에까지, 즉 진 3세 곧 자영子嬰까지 나라에 공과 믿음을 쌓아왔으며 지금은 휘하의 장졸들이 30여만 명이나 되어 몸은 비록 죄인이 되어 묶여 있으나 그 기세는 진나라를 배반할 수 있다. 하지만 내 자신이 죽는 것을 알고도 의를 지키고자 하니 감히 나의 선조들의 가르침을 욕되게 할 수 없다."라고 합니다. 한유[10]가 쓴 「모영전毛穎傳」을 보면, 몽염이 붓을 만든 이야기가 쓰여 있습니다. "몽염 장군이 초나라를 정벌하다가 중산에 묵으면서 점을 치는데 점쟁이가 축하를 하며 말하였다. '오늘 잡을 짐승은 뿔도 없고 이빨도 없고 갈옷을 입은 무리들입니다. 입은 언청이고 긴 수염이 났으며, 구멍이 여덟이고 도사리고 앉아 있습니다. 오로지 그놈의 털을 얻어 그것을 종이와 함께 쓰면 천하의 글씨가 가지런히 될 것이며, 진나라는 마침내 제후들을 아우르게 될 것입니다.'"라고 하여 진나라 황제는 그를 관성에 봉하여 관성자管城子라

8 기원전 224년
9 기원전 221년
10 韓愈 : 768~824

고 하였다고 합니다.

채륜蔡倫은 후한後漢 화제[11] 때의 환관이었으며, 그는 헤진 헝겊, 나무껍질, 삼, 망가진 그물 등을 이용하여 종이를 만들었다고 합니다.

마균馬鈞은 조조曹操가 세운 위魏나라 명제[12] 때의 박사로서 고대부터 기록에만 전해져 오던 지남거指南車를 고심하여 연구한 끝에 만들었다고 전해집니다. 그러나 그는 명제의 궁실 공사를 지휘 감독하여 백성들을 도탄에 빠뜨리는 무모한 일을 하였습니다. 『삼국지』「위서魏書 · 명제기明帝紀」에서 진수陳壽는 이렇게 말하고 있습니다. "명제는 침착하고 굳세며 결단력과 식견을 갖추고 있었으며, 마음에 임하여 행동하고, 백성들에게는 군주의 지극한 기개를 갖고 있었다. 그 당시 백성들은 생활이 피폐하고 온 천하는 분열되었으나, 명제는 선조의 빛나는 대업을 먼저 생각하거나, 왕업의 기틀을 다지지 않고 진시황이나 한 무제를 급히 모방하여 궁전을 지었으니, 나라를 다스리는 원대한 관점으로서 헤아리면 이는 아마도 중대한 결함일 것이다."

『장자』「외물外物」편에 임공자任公子에 관한 다음과 같은 이야기가 있습니다.

임나라의 공자는 커다란 낚싯대와 굵은 낚싯줄을 만들어 오십 마리

11 和帝 : 88~105
12 明帝 : 226~239

386 이 누리의 빛

의 불깐 소를 미끼로 써 회계산會稽山 자락에 앉아 낚싯대를 동해 바다에 던져 놓고 매일 낚시를 하였다. 하지만 일 년이 지나도록 고기 한 마리 낚지 못했다. 그러던 어느 날 큰 고기 한 마리가 미끼를 물고 낚시를 끌어 물속으로 깊이 들어가 버렸다. 조금 있다가 그 고기는 물 위로 올라와 지느러미를 떨치니 흰 물결은 뫼와 같고 바닷물은 출렁거려, 그 소리는 귀신이 부르짖는 것 같아 천리 밖의 사람들을 두려워 떨게 하였다. 임공자는 그 고기를 낚아서 그것을 쪼개 말리어 포를 만들었다. 제하澬河 동쪽과 창오산蒼梧山 북쪽 사람들 중에서 이 고기에 배부르지 않은 사람이 없었다. 훗날 인물 됨됨이를 따지고 지난 일을 평하는 이들은 이 말을 듣고 모두 놀라 서로 이야기를 주고받았다.

"조그만 낚싯대와 가는 낚싯줄을 가지고 밭고랑 웅덩이에 가서 작은 고기 새끼를 낚는 사람들은 이처럼 큰 고기를 낚는다는 것은 생각지도 못할 것이다. 그와 같이 얕은 소견을 꾸며서 게시판에 이름이 나붙기를 바라는 이는 큰 출세에 있어서는 또한 거리가 멀 것이다. 더구나 아직 저 임공자에 대한 소문을 듣지 못한 이는 그와 더불어 세상을 경륜經綸하기도 또한 그 거리가 먼 것이다."

남을 위한 베푸는 마음

釋 紛 利 俗　竝 皆 佳 妙
풀석　어지러울분 이로울리 시속속　아우를병 모두개 아름다울가 묘할묘

어지러운 세상일을 풀고 사람들을 이롭게 하였으니, 모두가 아름답고 뛰어난 것이다.

🐦 한자의 본뜻 풀이

　　『설문』에 '釋석'은 '풀다[1]'라고 하였으며, '紛분'은 '말꼬리를 갈무리하다[2]'라고 하나, 여기서는 '어지러운 것'으로 풀이합니다. '利리'는 '가래 또는 예리하다[3]'가 본뜻이나, 여기서는 '이롭다'로 풀이합니다. '俗속'은 '익히다[4]'라는 뜻입니다. '竝병'은 『설문』에서 '아우르다[5]'라고 풀이하며, '皆개'는 '함께 알리다[6]'라는 뜻입니다. '佳가'는 '아름답다[7]'라는 뜻입니다.

1 解也 해야
2 馬尾韜也 마미도야
3 銛也 섬야
4 習也 습야
5 併也 병야
6 俱詞也 구사야
7 善也 선야

『사기』권83「노중련열전魯仲連列傳」에 보면, 사마천은 노중련에 대하여 자신의 뜻을 지니고도 대의大義에 맞지 않았으나 자유분방하게 자신의 뜻을 펴 제후에게 꺾이지 않고 살았으며, 제후나 경상卿相의 권세를 꺾었다고 하며 높이 사고 있습니다. 『사기』의 내용에 다음과 같은 이야기가 있습니다. "평원군平原君이 노중련을 노련魯連이라 칭하며 벼슬을 주려고 하자 노중련은 이를 세 번이나 거절하며 끝내 받지 않았다. 이에 평원군은 술과 안주를 마련하고 천금을 마련하여 그의 장수를 빌자, 노중련이 웃으며 말하기를, '천하의 선비들이 값지게 여기는 것은 다른 이를 위하여 근심을 없애주며 어려움을 풀어주며 어지러운 것을 풀어주어 사례를 받지 않는 것이다. 사례를 받는다는 것은 장사치나 하는 짓이다8.'"

유비를 구하고 전쟁을 막은 여포, 구슬 던지기로 적의 허점을 찔러 싸움에서 이긴 웅의료, 거문고를 잘 타고 휘파람을 잘 불었던 혜강과 완적, 붓을 발명한 몽염과 종이를 발명한 채륜, 지남거를 만든 마균과 낚시를 만든 임공자 등은 재주와 기예로 세상을 이롭게 했으니 얼마나 아름답고 뛰어난 일을 해낸 것입니까!

---

8 所貴於天下之士者 爲人排患釋難解紛亂而無取也 卽有取者 是商賈之事也 소귀어천하지사자 위인배환석난해분란이무취야 즉유취자 시상가지사야

세월은

도화桃花도

버리고

강안여자強顔女子

毛 施 淑 姿　　工 嚬 姸 笑
터럭모 베풀시 맑을숙 맵시자　바치공 찡그릴빈 고울연 웃을소

모장과 서시는 맵시가 아름다워, 찡그린 얼굴도 아름답고 웃는 모습 또한 고왔다.

한자의 본뜻 풀이

　『설문』에 '毛모'는 '사람의 눈썹이나 머리카락 또는 짐승의 털[1]'이라고 하나, 여기서는 모장을 말하며, '施시'는 '곰과 호랑이를 그린 깃발[2]'이라고 하나, 여기서는 서시를 말합니다. 『관자管子』「소칭小稱」에 보면 "모장毛嬙과 서시西施는 천하의 미인이다[3]"라고 하고 있습니다. '淑숙'은 『설문』에 의하면 '맑다[4]'라고 하며, '姿자'는 '맵시[5]'라고 풀이합니다. 『설문』에 '工공'은 '예쁘게 치레하다[6]'라 하며, 『설문』에 '姸연'은 '재주 있다 또는 사랑스럽다[7]'라고 하며, '笑소'는 '본래 이 자는 없는 글자이다[8]'라고 합니다.

---

1 眉髮之屬及獸毛也 미발지속급수모야
2 旗皃也 기모야
3 毛嬙 西施 天下之美人也 모장 서시 천하지미인야
4 淸湛也 청담야
5 態也 태야
6 巧飾也 교식야
7 技也 기야·惠也 혜야
8 此字本闕 차자본궐

『춘추좌씨전』에 보면 기원전 496년[9] 오吳나라의 합려闔廬는 월越나라의 구천句踐에게 취리檇李라는 곳에서 크게 패해 엄지발가락에 부상을 입고 한쪽 신발을 빼앗깁니다. 합려는 곧 죽게 되는데 그 아들 부차夫差는 늘 아버지의 죽음을 마음속으로 되뇌며 사람을 궁정에 두어 그가 드나들 때마다 "부차야, 너는 월나라 왕이 너의 부친을 죽인 것을 잊었느냐?"라고 말하게 하였습니다. 그때마다 부차는 "예, 잊을 수 없습니다"라고 말하였습니다. 3년이 지난 뒤인 노나라 정공 16년(기원전 494년) 부차는 와신[10]을 하던 중에 오천 명의 결사대를 거느린 월나라 왕 구천과 싸움을 벌이게 됩니다. 월나라의 수도인 회계會稽가 포위되어 목숨을 부지하지 못하게 되자 구천은 항복을 하고 많은 보물을 바치고 자신과 신하들이 모두 오나라의 신하가 되겠다는 치욕적인 화평和平을 맺게 됩니다. 오나라의 신하 오자서伍子胥는 이참에 월나라를 몽땅 집어삼키자고 하였으나 구천에게서 많은 뇌물을 받은 태재비太宰嚭와 부차는 구천을 살려주게 됩니다. 또한 어느 날 구천은 부차가 병에 걸리자 태재비에게 부탁하여 부차의 똥을 가져오게 하고 손가락으로 찍어 맛을 본 뒤 '곧 병이 나을 것'이라고 하였습니다. 이에 부차가 구천과 그의 신하들을 풀어주어 월나라로 돌아올 수 있었습니다. 고국에 돌아온 구천은 회계의 치욕을 씻기 위해 문설주에 쓸개를 달아놓고 씹으며[11] '너는 언제 회계의 치욕을 씻으려느냐' 하면서 훗날을 기약합니다. 월왕 구천 12년 월나라는 대부 범려의 계책으로 미인계美人計를 쓰는데, 서시西施라는 아리따운 여인과 많은 재물을

9 노魯나라 정공定公 14년
10 臥薪 : 섶자리를 깔고 잠을 잠
11 嘗膽 상담

보냅니다. 이때 오나라는 북쪽의 제齊나라를 쳐서 크게 이기고 노나라까지 이기고 말았습니다. 이때 오나라의 신하 오자서는 제나라를 치기 전에 배후에 있는 월나라를 칠 것을 얘기했는데 부차는 오히려 오자서를 제나라에 사신으로 보냅니다. 오자서는 "월나라 군주 구천은 사람들을 친하게 할 수가 있고, 은혜 베풀기에 힘써 사람들을 얻고 사람들을 친하게 함에는 수고를 아끼지 않습니다. 월나라와 우리나라는 국토가 맞닿아 대대로 원수지간이었습니다. 월나라가 10년간 백성을 모아 잘 살게 하고, 그리고 10년간 백성을 잘 이끌어 나간다면 20년 뒤엔 우리 오나라 땅은 월나라의 못이 될 것입니다"라고 충간忠諫을 합니다. 제나라에 간 오자서는 아들을 제나라에 남겨 두고 오나라에 돌아오지만 부차의 오해로 자결을 강요받아 죽음에 이르게 됩니다. 그리고 "반드시 내 무덤에 오동나무를 심어 그릇[12]을 만들라. 그리고 내 눈을 뽑아 도성 동문 위에 걸어 두어라. 월나라가 쳐들어와 오나라가 망하는 것을 반드시 지켜보리라" 하고 마지막 유언을 남기게 됩니다. 오나라는 결국 기원전 474년에 망하게 됩니다.

『장자』「천운天運」편에 서시에 관한 이야기가 있습니다. 안연顏淵이 노나라의 태사太師인 사금師金에게 말하기를, "옛날 서시가 가슴앓이를 하여 이맛살을 찌푸렸는데, 그 마을의 추녀가 이를 보고 아름답다 여겨 돌아가서 역시 가슴에 손을 대고 이맛살을 찌푸렸소. 그 마을의 부자가 이를 보고 문을 굳게 닫고서 나오지 않았으며, 가난뱅이는 이를

12 부차의 관棺

보고 처자를 데리고 달아나 버렸소. 추녀는 이맛살을 찌푸리는 것이 아름다운 줄 알았지만, 이맛살을 찌푸리는 것이 아름다운 까닭을 알지 못했던 것이오"라고 하였습니다.

『신서新序』「잡사雜事」에 다음과 같은 이야기가 있습니다.

제나라에 한 여자가 있었다. 그녀는 이 세상에 둘도 없을 만큼 추녀여서, 사람들은 그녀를 '무염녀[13]'라고 불렀다. 그녀의 모양새는 이러했다. 절구 머리에 퀭하니 들어간 눈, 남자 같은 골격, 들창코, 성년 남자처럼 목젖이 나와 있는 두꺼운 목, 적은 머리숱, 굽은 허리, 돌출된 가슴, 옻칠한 것과 같은 피부색을 갖고 있었다. 그녀는 나이 서른이 되도록 아내로 맞아주는 사람이 없어 혼자 살고 있었다. 어느 날 그녀는 짧은 갈옷을 입고 직접 선왕宣王이 있는 곳으로 가서 한번 만나보기를 원하여 알자謁者에게 이렇게 말했다. "저는 제나라에서 팔리지 않는 여자입니다. 군왕의 성스러운 덕에 대해 들었습니다. 원컨대 후궁으로 들어가 사마문司馬門 밖에 있도록 해주십시오. 왕께서는 허락하실 것입니다."

알자는 그녀의 이 말을 선왕에게 보고했다. 선왕은 마침 술을 마시고 있었는데, 왕의 주위에 있던 사람들 가운데 웃지 않는 자가 없었다. 선왕은 좌우를 둘러보며 이렇게 말했다. "이 여자는 천하에서 가장 뻔뻔스런 여자이다."

13 無鹽女 : 無鹽은 지명

짧은 시간은 그림자도 남기지 않고

年 矢 每 催　　羲 暉 朗 耀
해년　화살시 매양매 재촉할최　복희희 햇빛휘 밝을랑 빛날요

세월은 활시위를 떠난 화살과 같이 빨라 늘 나를 재촉하는데, 햇빛은 언제나 밝게 빛나는구나.

🐌 한자의 본뜻 풀이

　　『설문』에 보면 '矢시'는 '활과 쇠뇌로 쏘는 것이 화살이다[1]'라고 풀이합니다. 『설문』에 '每매'는 '풀이 다욱하게 위로 올라오는 것[2]'이라고 합니다. 『문선』 권14 육기陸機의 「장가행長歌行」을 보면 "짧은 시간은 그림자도 남기지 않고 세월이 가는 것이 강한 화살과 같고 때가 오기는 활시위를 떠난 화살과 같이 빠르구나[3]"라고 하여, 세월이 빠르게 흐르는 것을 한탄하고 있습니다. 『나린羅隣』의 시에 "세월이 물과 같이 흘러 나를 재촉하니 몸소 견디자니 한탄뿐이구나[4]"라는 글이 보입니다. '羲희'는 본래 『설문』에 의하면 '숨[5]'이라고 하며, '暉휘'는 '빛나다[6]'라는 뜻입니다. 『설문』에 '朗랑'은 '밝다[7]'라고 합니다.

1　弓弩矢也 궁노시야
2　艸盛上出也 초성상출야
3　寸陰無停晷 年往迅勁矢 時來亮急弦 촌음무정귀 년왕신경시 시래량급현
4　流年催我自堪嗟 유년최아자감차
5　气也 기야
6　光也 광야
7　明也 명야

코흘리개 시절, 집 뒤란의 미끄럼틀과 같이 생긴 커다란 바위 위에서 놀곤 하였습니다. 감나무가 여러 그루 있어 감꽃 내음과 찔레꽃 먹던 때였으니 참 오래 전의 일입니다. 바위틈에 끼여 자라는 돌배나무와 원추리나물과 뫼의 중턱에 자리한 작은 웅덩이에 핀 부들 그리고 죽은 고슴도치를 본 것도 그때였습니다. 산에는 머루와 다래, 깨금 열매가 발길 닿는 곳마다 널려 있었고, 산딸기며 보리수 열매가 늘 있었고 깊은 골짜기에 있는 논에는 논게가 있었습니다. 개울가 논자락 비탈진 곳에는 돼지감자가 있어 이를 캐어먹기도 하였습니다. 35년 전의 기억이 또렷합니다. 동네의 밭들은 죄다 산비탈에 위치해 수놓은 이불을 널어놓은 듯 가파르게 곤두박질치며 마치 아래로 흘러내릴 듯하였습니다. 워낙 산골짜기 동네라 햇볕은 아주 짧은 시간만 비추고 금방 산 너머로 너울거리며 넘어갔습니다. 이제는 그때를 잘 볼 수 없습니다. 해와 달이 내 나이로 보면 벌써 일만 육천 번 이상 뜨고 지곤 했습니다. 아! 무상하여라! 동진 때 도연명陶淵明은 「잡시雜詩」에서 "하루는 두 번 다시 오지 않고, 때를 맞추어 힘써 일해야 하니, 세월은 사람을 기다리지 않는다[8]"라고 하였습니다.

---

8 一日難再辰 及時當勉勵 歲月不對人 일일난재신 급시당면려 세월부대인

퇴계 선생의 하늘 보기

璇 璣 懸 斡　晦 魄 環 照
옥이름선 구슬기 매달현 돌알　그믐회 넋백　고리환 비칠조

아름다운 구슬로 만든 혼천의는 하늘에 매달려 돌고 있는데, 그믐만 되면 달은 빛을 잃었다가
다시 둥글게 비추며 밝아온다.

> ⟟ 한자의 본뜻 풀이
>
> '璣기'는 『설문』에 '둥글지 않은 구슬[1]'이라고 합니다. '魄백'은
> '달이 지다[2]'라는 뜻입니다. '照조'는 『설문』에 '밝다[3]'라고 합니
> 다.

---

1 珠不圓也 주불환야
2 月盡也 월진야
3 明也 명야

『서경』「순전舜典」에 보면 이미 요堯 임금 때 선기옥형璇璣玉衡을 만들어 쓰고 있었던 모양입니다. "정월 1일에 문묘에 나아가 요 임금이 물러나고 새로이 순 임금이 그 자리를 이어받았다고 아뢰고 선기옥형을 살펴 북두칠성과 달과 해 그리고 오성五星의 자리를 매겼다[4]"라고 하는 적바림이 보입니다. 북두칠성北斗七星의 첫째 별은 천추天樞, 둘째 별은 선璇, 셋째 별은 기璣, 넷째 별은 권權, 다섯째 별은 옥형玉衡, 여섯째 별은 개양開陽, 마지막 별은 요광搖光이라고 합니다. 璇璣선기는 혼천의渾天儀인데 이는 천체의 움직임과 자리를 살펴보는 둥그런 모양의 겉면에, 해와 달 그리고 별자리를 아름다운 옥으로 그려 넣고 사각의 틀 위에 올려놓고 이를 돌리면서 천체를 살펴보는 틀입니다.

晦魄회백은 그믐달이 사위어져 다시 초승달이 나올 때까지 달빛이 보이지 않음을 말하는 것이고, 環照환조는 초승달이 뜨면서 나날이 커져 그믐달이 되기까지 온갖 몬을 비추는 것을 말합니다. 해와 달은 수컷과 암컷의 사이인가 봅니다. 조선조 실학의 선봉이었던 이수광의 『지봉유설芝峯類說』을 보면,『태현경太玄經』을 빌어 다음과 같이 이르고 있습니다. "해와 달을 큰 달과 작은 달이라 일렀으며, 이는 곧 달이 이지러지고 그믐달이 되는 것이다." 그믐은 넋이 죽는 날이며, 그믐이 지난 뒤 16일째 되는 날을 넋이 살아나는 날로 풀이하고 있습니다.

퇴계 이황[5] 선생은 1561년 고향으로 낙향하면서 '선기옥형璇璣玉衡'

---

4 正月上日 受終于文祖 在璿璣玉衡 以齊七政 정월상일 수종우문조 재선기옥형 이제칠정
5 李滉 : 1501~1570

이라는 천문관측기구를 만들어 별자리를 관찰합니다. 선생 자신이 직접 만든 것이 아니라 선생의 제자 중 이덕홍이라는 이에게 만들게 하였습니다. 이덕홍은 꼼꼼하고 치밀한 사람이었다고 합니다. 그는 곧바로 숲에서 소나무와 물푸레나무, 대나무를 구해 만들었다고 합니다. 그는 별 1,467개와 별자리 292개를 담고 있는 천상열차분야지도天象列次分野之圖를 참고하여 조심스럽게 닥종이(한지)에 별자리를 그려넣었다고 합니다. 당시 유학자들은 폭넓은 공부를 하였던가 봅니다. 우리가 아는 서경덕, 송시열, 홍대용 등도 혼천의를 제작했다는 얘기가 있습니다. 여하튼 퇴계 선생이 혼천의를 만드는 데 5개월이 걸렸다고 합니다. 혼천의를 만든 것은 퇴계 선생이 이를 통하여 별자리와 별의 운행 시간 및 천문 현상을 연구하기 위해서였습니다. 당시 유학자들이 천문이나 별자리 연구를 홀대하고 그저 시문이나 읊었던 것과는 달리, 퇴계 선생은 우주를 관찰함으로써 자연과 사람을 하나의 유기체로 보려고 했습니다.

벼슬아치의

몸가짐

신화상전薪火相傳

指 薪 修 祜　　永 綏 吉 邵
손가락지 장작신 닦을수 복우　　길영 편안할수 길할길 높을소

섶에 불을 지피듯 복을 닦으면, 길이 마음이 편안하여 길하리라.

🐚 한자의 본뜻 풀이

    '指지'는 손가락을 가리키나 주계요朱桂曜라는 사람은 이를 기름脂지이라고 풀이하고 있습니다. 하지만 이는 장작으로 보는 것이 좋습니다. '薪신'은 『설문』에 '풋나무[1]'라고 되어 있습니다. '修수'는 '치레하다[2]'라는 뜻이며, '祜우'는 '돕다[3]'입니다. '修祜수우'는 '몸을 닦아 하늘이 내리는 복을 받아 편안히 지낸다'는 뜻입니다. 『설문』에 '永영'은 '길다 또는 물이 지하로 질펀하게 흐르는 긴 모양을 본뜬 것[4]'이라고 하며, '綏수'는 '수레의 가운데 있는 손잡이 줄[5]'이라고 하니, '永綏영수'는 '길이 마음이 편안하다는 뜻'입니다. 『설문』에 '吉길'은 '좋다[6]'라 하며, '邵소'는 본래 '하남성河南省과 산서성山西省에 걸쳐 있었던 춘추시대 때 진晉나라의 읍邑, 곧 진읍[7]'이라고 합니다. 『설문』에 '邵'는 '높다[8]'라고 합니다. '吉邵길소'는 '하늘의 복을 받아 몸가짐과 마음이 착하다'는 뜻입니다.

1 蕘也 요야
2 飾也 식야
3 助也 조야
4 長也, 象水巠理之長 장야, 수경리지장
5 車中把也 거중파야
6 善也 선야
7 晉邑也 진읍야
8 高也 고야

신화상전薪火相傳이 무엇인가요? 제자가 스승의 가르침을 전한다는 말입니다. 『장자』「양생주養生主」에 보면, 노자의 벗 진일에 관한 대목이 나옵니다.

노담9이 죽자 진일秦佚이라는 노자의 벗이 문상問喪을 하러 가서 세 번 곡哭을 하고 나오자 제자가 물었습니다. "고인은 선생의 벗이 아닌가요?" 그러자 진일이 "그렇다"라고 하니 그 제자가 "그렇다면 벗을 문상하는데 그렇게 하여도 괜찮습니까?"라고 하였습니다. 이때 진일은 삶과 죽음이라는 굴레에서 벗어난 초월의 세계를 말합니다.

"어쩌다가 이 누리에 오게 된 것은 선생이 올 때가 되었기 때문이고, 어쩌다가 돌아가시게 된 것은 또한 선생이 천명을 따랐기 때문입니다. 때에 안주하고 순리를 따르면 슬픔과 즐거움이 그 사이에 끼어들지 못하는 것이니, 옛날에 이를 '하늘의 굴레에서 벗어나는 것10'이라고 하였습니다. 장작이 모자란 곳에 장작을 밀어 넣어 섶에 불을 지피면 불이 옮겨져 꺼지는 일이 없습니다11." 이는 태어나서 죽을 때까지 몸닦달을 하고 스스로 잡도리를 하여 사람들이 하늘의 복을 받을 것을 명토 박는 말입니다.

---

9 老聃 : 老子
10 帝之縣解 제지현해
11 適來 夫子時也 適去 夫子順也 安時而處順 哀樂不能入也 古者謂是帝之縣解 指窮於爲薪 火傳也 不知其盡也 적래 부자시야 적거 부자순야 안시이처순 애락불능입야 고자위시제지현해 지궁 어위신 화전야 부지기진야

촛불을 들라!

矩 步 引 領　俯 仰 廊 廟
법구　걸음보　끌인　옷깃령　굽어볼부 우러러볼앙 행랑랑 사당묘

임금 앞에서 걸을 때에는 걸음걸이를 반듯이 하고 옷깃을 여미며, 나랏일을 볼 때에는 고개를 숙이거나 들 때 몸가짐을 오롯이 한다.

🐦 한자의 본뜻 풀이

　　『설문』에 '步보'는 '걷다[1]'라는 뜻입니다. '矩步구보'는 '법도에 맞게 걷는 걸음걸이'라는 뜻입니다. '引인'은 『설문』에 의하면 '활시위를 당기다[2]'라고 하며, '領령'은 '목[3]'이라고 하니, '引領 인령'은 '옷깃을 여미다'라는 뜻입니다. 『설문』에 '仰앙'은 '들다[4]'가 본뜻이나, 여기서는 '우러러보다'라는 뜻입니다. '俯仰부 앙'은 고개를 숙여 아래를 보는 것과 고개를 들어 위를 보는 것을 뜻합니다. '廊낭'은 '동쪽과 서쪽에 있는 주나라 때의 학교[5]'라는 뜻이며, '廟묘'는 『설문』에 '윗 조상을 받들어 모시는 모양[6]'이라고 합니다. '廊廟낭묘'는 곁채가 딸린 정전正殿을 뜻합니다.

---

1 行也 행야
2 開弓也 개궁야
3 項也 항야
4 擧也 거야
5 東西序也 동서서야
6 尊先祖皃也 존선조모야

이악함[7]을 버리고 초야에 묻혀 있음은 어찌된 일인가요? 나랏일에는 도무지 관심이 없는 것인가요? 아닙니다. 조선 중기의 대학자인 남명 조식 선생은 숨어 살면서도 진실로 나라의 일을 걱정하며 상소上疏를 여러 번 올린 분이십니다. 선생은 명종 때 문정왕후文貞王后의 수렴청정垂簾聽政을 보고 「단성소丹城疏」를 올리면서 말하기를, "궁중에 늙은 과부가 있어 임금의 총명을 흐리게 하고 있다"라고 그악하게[8] 몰아붙였습니다.

지금 현직에 있는 이들이 지난날에 얽매여 앞으로 나아가지 못함은 참으로 애석한 일입니다. 그저 눈앞의 당리당략黨利黨略에 눈이 멀고 자신의 몸가짐을 오롯이 하지 못한 채 게염과 걸태질에 휘둘려 얼을 놓은 이들이 더러 보입니다. 자신만의 게염을 위하여 욕을 먹으면서도 그들 자손의 영달과 집안만을 생각하는 이들이 과연 나라의 경륜經綸에 제대로 얼을 쏟고 있는지 자못 궁금합니다. 여기에는 거촉擧燭의 싹수가 끼어들 틈이 전혀 없습니다. 명철하고 어진 이를 들어서 쓰라는 이 말에서 우리는 검은 머리 백성[9]을 위하는 진정으로 끌끌한[10] 이를 무지하게 바라고 있습니다. '거촉'은 『한비자』 「외저설外儲說」에 나오는 말입니다. 이는 춘추전국시대에 초나라에서 편지를 쓴 사람이 날이 어두워 하인에게 등촉을 들라고 명령한 다음, 자신도 편지에 '거촉擧燭'이라 쓴 것에서 비롯합니다. 이를 읽은 연나라의 대신

7 자기 이익에만 마음이 있음
8 사납고 모질
9 黎首 여수
10 마음이 맑고 바르며 깨끗함

은 거촉을 명철함을 존중하라는 뜻으로 풀이하고, 어진 이를 많이 등용하여 치적을 올렸다는 말이 됩니다.

초야에 묻힌 어진 이가 많이 있음에도 이 나라의 높은 이들은 어떤 구실로 푸네기들을 챙기려 함인지 도시 알 수가 없습니다. 『채근담菜根譚』 27장에, "높은 벼슬에 있더라도 자연과 더불어 사는 기상과 취미가 없어서는 안 될 것이며, 시골에 묻혀 살더라도 모름지기 나라를 위한 경륜을 품고 있어야 한다[11]"라 하니 이 땅의 검은 머리 민초로서 고개가 끄떡여지는 말입니다.

---

11 居軒冕之中 不可無山林的氣味 處林泉之下 須要懷廊廟的經綸 거헌면지중 불가무산림적기미
  처임천지하 수요회낭묘적경륜

문지방과 봉당封堂

束 帶 矜 莊　　徘 徊 瞻 眺
묶을속　띠대　자랑할긍　씩씩할장　어정거릴배　어정거릴회　볼첨　바라볼 조

갓을 쓰고 띠를 두른 벼슬아치들은 함부로 움직이지 않으며 틀거지가 있어야 하며, 이리저리
어정거리거나 아래위로 보거나 먼 곳을 바라보지 말아야 한다.

🌀 한자의 본뜻 풀이

　　『설문』에 '束속'은 본래 '묶다 또는 동여매다[1]'라고 하며, '帶
대'는 '큰 띠를 두르다[2]'라는 뜻이며, '벼슬아치가 가죽으로 만든
큰 띠를 차다[3]'와 '부인은 실을 두르다[4]'라는 두 종류의 띠를 말
합니다. '束帶속대'는 '띠를 묶다'라는 뜻으로, 벼슬아치들이 관
을 쓰고 띠를 둘러 틀거지를 보이는 것을 말합니다. '矜긍'은 본
래『설문』에 의하면 '창의 손잡이[5]'라는 뜻이나, 여기서는 '행동
을 함부로 하지 않는 것'을 이르며, '莊장'은 '윗사람을 꺼리다[6]'
가 본뜻이나, 여기서는 '옷매무새가 가지런함'을 말합니다. '徘
徊배회'는 '하는 일 없이 이리저리 왔다 갔다 함을 이르는 말입니
다. '瞻첨'은 '내려다보다[7]'라는 뜻이며, '瞻望첨망'은 '위를 보고
먼 곳을 바라보다'라는 뜻입니다.

1 縛也 박야
2 紳也 신야
3 男子鞶帶 남자반대
4 婦人帶絲 부인대사
5 矛柄也 모병야
6 上諱 상휘
7 臨視也 임시야

『예기』「곡례 상」편에 보면, "남의 집에 들어서서 문을 넘을 때에는 반드시 아래를 보고, 또 문에 들어설 때에는 빗장을 받드는 듯 높고 바르게 손을 들고 옆을 보거나 뒤를 돌아보지 말라[8]"라고 합니다.

문지방 하면 생각나는 게 있습니다. 짚으로 개어 발린 흙벽과 소나무로 문턱을 댄 문지방이 있던 초가삼간 집! 문지방을 넘나들던 어릴 적, 방 안에 들어설 때 늘 듣던 말이 '문지방을 밟거나 걸터앉지 말라'는 것이었습니다. 지금은 아파트나 빌라가 많아 문지방은 도시 눈을 씻고 찾아봐도 잘 보이지 않습니다. 문지방을 밟거나 걸터앉으면 큰일 나는 줄 알았습니다. 문지방은 늘 두렵고 왠지 조심스러우며 그 안에 뭔가 소중한 비밀이 있는 줄 알았던 때입니다. 마당을 밟고 봉당封堂을 지나 방 안에 들라치면 왜 그리 높은 문지방이 떡 하니 가로막는지 어린 저로서는 이를 넘는 것이 겁나는 일이었습니다. 높은 문턱을 넘자니 문지방 턱을 밟지 않을 수 없었습니다. 문턱을 밟고 넘을라치면 뒷꼭[9]에서 "문지방 밟지 마라"라는 고함이 들려옵니다. 『예기』「곡례 하」에는 "문 한가운데 서지 않는다[10]"라고 합니다.

민초를 낮은 자세로 섬기겠다는 말이 '푸른 기와집'에서 와자하게 흘러나오고 있습니다. 옳고 바람직한 말입니다. 집 안에 손님이 오면 주인은 늘 봉당 아래로 버선발로 나서며 맞는 것이 우리네 옛 어른들의 모습이었습니다. 결코 봉당 위에서 손님을 맞이하는 일이 거의 없

8 將入戶 視必下 入戶奉扃 視瞻毋回 장입호 시필하 입호봉경 시첨무회
9 뒤통수
10 戶不中門 입부중문

었습니다. 손님 또한 봉당 위를 마음대로 오르지 못하고 마당에서 주인을 불러 인기척을 살핀 뒤에야 봉당을 오르는 것이었습니다. 이제는 봉당도 없어지고 문지방도 없어져 그만큼 열려 있는 시대가 되었습니다. 이러한 열린 시대에 봉당을 오르내리고 문지방을 넘나드는 느낌을 지니고 민초를 대하는 마음이 필요한지도 모릅니다.

알음알이와 몸닦달

孤 陋 寡 聞　愚 蒙 等 誚
외로울고 좁을루 적을과 들을문　어리석을우 어릴몽 같을등 꾸짖을초

홀로 배우며 벗이 없음은 외롭고 도량이 적으므로, 어리석고 어두워 남에게 기롱을 받는다.

> 한자의 본뜻 풀이

　　『예기』「학기學記」에 보면, "홀로 공부하면서 벗이 없다면 외롭고 고루하며 보고 듣는 것이 적다[1]"라고 합니다. 『춘추좌씨전』 장공莊公 11년 조에 보면, "제후 나라에서 재해災害가 있을 때에는 군주가 자신을 고孤라고 일컫는다[2]"라고 합니다. '寡과'는『설문』에 의하면 '적다[3]'가 본뜻입니다. 『춘추좌씨전』 희공僖公 4년 조에 孤고·寡과·不穀불곡은 '제후가 자신을 낮추어 부르는 것[4]'이라고 하였으니, 임금들은 이처럼 자신을 낮추기를 꺼리지 않았습니다. 『설문』에 '聞문'은 '널리 들어서 알다[5]'라고 합니다. 『설문』에 '愚우'는 '어리석다[6]'라고 풀이하며, '蒙몽'은 '왕이 낳은 어린 여자아이[7]'가 본뜻이나, 愚蒙우몽은 '어리석고 투미하다[8]'라는 뜻입니다. 『설문』에 '等등'은 '가지런히 간동그리다[9]'라는 뜻이며, 等誚등초는 '꾸지람을 받다'라는 뜻입니다.

1 獨學而無友 則孤陋而寡聞 독학이무우 즉고루이과문
2 且列國有凶 稱孤 차열국유흉 칭고
3 少也 소야
4 諸侯謙稱也 제후겸칭야
5 知聞也 지문야
6 戇也 당야
7 王女也 왕녀야
8 어리석고 둔함
9 齊簡也 제간야

가끔 노루잠에 뒤척이다 보면 새벽녘 어슴푸레한 빛이 창을 통하여 흘러들어 옵니다. 사위는 고요하여 마치 태고의 비밀을 간직한 듯 생명의 움을 틔우려는 정중동의 모습을 지닌 듯합니다. 부수와 부수끼리 맞붙은 글자는 무슨 수수께끼라도 있는 듯, 이를 파헤치는 눈의 신경돌기를 자극합니다. 현미경으로라도 들여다보아 한 자씩 부수고 으깨어 보고 싶은 욕망마저 입니다. 한자漢字를 보려는 것이 아닙니다. 글 전체를 통하여 뜻을 알고 한문학과 사서史書 및 시를 내리 읽으려는 작심입니다. 방 안 구석에 어지러이 널려 있는 책 속에 갈무리된 글자의 무수한 돌기들이 눈과 뇌를 번갈아가며 느릿느릿 바장입니다. 아직도 커다란 나무가 되지 못하고 버덩에 널브러진 작은 관목灌木에 지나지 않는, 알음알이와 몸닦달이 되지 않은 중생입니다. 아직 번역 되지 않은 수많은 역사서와 시, 부 그리고 옛 문집의 수풀에서 허우적거립니다. 가진 책이 모두 한 7,000여 권 됩니다. 대부분이 95% 이상 번역되지 않은 원본 고서古書들입니다. 엄청난 분량의 한적본漢籍本이지만 노량으로 읽어 내립니다. 『자치통감』, 『문선』, 『설문해자』, 『한시외전』 중국 25왕조 역사 곧 25사 등……. 아직도 구하지 못한 책에 마음이 푼더분하지 못합니다. 구하지 못한 책들을 만나보고 싶습니다.

요즘은 글을 읽다가 붓을 들어 글씨를 씁니다. 화선지를 매양 한 번에 100장을 사놓고 쓰지는 못하고 그저 신문지에다 쓰곤 합니다. 붓을 들어 쓰다 보면 글씨는 힘담없이 보이고 개칠을 할 뿐입니다. 끄느름한 날에는 글씨마저 영 볼품없는 얼굴로 다가옵니다. 문자향서권기文

字香書卷氣라고 했던가요. '글월과 글자에 향이 묻어나고 책에는 기운이 서리다'라는 말입니다. 아직 글씨를 써도 그렇고 글을 대하여도 도시 감을 잡지 못하고 있으니 그저 책상물림만 하다 끝내려 함인가 봅니다. 알음알이와 글 쓰는 일에 웃날이 들 때에는 언제인지 이 중생은 그저 앞으로 갈 뿐입니다. 글을 읽음은 남을 위함이 아니고 곧 스스로를 돌이켜 보는 일이어야 합니다. 나아가서는 사바탁세沙婆濁世의 구렁에서 스스로를 오롯이 할 벼리이기도 합니다. 홀로 공부를 하니 보고 듣는 것이 적고 한 구석에 매여 있는 느낌이 듭니다. '고루과문'은 이 중생을 이르집는 말일 것입니다.

허튼소리

謂 語 助 者　焉 哉 乎 也
이를위 말씀어 도울조 것자　어찌언 어조사재 어조사호 어조사야

말을 돕는 것으로는 '언재호야(焉哉乎也)'가 있다.

> 🐦 한자의 본뜻 풀이
>
> 　『설문』에 '謂위'는 '알리다[1]'라고 하며, '語어'는 '말하다[2]'라고
> 합니다. '助조'는 '두 손으로 왼쪽에서 돕다[3]'라고 합니다. 어조사
> 라 함은 대개 명사의 앞에 위치하거나 문장의 끝 또는 중간에 위
> 치하여 문장을 이루게 합니다.

1 報也 보야
2 論也 논야
3 手相左助也, 左也 수상좌조야, 좌야

'焉哉乎也'는 허사虛詞입니다. 하지만 문장에 없어서는 안 됩니다. 문장에서는 허사가 쓰일 수 있으나 우리네 삶에서 헛말은 쓰이지 않아야 합니다. 허튼소리로 민초들의 눈을 가리는 것이 군자들의 도리인가 봅니다. 어우이개중於于以蓋衆이라고 합니다. 『장자』「천지天地」편에 나오는 말입니다. 어두운 밤! 어두운 구석일수록 더 잘 보이는 것이 있습니다. 더럽고 어둡고 침침한 곳을 투시하는 눈들이 있습니다. 오로지 바른 눈을 가진 이들이 잘 보는 구석이 있음을 알아야 합니다. 꼭꼭 숨어라 머리카락 보일라! 이게 통하지 않는 게 민초의 눈입니다. 허튼소리로 이 누리를 메아리치게 하는 이들의 눈에는 보이지 않는 올곧은 이들의 매서운 눈초리가 있습니다. 섬기는 자세가 아닌 위에 군림하려는 이들의 마음에도 없는 허튼소리에 대해 올곧은 소리를 메아리치게 하는 민초들의 구성진 가락이 울리기를 바랍니다. 공약公約이 아닌 '꽁약'의 허튼소리에 바람 잘 날 없는 이 땅의 주인들의 몸짓에 한줄기 회오리가 일어 싹 쓸어 갔으면 합니다. 정치는 곧 올바르게 다스리는 것이라고 합니다. 정자政者 정야正也!『논어』「옹야雍也」에 나오는 대목입니다. 나라의 목대를 틀어쥔 이들이 올곧아야 우리네가 잘 살고 바른 누리가 되는 것입니다.

글을 마치며

　12살 무렵 초가집 지붕에 누런 흙벽 집에 천장은 보이지 않고 서까래로 가로지른 보꾹[1]이 드러나는 방에서 신문지 위에 붓글씨를 쓰시는 분이 있었습니다. 바로 아버님이십니다. 당시 호기심이 발동하여 붓을 들어 쓴 것은 그저 신문에 보이는 몇몇 단어를 보고 써서 흉내 내는 정도였습니다. 그 뒤 약 1년여가 지나『천자문』과 왕희지의「난정서蘭亭序」를 개칠하면서 썼습니다. 무슨 뜻인지 제대로 알지도 못하면서 그저 글씨가 아름답고 멋져 보여 객기를 부리며 썼던 것입니다. 지금 생각하여도 치기稚氣어린 일이었습니다. 글에 숨어 있는 갈피를 짐작斟酌도 하지 못하면서 그저 멋을 부리며 썼던 기억이 납니다. 하마 32년 전의 일입니다. 지금도 여전히 글씨에 게염을 부립니다. 중학교 1학년 때 한자나 한문 문장을 한두 번 보면 모조리 기억할 정도로 한문에 마음을 두었던 모양입니다. 글씨를 쓰는 일은 지금도 하지만 늘 언저리를 맴돌며 개칠을 할 뿐입니다.

　『천자문』의 '천天'자도 모르며 지금까지 사서삼경四書三經과 제자백가諸子百家의 글을 읽고 있습니다. 부끄럽습니다. 다산茶山 정약용丁若鏞 선생께서는『천자문』은 처음 글을 읽는 아이들이 읽기에는 힘든 글이라고 하였습니다. 그만큼『천자문』은 사서삼경과 제자백가 및 문학·

1 지붕 밑과 천장 사이의 빈틈

역사·철학을 간동그린 글이라는 뜻일 겁니다. 이른바 문文·사史·철哲을 아우른 비범한 문장이라는 말이 됩니다. 한적漢籍만 7천 내지 8천 권을 지닌 지금도 언뜻언뜻 비치는 글의 편린片鱗을 더듬다 보면 서로 잇대는 뜻을 끄집어내는 데 놀라기도 합니다.

글의 바다에서 『천자문』과 관련된 편린을 거둬 올리면 가슴이 벅차올라 가끔 중얼거립니다. "허! 그것 참!" 이 글을 쓰는 2년여 동안은 쓰디쓴 외로움과의 싸움이었으며, 그때의 심정은 시답지 않은 알음알이에 대한 회의감과 자괴감自愧感 덩어리 자체였습니다. 넓지 못한 배움에 목말라 하면서 행간行間을 훑어 내리다 보면 버거울 때가 있습니다. 이 글에는 우리네들이 살아가야 할 이유와 사람들의 진솔한 감정이 배어나는 대목도 엿보이며, 이 누리를 어떻게 살아갈 것인가와 함께 배우는 이의 마음자세 및 처세에 대한 슬기를 보여주는 대목 등도 보입니다.

이 글을 쓰는 데 있어 중국의 고대 자전인 『설문해자』, 『소이아』 및 『석명』 등의 원문 자료와 중국 측의 역사서인 『사기』·『한서』·『구당서』·『진서』 및 사서삼경 및 제자백가의 원문 자료를 풀어 썼으며, 『성호사설』·『목은집』·『삼국사기』·『삼국유사』 등을 참조하였습니다. 아울러 시·부 등의 문장을 풀이하여 쓰기도 하였습니다. 물 흐르듯 흐르는 오랜 역사의 노정路程에서 배어나오는 삶의 질곡桎梏의 흔적을 더듬이로 더듬어내듯, 우리네 삶의 본질을 일구어 내려고 하였습니다. 우리의 삶에 있어 글을 배우는 것만 배움이라고 할 수 없습니다. "배움은 기쁨·성냄·슬픔·즐거움·사랑·미움·계염을 버리고 우리의 착한 마음 바탕을 다스려 재능을 다하는 것[2]"이라고 『설원說苑』 권3 「건본建本」에 적바림하고 있습니다. 이 글은 배우는 이의 마음을 바루고 몸을 오롯이 하는 벼리를 세우고자 하는 마음으로 썼습니다.

　끝으로 이 책을 내는 데 도움을 주신 어문학사의 윤석전 사장님과 직원 분들께 고마움을 드리며, 무엇보다도 어머님께 고개 숙여 위로의 말씀을 드립니다. 아울러 이 글을 저 누리에 계신 아버님께도 드립니다. 또한 독자 여러분들의 질정叱正과 채찍을 달게 받겠습니다.

단기 4343년 1월 21일

충주에서

不二堂 적다.

---

2 學者 所以反情治性盡才者也 학자 소이반정치성진재자야

孔夫子廟庭碑

공 부 자 묘 정 비

天地吾知其至廣也, 以其無所不覆載;
천지오지기지광야,   이기무소불부재,
하늘과 땅은 지극히 넓어 만물을 덮고 실지 않음이 없음을 나는 알며;

日月吾知其至明也, 以其無所不照臨;
일월오지기지명야,   이기무소부조림,
해와 달은 지극히 밝아서 만물을 비추지 않음이 없음을 나는 알고;

江海吾知其至大也, 以其無所不容納.
강해오지기지대야,   이기무소불용납.
가람과 바다는 지극히 커서 받아들이지 않는 것이 없음을 나는 안다.

料廣以寸管, 測景以尺圭, 航大以一葦,
료광이촌관,   측경이척규,   항대이일위,
한 치의 대롱으로 하늘과 땅의 넓음을 헤아리며, 해 그림자를 재는 자
로 때를 헤아리며, 하나의 조각배로도 넓은 바다를 항해하며,

廣不能逃其數, 明不能私其質, 大不能忘其險.
광불능도기수,   명불능사기질,   대불능망기험.
천지가 넓음은 만물의 미세한 것을 숨길 수 없으며, 해와 달의 밝음은
만물을 골고루 비추어주고, 천지가 크더라도 자연의 소소한 것을 없
애지는 못한다.

偉哉夫子! 後天地而生, 知天地之始; 先天地而沒, 知天地之終.
위재부자!　　　후천지이생,　　　지천지지시,　　　선천지이몰,　　　지천지지종.

위대하신 공자이시여! 하늘과 땅이 생긴 뒤에 하늘과 땅이 생겨난 시
초를 알았으며; 하늘과 땅이 사라지기 전에 이미 하늘과 땅의 종말을
아셨다.

非日非月, 光之所及者遠; 不江不海, 浸之所及者博.
비일비월,　　　광지소급자원,　　　불강불해,　　　침지소급자박.

해와 달만이 그 빛이 만물에 미치어 멀리 비추고; 강과 바다만이 만물
을 적시는 범위가 넓구나.

三代禮樂, 吾知其損益; 百王憲章, 吾知其消息.
삼대예악,　　　오지기손익,　　　백왕헌장,　　　오지기소식.

하夏[1] · 은殷[2] · 주周[3] 세 나라의 예악으로써 덕이 덜어지거나 보태지는
것을 알고; 지난날 모든 임금의 법도로써 한 나라의 흥망성쇠를 알 수
있다.

君臣以禮, 父子以親, 國家以熙, 鬼神以享.
군신이례,　　　부자이친,　　　국가이희,　　　귀신이향.

임금과 신하는 예로써 대하고, 어버이와 자녀는 자애와 공경으로 대
하며, 나라는 번성함을 위주로 하며, 귀신은 제사를 올려 받든다.

道未可詮其有物, 釋未可證其無生, 一以貫之, 我先師夫子聖人也.
도미가전기유물,　　　석미가증기무생,　　　일이관지,　　　아선사부자성인야.

노자老子는 만물이 있음을 헤아리지 못하고, 석가모니는 삶이 유한有限

---

1 기원전 2205~1766
2 기원전 1766~1122
3 기원전 1122~249

함을 밝히지 못하였으나, 하나의 이치로써 도를 이룩한 이는 바로 나의 앞선 스승인 공자이시니 성인이로다.

帝之聖者曰堯, 王之聖者曰禹, 師之聖者曰夫子也.
제지성자왈요,　　　　왕지성자왈우,　　　사지성자왈부자야.

황제로서 성스러운 이는 요 임금[4]이며, 임금으로서 성스러운 이는 우 임금[5]이고, 스승으로서 성스러운 이는 공자孔子[6]이시다.

堯之德有時而息, 禹之德有時而窮, 夫子德久而彌芳, 遠而彌光;
요지덕유시이식,　　　　우지덕유시이궁,　　　부자덕구이미방,　　　　원이미광,

用之者昌, 舍之者亡.
용지자창,　　　사지자망.

요 임금의 덕은 때를 만나 늘어나고, 우 임금의 덕은 때를 만나 지극한 이치에 이르렀고, 공자의 덕은 오래되어도 널리 명성이 드러나며 멀리까지 더욱 빛나는구나. 이들 성인의 도를 쓰면 나라가 번창하며, 이를 버리면 망하게 된다.

昔否於周, 今泰於唐, 不然何被袞而垂裳冕旒而王者哉!
석부어주,　　　금태어당,　　　불연하피곤이수상면류이왕자재!

옛날에는 주나라에 의해 삼대의 덕이 쇠퇴하고, 지금은 당나라에서 삼대의 덕을 우러르고 있다. 삼대의 덕이 퍼지지 않는다면 어찌 곤룡포와 꽃을 수놓은 임금의 옷을 입고 천자天子가 쓰는 12류旒의 면류관을 썼다고 임금이라 하겠는가!

唐人 皮日休 謹撰
당나라 사람 피일휴(834?~883?) 삼가 짓다.
단기 4342년 4월 8일 不二堂 강상규 졸역

---

4 기원전 2357~2258
5 기원전 2205~2197
6 기원전 551~479

참고 자료 및 문헌 (가나다순)

《격몽요결擊蒙要訣》 이이李珥

《고금주古今注》 최표崔豹

《고려사절요高麗史節要》 김종서
  　　　　金宗瑞 외

《고문진보古文眞寶》 황견黃堅

《공자가어孔子家語》

《관자管子》 관중管仲

《광군방보廣群芳譜》 왕호汪灝

《광아廣雅》 장읍張揖

《광운廣韻》 진팽년陳彭年, 구옹邱雍 등

《구당서舊唐書》 장소원張昭遠 ·
  　　　　가위賈緯 · 조희趙熙 등

《국조보감國朝寶鑑》 편자 다수

《군방보群芳譜》

《난설헌집蘭雪軒集》 허난설헌許蘭雪軒

《남사南史》 이연수李延壽

《논어論語》

《논어집주論語集註》 주희朱熹

《대동야승大東野乘》 편자 미상

《대학大學》 공자孔子

《도덕경道德經》 노자老子

《동호문답東湖問答》 이이李珥

《맹자孟子》 맹가孟軻

《명심보감明心寶鑑》 추적秋適

《목은집牧隱集》 이색李穡

《몽구蒙求》 이한李瀚

《묵자墨子》 묵적墨翟

《문선文選》 소통蕭統 : 昭明太子

《문심조룡文心雕龍》 유협劉勰

《박물지博物志》 장화張華

《백호통의白虎通義》 반고班固

《본초강목本草綱目》 이시진李時珍

《불씨잡변佛氏雜辨》 정도전鄭道傳

《사기史記》 사마 천司馬 遷

《사기史記》 〈태사공자서太史公自敍〉
  　　　　사마 천司馬 遷

《사자소학四字小學》

《삼국사기三國史記》 김부식金富軾

《삼국유사三國遺事》 일연一然

《삼국지三國志》 진수陳壽

《서경書經》

《설문해자說文解字》 허신許愼

《설원說苑》유향劉向

《성호사설星湖僿說》이익李瀷

《소이아小爾雅》

《쇄언瑣言》태두남太斗南

《순자荀子》

《습유기拾遺記》왕가王嘉

《시경詩經》공자孔子

《신당서新唐書》구양수歐陽修·
　　송기宋祁 등

《신서新序》유향劉向

《안자춘추晏子春秋》안영晏嬰

《어우야담於于野譚》유몽인柳夢寅

《여씨춘추呂氏春秋》여불위呂不韋

《연암집燕巖集》박지원朴趾源

《열자列子》열어구列禦寇

《열하일기熱河日記》박지원朴趾源

졸저《영문과 함께 배우는
　　논어해설》강상규 편저

《예기禮記》

《예문유취藝文類聚》구양순歐陽詢 외

《한서漢書》〈율력지律歷志〉반고班固

《이십사효고사二十四孝故事》곽거경郭
　　居敬

《이아爾雅》주공周公

《자치통감資治通鑑》사마 광司馬 光

《장자莊子》장주莊周

《전국책戰國策》유향劉向

《정자통正字通》장자열張自烈

《조선상고사朝鮮上古史》신채호申采浩

《조선왕조실록朝鮮王朝實錄》

《주례周禮》주공周公

《주역周易》

《중용中庸》자사子思

《증운增韻》

《지봉유설芝峯類說》이수광李粹光

《진서晉書》방현령房玄齡

《집운集韻》정도丁度

《채근담菜根譚》홍자성洪自誠

《청구영언靑丘永言》김천택金天澤

《청장관전서靑莊館全書》이덕무李德懋

《추구推拘》

《춘추좌씨전春秋左氏傳》좌구명左丘明

《춘향전春香傳》

《태평어람太平御覽》이방李昉 외

《통감通鑑》강지江贄

《퇴계언행록退溪言行錄》송인건宋寅建

《파우스트》괴테Johann Wolfgang
　　von Goethe

《포은집圃隱集》정몽주鄭夢周

《한단고기桓檀古記》임승국林承國
　　　편역

《한비자韓非子》한비韓非

《한시외전韓詩外傳》한영韓嬰

《한서漢書》반고班固

《해동소악부海東小樂府》신위申緯

《회남자淮南子》유안劉安

《효경孝經》공자孔子

《후한서後漢書》범엽范曄

〈경재잠敬齋箴〉주희朱熹

〈귀거래사歸去來辭〉도연명陶淵明

〈귀전원거歸田園居〉도연명陶淵明

〈난정서蘭亭序〉왕희지王羲之

〈모영전毛穎傳〉한유韓愈

〈민암부民巖賦〉조식曹植

〈박명가인薄命佳人〉소식蘇軾

〈반첩여班婕妤 [영선詠扇]〉강엄江淹

〈반초은시反招隱詩〉왕강거王康琚

〈산중문답山中問答〉이백李白

〈성주득현신송聖主得賢臣頌〉왕포王褒

〈소무여이릉시蘇武與李陵詩〉

〈애련설愛蓮說〉주돈이周敦頤

〈어부사漁夫辭〉굴원屈原

〈원가행怨歌行〉반첩여班婕妤

〈월하독작月下獨酌〉이백李白

〈의원가행擬怨歌行〉강엄江淹

〈장가행長歌行〉심휴문沈休文

〈증도가證道歌〉현각玄覺

〈책자責子〉도연명陶淵明

〈촉부燭賦〉부함傅咸

〈칠애시七哀詩〉장재張載

〈한거부閑居賦〉반악潘岳

|저자 강 상 규

1965년 충북 제천 출생.
초등학교 5학년 때 붓을 잡으며 한학(漢學)을 홀로 공부하였다.
졸저『영문과 함께 배우는 논어해설』-『논어』영어 완역본(2004년)이 있다.
중국의 문(文)·사(史)·철(哲) 및 한국학을 공부하고, 2012년 중용 강의를 하였고,
향후에 고전 강의를 지속적으로 할 것이다. 현재 동양학 연구가이자 동양학 칼럼
니스트로 활동 중이다.

천자문, 그 뿌리와 동양학적 사유

초판 1쇄 발행일 | 2010년 2월 15일
　　　2쇄 발행일 | 2010년 11월 20일
　　　3쇄 발행일 | 2013년 1월 7일

지은이 | 강상규
펴낸이 | 박영희
표지 | 강지영
편집 | 이선희, 김미선
교정·교열 | 이은혜
책임편집 | 강지영
펴낸곳 | 도서출판 어문학사
　　　132-891 서울특별시 도봉구 쌍문동 523-21
　　　전화: 02-998-0094 / 팩스: 02-998-2268
　　　홈페이지: www.amhbook.com
　　　e-mail: am@amhbook.com
　　　등록: 2004년 4월 6일 제7-276호

ISBN 978-89-6184-099-6 93800

정가 | 20,000원

인 지 는
저 자 와 의
합 의 하 에
생 략 함